Für alle, deren Gedanken zu bunt sind,
um ihnen mit Worten gerecht zu werden.

LARISSA SCHIRA

STRONGER

than ever

G|U

IMPRESSUM

GU ist eine eingetragene Marke der
GRÄFE UND UNZER VERLAG GmbH,
www.gu.de

ISBN 978-3-8338-9474-9
1. Auflage 2024

Projektleitung: Viola Schmid
Lektorat: Bettina Lausen
Umschlaggestaltung: ki36 Editorial Design, München, Bettina Stickel
Bildnachweis: Cover: Creative Market, iStockphoto.com
Illustration: GU/Kombinatrotweiss/Izabe.La
Adobe Stock: S. 8, 183, 380; The noun project: S. 112;
Autorenfoto: Studioline Photography
Bildredaktion: Simone Hoffmann, Petra Ender
Herstellung: Markus Plötz
Satz: KONTRASTE, Björn Fremgen
Repro: Ludwig Media, Zell am See

Dieses Buch wurde vermittelt von der Literaturagentur erzähl:perspektive, München (www.erzaehlperspektive.de)

Umwelthinweis:
Nachhaltigkeit ist uns sehr wichtig. Der Rohstoff Papier ist in der Buchproduktion hierfür von entscheidender Bedeutung. Daher ist dieses Buch auf FSC-zertifiziertem Papier gedruckt. FSC garantiert, dass ökologische, soziale und ökonomische Aspekte in der Verarbeitungskette unabhängig überwacht werden und lückenlos nachvollziehbar sind.

FSC MIX Papier FSC® C014496

GRÄFE UND UNZER

Ein Unternehmen der
GANSKE VERLAGSGRUPPE

Liebe Leserinnen, liebe Leser,

ich freue mich von ganzem Herzen, dass ihr mein Buch in den Händen haltet. Bevor ihr in die Geschichte von Josie und Ryan eintaucht und euch in den Straßen Londons verliert, ein wichtiger Hinweis:

Es ist möglich, dass mein Buch Themen enthält, die euch beschäftigen. Deshalb findet ihr auf Seite 382 eine Liste mit den sensiblen Themen. Achtung: Diese enthält Spoiler für die gesamte Geschichte.

Die psychologischen Ratschläge in meinem Buch, die dazu dienen, meinen Charakteren das Leben zu erleichtern, wurden von meiner lieben Kollegin Pia Kabitzsch sorgfältig geprüft. Pia ist Psychologin, Speakerin und Bestseller-Autorin. Danke für deine Unterstützung, liebe Pia!

Ich wünsche euch viel Freude beim Lesen – passt gut auf euch auf!

Eure Larissa & euer GU-Team

1. KAPITEL

Josie

»Kannst du einen Handstand?«

Ich habe zwar damit gerechnet, dass man mich an meinem ersten Arbeitstag mit Fragen bombardieren wird – aber definitiv nicht mit dieser.

»Äh …«

Die platinblonde junge Frau mit den Tattoos, die ungefähr in meinem Alter sein muss, schaut mich erwartungsvoll an und runzelt die Stirn.

Hitze steigt mir in die Wangen. »Ich … Ich glaube nicht, nein.«

»Ach, Mist! Warum kann denn hier niemand einen Handstand?« Sie rollt mit den Augen. »Wer hat sich diese bescheuerten Fragen überhaupt ausgedacht?«

»Das war dann wohl ich.«

Mein Gegenüber zuckt zusammen, als Mrs Dawson hinter ihr hervortritt und sich zu uns stellt. Dem entsetzten Gesichtsausdruck der blonden Frau nach zu urteilen, ist Mrs Dawson auch ihre Vorgesetzte.

»Sie haben es sich mit Ihrer Stelle wohl nochmal anders überlegt?«, fragt Mrs Dawson und streicht sich eine dunkle Strähne zurück, die sich aus dem Haarknoten gelöst hat.

Obwohl sie nicht mich gemeint hat, schrumpfe ich ein Stück. Ich umklammere den Zettel in meiner Hand so fest, dass er am Rand knittert. Was für ein grandioser erster Tag. Erst dieser dämliche Bingo-Bogen und jetzt auch noch eine so unangenehme Situation. Ob sie bemerken, wenn ich einfach ein paar Schritte zurückmache, unauffällig aus dem Konferenzraum verschwinde und nie wieder auftauche?

Die Blonde reißt die Augen auf, beißt sich aufs Lippenpiercing und schüttelt den Kopf.

»Nein, nein, das war nicht böse gemeint, Mrs Dawson, das dürfen Sie nicht falsch verstehen, ich …«

Mrs Dawson lacht auf und wirft dabei den Kopf in den Nacken. »Ach, nimm mich doch nicht gleich so ernst! Ich hab mir nur einen kleinen Spaß erlaubt.«

Ich wechsle einen verwirrten Blick mit der jungen Frau.

»Und bitte, redet nicht so förmlich mit mir. So alt bin ich schließlich auch noch nicht.«

Ihre offene Art macht mir Mut. Trotzdem weiß ich nicht, ob ich es jemals schaffen werde, meine Vorgesetzte genauso locker anzusprechen wie meine Kolleginnen und Kollegen. Vor allem, wenn sie gleichzeitig die wohl eleganteste Mittvierzigerin ist, die ich je gesehen habe. Neben ihr komme ich mir in meinem schlichten braunen Kostüm richtig underdressed vor.

Mrs Dawson sieht zwischen der anderen jungen Frau und mir hin und her. »Aber wie ich sehe, habt ihr euch schon kennengelernt?«

Ich schüttle den Kopf.

»Noch nicht ganz. Alles, was ich bisher über sie weiß, ist, dass sie keinen Handstand machen kann«, sagt meine Kollegin.

Ich höre einen kleinen Vorwurf wegen der dämlichen Fragen aus ihrer Stimme heraus. Doch Mrs Dawson scheint es entweder nicht zu bemerken oder bewusst zu ignorieren.

»Das ist Josie.« Mrs Dawson deutet auf mich.

Die Frau mit den Tattoos mustert mich neugierig.

Wird es hier drin immer wärmer oder bilde ich mir das bloß ein? Eigentlich ist der Konferenzraum trotz der breiten Fensterfront, durch die die noch kräftigen Strahlen der Septembersonne fallen, gut klimatisiert. Ich weiß nicht, wohin ich schauen soll, hebe verlegen die Hand zum Gruß und nicke knapp.

»Und das ist Alice. Ihr habt heute nicht nur beide euren ersten Tag, sondern auch genau den gleichen Zeitraum für euer Volontariat.«

Alice strahlt mich an. »Cool! Dann können wir uns ja zusammen durchschlagen.«

Ich atme auf. So werde ich immerhin nicht die Einzige sein, die in den nächsten Tagen neugierige Blicke und unzählige Fragen abbekommt – und keinen Plan hat, was sie hier überhaupt erwartet. »Klar, klingt super.«

»Dachte ich mir doch, dass ihr euch verstehen werdet.« Mrs Dawson klopft uns beiden auf die Schulter. »Ich musste euch für den Anfang leider in unterschiedliche Bereiche einteilen – aber ihr habt trotzdem ein paar Schnittpunkte, bei denen ihr super zusammenarbeiten könnt.«

»Welche Bereiche sind das denn?«, frage ich vorsichtig.

»Das verrate ich euch später.« Sie wirft einen Blick auf ihre Smartwatch. »Jetzt solltet ihr euch lieber beeilen. Die Runde läuft nur noch fünf Minuten und wenn ihr weiter hier rumsteht, gewinnen die anderen!«

Während ich es sogar begrüßen würde, nicht zu gewinnen, dreht sich Alice sofort um und läuft mit federnden Schritten zu der Gruppe drei älterer Kolleginnen, die in einen Plausch vertieft sind, statt sich um ihren Bingo-Bogen zu kümmern.

Mrs Dawson wendet sich ebenfalls ab. Unschlüssig stehe ich mitten im Konferenzraum, trete von einem Fuß auf den anderen und lasse den Blick über meine neuen Kollegen schweifen. Einige sitzen entlang des riesigen Eichenholztisches, andere stehen mit einer Kaffeetasse und ihren Bingo-Zetteln in der Hand zwischen den modernen Kunstdrucken an der Wand.

Wen von ihnen soll ich ansprechen? Mein Herz trommelt einen nervösen Takt. Die Frau im Hosenanzug, die am Fensterbrett lehnt und sich mit einem hochgewachsenen Mann unterhält, sieht nett aus.

»Hey!«

Ich zucke zusammen, als ich den glatzköpfigen Mann neben mir entdecke. »Ich bin Peter. Hast du noch offene Punkte? Dann schieß los.«

Unwillkürlich frage ich mich, ob er wohl einen Handstand hinkriegen würde. Wahrscheinlich nicht.

»Oh, hey, Peter«, erwidere ich, vermeide es aber vehement, ihm in die Augen zu sehen. Stattdessen starre ich lieber auf den Zettel in meiner Hand. »Ich bin Josie. Hast du zufällig …« Hektisch überfliege ich all die möglichen Fragen. Nein, ich werde ganz sicher keinen fremden Mann um die fünfzig ausquetschen, ob er früher gern im Sandkasten Kuchen gebacken hat oder mit seinen Ohren wackeln kann.

»Ja?«, hakt er nach und runzelt die Stirn.

Endlich entdecke ich eine unverfängliche Frage. »Hast du mehr als drei Geschwister?«

»Oh, nein, ich habe nur eine Schwester. Wohnt mit ihrer Familie in Cornwall. Da komm ich auch her, weißt du? Bin aber seit 2005 hier in London. Extra für die *London Lens* hergezogen. Ist einfach das beste Magazin der Welt.«

Ich zwinge mich, ihn anzusehen und lächle. »Cool!« Das ist das Einzige, was mir dazu einfällt.

Mein Gott, wenn das so weitergeht, werden mich bald alle entweder für dumm oder für unglaublich überheblich halten. Dabei stimmt das gar nicht. Small Talk befindet sich für mich gemeinsam mit Stechmücken und Oliven allerdings unter den Top 3 der Dinge, die wohl direkt aus der Hölle in unsere Welt herübergeschwappt sein müssen.

Wehmütig schaue ich zu Alice, die sich mit ausladenden Gesten mit den anderen Kolleginnen unterhält und alle zum Lachen bringt. Warum fällt ihr das so leicht?

Ich muss mich unbedingt zusammenreißen und ein bisschen lockerer werden. Einfach das tun, was sie macht. So schwer kann das doch nicht sein. Alle hier sind unglaublich nett und niemand wird mich rausmobben, selbst wenn ich herumstottere. Eigentlich kann ich nichts falsch machen. Außer wenn ich nichts tue …

»Und du? Hast du Geschwister?« Peters halbherziger Versuch, mich aus der Reserve zu locken, hilft leider nicht wirklich weiter.

»Nee, ich …«

»Bingo!«, ruft Alice plötzlich durch den Raum und reckt triumphierend die Faust in die Luft.

Ich atme auf. Peter macht einen Schritt zurück und scheint unser Gespräch ebenfalls als beendet anzusehen.

»Dann haben wir wohl unsere Gewinnerin. Herzlichen Glückwunsch, Alice!« Mrs Dawson kontrolliert ihren Bingo-Zettel, zieht dann ein Päckchen mit einer goldenen Schleife aus ihrer Aktentasche und überreicht es Alice.

Diese deutet eine Verbeugung an, öffnet es aber nicht, sondern legt es neben ihren nietenbesetzten schwarzen Rucksack auf den Boden.

»Damit wären wir mit unserer kleinen Kennenlernrunde auch schon am Ende. Ich wünsche euch allen einen erfolgreichen und stressfreien Wochenstart. Und Alice, Josie, Alex und Rachel … Ihr bleibt natürlich erst mal hier.«

Die anderen applaudieren stürmisch, als hätte Mrs Dawson verkündet, dass alle eine Gehaltserhöhung bekommen. Ich beuge mich dem Gruppenzwang und steige mit ein.

Während die meisten aus dem Raum strömen, setze ich mich neben Alice ans vordere Ende des Konferenztisches. Gegenüber von uns nehmen eine Kollegin und ein Kollege Platz, die ich auf Mitte dreißig schätze. Das dürften wohl Alex und Rachel sein. Rachels ehrliches Lächeln ist mir sofort sympathisch.

Auch wenn dieses Kennenlern-Bingo ein furchtbarer Einstieg in meinen ersten Arbeitstag war, kann ich es kaum erwarten, meinen Aufgabenbereich zugeteilt zu bekommen. Allein der Gedanke daran, dass die *London Lens* mich aus den unzähligen Bewerbungen aus aller Welt für eine der Volontariatsstellen ausgewählt hat, erfüllt mich mit Ehrfurcht und Stolz zugleich.

In schlaflosen Nächten habe ich mir den Kopf darüber zerbrochen, was sie in mir gesehen haben. Waren es nur meine guten Noten im Studium oder haben meine Artikel sie überzeugt?

Aber egal, was es war: Nun habe ich endlich die Möglichkeit, all das umzusetzen, wovon ich in den letzten Jahren geträumt habe. Nicht wie in meinen bisherigen Praktika langweilige Lifestyle-Berichte über die neueste Haarfarbe einer drittklassigen TV-Moderatorin oder einen Auffahrunfall auf der Albany Street schreiben, sondern Artikel, die etwas verändern. Recherchen, die mich herausfordern.

Auch wenn Mrs Dawson mich sicher nicht direkt mit einem eigenen Investigativfall betraut, kann ich es kaum erwarten, meinen neuen Kollegen über die Schulter zu sehen, alle Abläufe kennenzulernen und dabei meine eigenen Techniken zu perfektionieren. Wo ich wohl als Erstes hineinschnuppern darf? Ein Skandal über einen Lokalpolitiker? Oder ein neuer Online-Scam, der auseinandergenommen wird?

Mrs Dawson setzt sich ans Kopfende, wirft einen Blick in die drei Tassen vor ihr und schlürft die Reste aus dem einzigen Cappuccino, von dem noch mehr als Milchschaum übrig ist. »Alex und Rachel werden euch durch eure ersten Wochen in der Redaktion begleiten. Sie zeigen euch die Abläufe, teilen euch eure Aufgaben zu und sind eure Ansprechpartner für alles.«

Rachel nickt. »Wenn ihr Fragen habt oder Hilfe braucht, scheut euch nicht, zu uns zu kommen. Ich weiß noch ziemlich gut, wie es sich angefühlt hat, neu zu sein. Damals dachte ich, ich muss alles auf Anhieb perfekt hinkriegen, bevor ich es jemandem zeige. Aber diesen Anspruch hat hier niemand an euch. Wir sind ein Team, okay?«

Ihre ruhige Stimme und die lieben Worte schaffen es tatsächlich, mir einen Teil meiner Anspannung zu nehmen.

Ich bezweifle zwar, dass ich es über mich bringen würde, sie oder Alex um Hilfe zu bitten, aber allein das Wissen, ich könnte es, beweist mir erneut, dass ich mit meiner Bewerbung bei der *London Lens* alles richtig gemacht habe.

Alice tippt unruhig mit den blauen Fingernägeln auf die Tischplatte und wendet sich Mrs Dawson zu. »Sehr cool. Aber was ist mit den Arbeitsbereichen, von denen du vorhin gesprochen hast?«

Mrs Dawson grinst. »Du kannst es wohl gar nicht erwarten loszulegen, hm?« Sie beugt sich vor und lässt den Blick zwischen Alice und mir hin- und herschweifen.

Mein Herz beschleunigt seinen Takt. Schade. So leicht lässt sich meine Nervosität wohl doch nicht verscheuchen. Aber das liegt nicht nur an mir, oder? Alice ist sicher genauso aufgeregt, endlich zu erfahren, was sie hier in den nächsten Monaten erwarten wird.

»Du hast in deinem Bewerbungsgespräch so begeistert erzählt, wie spannend du die Geschichte Londons findest und dass du erst mal diese Führung durch die Foodszene gemacht hast. Also habe ich dir eine Stelle im Kultur-Team eingerichtet. Du wirst Alex und seine Kollegen unterstützen, den neuesten Stoff zu finden und möglichst publikumswirksam aufzubereiten. Gerade sind sie an einem Skandal rund um einen Handelsring mit gefälschten Kunstwerken dran. Wäre das was für dich?«

Alice strahlt breiter als die Morgensonne, die so grell durch die Glasfront scheint, dass ich die Augen zusammenkneifen muss, wenn ich Mrs Dawson ansehe. »Mega! Ich meine … vielen Dank. Das ist genau das, was ich mir gewünscht habe.«

Ich kann es nicht mehr abwarten. Was hat sie für mich geplant? Im Kopf gehe ich das Bewerbungsgespräch durch. Abgesehen von ihren Ermutigungen, mehr von mir zu erzählen und mehr aus mir herauszukommen, erinnere ich mich an wenig. Erst recht nicht daran, über meine Interessen gesprochen zu haben.

Sofort bereue ich es. So kann sie überhaupt nicht wissen, wofür ich brenne. Allerdings scheint sie ein feines Gespür für Menschen zu haben. Alice hat sie offensichtlich auch anhand eines kurzen Bewerbungsgesprächs durchschaut. Vielleicht hat sie also trotzdem etwas gefunden, wo ich gut hineinpasse.

»Und für dich, Josie, habe ich eine ganz besondere Stelle. Deine ruhige und besonnene Art hat mir gleich gezeigt, dass du damit umzugehen weißt. Du erhältst von mir eine Aufgabe mit viel Verantwortung. Aber auch eine, bei der du die Chance hast, etwas aus dir herauszukommen und deine Persönlichkeit zu zeigen.«

Oh Gott. Ich beiße mir auf die Unterlippe. Das geht in eine ganz falsche Richtung. Ob es unhöflich ist, jetzt schon abzulehnen? Und kann ich überhaupt ablehnen?

»Du wirst unser neues Social-Media-Team aufbauen und unsere Online-Auftritte bei Instagram und TikTok gestalten. Bisher haben wir kein spezialisiertes Team dafür, aber das Thema ist heutzutage ja sehr wichtig, und der Umfang wird langsam etwas zu groß, um das eine einzelne Redakteurin nebenbei machen zu lassen. Wir wollen das professionell angehen. Also wird deine Haupttätigkeit sein, dich um den Aufbau unserer Kanäle zu kümmern und Content zu erstellen. Ist das nicht eine wunderbar kreative Aufgabe?«

Der Konferenzraum schwankt vor meinen Augen, so schnell rauscht das Blut plötzlich durch meinen Kopf.

Zumindest kann ich mir nun sicher sein, dass sich im Vorfeld niemand die Mühe gemacht hat, mich zu googeln. Dann wüsste sie vermutlich, dass ich auf meinen Social-Media-Profilen noch nie etwas gepostet habe, sondern sie nur benutze, um andere zu stalken und auf dem neuesten Stand zu bleiben. Und sogar daran scheitere ich manchmal. Wie kommt sie darauf, ich wäre gut darin, Social-Media-Content zu erstellen?

Allerdings sollte ich nicht gleich so negativ an die Sache herangehen. Sicher gibt es auch dabei Aufgaben, die mir Spaß machen. Das heißt ja nicht, dass ich mich vor die Kamera stellen und vor Tausenden Zuschauern live gehen muss.

Zögerlich nicke ich. »Ich hab ehrlich gesagt keine Erfahrung mit Content-Management. Aber das ist wohl ein Bereich, den man heutzutage beherrschen sollte.«

»Ganz genau. Deswegen wird dich Rachel etwas an die Hand nehmen und dir zeigen, worauf wir bei unserer Online-Präsenz Wert legen. Sie hat bisher ab und zu unsere Social-Media-Accounts bespielt, es aber nur nebenbei gemacht. Wir brauchen jemanden, der sich mit allen Ressourcen um die Social-Media-Kanäle kümmert.«

Ich werfe einen Blick zu Alice, die einen Kugelschreiber zwischen ihren Fingern hindurchwandern lässt und gedankenverloren daraufstarrt. Sie sieht plötzlich gar nicht mehr so unbeschwert und glücklich aus.

Ich wittere eine Chance für uns beide. Außerdem will ich es mir mit ihr nicht gleich am ersten Tag verscherzen. Es wäre viel schöner, jemanden in der Redaktion zu haben, mit dem ich mich auf Augenhöhe austauschen kann, ohne Angst haben zu müssen, mich mit dummen Fragen zu blamieren.

»Ist das für dich auch okay so?«

Sie zuckt kaum merklich zusammen und reißt den Kopf herum.

Ihr Stirnrunzeln verunsichert mich sofort. Dennoch spreche ich weiter. »Ich meine, du siehst aus, als würdest du dich mit Social Media auskennen, wenn du lieber meinen Bereich übernehmen würdest, können wir sicher auch tauschen.«

»Ach, das ist total süß, dass du dir Gedanken machst, aber ich bin mit meinem Bereich sehr glücklich.«

»Und es ist ja auch nicht für immer«, erwidert Mrs Dawson. »Es sind nur die ersten drei Monate. Danach tauscht ihr durch, schnuppert auch mal in andere Teams rein. Ihr werdet alles ausprobieren können, was euch interessiert, keine Sorge.« Sie greift erneut nach einem der Cappuccinos und führt die Tasse an ihre Lippen. Allerdings fließt wohl nichts mehr heraus. Seufzend stellt sie die Tasse wieder ab.

Sie klopft mit den Händen auf die Knie. »Dann ist so weit alles klar, oder? Rachel und Alex können euch noch ein wenig herumführen.«

Abgesehen davon, dass ich bis auf ein mulmiges Gefühl im Bauch nicht viel aus diesem Gespräch mitgenommen habe, ja. Ich weiß immer noch nicht, was mich erwartet. Nur, was mich definitiv nicht erwartet: coole Recherchen, die sich nicht nur auf den Schreibtisch beschränken, spannende Artikel zu schreiben und tagelang im Sog eines aufregenden Investigativfalls zu versinken. Stattdessen fühlt es sich an, als hätte Mrs Dawson mir verkündet, in der Kantine ein Jahr lang nur die aufgewärmten Reste der anderen vorgesetzt zu bekommen.

Aber ich darf den Kopf nicht schon am ersten Tag in den Sand stecken. Wenn ich erst mal gute Arbeit geleistet habe, kann ich es vielleicht wagen, um eine Versetzung in ein anderes Team zu bitten.

»Wir werden schon irgendwie reinkommen«, antwortet Alice.

Mrs Dawson steht auf und nickt uns noch mal aufmunternd zu. »Das werdet ihr, da bin ich mir sicher. Und damit noch mal herzlich willkommen bei *London Lens.*«

2. KAPITEL

Ryan

Der Fahrer öffnet mir die Tür. Instinktiv kneife ich die Augen zusammen, als das Blitzlichtgewitter über mich hereinbricht. Verdammt, ist das hell! Ich zwinge mich, die Lider wieder aufzureißen, setze das Zahnpastalächeln auf, das Harold mir beigebracht hat, und springe aus dem weißen Jaguar.

Sofort wird es dunkler. Nicht dass meine Augen sich so schnell an die Blitze gewöhnt hätten. Die Reporter haben nur aufgehört zu fotografieren. Sie scheinen bemerkt zu haben, wen sie vor sich haben. Oder eher das Gegenteil davon – dass sie keinen blassen Schimmer haben, wer dieser herausgeputzte Kerl im königsblauen Smoking ist.

Ihren enttäuschten Gesichtern nach zu urteilen, tippen die meisten wohl auf ein verwöhntes Millionärssöhnchen. So leicht lasse ich mich aber nicht beirren. Ich setze ihrer Enttäuschung ein freundliches Nicken entgegen, warte, bis Nick hinter mir vom Rücksitz gerobbt ist, und wünsche den Fotografen einen guten Abend, während ich langsam den roten Teppich entlangschreite.

So unangenehm. Was hat Harold sich nur dabei gedacht, nicht nur für diese Premiere, sondern auch für den anschließenden Empfang zuzusagen, ohne mich vorher zu fragen? Ich hätte ihm gleich verraten können, wie das enden wird.

Zwei einzelne Kameras blitzen auf.

»Ryan! Mr Morley, hier drüben! Würden Sie mir eine Frage beantworten?«

Halleluja. Ich muss mich beherrschen, mir meine Erleichterung nicht anmerken zu lassen. So wird dieser Auftritt immerhin kein kompletter Reinfall werden.

Ich bleibe vor der Reporterin im schicken weißen Kleid stehen. Das plüschige Mikrofon, das sie in der Hand hält, erinnert mich an einen Staubwedel.

»Natürlich! Wie kann ich Ihnen helfen?«, frage ich so charmant wie möglich.

»Wie haben Sie den Film erlebt?«

Optimal. Darüber könnte ich stundenlang reden. »Ich fand die Umsetzung wirklich gelungen. Im Vorfeld hab ich mich schon über Wochen intensiv mit dem Fall befasst. Deswegen kann ich sagen, dass sich sowohl die Darstellung des Täters als auch der Opfer sehr nahe an den realen Personen hält. Dadurch war die Atmosphäre so dicht, erschreckend und gleichzeitig faszinierend, dass ich zwischendurch sogar vergessen habe, dass ich hier einen inszenierten Film ansehe und nicht das echte Geschehen mitverfolge.«

»Also würden Sie den Film Ihren Fans weiterempfehlen?«

»Definitiv. Ich werde in den nächsten Tagen eine ausführliche Filmreview hochladen.«

Ich suche ihre Kleidung und ihr Mikro nach einem Hinweis auf ihren Arbeitgeber ab, kann aber nichts entdecken. Egal. Hoffentlich sendet sie das einfach und erreicht wenigstens ein paar Leute damit.

»Und stimmt es, was man sich erzählt?«

Diese Frage kann nichts Gutes bedeuten. Aber ich weiß nicht genau, worauf sie anspielt. »Was erzählt man sich denn?«, frage ich so höflich, wie es nur möglich ist.

»Dass Sie und Katie ein Paar sind?«

Was … Ich brauche einen Moment zu lange, um auf diese absolut bescheuerte Frage zu reagieren.

»Ich … nein … natürlich nicht!«, rufe ich eine Spur zu laut und versuche, es mit einem Lachen zu überspielen, das jedoch so künstlich klingt, dass ich sofort verstumme.

Sie starrt mich mit großen Augen an. Hoffentlich interpretiert sie mein Gestotter nicht falsch.

Während meine Wangen zu glühen beginnen, füge ich hinzu: »Ich bin Katie vor ein paar Wochen zum ersten und einzigen Mal bei einer Gala begegnet. Wir haben ungefähr fünf Sätze miteinander ausgetauscht.« Wie kommt die Reporterin überhaupt auf die Idee, dass wir ein Paar sein könnten?

»Ach so.« Sie lässt das Mikrofon sinken. »Das war's auch schon. Danke für Ihre Zeit!«

Ich wende mich ab und laufe weiter, um die Hitze in meinen Wangen zurückzudrängen.

»Alter, was war das denn?«, zischt Nick von hinten.

»Diese Frage? Ach, du weißt doch, wie das läuft. Jeder will die neueste Schlagzeile entdecken.«

»Aber was soll so was denn? Versuchen die wirklich, dir mit jeder Person, mit der du mal zufällig auf einem Foto zu sehen bist, eine Lovestory anzudichten?«

Ich zucke mit den Schultern. »Vermutlich. Laut *Inside London* bin ich ja sogar mit Katie verlobt.«

»Welche Katie überhaupt? Katie Benson? Dieses Model?«

Ein groß gewachsener Reporter schiebt sich zwischen den anderen nach vorn und hält mir sein kleines Diktiergerät unter die Nase. So ein Ding habe ich seit Jahren nicht mehr gesehen. »Ich hätte auch noch eine Frage. Woher kennt man Sie denn?«

Enttäuschung flutet meine Adern. Die einzige Frage, von der ich gehofft habe, sie heute nicht gestellt zu bekommen. Ich hätte lieber zu Hause bleiben, mich mit Chips und Cola ins Studio verziehen und für den neuen Fall weiter recherchieren sollen.

»Mein True-Crime-Podcast *Secrets in the Silence* wird auf der ganzen Welt gestreamt. Deswegen bin ich kurz davor, die Eine-Million-Follower-Marke bei Instagram zu knacken.«

»Also schon wieder einer von diesen Influencern«, murmelt der Reporter und drückt einen Knopf an seinem Diktiergerät.

Er kann nicht wissen, dass er damit einen wunden Punkt trifft. Ich atme tief durch und versuche, die Worte, die mir auf der Zunge liegen, hinunterzuschlucken.

Als hätte ich das jemals hingekriegt.

»Definiert sich ein Influencer nicht eher dadurch, dass er vor allem durch seine auffallende Persönlichkeit bekannt ist und nichts weiter macht, als Social-Media-Content zu produzieren?«, entgegne ich.

Der Reporter blinzelt und richtet seine altmodische Krawatte. »Also genau das, was Sie mir gerade erzählt haben.«

Ich lächle und schüttle den Kopf. »Das wird leider oft verwechselt. Aber nein. Die Leute folgen mir in den sozialen Medien, weil sie meinen Podcast mögen. Und in diesem Podcast steckt richtig viel Arbeit. Ich recherchiere teilweise wochenlang, bereite die Fälle akribisch auf und dann …«

»Ist gut, Junge. Hab schon verstanden.«

Bevor ich noch etwas erwidern kann, dreht er sich wieder um und verschwindet zwischen den anderen Journalisten. Voller Verständnislosigkeit und Frust sehe ich ihm hinterher.

Nick zieht mich sanft am Arm. »Komm, lass den einfach. Hilft doch nix.« Wie recht er damit hat.

Niemand möchte uns noch Fragen stellen, während wir den Rest des roten Teppichs überqueren und in die große Galahalle treten.

Lautes Stimmengewirr empfängt uns. Unschlüssig bleibe ich stehen und sehe mich um. Obwohl ich nicht genau weiß, wo ich hingehen soll, erkenne ich sofort, dass es sich gelohnt hat, hierherzukommen.

Die prunkvollen Kronleuchter an der hohen Decke, die jemand mit einem Kran hochgehoben haben muss, bilden einen beeindruckenden Kontrast zum modern gestalteten Empfangsbereich. Ich entscheide mich für einen der äußeren Stehtische, der mit einem weißen Tuch umspannt ist. Von dort aus kann ich gut beobachten, wer sich hier noch so herumtreibt, ohne selbst auf dem Präsentierteller zu sitzen. Erst jetzt fällt mir die seichte Klaviermusik auf, die die unzähligen Gespräche leise untermalt.

Vorsichtig ziehe ich mein Handy ein Stück weit aus der Anzugtasche. Kein verpasster Anruf, keine neue Nachricht. Trotzdem nehme ich es heraus und schieße ein paar Fotos für meine Instagram-Story, bevor ich es wieder verschwinden lasse.

Nick steht mir gegenüber, zieht die lächerlich kleine Fliege an seinem Kragen zurecht und streicht sich eine blonde Strähne aus der Stirn. »Puh, ich könnte langsam echt was zu futtern vertragen.«

Wie auf Kommando taucht ein junger Mann in einem schwarzen Anzug neben ihm auf und hält ein Tablett zwischen uns. Wenn ich es nicht besser wüsste, würde ich behaupten, er hätte sich gerade erst neben uns materialisiert.

»Canapés?«, fragt er.

Ich muss nicht lange überlegen. Beim Anblick der kleinen Häppchen zieht sich mein Magen sehnsüchtig zusammen.

Nick greift nach etwas, das wie ein Mini-Yorkshire-Pudding aussieht, und einem Garnelenspieß. Der Kellner stoppt ihn jedoch und drückt ihm zuerst ein Tuch in die Hand.

Ich lasse mir ebenfalls eines reichen, um bei den Roastbeef-Röllchen und den Gläschen mit Minilöffel und einer seltsamen, rosafarbenen Creme zuzuschlagen – die Avocadostückchen darauf wirken zu verlockend.

In weiser Vorausahnung platziere ich mein Tuch auf dem Tisch und lege die Köstlichkeiten dort ab. Nick dagegen hat den Mund voller Garnelen, als eine weitere Kellnerin herbeieilt und uns eine Auswahl an Drinks von ihrem Tablett anbietet.

Während Nick sich für Champagner entscheidet, wähle ich das alkoholfreie Getränk. Irgendwas mit Minze und Limette. Heute ist es wichtig, einen kühlen Kopf zu bewahren.

»Hast du schon jemanden entdeckt?«, flüstere ich, als die Bedienungen sich zum nächsten Tisch aufgemacht haben.

»Ich? Wie denn? Alles, was ich sehe, ist dieses seltsame Gemälde hinter dir – und natürlich das wunderbarste Kunstwerk überhaupt – dein zauberhaftes Antlitz.«

Ich überlege kurz, eine Avocadospalte nach ihm zu werfen, erinnere mich aber rechtzeitig daran, wo wir gerade sind. Außerdem wäre es viel zu schade, diese perfekt gereifte Avocado wegen ihm zu verschwenden.

Wozu habe ich ihn eigentlich gecoacht?

»Hätte ja sein können, dass du beim Reingehen nicht nur Frauen auf den Hintern geguckt hast«, erwidere ich grinsend.

»Sorry, da muss ich dich leider enttäuschen. Aber es war jedenfalls kein Hintern dabei, den ich kenne.« Er grinst.

Ich lasse den Blick durch die Halle schweifen. Prominente tummeln sich hier viele, nur die berühmtesten Gäste sind offensichtlich noch nicht eingetroffen. Ich entdecke die Schauspielerin, die im Film eben noch auf brutalste Weise ermordet wurde, einen Lokalpolitiker und zwei alternde Popstars. Aber niemanden, der mir helfen könnte. Und erst recht nicht Mr Reid. Ganz toll.

»Zieh doch nicht so ein Gesicht«, sagt Nick und schneidet eine Grimasse.

»Das sagst du so leicht«, murmele ich und stochere mit dem Löffel in der rosa Pampe herum. »Du bist nicht derjenige, der bald auf der Straße sitzt.«

»Übertreib nicht.«

Ich seufze. Nein, das würde wohl nicht passieren. Dennoch ist mein Appetit verpufft. »Hab ich aber leider schon.« Und das nicht gerade wenig.

Um genau zu sein, könnte dieses blöde Penthouse-Apartment die dümmste Entscheidung meines Lebens gewesen sein. Und außer meinem Dad, der grundsätzlich gegen alles ist, was ich tue, und damit schon lange seine Glaubwürdigkeit verspielt hat, hat nicht mal jemand versucht, mich aufzuhalten.

Mein ganzes Vermögen steckt in dieser Bude. Wenn es so weitergeht und nicht bald neue Werbedeals reinkommen, kann ich sie nicht mal mehr halten. Alles umsonst. Die wochenlange

Arbeit beim Einrichten und Umziehen, all die Hoffnungen und Träume, das schöne neue Studio, in dem ich so viel entspannter arbeiten kann als zuvor in meinem WG-Zimmer … alles weg. Denn meinen Dad um Geld anzubetteln, kommt auf keinen Fall infrage. Diese Blöße werde ich mir garantiert nie mehr geben.

Nervös ziehe ich mein Smartphone aus der Anzugtasche und checke erst meine Nachrichten, dann meinen Instagram-Account. Einige Verlinkungen sind in der letzten Stunde neu dazugekommen.

»Leg das doch mal weg. Wenigstens hier!«, sagt Nick und seufzt.

»Gleich. Ich muss nur noch kurz was checken.«

Doch bevor ich mir die Verlinkungen ansehen kann, verpasst mir Nick unter dem Tisch einen Tritt. »Reid auf vier Uhr!«

Ich lasse das Handy sinken und schaue auf. »Da hinten?« Ich deute mit dem Daumen über die Schulter zur Mauer. »Er sieht zwar schon aus wie ein Geist, aber durch Wände gehen kann er, soweit ich weiß, trotzdem noch n…« Ich verstumme schlagartig, als Mr Reid tatsächlich in meinen Augenwinkeln auftaucht. Allerdings aus der anderen Richtung. Eilig lasse ich das Smartphone zurück in die Tasche gleiten.

»Mein vier Uhr, dein zehn Uhr, du Vollidiot!«, presst Nick leise zwischen den Zähnen hervor, während er schon ein unverfängliches Lächeln aufgesetzt hat.

Immerhin scheint Mr Reid nicht gehört zu haben, was ich über ihn gesagt habe. Er bleibt zwischen Nick und mir stehen und ergreift meine Hand sofort, als ich sie ihm entgegenstrecke. So muss sich der Händedruck eines Skeletts anfühlen. Wenn es so weitergeht, kann er bald vielleicht doch durch Wände laufen. Auf seinem mit Altersflecken bedeckten Kopf befinden sich nur noch ein paar Haare, die er von einer Seite zur anderen gekämmt hat.

»Guten Abend, Mr Reid. Wie schön, Sie hier zu treffen!«

»Mr Morley, darf ich Ihnen meine Frau vorstellen?«

Er streckt die ledrige Hand nach hinten und zieht eine Dame in einem rosa Kostüm an seine Seite. Zu meiner Überraschung ist sie mindestens genauso alt wie er und nicht dreißig bis fünfzig Jahre jünger. Ihre blonden Locken stehen von ihrem Kopf ab, als wäre sie unter der Föhnhaube eingeschlafen.

Ich lächle ihr freundlich zu. »Schön, Sie kennenzulernen, Ma'am!«

Sie mustert mich mit unverwandter Miene. »Ja«, sagt sie nur.

Wahrscheinlich hat das nichts zu bedeuten. Vielleicht ist sie nur ein bisschen wortkarg. Trotzdem werden meine Handflächen sofort feucht. Gibt es ein Problem? Weiß sie mehr als ich?

Ich will gerade Nick vorstellen, als Mr Reid sich an ihn wendet. »Würden Sie uns einen Moment allein lassen?«

»Oh, er gehört zu mir. Das ist mein bester Freund, er kann ruhig hierbleiben«, sage ich schnell, doch Mr Reid sieht mich an, als hätte ich gerade darauf bestanden, für den nächsten Werbedeal mit Kamelen statt mit Pfund bezahlt zu werden.

»Passt schon, ich hol mir einfach noch ein paar Häppchen«, sagt Nick, presst die Lippen aufeinander und ist verschwunden, bevor ich etwas erwidern kann.

Mr Reid tritt an seine Stelle, legt die Unterarme auf dem Stehtisch ab und faltet die Hände. Mein Magen grummelt – aber nicht vor Hunger. Irgendwas liegt hier in der Luft.

»Wie geht es Ihnen, Mr Morley? Haben Sie die Premiere genossen?«

Am liebsten würde ich seine Frage ignorieren und ihn direkt fragen, was los ist. Aber das wäre verdammt unhöflich. »Ja, ich fand die Umsetzung wirk…«

»Schön, schön. Hören Sie …« Mr Reid zieht sich mit fahrigen Bewegungen die weißen Hemdsärmel, die unter seinem Jackett hervorblitzen, zurecht. »Ich habe in den letzten Tagen immer wieder darüber nachgedacht, Sie telefonisch zu kontaktieren. Allerdings gibt es gewisse Punkte, die man lieber von Angesicht zu Angesicht besprechen sollte. Deswegen habe ich gehofft, Sie heute hier anzutreffen.«

Mist. »Wenn es um die Kampagne für die neuen Uhren geht … Ich weiß, es war vielleicht nicht die eleganteste Idee, sie zu bewerben, indem man die Robustheit testet und mit dem Auto drüberfährt, aber das Feedback der Zuschauer wa…«

»Darum geht es nicht, Mr Morley.« Er sieht mich über den dünnen Rand seiner Brille hinweg streng an.

Einen Moment lang fühle ich mich an meine Schulzeit zurückerinnert, als mein Physiklehrer mir vor der ganzen Klasse gesagt hat, ich sei begriffsstutziger als ein Stück Toast. Nur weil ich nie zugehört und lieber heimlich unter dem Tisch Krimis gelesen habe, statt Geschwindigkeiten und Energie zu berechnen.

Ich erschaudere, versuche aber, weiterhin positiv zu wirken. »Worum denn dann?«

»Die Statistiken unserer letzten drei gemeinsamen Kampagnen haben gezeigt, dass die Konversionsrate um achtzig Prozent zurückgegangen ist.«

»Das heißt, es kaufen achtzig Prozent weniger Leute den Schmuck, nachdem sie meine Werbung gesehen haben, als früher?«

»Genau. Sie bringen viele Menschen auf unsere Website. Aber Geld ausgeben will dort keiner.«

Ich schlucke. Das ist ganz und gar nicht gut.

Werbung ist noch nie mein Ding gewesen. Ich will meine Zuschauer unterhalten, nicht ausnehmen. Deswegen würde ich es nie übers Herz bringen, für etwas zu werben, hinter dem ich nicht zu hundert Prozent stehe.

Mr Reid ist mit seinem Unternehmen mein Hauptsponsor. Ich bin nicht der größte Schmuckfan, aber sogar ich muss zugeben, dass er schöne und hochwertige Teile in seinen Kollektionen hat, die ich ohne schlechtes Gewissen weiterempfehlen kann. Im Gegensatz zu den Produkten der meisten anderen Unternehmen, die Kooperationen bei mir anfragen. Wenn meine Einnahmen über ihn jetzt auch noch sinken, kann ich mir gefühlt gleich einen Schlafplatz unter einer Brücke suchen. Oder ich muss wohl oder übel mal meinen Dad anrufen ... Nein, so weit wird es nicht kommen.

»Woher könnte das kommen? Was kann ich verbessern, damit die Zahlen wieder nach oben gehen?«

Mr Reid wechselt einen Blick mit seiner Frau. Sie nickt.

Ich muss gegen das Pochen in meiner Magengegend ankämpfen.

»Das kann vielfältige Ursachen haben. Übersättigung der Zielgruppe zum Beispiel. Wir müssen aber auch in Betracht ziehen, dass wir mit Ihnen vielleicht einfach an der Zielgruppe vorbeiwerben. Ihr Publikum ist größtenteils noch sehr jung. Vielleicht funktionieren diese sozialen Medien für uns überhaupt nicht.«

Ärger braut sich in mir zusammen. Woher will er das wissen? Ich bin der Einzige, der die genauen Statistiken meiner Kanäle kennt.

»Vielleicht liegt es auch einfach an der Art, wie Sie die Produkte bewerben. So oder so ...« Er kratzt sich an der Nase und starrt einen Moment auf das Champagnerglas vor sich, bevor er mir wieder in die Augen sieht. »... es ist eine Veränderung notwendig. Und die einzig logische Konsequenz ist für uns leider, dass wir uns von Ihnen als Werbepartner trennen und die Kooperation beenden.«

Ich suche in seiner Miene etwas, das mir verraten könnte, dass er nur einen Scherz gemacht hat. Doch da ist nichts. Kein Zucken, kein verstecktes Grinsen. Nur diese Härte, die seine Mundwinkel umspielt.

»Jetzt sofort? Einfach so?«, frage ich leise, weil das alles ist, was mir einfällt.

»Nun, *einfach so* kann man das wirklich nicht nennen. Aber ja, ab sofort.«

Langsam sickert die Bedeutung seiner Worte in mein Bewusstsein. *Verdammter Mist!* Mein Kopf rattert auf Hochtouren. Es muss einen Weg geben, das zu verhindern. Ihn umzustimmen.

All die Jahre Arbeit umsonst. Ich will nicht schon wieder umziehen. Kein Equipment verkaufen. Mir keinen Nine-to-five-Job suchen, in dem mein Hirnschmalz jeden Tag ein bisschen mehr eintrocknet, bis ich nicht mehr kreativ sein kann, nichts mehr spüre.

»Es tut mir leid. Ich hoffe, Sie verstehen unsere Entscheidung.«

Mr Reid sieht kein bisschen so aus, als würde es ihm leidtun. Dafür sieht er so aus, als wäre das Gespräch für ihn beendet.

Und plötzlich verspüre ich keinen Drang mehr, mich dagegen zu wehren. Wenn er mich nicht mehr will, werde ich ihm nicht hinterherlaufen. Die Reichweite, die ich mir aufgebaut habe, hat dafür gesorgt, dass er auf mich zugekommen ist.

Warum sollte so was also nicht noch mal passieren? Dafür muss ich nicht meine Würde begraben und ihm in den Arsch kriechen.

Es hat mich schon lange nicht mehr so viel Kraft gekostet zu lächeln. »Nur bedingt. Aber ich akzeptiere sie.« Ich fasse an mein Handgelenk und löse den Verschluss der goldenen Designeruhr.

Mr Reid schüttelt energisch den Kopf. »Nein, nicht doch. Die können Sie behalten.«

Unschlüssig starre ich auf mein Handgelenk. Ich habe diese Uhr geliebt. Noch vor einer Minute. Jetzt bin ich mir nicht mehr sicher, ob ich sie überhaupt noch haben will.

Allerdings könnte ich sie im Notfall verkaufen. Das würde mich ein, zwei Monate über Wasser halten.

Langsam drücke ich den Verschluss wieder zu. Dann nicke ich. »Ich denke, die Formalia zum Auflösungsvertrag klären Sie besser mit Harold … Ich meine Mr Holden. Vielen Dank, Mr Reid. Schönen Abend Ihnen beiden noch.«

Mit einem gekünstelten Lächeln hakt sich seine Frau bei ihm unter und zieht ihn vom Tisch weg.

Ich kann mich nicht entscheiden, ob ich weinen, schreien oder seinem Rücken den Mittelfinger zeigen soll. Aber ich reiße mich zusammen.

Ich werde einen neuen Sponsor finden und meine Finanzlücke füllen. *Hoffentlich.*

3. KAPITEL

Josie

Ein Flüstern in der Morgenstunde,
Gedanken ziehen Kreise,
Gefühle, zart und ungesehen,
für mich laut und die anderen so leise.
Im Alltag tobt ein leises Rauschen,
Nervosität, sie pocht im Takt,
Herzen klopfen, Hände zittern,
als wäre Mut in Schatten gepackt.
Ein Schritt nach vorn,
ein Blick ins Weite,
die Sorgen fliegen wie die Blätter,
egal, wie sehr ich alles meide.

Ich klappe das Notizbuch zu und streiche über den goldenen Einband. Die Vorstellung, einfach hier sitzen zu bleiben und den ganzen Tag lang meine Gedanken fließen zu lassen, ist verlockender als die Aussicht auf den anstehenden Arbeitstag. Noch letzte Woche konnte ich es kaum erwarten, endlich mein Volontariat anzutreten – und jetzt werden meine Hände nach dem ersten Tag schon schwitzig, wenn ich nur daran denke, was mir heute bevorsteht.

Ein rhythmisches Klopfen an der Wohnungstür lässt mich zusammenfahren. Obwohl ich noch mein Nachthemd trage, schlurfe ich an der kleinen Küchenzeile vorbei in den engen Flur, werfe einen schnellen Blick durch den Spion und öffne die Tür.

Dad streckt mir eine strahlend weiße Tüte entgegen, mit einem ebenso strahlenden Grinsen auf den Lippen. In der anderen Hand hält er einen Getränketräger mit zwei Bechern, die sofort einen unwiderstehlichen Duft nach Kaffee verbreiten.

In mir kämpfen zwei Seiten. Ich unterdrücke die, die ihn am liebsten anpampen würde, weil er schon wieder unangemeldet vor der Tür steht, gebe aber der anderen nach, nehme ihm die Tüte ab und umarme ihn.

Sein Duft vermischt sich mit dem des Kaffees, und ich schließe einen Moment die Augen, bevor ich Dad wieder loslasse. Sofort beruhigt sich mein nervöser Herzschlag.

»Du bist unmöglich«, sage ich schmunzelnd und trete zur Seite, um ihn reinzulassen.

»Ich konnte es nicht lassen. Du frühstückst sonst ja wieder nichts. Dabei ist es gerade an den ersten Arbeitstagen wichtig, dass du genug Energie hast. Außerdem gab es heute die Donuts mit deiner Lieblingsfüllung.«

Ich will widersprechen, erinnere mich dann aber wieder daran, dass ich vorhin beim Blick in den Kühlschrank neben den Getränken nichts außer einem einsamen Salatkopf und einem halben Stück Cheddar gefunden habe.

Dad folgt mir in das einzige Zimmer meines winzigen Apartments. Während er die Becher auf dem Küchentisch abstellt, hole ich zwei Teller.

»Lass dir doch nicht immer alles aus der Nase ziehen – wie war dein erster Arbeitstag?«

Ich setze mich ihm gegenüber, schnappe mir meinen Kaffee und öffne die Tüte. »Die Redaktion ist der absolute Wahnsinn und die Kollegen unglaublich nett. Nur leider haben sie mir die Aufgabe gegeben, eine Social-Media-Abteilung zu starten.« Der Anblick der mit Schokoglasur und roten Streifen überzogenen Donuts lässt meinen Magen knurren.

»Aber das ist doch genau das Richtige für so junge Leute wie dich. Da kennst du dich aus.«

Dads unerschütterlicher Optimismus lässt mich grinsen. »Nur weil man auf Social Media unterwegs ist, heißt das nicht, dass man auch gleich guten Content produziert. Da steckt viel mehr dahinter, als man auf den ersten Blick sieht. Vor allem, wenn man keine Lust hat, sich als Clown vor die Kamera zu stellen.«

»Das ist doch ein seriöses Magazin. Warum solltest du dich dabei lächerlich machen?«

Ich seufze und starre auf den Donut auf meinem Teller. Mit jedem Satz, den ich zu dem Thema verliere, schrumpft mein Appetit. »Weil es das ist, was auf Social Media funktioniert. Nichts wird so viel geklickt wie richtig dämliche und peinliche Videos.«

»Für mich sind das zwei verschiedene Bereiche. Die *London Lens* will die Leute vor allem informieren und nicht nur unterhalten. Und dass du eine tolle Journalistin bist, hast du schon öfter unter Beweis gestellt.«

Er deutet auf meine Pinnwand, an der ich all meine Artikel aus Praktika und Studium gesammelt habe.

Seine Zuversicht lässt mein Herz wieder leichter werden. »Danke, Dad. Vielleicht sollte ich mich wirklich weniger stressen und einfach mal abwarten und ausprobieren.«

Ich beiße in den Donut. Die Blaubeerfüllung quillt mir entgegen, hinterlässt eine kleine Geschmacksexplosion auf meiner Zunge und weckt Erinnerungen an gemütliche Frühstücke auf Dads Balkon in meinem Kopf.

Zum Glück deutet er meine Antwort richtig und genießt seinen Donut ebenfalls schweigend, statt noch weiter nachzubohren. Ich will die letzten Minuten in der Sicherheit meiner eigenen vier Wände und Dads Nähe voll auskosten.

Dad verschlingt seinen Donut jedoch im Rekordtempo. Während ich gerade mal den dritten Bissen im Mund habe, fischt er schon eine Serviette aus der Tüte und wischt sich die Hände ab.

»Hilfst du eigentlich bei Mums Umzug am Wochenende?« Wahrscheinlich sollte das locker und beiläufig klingen – doch die Falten, die sich immer tiefer in seine Stirn graben, sprechen eine andere Sprache.

»Sag bloß, du hast vor hinzugehen?«

Er rückt seine Brille zurecht und starrt auf seinen Kaffeebecher. »Ich habe ihr abgesagt. Aber wenn du hingehst, würde ich vielleicht …«

»Nein«, rufe ich lauter als beabsichtigt. »Ich meine … Ich geh auch nicht hin. Ich musste nicht mal absagen. Sie hat mich nicht gefragt.« Die fruchtige Note der Füllung wird plötzlich bitter. Ich nehme einen Schluck von meinem Kaffee, um den Geschmack hinunterzuspülen, doch es wird nur noch schlimmer.

»Du sagst das, als wäre es etwas Schlechtes«, antwortet Dad, »dabei will sie dich bestimmt nur nicht damit belasten. Sie weiß ja, dass du diese Woche andere Sorgen hast.«

Wie gern würde ich mir einreden, dass er recht hat. Dass sie mich nur deswegen nicht um Hilfe gebeten hat. Aber ich kann die Stimme in meinem Kopf nicht abstellen, die mir zuflüstert, dass sie sich vermutlich nicht mal gemerkt hat, dass mein Volontariat gestern begonnen hat. Dass sie die Gesellschaft von Christopher, den Katzen und ihrer aufgekratzten Tennisfreundinnen der ihrer langweiligen Tochter vorzieht.

Trotzdem steckt etwas Wahres in Dads Worten. Ich sollte mich darüber freuen. Denn wenn ich ehrlich zu mir selbst bin, genieße ich ihre Gesellschaft mittlerweile genauso wenig.

»Ich finde es jedenfalls gut, dass du auch nicht hingehst«, sage ich und nicke Dad zu. »Du darfst dich nicht jedes Mal wieder ausnutzen lassen.«

»Sie meint es nicht so. Ihr fehlt da nur etwas Feingefühl.«

»Wie viel Feingefühl braucht man, um zu verstehen, dass es nicht in Ordnung ist, andere für sich arbeiten zu lassen, wenn man noch nie etwas zurückgegeben hat? Und nicht mal einen Funken Dankbarkeit zeigt?«

»Ach Josie, rede doch nicht so schlecht über sie. Sie ist immer noch deine Mutter. Außerdem stimmt das nicht. Sie hat mir schon viel in ihrem Leben gegeben.«

»Echt? Was denn?«, frage ich. Wahrscheinlich wird er mir gleich erzählen, dass sie im Juni 2009 mal den Müll runtergebracht, die Fenster geputzt oder uns ab und zu etwas Essen warm gemacht hat.

»Die wundervollste Tochter, die ich mir hätte wünschen können, zum Beispiel.«

Seine Worte treffen mich unerwartet tief. Eine Welle warmer Zuneigung breitet sich in mir aus.

Was würde ich ohne Dad nur tun? Und was soll ich darauf antworten, ohne ihm zu offenbaren, wie emotional mich seine Worte machen? Ich beschließe zu schweigen. Stattdessen strecke ich die Hand aus, greife nach seiner und drücke sie sanft.

Knapp zwei Stunden später sitze ich am Tisch im Contentstudio und tippe im schnellen Rhythmus mit der Rückseite meines Stifts auf die Ausgabe der letzten *London Lens.* Das Studio unterscheidet sich von den anderen Büros in der Redaktion. Es ist nicht nur größer, sondern auch so eingerichtet, dass alles für einen Dreh vorhanden ist. Während die eine Wand in Ziegel-Optik tapeziert ist, hängen an einer anderen ausziehbare Leinwände, die von Softboxen und Reflektoren umgeben sind. Die kleine Couch auf der einen Seite wirkt so einladend, dass ich kurz überlege, mich zum Warten dorthin zu setzen. Aber das könnte seltsam rüberkommen, während der Arbeitszeit darauf herumzulungern. Also warte ich lieber am langen Schreibtisch.

Rachel ist mittlerweile über eine halbe Stunde zu spät. Hat sie vergessen, dass wir um acht beginnen wollten? Obwohl sie mir gestern schon das Nötigste gezeigt und erklärt hat, komme ich mir allein im Studio verloren vor. Es ist immerhin erst mein zweiter Tag. Ich kann nicht einfach anfangen, etwas auszuarbeiten. Dazu kenne ich mich zu wenig aus.

Schritte nähern sich auf dem Flur. Doch es sind nur zwei fremde Kolleginnen, die mir freundlich zuwinken und mir einen guten Morgen wünschen. Um kein Risiko einzugehen, stehe ich auf und gehe zur Tür, um sie zu schließen. Nicht dass jemand noch auf die Idee kommt, stehen zu bleiben und Small Talk mit mir zu halten. Doch bevor ich dort angekommen bin, steht plötzlich Mrs Dawson vor mir.

»Josie, wie gut, dass du schon hier bist.«

Ich verkneife mir ein Schmunzeln. *Schon.* Aber sogar nach so kurzer Zeit ist mir bereits aufgefallen, dass die meisten meiner Kolleginnen und Kollegen ihre Gleitzeit wohl dafür nutzen, auszuschlafen und nicht vor zehn im Büro aufzuschlagen.

Mrs Dawson schließt die Tür hinter sich und lässt sich mit einem Seufzen auf der Tischkante nieder.

»Guten Morgen«, sage ich, doch sie scheint es nicht mal wahrzunehmen.

»Wir haben leider ein kleines Problem.« Das ist nicht unbedingt das, was ich zum Start in diesen Arbeitstag hören wollte. Sofort breitet sich ein mulmiges Gefühl in meiner Magengegend aus. »Rachel ist ab heute im Mutterschutz und nicht mehr arbeitsfähig. Das kommt für uns alle überraschend, weil wir noch gar nichts von einer Schwangerschaft wussten. Aber es gibt wohl leider ein paar Komplikationen, und der Arzt hat ihr Bettruhe verordnet.«

»Eigentlich ein schöner Anlass, aber dass es ihr nicht so gut geht, tut mir echt leid«, erwidere ich. Beim Gedanken an die Ängste, die ihr dabei durch den Kopf gehen müssen, wird mir beinahe schwindelig. Erst danach dämmert mir langsam, was das für mich bedeutet.

»Das ist wirklich kein gutes Timing. Nicht nur, dass sie jetzt lange ausfällt – wir sind gerade auch an einem sehr wichtigen Fall dran. Deswegen kann ich aus den anderen Abteilungen nur schwer jemanden abziehen. Wir brauchen dort im Moment jede Redakteurin und jeden Redakteur. Tut mir leid, dass es ausgerechnet jetzt so chaotisch läuft, wo du dein Volontariat beginnst.

Das ist gerade ein absoluter Ausnahmezustand.«

Ich bin mir nicht sicher, ob es angemessen ist, meine Gedanken auszusprechen. Ihre Ansage macht mir jedoch Angst, und ich bin mir nicht sicher, ob ich sie richtig interpretiere. »Also soll ich allein den Social-Media-Content für das ganze Magazin produzieren? Ich hab so was noch nie gemacht«, erwidere ich deswegen.

»Oh nein, das geht auch nicht. Das würde ich nie von dir verlangen.«

Sofort entspanne ich mich ein wenig. Vielleicht will sie mich in eine andere Abteilung versetzen und den Aufbau des Social-Media-Teams verschieben.

»Ich hab mir Folgendes überlegt …« Sie steht wieder auf und läuft vor mir auf und ab. »Du sammelst tagsüber ein paar Ideen, bereitest ein Konzept vor. Und abends setzen wir beide uns zusammen. Wir gehen es gemeinsam durch und sehen uns an, was davon wir umsetzen wollen. Damit liegt die Verantwortung nicht bei dir, sondern bei mir. Du musst dir also keine Sorgen machen. Wenn du Videos drehen willst oder noch jemanden brauchst, um dich bei der Produktion zu unterstützen, kann ich dir auch mal stundenweise jemanden zur Hilfe rüberschicken. Außerdem hat Rachel dir gestern Abend noch schnell ein kleines Übernahmeprotokoll mit den wichtigsten Punkten vorbereitet. Denkst du, das kriegst du hin?«

Mein Herz beschleunigt seinen Takt. Ich würde gern Nein sagen, aber ich traue mich nicht. Ich kann sie nicht hängen lassen. »Ich kann es versuchen«, antworte ich vorsichtig. Es klingt mehr wie eine Frage, doch Mrs Dawson geht nicht darauf ein.

»Es ist auch nur für ein paar Tage. Versprochen. Ich werde mir etwas einfallen lassen.« Sie bleibt vor mir stehen und lächelt mich an. »Und mach dir bitte nicht zu viel Stress. Ich weiß, dass es unglaublich viel ist, was ich da gerade von dir verlange. Sei einfach ein bisschen kreativ. Du kannst nichts falsch machen.«

Vermutlich denkt sie, mir damit etwas Druck nehmen zu können – doch mein Brustkorb wird immer enger, als hätte sie eine Schlinge darumgelegt. Ich fühle mich mit jedem ihrer Worte nur noch mehr gestresst. Wie soll ich das schaffen?

Als sie wieder verschwunden ist, klappe ich den Firmenlaptop auf und gehe das Übergabeprotokoll durch.

Eigentlich hatte ich die Hoffnung, es würde mich beruhigen. Doch je mehr ich davon lese, desto mehr bin ich aufgeschmissen. Das Protokoll ist nicht nur ein einziges Durcheinander, sondern auch der Inhalt wenig hilfreich. Das meiste davon, zum Beispiel mit einer Hook zu arbeiten und alle Social-Media-Beiträge so übersichtlich wie möglich zu gestalten, erschließt sich eigentlich von selbst. Die Guidelines für den Videodreh ignoriere ich. Ich werde garantiert keines drehen und irgendwas einsprechen.

Also schließe ich das Protokoll wieder und gehe die Mails durch. Die Artikel, die eine Kollegin rübergeschickt hat, sind spannend, und ich schaffe es trotz der bedrückenden Stille, die im Studio herrscht, ein paar Minuten darin zu versinken. Weil mir nichts Besseres einfällt, beginne ich, den Inhalt in hübschen Grafiken zusammenzufassen und packende Überschriften zu suchen.

Als ich gerade einen Schluck von meinem Kaffee nehme, schwingt plötzlich die Tür auf, und ich zucke so sehr zusammen, dass ich ihn beinahe wieder ausspucke.

»Oh, sorry, hab ich dich erschreckt?« Alice verpasst der Tür hinter sich einen kleinen Stoß, der jedoch nicht ausreicht, um sie zu schließen. Mit federnden Schritten und einem strahlenden Lächeln kommt sie zu mir, schnappt sich einen Stuhl und setzt sich falsch herum darauf.

»Wie läufts bei dir? Wahrscheinlich genauso chaotisch wie bei mir?«

»Kann man so sagen. Ich bin jetzt quasi allein für Social Media verantwortlich. Aber was wäre so ein neuer Job schon ohne Herausforderungen?« Ich lache, obwohl mein Puls sich bei dem Gedanken schon wieder beschleunigt. »Und bei dir?«

»Ich wurde spontan in eine andere Abteilung versetzt. Ich war erst ein bisschen enttäuscht. Der Kulturbereich war echt genau das, wo ich hinwollte. Aber ich darf an einem richtig krassen Fall mitarbeiten – und der ist sogar noch spannender. Bin schon richtig darauf gespannt, mich reinzulesen.« Sie redet so schnell, dass ich kaum hinterherkomme. Doch ihre Euphorie springt sofort auf mich über.

»Worum gehts denn, darfst du drüber reden?«

»Keine Ahnung, aber ich tus einfach.« Sie lacht. »Du kennst doch sicher *Pure Plates*, diesen coolen Hersteller von veganen Fertiggerichten?«

Ich nicke. Der Hype ist wohl an niemandem vorbeigegangen. Seit Monaten bekomme ich überall Werbung und begeisterte Empfehlungen für Pure-Plates-Burger und Bowls angezeigt. Das Logo, eine quietschgrüne Erbse mit Gesicht, strahlt mir von fast jeder Werbefläche in der U-Bahn entgegen.

»Wir haben einen Tipp von einem ehemaligen Mitarbeiter bekommen. Der behauptet, es läuft da einiges schief. Die packen da Zeug rein, das gesundheitsschädlich sein könnte, und schmuggeln es durch die Lebensmittelkontrollen. Frag mich nicht, was genau, so tief bin ich noch nicht drin. Aber ich halte dich gern auf dem Laufenden. Heute geht ein Auftrag an ein Labor raus, um ein paar Proben zu checken und zu prüfen, was wirklich im Essen steckt. Aber stell dir das mal vor …«, ihre blauen Augen werden noch runder, und sie macht eine ausladende Geste, »... wie krass das wäre. Das würde landesweit überall durch die Medien gehen. Und unsere Namen könnten mit drunter stehen.«

»Das wäre wirklich krass. Aber mein Name wird wohl nirgendwo auftauchen.«

Alice scheint den traurigen Unterton in meiner Stimme zu bemerken. »Nee, noch viel besser. Du dürftest die Sensation auf Social Media teilen, mit deinem Gesicht, das die Leute dann kennen. Deine Videos würden tausendfach geteilt werden.«

Ich erschaudere bei dem Gedanken, etwas vor Tausenden, vielleicht sogar Millionen Menschen erzählen zu müssen.

Wahrscheinlich würde ich es nicht mal hinbekommen, wenn ich mir einen ganzen Tag dafür Zeit nehmen würde. Kameras sind meine persönlichen Blitzdings-Geräte. Sobald eine auf mein Gesicht gerichtet ist, fange ich an zu stottern und vergesse alles, was ich eigentlich sagen wollte. Schlimmer ist es nur noch, wenn mir ein Publikum zuhört. Beides in Kombination wäre tödlich.

»Mal sehen. Ich freu mich jedenfalls auf deine Updates. Klingt wirklich spannend.« Ihre positive Energie, die sie wie ein teures Parfüm umgibt, macht es leicht, mit ihr zu reden. »Ich glaube, ich hab sogar noch was von *Pure Plates* eingefroren.«

»Ich auch. Bei uns in der WG gibt es bestimmt zweimal in der Woche was von *Pure Plates*. Wenn da was dran ist, leuchte ich wahrscheinlich schon von innen«, antwortet Alice.

Ich steige in ihr Lachen mit ein.

»Na, ihr habt euch ja offensichtlich gut eingearbeitet. Habt ihr Spaß, Mädels?«

Alice und ich drehen uns um. Peter steckt den Kopf durch den Türspalt und scheint unsere Blicke als Einladung zu deuten, zu uns zu kommen.

Mittlerweile bin ich mir nicht mehr sicher, ob das hier ein Büro oder ein Freizeitverein ist, bei der Menge an Leuten, die nebenbei für einen kleinen Plausch hereinschneien. Gegen Alice' Anwesenheit habe ich nichts einzuwenden. Sie ist wirklich nett, und sich mit ihr zu unterhalten, fühlt sich nicht gezwungen an. Mit den restlichen Kolleginnen und Kollegen sieht es da schon anders aus. Obwohl sich alle Mühe geben, mir den Anfang so angenehm wie möglich zu gestalten, würde ich lieber weiterhin allein im Studio sitzen und an meinem Content arbeiten, statt Small Talk zu führen.

Alice wirft mir einen vielsagenden Blick zu, antwortet Peter aber zum Glück. »Vielleicht sogar ein bisschen zu viel Spaß. Ich sollte echt wieder zurück in mein Büro gehen.« Sie steht auf und klopft sich imaginären Staub von der zerrissenen Jeans.

Oh nein. Sie kann mich doch nicht einfach mit ihm allein lassen. »Ich muss auch wirklich weiterarbeiten«, sage ich, doch Peter bleibt, scheint den Wink nicht wahrzunehmen.

»Ich finde es toll, dass ihr euch so gut versteht. Wir sind hier alle eine große Familie, wisst ihr?«

»Das hab ich schon gemerkt. Wirklich harmonisch alles«, antwortet Alice und macht Anstalten, sich umzudrehen und zu gehen.

Peter ignoriert auch das und plaudert munter weiter.

»Das war von Anfang an so. Als ich hier angefangen habe, waren wir gerade mal neun Leute im Team. Wir sind ganz langsam gewachsen. Ich weiß noch, als unsere Nummer zehn dazukam, der gute alte Rupert …«

Alice bleibt stehen und dreht sich zu uns um. Ich kann beobachten, wie sie abdriftet und in Gedanken wohl schon zurück in ihrem Büro ist. Ich dagegen nicke Peter höflich zu und versuche, ihm zuzuhören. Was allerdings eine riesige Herausforderung ist.

Er redet viel zu viel und packt eine irrelevante Anekdote nach der anderen aus, die wohl lustig sein sollen. Ich lache, damit er sich nicht schlecht fühlt, doch es klingt künstlich.

»... und dann hat er einfach gekündigt. Könnt ihr euch das vorstellen?«

»Echt interessant, Peter, aber ich muss jetzt wirklich weitermachen. Und Josie sicher auch.« Alice zwinkert mir zu.

Ich hoffe, sie kann meine Dankbarkeit aus meinem Blick herauslesen.

»Ja, muss ich leider. Wir sehen uns ja vielleicht beim Mittagessen in der Kantine?«, sage ich hoffnungsvoll in Richtung Alice.

»Ich halte euch was frei«, antwortet Peter an ihrer Stelle.

Nicht in der Kantine Mittagessen, notiere ich in Gedanken und komme mir sofort schlecht dabei vor. Eigentlich ist Peter wirklich nett. Aber sein nie enden wollender Redefluss überfordert mich. Da esse ich lieber allein im Studio.

Als ich am Abend mit meinem brandneuen Firmenlaptop unter dem Arm vor Mrs Dawsons Büro stehe, traue ich mich kaum, die Hand zu heben und an die Tür zu klopfen. Den ganzen Tag lang habe ich an hübschen Slides, packenden Überschriften und knappen, informativen Textfetzen über einen Kunsthandelsring gearbeitet. Trotzdem habe ich kein gutes Gefühl. Auf den Kanälen der *London Lens* sind bisher hauptsächlich Videos mit Voiceover hochgeladen worden.

Wahrscheinlich hätte ich mich daran orientieren sollen. Aber die Vorstellung, etwas einzusprechen und mein eigenes Gestotter danach beim Überarbeiten auch noch zwanzig Mal anhören zu müssen, jagt mir einen solchen Schauder über den Rücken, dass ich es nicht über mich gebracht habe. Andererseits wird Mrs

Dawson mir schon nicht den Kopf abreißen. Bisher hat sie einen wirklich netten Eindruck gemacht.

Ich presse die Lippen aufeinander und zwinge mich anzuklopfen. Meine Faust streichelt die Tür jedoch so leise, dass ich mich noch ein zweites Mal überwinden muss, um fester dagegen zu hämmern.

Mrs Dawson bittet mich herein, und ich schlüpfe ins Büro.

Sie starrt konzentriert auf ihren Bildschirm. »Bin gleich so weit, Josie. Setz dich doch schon mal.«

Langsam gehe ich zu ihr hinüber und setze mich ihr gegenüber auf einen der gepolsterten Stühle.

Ihr Schreibtisch ist ein einziger Tassenfriedhof. Ich muss schmunzeln. Warum nimmt sie denn für jeden Cappuccino eine neue Tasse? Allerdings scheint sie Übung darin zu haben, sich um sie herumzubewegen, denn die vielen Zettelhaufen dazwischen sind weiß statt kaffeegetränkt.

Hinter ihr an der Wand entdecke ich einige gerahmte Cover alter Ausgaben der *London Lens,* deren Überschriften ich studiere. Irgendwann bin ich jedoch auch damit durch und lasse den Blick aus dem Fenster schweifen. Von hier aus hat man einen wunderbaren Blick über London und sogar die Themse ist so nahe, dass ich die kleinen Schiffe darauf erkennen kann.

Mrs Dawson tippt so lange auf ihrer Tastatur herum, dass ich überlege, mich zu räuspern, um sie an meine Anwesenheit zu erinnern. Bevor ich mich dazu durchringen kann, rollt sie mit ihrem Bürostuhl zur Seite und strahlt mich an.

»So, jetzt bin ich ganz für dich da und schon sehr gespannt, was du Schönes gebastelt hast.«

Ihr Vertrauen setzt mich nur noch mehr unter Druck. Hoffentlich enttäusche ich sie nicht.

Mit zittrigen Fingern öffne ich auf meinem Laptop die Präsentation mit den Grafiken und drehe den Bildschirm so, dass wir ihn beide sehen können.

»Also, ich habe mir gedacht …« Aber was habe ich mir noch mal gedacht? All die Worte, die ich mir im Contentstudio sorgfältig zurechtgelegt habe, verflüssigen sich wie schmelzendes Eis in meinem Mund. »… so vielleicht?«, sage ich deswegen nur und schlucke, während ich mich durch die Grafiken klicke.

Mrs Dawson schaut für meinen Geschmack etwas zu wortlos auf den Bildschirm und spielt mit ihrer Perlenkette herum. Als ich bei der letzten Folie angekommen bin und der Monitor schwarz wird, wage ich es kaum, sie anzusehen.

»Also texten kannst du wirklich, das muss man dir lassen«, sagt sie und lehnt sich in ihrem Stuhl zurück. »Das ist auf den Punkt. Spannend, leicht verständlich und trotzdem professionell.«

Mein nervöser Herzschlag verlangsamt sich sofort. »Danke«, antworte ich, »Also kann ich das so posten?«

Sie wiegt den Kopf hin und her. Was bedeutet das denn? War das ein Nein?

»Dieses Mal schon. Du hast dir ja richtig viel Mühe gegeben.« Obwohl ich keine Untertöne in ihren Worten mitschwingen höre, habe ich sofort meine Mum vor Augen. Wie sie mit einem etwas zu breiten Lächeln die gleichen Worte für mein Kunstprojekt aus der zweiten Klasse wählt, ein kleiner Igel aus Ton und Zahnstochern. Der Igel, den ich eine Woche später unter Tränen aus dem Müll gerettet habe.

»Das ist alles wunderbar, wirklich. Aber es geht in eine andere Richtung als das, was ich mir vorgestellt habe – und was nachweislich auf Social Media funktioniert.« Sie klickt sich noch mal durch die Folien und bleibt bei einer stehen, die in Stichpunkten die wichtigsten Stationen im Lebenslauf eines Lokalpolitikers zeigt. »Das hier ist fast nur Text.«

Ich dachte eigentlich, dass das der Sinn von Redaktionsarbeit ist. Der Kommentar verlässt meine Lippen jedoch nicht.

»Heutzutage hat niemand mehr die Energie, auf Social Media so lange Texte durchzulesen. Da wird einfach weitergescrollt, so anschaulich du das auch aufbereitet hast. Erfahrungsgemäß funktioniert etwas besser, bei dem die Leute zuhören können. Ich dachte eher an Videos, an ein junges, neues Gesicht, das für die *London Lens* steht.« Sie nickt mir zu. »Ich weiß, das ist vielleicht etwas außerhalb deiner Komfortzone, aber du hast doch nichts zu befürchten. Du machst das bestimmt toll.«

Mein Brustkorb fühlt sich an, als würde er zusammengepresst, und ich muss aufpassen, dass ich nicht in Schnappatmung verfalle. Nein, das ist unmöglich. Mich wundert, dass sie das anhand der wenigen Worte, die ich bisher erst mit ihr gewechselt habe, überhaupt beurteilen kann.

»Danke. Aber das geht nicht.« Ich zwinge mich, tief durchzuatmen. Hoffentlich wirft sie mich nicht direkt wieder raus. Ich starre auf meine Hände. »Wirklich nicht. Das hat nicht nur mit Komfortzone zu tun. Selbst wenn ich es wollen würde, könnte ich es nicht. Ich bin viel zu nervös, wenn ich vor einer Kamera sprechen muss. Und mir gefällt der Gedanke auch nicht, dass da überall mein Gesicht zu sehen ist.« Prüfend schaue ich zu ihr. Doch sie sieht zum Glück nicht verärgert aus, sondern macht ein nachdenkliches Gesicht. »Gibt es keine andere Lösung?« Kurz kommt mir Alice in den Sinn, doch ich verwerfe den Gedanken wieder. Einerseits hat sie so glücklich mit ihrer Position gewirkt, dass ich sie ihr nicht wegnehmen will. Andererseits ahne ich mittlerweile, warum ich an ihrer Stelle den Platz im Social-Media-Team bekommen habe. Sie ist mit ihren platinblonden Haaren, den Piercings und Tattoos optisch ein besonderer Typ, der zwar auffallen, aber sicher nicht überall nur auf Anklang stoßen würde.

»Okay. Einen Versuch war es wert.« Mrs Dawson lacht und verunsichert mich damit nur noch mehr. »Das hast du ja gestern schon angedeutet. Und ich versteh das. Ich würde das genauso wenig wollen.«

Ich bin unglaublich dankbar für ihr Verständnis, will es allerdings nicht schon wieder aussprechen. Sie soll nicht denken, dass *Danke* das einzige Wort in meinem Repertoire ist.

»Was heißt das jetzt für mich?«, frage ich.

»Ich hab schon länger mit dem Gedanken gespielt, dafür einen externen Social-Media-Experten einzustellen. Ein Gesicht für die *London Lens.* Nachdem du im Moment noch dazu völlig allein bist und das so nicht tragbar ist, wäre dafür jetzt wohl der richtige Zeitpunkt gekommen.« Sie legt den Kopf schief. »Bleibt also nur noch die Frage, wer für diesen Job geeignet wäre.«

4. KAPITEL

Ryan

»… und klickt hier auf Part 2, wenn ihr wissen wollt, wie tragisch Josephs Geschichte endet.«

Das Video startet von vorn. Ich reibe mir meine brennenden Augen. Dieser Fall ist echt spannend. Allerdings hat Jordan von *Dark Chronicles* es in seinem True-Crime-Video mal wieder komplett vermasselt, ihn mitreißend aufzubereiten. Er lässt die persönliche Geschichte des Opfers völlig außen vor, gibt den Zuschauern keine Chance, eine emotionale Verbindung aufbauen.

Mein Glück. In ein paar Wochen, wenn keiner mehr an seine Videos denkt, kann ich den Fall selbst in Angriff nehmen und es hoffentlich besser machen.

Ich schließe die App und checke noch schnell meine Streamingzahlen. Das habe ich zwar erst vor zwanzig Minuten gemacht, aber ich liebe es zu beobachten, wie die Zahl stetig wächst.

Vor allem, wenn ich auf Social Media mit einem meiner Posts mal wieder einen Nerv getroffen habe.

Ich blicke auf – und blinzle. Es ist stockfinster geworden. In der Scheibe hinter dem Schreibtisch spiegelt sich nur das Licht meines Smartphones, das schaurige Schatten auf mein Gesicht malt. Verdammt, wie spät ist es?

Ich blicke zurück auf mein Handy. Zehn vor sieben. Wann ist das denn passiert?

Panisch schiebe ich den Stuhl zurück und springe auf. Fuck! Gleich wird Harold auf der Matte stehen – und ich hab noch nicht mal seinen Lieblingswein kalt gestellt.

Ich stürme in die Küche und schalte auf meinem Smartphone im halben Apartment das Licht an. Trotz meiner aufsteigenden Panik entlockt es mir ein Schmunzeln. Jedes Mal wenn ich mit der hochmodernen Technik spielen kann, habe ich Spaß daran wie ein kleiner Junge.

Eilig ziehe ich eine Flasche Weißwein aus dem Fach unter der Theke und befördere sie ins Gefrierfach. Keine Ahnung, ob das noch hilft, aber einen Versuch ist es wert. Wahrscheinlich endet der ganze Abend sowieso in einer Katastrophe. Mit Harold ist es zwar immer unterhaltsam, aber in unserer aktuellen Situation gibt es kaum etwas Erfreuliches, worüber wir reden könnten. Es wäre wirklich gut, wenn wir bald ein paar neue Kooperationen oder Sponsoren an Land ziehen würden.

Während ich die Hähnchenbrust aus dem Kühlschrank hole, Zitronen von der Arbeitsfläche klaube und die Pfanne aufheize, verfluche ich einen Moment lang die Größe der Küche. In meiner alten Bude hatte ich zwar Probleme, beim Kochen alles unterzubringen, dafür hatte ich aber auch keinen halben Marathon hinter mir, bis das Gericht auf dem Teller war.

Der Esstisch ist zum Glück sauber und schnell gedeckt. Damit es nicht ganz so kläglich aussieht, fische ich sogar noch eine Kerze aus der Küchenschublade und zünde sie an. Meiner Wohnung fehlt noch der letzte Schliff. Sie ist mittlerweile zwar voll möbliert, aber von Deko und Gemütlichkeit fehlt noch jede Spur. Der Stress war in den letzten Wochen so groß, dass ich einfach noch nicht dazu gekommen bin.

Lediglich im Wohnbereich habe ich etwas aufgehängt: Das golden gerahmte Gedicht, das Mum für mich geschrieben und mir früher jeden Abend vorgelesen hat. Immer wenn ich daran vorbeilaufe, fühle ich mich hier ein bisschen mehr zu Hause.

Ich zerteile die Zitronen, pflücke ein paar Kräuter aus den Töpfen – und schon klingelt es. Seufzend lege ich das Messer beiseite. Hoffentlich nimmt er es mir nicht übel.

Ich öffne die Tür. Zu meiner Erleichterung hält Harold eine eigene Weinflasche in der Hand. Die Tropfen, die daran hinabperlen, lassen mich vermuten, dass sie besser gekühlt ist als meine.

»Schön, dass du es geschafft hast. Komm rein.«

»Klar. Ich will ja sehen, wohin unser Geld fließt.« Er lacht, wobei sein Bauch auf und ab hüpft. »Bin schon sehr gespannt auf deine Wohnung.«

Er folgt mir, und ich nehme ihm die Jacke ab.

»Wenn du eine Tour willst, muss das aber warten. Bin ein bisschen hinterher mit dem Essen, sorry. Muss direkt zurück an den Herd.« Ich führe ihn in den großzügigen Wohnbereich und deute zum Esstisch.

»Fühl dich wie zu Hause.«

Harold stellt seine Flasche ab, bevor er durch den Raum schlendert und jedes Detail begutachtet. Besonders der Ausblick scheint es ihm angetan zu haben. Während ich weiterkoche, bleibt er mit dem Rücken zu mir vor den bodentiefen Fenstern stehen und scheint den Blick über das nächtliche London zu genießen. Die Deckenspots lassen seine Glatze glänzen, als hätte er sie poliert.

»Unglaublich, oder? Was wir in so kurzer Zeit erreicht haben«, sage ich. Kein Wunder, dass es zum Scheitern verurteilt ist. Das ging alles viel zu schnell. Und zu einfach.

Harold schüttelt den Kopf »Du. Das hast du dir selbst zu verdanken.« Er dreht sich um und sieht mich herausfordernd an. »Ich meine natürlich, weil du dir den besten Manager Englands ausgesucht hast.«

Ich lache auf, und das Messer rutscht nur knapp an meinem Finger vorbei. Harold steigt in mein Lachen ein. Dann kommt er zu mir und macht sich auf die Suche nach einem Korkenzieher. Ich würde ihm gern helfen, allerdings weiß ich selbst nicht mehr, in welche Schublade ich diesen Krimskrams geworfen habe.

»Mein Magen knurrt. Geht das nicht ein bisschen schneller?«, fragt er mit Blick auf mein Schneidbrett.

»Ich beeil mich. Du wirst aber sicher nicht verhungern.«

Er reibt sich den Bauch, über dem sein hellblaues Hemd so spannt, dass ich Angst habe, gleich einen abgeplatzten Knopf im Essen zu finden. »Im schlimmsten Fall aber abnehmen. Der hier war harte Arbeit.« Wir lachen erneut, Harold öffnet seine Weinflasche. »Hast du wenigstens die neue Folge fertig bekommen? Die muss morgen raus.«

Ist es der Dampf, der von der Pfanne aufsteigt, während ich alles hineinwerfe, oder seine Worte, die mir plötzlich den Schweiß auf die Stirn treiben?

»Ja, fast. Muss morgen nur noch schneiden«, sage ich etwas zu schnell.

Doch er scheint nicht zu bemerken, dass ich flunkere. Zum Glück. Wenn er wüsste, dass ich noch nicht mal das Skript fertig habe und in der Recherche feststecke.

Als wir zwanzig Minuten später am Tisch Platz nehmen und ich Harold den Teller vor die Nase stelle, ist er derjenige, der mir ein gefülltes Weinglas reicht. Nachdem er sein erstes bereits geleert hat, gießt er sich noch mal nach, während ich mich ihm gegenüber setze.

Ein Bier wäre mir lieber. Das werde ich ihm allerdings nicht unter die Nase reiben.

Bevor ich etwas antaste, schieße ich erst mal ein Foto vom Essen und lade es in meiner Story hoch. Während mein Dad mich dafür zur Schnecke machen würde, ist das für Harold zum Glück Normalität. Ebenso, dass ich mein Handy in Sichtweite neben dem Teller ablege.

»Ich hoffe es schmeckt dir. Cheers!« Ich hebe mein Glas.

Doch Harold umfasst bloß mit zwei Fingern den Stiel des Glases und sieht mich mit einem Funkeln in den Augen an. »Ich habe vielleicht einen besseren Grund, um anzustoßen.«

Sofort lasse ich das Glas wieder sinken und runzle die Stirn. »Ach ja?« Ich komme mir dämlich vor – aber jeder Muskel in meinem Körper spannt sich an. Erwartungsvoll halte ich die Luft an.

»Es hat einen Grund, warum ich hier bin.« Er hebt ebenfalls die Brauen und beobachtet meine Reaktion genau.

Ich stöhne auf. »Nicht schon wieder dieses Spielchen.« Warum liebt er es so, mich zappeln zu lassen?

Er grinst. »Ich habe gestern ein interessantes Telefonat geführt.«

Wahrscheinlich wäre es am besten, wenn ich einfach die Klappe halte und ihm nicht immer neues Futter für seine Hinhaltetaktiken liefere. Aber ich kann nicht anders. »Sag schon. Ein Sponsoring? Hat sich der Schuhhersteller gemeldet?«

»Oh, stimmt. Das hab ich dir auch noch nicht erzählt. Die haben abgelehnt.«

Meine Anspannung wandelt sich in Enttäuschung. »Na wundervoll.« So gut kann seine Nachricht also nicht sein.

»Es ist etwas ganz anderes …«

Ich starre betont gelangweilt zurück. »Das Essen wird kalt.«

Sehnsüchtig begutachtet er das Hähnchen auf seinem Teller. »Hm. Da hast du recht.« Ich wusste, dass ich ihn damit kriege. »Na gut. Ich hab ein Jobangebot für dich bekommen.«

»Welche Art Job? Ein Werbedreh?«

»Nein, besser.« Er dreht den Stiel des Weinglases zwischen seinen Fingern. »Die *London Lens* will dich als Gesicht für ihre Social-Media-Kanäle.«

Mein Herz setzt einen Schlag aus. »Die *London Lens*? Das Magazin?«

»Genau die. Es gibt da nur einen Haken …«

Natürlich gibt es den. Sonst wäre es einfach zu cool gewesen. »Und der wäre?«

»Du müsstest dich nicht nur vor die Kamera stellen, sondern auch bei der Contentplanung helfen. Das wäre also nicht nur ein Job zum Drehen, sondern ein richtiger Teilzeitjob. Zwanzig Stunden die Woche.«

Während mein Herz rast, breitet sich in meinem Magen ein flaues Gefühl aus. Meine Gedanken springen hin und her. Noch vor einem Jahr hätte ich sofort Ja gesagt und wäre überzeugt gewesen, meinen Traumjob gefunden zu haben. Jetzt sieht das allerdings anders aus.

Obwohl die *London Lens* definitiv das coolste Magazin Englands ist und es sicher unglaublich spannend wäre, bedeutet ein Teilzeitjob eine große Zeitinvestition, und das regelmäßig. Zeit, die ich investieren muss. Zeit, die ich nicht in meinen eigentlichen Job, den Podcast und mein Social Media stecken kann.

»Zwanzig Stunden sind ganz schön viel«, erwidere ich.

»Die Kosten für deine schicke Bude hier auch.«

Das sitzt. »Aber springt dabei denn überhaupt genug raus?«

Harold verzieht den Mund. »Ich hab der Dame am Telefon deinen Preis genannt. Sie hat überlegt und wollte direkt wieder abspringen. Also bin ich ein bisschen runter. So dreißig Prozent.« Er verschluckt die letzten Worte beinahe. »Also reich wirst du damit nicht. Aber es reicht, um alles am Laufen zu halten, während wir uns nach anderen Möglichkeiten umsehen.«

»Du würdest also sagen, ich soll annehmen?«

Harold schweigt. Aber sein erwartungsvoller Blick ist Antwort genug.

»Ich weiß nicht«, sage ich trotzdem, »das geht in eine falsche Richtung, oder? Fühlt sich an wie ein Schritt zurück. Und wie soll ich das alles gleichzeitig hinkriegen? Ich will nicht, dass der Podcast leidet.«

»Das will ich auch nicht. Aber du musst es anders betrachten. Es eröffnet dir auch neue Möglichkeiten. Wenn du das Gesicht der *London Lens* bist, erreichst du noch mal andere Leute. Noch hat der Account keine so große Reichweite, aber ich denke, viele von denen, die sich für London-Lens-Content interessieren, könnten auch Gefallen an deinem finden. Und damit können wir wiederum wunderbar arbeiten.«

Natürlich hat er recht. Vielleicht muss ich meine Erwartungen etwas herunterschrauben. Dass ich zunächst einen Nebenjob annehmen muss, war eigentlich zu erwarten. Dass ich es nicht geschafft habe, bedeutet nicht automatisch, dass ich versagt habe, oder? Außerdem ist es immer noch die *London Lens,* kein Klatschmagazin. Dort muss ich meine Würde nicht an der Garderobe abgeben. Ganz im Gegenteil. Bleibt nur zu hoffen, dass ich alles unter einen Hut kriege und der Podcast nicht darunter leidet.

»Na gut. Ich machs.«

»Dann herzlichen Glückwunsch zu deinem neuen Job.« Harolds Augen funkeln noch heller, als er mit mir anstößt.

Ich greife zum Besteck und schneide ein Stück vom Hähnchen ab. Die Zitronensoße ist fast kalt. Doch das macht nichts. Heute schmeckt sie besonders erfrischend und beinahe schon süß.

5. KAPITEL

Ryan

Die Aufzugtüren öffnen sich mit einem leisen Pling. Ich trete in den hellen, freundlichen Vorraum und habe keine Sekunde lang Zweifel daran, hier richtig zu sein. Über dem Empfangstresen prangt der Schriftzug *London Lens* in edlen, goldenen Buchstaben. Mein Blick wandert weiter nach unten, zu dem jungen Mann im weißen Hemd, der mir von dort aus bereits zulächelt.

»Willkommen bei der *London Lens.* Kann ich Ihnen helfen?«

Ich überwinde die letzten Meter und lehne mich an den Tresen. »Ich hoffe doch. Ich hab einen Termin mit Mrs Dawson.«

Er nickt und drückt eine Taste auf dem Retro-Telefon, das so gar nicht zu der sonst hochmodernen Einrichtung und dem flachen, gebogenen PC-Bildschirm daneben passt. Dann klemmt er den Hörer zwischen Kinn und Schulter, während er etwas auf seinem PC tippt. »Ach ja, Ihr Name?«

»Morley. Ryan Morley.«

Er reißt den Kopf hoch. Der Hörer rutscht ihm von der Schulter und fällt klappernd zu Boden.

»Oh, natürlich! Mr Morley, entschuldigen Sie bitte.«

Die Situation ist mir unangenehm. Warum denkt er, sich entschuldigen zu müssen? »Was denn?«

»Ich hätte Sie erkennen müssen. Jetzt weiß ich auch, warum Ihr Gesicht mir so bekannt vorkam.«

»Quatsch, alles gut. Ich erwarte nicht, dass irgendwer mich kennt.«

Er steht auf und steigt einfach über den Telefonhörer auf dem Boden. »Kommen Sie mit, ich bring Sie rein.«

Ich folge ihm durch einen verglasten Flur, von dem aus auf beiden Seiten geräumige Büroräume abgehen. Ein gut gelaunter Mitarbeiter kommt uns entgegen und grüßt uns mit einem strahlenden Lächeln. Sofort lockern sich meine angespannten Schultermuskeln etwas.

Auch wenn die Redaktion noch größer ist, als ich sie mir vorgestellt habe und wir gefühlt eine einstündige Wanderung machen, bis der Kerl vom Empfang stehen bleibt und den Kopf in eins der Büros steckt, wirkt hier nichts kühl oder streng. Im Gegenteil. Die Flure sind überall mit Pflanzen dekoriert, teilweise hängen sogar Makramee-Blumentöpfe von der Decke. Die Wände, die nicht verglast sind, zieren Kunstwerke in warmen Farben. Auch als ich auf seine Bitte hin das Büro betrete, fühle ich mich sofort wohl. Der Duft von Kaffee und Papier empfängt mich.

Eine elegante Dame in einem Designerkostüm sitzt hinter einem ebenso schicken Designerschreibtisch und steht auf, sobald sie mich erblickt. »Mr Morley! Schön, dass es so schnell geklappt hat. Setzen Sie sich.« Sie deutet auf einen der grau bezogenen Stühle auf der anderen Seite des Schreibtisches.

Ich schüttle ihre Hand. »Schön, Sie kennenzulernen, Mrs Dawson.« Dann lasse ich mich auf einen der Stühle sinken, dessen Polster sich anfühlt, als würde ich auf einer Wolke sitzen.

»Ich muss zugeben, ich hätte nicht erwartet, von Ihnen eine Zusage zu bekommen – erst recht nicht so schnell.« Ein kleines Lächeln stiehlt sich auf ihre Lippen.

Ich bin kurz davor zu erwidern, dass ich auch nie im Leben vorgehabt hatte, in einer Redaktion zu arbeiten, schaffe es aber gerade noch rechtzeitig mich zurückzuhalten.

»Umso mehr wissen wir es zu schätzen, dass Sie uns unterstützen möchten. Wir wollen es auch gar nicht zu kompliziert machen. Wenn sich jemand mit Social Media auskennt, dann wohl Sie«, sagt sie und legt die Unterarme auf dem Schreibtisch ab. »Deswegen können Sie den Content so gestalten, wie es Ihnen zusagt. Keine Vorgaben. Wir vertrauen Ihnen völlig.«

Ich runzle die Stirn. Vertrauen ist gut. Aber ganz ohne Rahmen? Das ist förmlich eine Einladung, ihre Erwartungen zu enttäuschen. »Sie haben aber doch sicher eine Vorstellung davon, wie das aussehen soll. Oder zumindest einen Postingplan oder so? Und woher soll ich die Inhalte nehmen? Aus dem Magazin?«

Sie lacht. »Keine Sorge. Sie sind nicht allein. Wir haben ein Team, das Ihnen jeden Tag die aktuellen Themen pitcht und die Inhalte liefert. Lediglich das Social-Media-Team befindet sich gerade noch im Aufbau. Ihre Aufgabe ist es nur, die Themen aufzubereiten und vorzustellen … mit Ihrem Gesicht.«

Ich weiß nicht, ob ich mich geschmeichelt oder ausgenutzt fühlen soll. Einerseits ist es ein tolles Gefühl, deswegen gebucht zu werden, weil die Menschen mein Gesicht kennen. Denn das bedeutet, dass es geklappt hat. Ich habe aus dem, was ich liebe, etwas gemacht, das auch anderen Menschen etwas bedeutet. Unweigerlich schleicht sich mein Dad in meine Gedanken. Wenn er hören könnte, dass ich es mit meinen »dämlichen Spielereien im Internet« wirklich zu etwas gebracht habe, ganz ohne Studium und jahrelanger Berufserfahrung …

Andererseits aber bleibt ein bitterer Beigeschmack. Ich bin kein Gegenstand, den man einfach in die Kamera halten kann. Ich bin mehr als mein Gesicht und meine Stimme. Aber vielleicht ist das genau die richtige Gelegenheit, um meinen zahlreichen Kritikern das zu beweisen. Auf den Kanälen des Magazins werde ich mich von einer anderen Seite zeigen. Ich werde kein Podcaster oder Werbegesicht sein – sondern ein Reporter, den das Publikum hoffentlich ernst nehmen wird.

»Das kriege ich hin. Ich hab mir die Channels natürlich vorher schon angesehen und ein paar Punkte bemerkt, die man verbessern könnte.« Klang das überheblich? »Nur wenn das restliche Social-Media-Team nichts dagegen hat, natürlich«, schiebe ich noch schnell hinterher.

Mrs Dawson strahlt und schlägt eine Mappe auf. »Wunderbar! Hier sind die Zugangsdaten.« Sie reicht mir einen handbeschriebenen Zettel. »Und machen Sie sich keine Gedanken, das restliche Team besteht momentan nur aus unserer lieben Josie, die selbst noch ganz neu und bestimmt sehr offen für Ihre Ideen ist. Wir können uns nächste Woche um dieselbe Zeit noch mal für eine kleine Feedbackrunde zusammensetzen.«

»Klingt gut.«

Sie erwidert nichts mehr, lächelt mir nur ermutigend zu.

»Also … fange ich jetzt einfach direkt an?«

»So der Plan, ja.« Sie steht auf und bedeutet mir, ihr zu folgen. »Ich zeige Ihnen unser Contentstudio.«

Ich kann sie noch nicht einschätzen. Entweder sie will mich einfach nur so schnell wie möglich abfertigen und wieder aus ihrem Büro befördern oder sie vertraut mir wirklich blind. Obwohl sie echt nett wirkt (oder gerade deswegen?), fühle ich mich plötzlich unter Druck gesetzt.

Wir unternehmen eine weitere Wanderung zu einem breiten Treppenhaus. Sie führt mich nach oben und öffnet eine Tür zu ihrer Linken.

Im Gegensatz zu den anderen Räumen ist dieser nicht durch Glasfronten von den anderen abgetrennt, sondern hat neben der Fensterfront drei richtige Wände, die alle mit unterschiedlichen Tapeten bezogen sind, von Ziegel-Optik bis golden schimmernd. Hervorragende Hintergründe für tolle Reels. Die Beleuchtungsrequisiten sehen professionell aus, genauso wie die Kamera. Ein Sofa zum Relaxen, dort kann ich wunderbar meine Social-Media-Kanäle checken.

Erst als Mrs Dawson stehen bleibt, bemerke ich die zierliche junge Frau, die neben einem der bodentiefen Fenster an einem Tisch sitzt und von ihren Unterlagen aufblickt.

Zögerlich steht sie auf und sieht zwischen Mrs Dawson und mir hin und her.

Unsere Blicke streifen sich, doch sie schaut sofort wieder weg. Eine dunkle Strähne fällt ihr ins Gesicht und verhindert, dass ich sie genauer betrachten kann. Leider. Auf den ersten Blick konnte ich nicht viel erkennen – aber genug, um zu wissen, dass es sich lohnen würde, ihre Gesichtszüge genauer zu ergründen. Ich kann ihre kleine, gerade Nase und dichte, geschwungene Augenbrauen erahnen. Sie ist wirklich hübsch.

»Josie, nehme ich an?«, frage ich und lächle ihr zu. Ich bin mir nicht sicher, ob sie es überhaupt bemerkt, denn sie sieht nur Mrs Dawson an, während sie nickt.

»Josie, das ist Ryan Morley. Ihr werdet euch bestimmt wunderbar verstehen und vor allem auch gut ergänzen.«

Normalerweise hätte ich ihr, wie auch Mrs Dawson vorhin, die Hand geschüttelt. Doch irgendetwas an ihrer Körpersprache hält mich davon ab. Ihre Schultern, die sowieso schon in ihrem übergroßen, braunen Blazer verschwinden, sind eingezogen und ihre Hände in dessen Taschen verborgen.

»Hey, Josie.«

Ein unsicheres Lächeln breitet sich auf ihren Lippen aus. »Freut mich, Ryan«, sagt sie leise und ihr Blick huscht kurz über mein Gesicht. Ich kann mich nicht erinnern, meinen Namen jemals so sanft aus dem Mund eines anderen Menschen gehört zu haben. Sie lässt ihn klingen wie ein Gedicht.

Mrs Dawson tätschelt ihren Oberarm. »Wir haben uns ja schon abgestimmt – ihr kommt zurecht, oder?«

»Ich hoffe«, antwortet Josie, und ich bilde mir ein, dass ihr Lächeln ein wenig bröckelt. Hat sie keine Lust auf einen neuen Kollegen?

»Vielleicht willst du ihn später auch noch etwas rumführen? Wenn du dich noch nicht so gut auskennst, könnt ihr auch Alex um eine kleine Tour bitten. Und wenn etwas ist … Ihr wisst ja, wo ihr mich findet.«

Sie klopft uns beiden auf die Schulter und eilt aus dem Studio. Die Tür fällt zu. Was zurückbleibt, sind Josie, ich und eine tiefe Stille.

6. KAPITEL

Josie

Meine Gedanken fliegen so rasend schnell durch meinen Kopf, dass ich keinen von ihnen zu fassen bekomme. Dabei will ich unbedingt etwas sagen. Dieses unangenehme Schweigen zwischen uns brechen. Doch alles, was mir in den Sinn kommt, ist bedeutungsloser Small Talk.

Ryan dagegen scheint die Stille weder zu stören noch zu verunsichern. Mit den Händen in den Hosentaschen schlendert er zum Videoequipment, studiert die Beschriftung auf den Strahlern. Ich dagegen studiere seine Bewegungen, sein Gesicht. Irgendetwas an ihm kommt mir bekannt vor, doch ich kann nicht sagen, warum. Außerdem hat Mrs Dawson eine ausgezeichnete Wahl getroffen, was ihn angeht.

Er hat das perfekte Lächeln für Social Media. Sein dunkler Dreitagebart, der seinen breiten Kiefer und die definierten Wangenknochen betont und die einzelne Strähne, die sich aus seiner Frisur gelöst hat und ihm in die Stirn fällt – alles deutet darauf hin, dass sie ihn eher bei einer Modelagentur bestellt hat, anstatt jemanden mit den richtigen Kenntnissen gesucht hat. Vielleicht kenne ich ihn wirklich aus einem Katalog? Die Mädels werden ihn jedenfalls lieben.

Ich dagegen kann nicht anders, als innerlich zu fluchen. Nicht nur, dass seine Präsenz sich wie eine Fessel um meine Brust gelegt hat und es mir beinahe unmöglich macht, ein Wort herauszubringen – er ist vermutlich auch noch völlig unqualifiziert.

Genauso wie ich. Vor allem aber bin ich mir jetzt schon sicher, dass unsere Meinungen über die Gestaltung des Kanals völlig auseinandergehen werden. Ich werde mit ihm diskutieren, ihm Dinge zeigen und erklären müssen, von denen ich selbst kaum eine Ahnung habe. Bei dem Gedanken daran zieht sich eiskalte Gänsehaut über meinen Rücken.

»Wow, krasses Zeug habt ihr hier«, sagt er und reißt mich damit aus meinem dunklen Gedankenstrudel. »Die Kamera ist hochwertiger als meine.« Er nimmt sie vom Stativ, schaltet sie an und klickt konzentriert auf den Tasten herum. Ich trete ein paar Schritte näher, weiß allerdings nicht, wohin mit mir.

»Bist du Videoproduzent?«, frage ich.

Er dreht den Kopf zu mir, und ein schiefes Grinsen legt sich auf seine Lippen.

Habe ich was Falsches gesagt? Was ist daran witzig?

»So ungefähr.«

Langsam nimmt er die Kamera hoch, filmt einen Schwenk durch den Raum – und bleibt an meinem Gesicht hängen. Er dreht am Rädchen für den Fokus, während mir sofort Hitze in die Wangen steigt.

Ich stoße ein nervöses Lachen aus, das allerdings eher klingt, als hätte ich Raucherhusten. »Hey, lass das, bitte. Ich bin nicht so gern vor der Kamera.«

Sofort lässt er sie sinken und legt den Kopf schief. »Warum nicht? Du wärst ein sehr hübsches Motiv.« Er zwinkert mir zu – und lässt damit erneut Chaos in meinem Kopf losbrechen. Das wäre meine Chance. Die Chance, mich neu zu erfinden. Er kennt mich nicht, weiß nicht das Geringste über mich. Ich kann die Josie sein, die ich sein will. Die coole Version, die immer einen lockeren Spruch auf den Lippen hat und sich von einem dämlichen Zwinkern nicht aus der Fassung bringen lässt.

Ich straffe die Schultern und versuche, mir einen Ruck zu geben. Doch mein Kopf ist zu sehr im Panikmodus, um einen sinnvollen Konter auszuspucken. Weil diese Josie nur existiert, wenn ich allein unter der Dusche stehe oder nachts stundenlang wach liege, um vergangene Szenarien durchzuspielen oder welche zu erfinden, die sowieso nie stattfinden werden.

Ich nuschle ein »Danke«, weil das immer noch besser ist, als gar nichts zu sagen. War es hier drin die ganze Zeit schon so stickig? »Wie wäre es, wenn wir erst mal einen kleinen Rundgang machen?«

Kurz darauf streift Ryan mit mir durch die Flure der Redaktion, immer einen Schritt hinter mir. Trotzdem spüre ich seine Präsenz ebenso deutlich wie seine gelegentlichen Blicke. Hier draußen fällt es mir allerdings leichter, damit umzugehen. Immerhin weiß ich hier, was ich sagen soll.

»Da drüben rechts ist der Fitnessraum.« Ich bleibe stehen und deute in das lichtdurchflutete Studio, in dem sich die modernsten Fitnessgeräte aneinanderreihen.

Ryan runzelt die Stirn. »Fitnessstudio? Wir sind hier doch bei keinem Sportmagazin, oder?« Er macht einen Schritt in den Raum hinein und nickt anerkennend. »Wie viel kostet das?«

»Gar nichts, natürlich. Du kannst jederzeit einfach rein – außer natürlich, wir arbeiten gerade zusammen was aus oder sind in einem Meeting mit Mrs Dawson.«

»Schade. Gemeinsames Brainstorming nebeneinander auf dem Laufband würde sicher super funktionieren.«

Ich kann mir ein kleines Grinsen nicht verkneifen. »Aber nicht mit mir. Ich kann nach zwei Minuten joggen nur noch nach Luft schnappen und nicht mehr reden.«

»Dann sind wir schon mal zu zweit.« Er lacht. »Beim Bankdrücken könnte ich dich locker als Gewicht verwenden, aber sobald es um Kondition geht, bin ich raus.«

Die Bilder, die seine Worte in meinen Kopf zeichnen, lassen Blut in meine Wangen schießen. Denn bei seiner Statur glaube ich ihm sofort, dass er das könnte.

»Wollen wir weiter?«, frage ich eilig, bevor er mich noch mehr in Verlegenheit bringen kann.

Ryan nickt und folgt mir zum nächsten Raum. In der Tür bleibt er allerdings abrupt stehen. Ich drehe mich zu ihm um und muss angesichts seiner weit aufgerissenen Augen schmunzeln. »Nicht euer Ernst?! Das hier ist das verdammte Paradies!«

Beinahe ehrfürchtig lässt er den Blick zwischen den Hängesesseln, dem Billardtisch und der kleinen Kaffeebar hin und her wandern. Vermutlich habe ich an meinem ersten Tag genauso verblüfft ausgesehen, als Rachel mir alles gezeigt hat.

»Ich kann es auch immer noch nicht glauben«, erwidere ich.

»Wo ist der Haken?«

Ein Gedanke huscht mir durch den Kopf. Ich zögere kurz,

schaffe es aber zum Glück doch noch, ihn auszusprechen. »Wir werden hier nachts eingesperrt und zum Arbeiten gefangen gehalten.« Angespannt warte ich auf seine Reaktion.

»Es gäbe definitiv schlimmere Orte zum Übernachten. Wahrscheinlich führst du mich auch gleich noch in einen Raum mit Betten für ein Mittagsschläfchen?«

»Da muss ich dich leider enttäuschen – aber das kannst du bei der nächsten Konferenz ja mal anbringen, die Idee ist genial.«

Wir laufen an einigen Konferenzräumen vorbei zur Cafeteria. Zum Glück sind um diese Uhrzeit die meisten Leute in ihren Büros. Zwei Kolleginnen entdecke ich trotzdem an einem der hinteren Tische vor der Fensterfront. Ich erwidere ihr Winken mit einem freundlichen Nicken.

»Hier kannst du dir zwischen 8 und 15 Uhr was Warmes zu essen holen. Danach gibts nur noch die Automaten da drüben. Aber da findet man eigentlich auch alles, was man zum Überleben braucht.«

Auch hier wird Ryan sofort langsamer und mustert die Tische, als wären sie aus purem Gold statt aus Eichenholz.

»Das ist einfach zu krass. Das ist ein Restaurant, keine Betriebskantine.«

Ich laufe weiter voraus in Richtung der Theke, ohne mich umzudrehen. »Dabei hast du noch nicht mal das Essen ...« Die Tür zum gegenüberliegenden Flur schwingt auf, und ich stocke.

Mein Körper reagiert, bevor ich darüber nachdenken kann. Ich mache einen Satz nach vorn und ducke mich hinter die halbhohe Mauer, die als Raumtrenner fungiert.

Oh Gott. Was mache ich hier eigentlich?

Ich überlege kurz, einen Ohnmachtsanfall vorzutäuschen, um der peinlichen Situation zu entgehen. Aber das würde nur noch mehr Aufmerksamkeit auf mich lenken. Ich bete einfach, dass es niemand gesehen hat. Außer natürlich Ryan … Der schaut mit großen Augen zu mir hinunter. Doch sein Ausdruck wandelt sich schnell in ein schiefes Grinsen.

Meine Knie zittern – nicht vor Anstrengung wegen meiner seltsamen Position, sondern vor Anspannung. Wie komme ich aus dieser peinlichen Nummer wieder raus?

Plötzlich geht Ryan ebenfalls in die Hocke und kauert sich gemeinsam mit mir hinter die Mauer. Sein Knie streift meines, woraufhin es aufhört zu zittern.

»Vor wem verstecken wir uns?«, flüstert er und klingt dabei so verschwörerisch, dass ich vielleicht sogar lachen würde, wenn ich nicht gerade vor Scham tausend Tode sterben würde.

Jede Story, die mir spontan einfällt, klingt zu abenteuerlich. Am besten bleibe ich einfach bei der Wahrheit. »Vor Peter. Dem Typen mit der Glatze.«

»Peter … alles klar. Und was ist unsere Mission? Haben wir etwas zu verbergen?«

»Uns selbst«, wispere ich und seufze leise. »Immer wenn ich ihm über den Weg laufe, kommt er zu mir und fängt an, mir irgendwas zu erzählen. Er redet ohne Punkt und Komma, stundenlang, und nichts hält ihn auf. Also ist es am einfachsten, wenn er mich nicht sieht.«

Ryan lacht leise, hält sich dann aber die Hand vor den Mund. Wie cool ist er eigentlich drauf?

Ich wäre nie auf die Idee gekommen, einfach mitzumachen, wenn ich jemanden bei einer solchen Aktion beobachtet hätte. Aber ich bin dankbar für seine Reaktion. So gibt er mir das Gefühl, nicht komplett geisteskrank zu sein.

Unsere Blicke treffen sich. Das amüsierte Funkeln in seinen Augen springt sofort auf mich über und lässt mich ebenfalls grinsen.

»Soll ich mal aufstehen und gucken, ob er weg ist?«, flüstert Ryan.

Ich will gerade bejahen, als Peter plötzlich um die Ecke biegt. Reflexartig springe ich auf, als würde das die ganze Situation nicht noch auffälliger machen.

Peter bleibt stehen, schaut zu Ryan hinunter, dann zu mir.

»Was treibt ihr denn da?«, fragt er und zieht eine Braue nach oben.

»Hab mir nur den Schuh gebunden«, sage ich.

»Ich suche meine Kontaktlinse«, ruft Ryan gleichzeitig.

Ich beiße mir auf die Unterlippe. Mist.

Zu allem Überfluss bemerke ich mit einem Blick nach unten auch noch, dass ich braune Lederstiefeletten mit Reißverschluss trage.

Ryan steht ebenfalls auf und reibt sich den Nacken.

Die Irritation in Peters Gesicht weicht jedoch sofort einem wissenden Grinsen. »Ach, so ist das. Keine Sorge, ich kann dichthalten.« Verschwörerisch stößt er Ryan die Faust gegen den Oberarm. Oh Gott, was denkt er denn, gerade beobachtet zu haben?

Und wenn ich daran denke, was er mir in den letzten Tagen alles erzählt hat, ist das mit dem Dichthalten definitiv ein Märchen. Morgen wird die ganze Redaktion davon wissen, dass wir uns hinter dieser Mauer versteckt und weiß Gott was getan haben.

»Wir beide hatten noch gar nicht das Vergnügen, oder?«, fragt Peter Ryan.

»Nein. Ryan, freut mich.« Er schüttelt Peter die Hand. »Wir müssen jetzt aber leider zurück ins Studio und weiterarbeiten. Man sieht sich.«

Ich weiche Peters skeptischem Blick aus und schiebe mich an

ihm vorbei. Ryan folgt mir. Ich werde mit jedem Schritt schneller, bis wir endlich aus der Cafeteria raus sind.

Dann atme ich auf und drehe mich zu Ryan um. Eigentlich wollte ich mich bedanken. Doch er bricht in so lautes Lachen aus, dass ich nicht anders kann, als ebenfalls loszuprusten.

7. KAPITEL

Josie

Regentropfen perlen vom Stoff der braun-weiß gestreiften Markise und zerschellen auf den gestapelten Stühlen. Es wäre langsam an der Zeit, die Außenmöbel für den Winter einzulagern. Mr Brown, der Betreiber des Cafés, scheint die Hoffnung jedoch noch nicht aufgegeben zu haben, dass der Sommer wieder zurückkehrt.

Das unaufhörliche Prasseln beruhigt und inspiriert mich gleichermaßen. Ich nehme einen Schluck von meinem Tee und öffne ein neues Textdokument auf meinem Laptop. Eigentlich war das nicht der Plan für heute. Es ist mir nur allzu bewusst, dass ich mich damit davor drücke, es endlich durchzuziehen. Aber in meiner Seele sammeln sich Wörter, die darauf warten, hinausfließen zu dürfen.

Als ich die erste Zeile in meinem Kopf zusammengesetzt habe

und sie eintippen will, bricht die Musik in meinem Kopfhörer abrupt ab. Eine Videoanruf-Benachrichtigung ploppt auf.

Ich lasse meinen Blick durch das Café schweifen. Die anderen Gäste sind zum Glück weit genug weg, und ich kann es wagen ranzugehen.

Lauras Gesicht füllt den halben Bildschirm aus. Die Qualität ihrer Kamera ist so gut, dass ich sogar ihre Sommersprossen erkennen kann. Sie strahlt mindestens so breit wie die Sonne, deren Strahlen hinter ihr alles in blendendes Weiß tauchen.

»Guten Morgen. Wow, wo bist du denn unterwegs? Sieht aus wie der Himmel.«

»Guten … Nachmittag? Abend?« Sie überlegt, winkt dann aber ab. »Ich bin hier mitten in einer Seenlandschaft. Das wirklich Himmlische ist aber, dass ich endlich mal eine Unterkunft mit Internetverbindung gefunden habe.«

Ich öffne nebenbei Google Maps und zoome ans andere Ende der Welt – auf Chile.

»Wie weit bist du gekommen?«

»Nicht weit. Ungefähr zweihundert Kilometer südlich vom letzten Ort.«

Die riesigen Gewässer stechen mir sofort ins Auge. Manchmal frage ich mich, wie es gewesen wäre, wenn ich sie begleitet hätte. Doch das hätten weder meine Finanzen noch meine Abenteuerlust hergegeben. So schön es auch gewesen wäre, jetzt mit ihr die Natur Chiles zu erkunden – ich wäre nach zwei, drei Wochen reizüberflutet gewesen und hätte Heimweh bekommen. Ein ganzes Jahr hätte ich niemals durchgehalten.

»Ich ruf aber nicht an, um dir unter die Nase zu reiben, wie wunderschön es hier ist. Also … vielleicht ein bisschen.« Ihr Bild wird kurz verpixelt, dann ist es wieder klar. »Mich interessiert hauptsächlich, ob du schon eine Rückmeldung bekommen hast.«

Ich überlege kurz, ebenfalls eine schlechte Verbindung zu simulieren, aber sie ist meine beste Freundin. Sie wird mir zwar in den Hintern treten, es jedoch hoffentlich auch verstehen.

»Ehrlich gesagt hab ich noch gar nichts losgeschickt.«

Unwillkürlich ziehe ich den Kopf ein.

»Mann, Josie! Ist das dein Ernst? Warum nicht?« Laura sieht entsetzt aus.

»Weil ich mich nicht entscheiden kann, welche Gedichte ich nehme.« Das ist nur die halbe Wahrheit.

Mindestens genauso groß wie die Angst, die falschen Gedichte auszuwählen, ist meine Angst, eine unfreundliche Absage zu erhalten, in der steht, dass ich nicht schreiben kann. Oder noch schlimmer … eine Zusage. Von einem Verlag, der erwartet, dass ich meine Gedichte irgendwo vorstelle oder Fotos und Interviews von mir in Zeitungen abdrucken und online hochladen will.

»Das Thema hatten wir doch schon vor zwei Monaten. Du kannst mir jederzeit welche schicken, ich helf dir gern.«

»Ich weiß … Das ist auch total lieb von dir.« Schade, dass sie viel zu weit weg ist, um sie in den Arm zu nehmen. »Aber es ist ja nicht nur wichtig, ob sie gut sind oder nicht. Ich muss mich als Erstes dafür entscheiden, was ich ausdrücken will. Wer ich sein will.«

»Einfach Josie, ganz unverstellt, wie wäre es damit? Das ist die schönste und ehrlichste Variante. Und das sind deine Gedichte alle.«

Ich liebe ihre pragmatische Denkweise. Als angehende Laborchemikerin hat sie einen völlig anderen Blick auf die Welt. Meistens ist das sehr erfrischend. In diesem Fall hilft sie mir aber leider nicht weiter.

»Du hast noch nie in einen Gedichtzyklus reingelesen, oder?«

»Nee. Ich hab an meinem eigenen Zyklus schon oft genug zu rätseln«, antwortet sie und lacht.

»Ich brauche ein verbindendes Element, ein Thema, eine Stimmung. *Josie* ist keine Stimmung. Zumindest keine, die andere auch erkennen würden.«

Laura wirft die erdbeerblonden Haare hinter die Schultern. »Dann nimm doch als Thema einfach Liebe. Das ist ein zeitloser Klassiker.«

Meine Schultern sacken tiefer. »Ein bisschen abgedroschen, aber prinzipiell hast du recht.«

»Na dann haben wir doch was gefunden. An die Arbeit mit dir. Such was zusammen!« Sie macht eine scheuchende Handbewegung.

»Da gibts nur ein Problem …«

»Das ist dir zu intim? Es wird dich niemand zwingen können, dein Gesicht …«

Ich schüttle den Kopf, und sie verstummt. »Ich hab nichts über Liebe.«

Laura sieht mich durch den Bildschirm hindurch prüfend an. »Willst du mich verarschen?«

»Warum überrascht dich das?« Sie weiß ebenso gut wie ich, dass meine letzte und einzige Beziehung noch auf der Highschool geendet hat und mittlerweile mehr als vier Jahre her ist. Und dass ich im Gegensatz zu ihr nicht alle paar Wochen von einem neuen Kerl berichte, in den ich mich verguckt habe.

»Liebe ist doch ein Thema, das immer aktuell ist. Gerade sieht es vielleicht nicht so rosig aus mit deinem Datingleben, aber man denkt doch trotzdem über so was nach. Und wenn es nur die Sehnsucht ist, jemanden an seiner Seite zu haben.«

Etwas stupst an meine Wade. Ich blicke nach unten und entdecke Chasity, die mir um die Beine streicht.

»Na, fertig gespielt?«, frage ich sie.

Ihr Miauen deute ich als Ja und klopfe auf meinen Schoß.

Sie nimmt das Angebot an, hüpft hoch und tritt auf meinen Oberschenkeln herum. Durch den Kopfhörer dringt ein verzücktes Quietschen. Ich vergrabe die Finger in Chasitys langem weißem Fell, und sie lässt sich auf die Seite fallen.

Dann wende ich mich wieder dem Bildschirm zu. Natürlich denke ich darüber nach, wie es wäre, nicht jeden Abend in eine leere Wohnung zu kommen. Jemanden zu haben, bei dem ich einfach nur ich selbst sein kann, ohne befürchten zu müssen, entweder zu langweilig oder zu anstrengend zu sein. Jemanden, mit dem ich all die schönen und düsteren Momente teilen kann.

Diese Sehnsüchte haben in meinen Gedichten jedoch keinen Platz.

Aus einem einfachen Grund: Die Dinge, die ich aufschreibe, werden plötzlich real. In dem Moment, in dem ich ihnen ein Gewand aus Worten gebe, sie in meinem Kopf hin und her wälze, sie ausschmücke, nehmen die Situationen und Emotionen jede Faser meines Seins ein. Deshalb kann ich nur über Dinge schreiben, bei denen ich mir sicher bin, sie tief in mich hineindringen lassen zu wollen.

»Ich schreibe eben nicht gern über Liebeszeug«, antworte ich leise und zucke mit den Schultern. »Aber ich finde bestimmt bald ein paar zusammenhängende Themen.«

Laura verengt die Augen zu Schlitzen. »Du drückst dich doch nur. Ich spür das.«

Wie recht sie damit hat. »Vielleicht.« Ich grinse in die Cam.

»Ich kann dich also nicht überreden, jetzt gleich noch was rauszuschicken?«

»Sorry. Aber dein Arschtritt hat trotzdem gutgetan. Ich war gerade dabei, ein neues Gedicht anzufangen. Das werde ich vorerst bleiben lassen und lieber noch mal die alten durchgehen. Du hast ja recht. Es wird wirklich Zeit. Ich hab mehr als genug Material. Wenn ich jetzt nicht anfange, nach einem Verlag zu suchen, wann dann?«

»Das ist die richtige Einstellung.« Laura applaudiert. »Dann mach das mal. Ich werde jetzt eine Runde um den See spazieren – und heute Abend gibt es ein leckeres Barbecue bei der Hausherrin.«

»Klingt super. Aber lass dir nicht wieder irgendwas andrehen, das dir die Zunge wegbrennt.«

»Ich versuchs. Ich glaube da sind immer noch Bläschen von letzter Woche drauf.« Sie streckt die Zunge raus und hält sie so nahe vor die Kamera, dass ich nichts anderes mehr sehe. Ich kann nichts erkennen, muss aber lachen.

Ich kenne niemanden, der so wenig Schärfe im Essen verträgt wie Laura. Dass ausgerechnet sie ein Land wie Chile bereist, in dem die Lieblingszutat jeder einheimischen Familie Chili in Massen zu sein scheint, ist eine seltsame Ironie des Schicksals.

Wir verabschieden uns voneinander und verabreden uns zum nächsten Videocall, sobald sie wieder Netz hat.

Als sie aufgelegt hat, schiebt sich wieder das Prasseln des Regens in mein Bewusstsein und färbt meine Gedanken. Chasitys Wärme und ihr leises Schnurren machen mich nur noch müder.

Träge greife ich zur Maus und klicke mich durch die Gedichte, die ich aus meinem Notizbuch abgetippt habe. Meine Sammlung ist mittlerweile so groß, dass ich gar nicht weiß, wo ich anfangen soll. Ich öffne ein Gedicht nach dem anderen, lese von jedem die ersten paar Sätze und schließe es dann seufzend wieder. Es hilft alles nichts. Ich muss das durchziehen. Sonst werde ich noch den richtigen Zeitpunkt verpassen und für immer bereuen, es nicht rechtzeitig versucht zu haben.

8. KAPITEL

Ryan

Als ich das Contentstudio betrete, sitzt Josie schon an ihrem Platz und tippt etwas auf ihrem Laptop.

»Guten Morgen«, rufe ich fröhlich in den Raum hinein.

Ihr Blick huscht zu mir, und sie presst die Lippen aufeinander, was wohl so was wie ein Lächeln darstellen soll. »Guten Morgen«, erwidert sie und starrt sofort wieder auf ihren Bildschirm, tippt jedoch nichts mehr.

Etwas verwundert komme ich an den Tisch und stelle meinen Rucksack ihr gegenüber ab. Nach dem witzigen Erlebnis vorgestern in der Cafeteria habe ich mit einer lockereren Begrüßung gerechnet. »Ist wohl auch nicht deine liebste Uhrzeit, hm?«

Sie hebt den Kopf und schaut in meine Richtung, mir aber nicht in die Augen. »Eigentlich schon.«

»Und uneigentlich?«

Ihre Mundwinkel heben sich ein klein wenig. »Auch. Ich bin morgens am produktivsten. Und du?«

Ich beneide sie. Wahrscheinlich hat sie im Gegensatz zu mir einen gesunden Schlafrhythmus.

»Genau das Gegenteil. Ich arbeite am besten zwischen eins und vier in der Nacht, wenn die ganze Stadt schläft und ich meine Ruhe habe.« Ich öffne meinen Rucksack und hole Wasserflasche und Tablet heraus. »Das heißt, du bist schon länger hier?«

»Seit zwei Stunden.«

Ich pfeife durch die Zähne. »Dann stehst du vermutlich immer auf, wenn ich normalerweise ins Bett gehe.«

»Kann sein, ja.« Sie zuckt nur mit den Schultern.

Hab ich was Falsches gesagt? Warum geht sie so wenig darauf ein? Oder liegt es daran, dass unsere Zusammenarbeit für das erste Video vor zwei Tagen etwas holprig war?

Sie scheint jedenfalls kein Interesse daran zu haben, das Gespräch fortzuführen – was auch okay ist. Wir sind schließlich zum Arbeiten hier, nicht für Small Talk.

Ich hole mein Smartphone hervor, checke meine Streamingzahlen und öffne dann Insta. Auf dem Weg mit dem Rad hierher sind so viele neue Benachrichtigungen reingekommen, die ich erst mal abarbeiten muss. Ich gehe alles schnell durch und lege das Handy dann wieder beiseite.

Trotzdem wandert mein Blick immer wieder zu ihr hinüber, während ich mein Tablet einschalte und die Artikel und Recherchepaper zum Dopingskandal einer Londoner Rennradmannschaft öffne, die uns als Grundlage für unsere Social-Media-Posts zugeschickt worden sind.

Ihr Blick huscht über den Bildschirm, aber sie tippt nicht. Stattdessen bewegen sich ihre Lippen kaum merklich, als würde sie sich in Gedanken einen Text vorlesen. Bei jedem anderen würde das total dämlich aussehen. Bei ihr ist es aber irgendwie niedlich.

Sie bemerkt meine Blicke. Sofort schließen sich ihre Lippen, und sie räuspert sich. »Ich … hab schon ein bisschen vorgearbeitet.« Sie dreht ihren Laptop, sodass ich ebenfalls auf den Bildschirm gucken kann. »Hier sind ein paar Statistiken zu deinem Vorstellungsvideo, das wir gestern hochgeladen haben.«

Zu meiner Überraschung hat sie eine ganze Folie mit Tabellen und Grafiken erstellt. Sogar ein Säulen- und ein Kuchendiagramm zur Watchtime und den Klicks pro Stunde sind dabei. »Krass. Da hast du dir ja echt Mühe gemacht.« Mehr als ich. Ich kenne meine Statistiken zwar, aber sie so aufzubereiten, ist mir noch nie in den Sinn gekommen.

»Ging schnell«, erwidert sie. »Aber wie du siehst, kam es richtig gut an. Die Kommentare waren auch durchweg positiv.«

Sollte ich ihr erzählen, dass ich gestern den ganzen Tag damit verbracht habe, auf neue Reaktionen zu meinem ersten Video auf der Seite der *London Lens* zu warten? Oder würde mich das unprofessionell wirken lassen?

»Und dann bin ich auf diesen Artikel hier gestoßen.«

Sie klickt weiter. *Secrets in the Silence* kurz vor dem Aus?, prangt unter einem Foto von mir, das wohl neulich auf dem roten Teppich geschossen worden sein muss. Ich überfliege den Text darunter. Hinter der reißerischen Überschrift verbirgt sich nur die Mutmaßung, dass ich für die *London Lens* alles andere hinwerfe – oder pleite bin.

Meine Hände verkrampfen. Mit Letzterem haben sie leider gar nicht Mal so unrecht.

»Warum hast du mir nicht gleich gesagt, dass du Influencer und irgendwie … berühmt bist?«, fragt Josie.

Ich lache auf. »Berühmt ist übertrieben.«

»Na ja, es gibt ziemlich viele Artikel über dich. Und deine Followerzahlen sprechen für sich.«

»Hätte das denn irgendwas geändert?«

»Dann hätten wir das Video anders aufgezogen.« Ihr flüchtiger Blick sagt alles.

Sie fühlt sich schlecht, weil sie schon ein Skript vorbereitet hatte, das sie mir einfach hingelegt und mich gebeten hat, es einzusprechen, ohne mich zu kennen. Wahrscheinlich hätte sie unter diesen Umständen auch nicht den Kopf geschüttelt und völlig nüchtern dagegen argumentiert, als ich vorgeschlagen habe, noch ein paar Infos zu meiner Person mit einzubauen.

»Du musst dir deswegen nicht doof vorkommen.«

Sie wirkt ertappt.

»Tu ich aber. Sorry, ich bin privat gar nicht so viel auf Social Media unterwegs. Und Podcasts höre ich auch nicht. In deinen werde ich aber definitiv mal reinhören.«

»Musst du nicht. Ich erwarte nicht, dass du mich kennst oder meinen Podcast hörst.«

»Ich würde aber gern.« Ein sanftes Lächeln breitet sich auf ihren Lippen aus, und sie setzt an, noch etwas zu sagen, stockt aber und schließt den Mund wieder.

Bevor ich es aus ihr herauskitzeln kann, spuckt ihr Laptop den Sound einer eingehenden Mail aus und zieht ihre Aufmerksamkeit auf sich. Ich will nicht unhöflich sein und wende den Blick ab, als sie das Programm öffnet.

»Oh. Die E-Mail ist von Mrs Dawson und hat einen roten Haken. Scheint also wichtig zu sein.«

Da ich jetzt weiß, dass es nichts Privates ist, wage ich es, ebenfalls nach unten zu schauen und mitzulesen.

```
Von: Heather Dawson
Betreff: Dringend
```

```
Liebe alle (und ja, ich meine jede und
jeden von euch!!!),
wir treffen uns in dreißig Minuten, um
Punkt 10:00 Uhr, im Konferenzraum A. Wenn
ihr gerade andere Aufgaben habt, bitte
ich euch, diese kurz ruhen zu lassen. Es
geht um eine wichtige Information, die wir
gerade reinbekommen haben.
Nicht zu spät kommen, okay?
Bis gleich!
```

Ein kurzer Blick auf mein Handy zeigt mir, dass ich genau dieselbe Mail bekommen habe.

Während Josie alles stehen und liegen lässt, um schon mal zum Konferenzraum vorauszugehen, mache ich noch einen kurzen Abstecher zur Kaffeebar und lerne dabei zwei neue Kollegen aus der Polit-Abteilung kennen.

Ich bin dankbar dafür, denn auf dem Weg zum Konferenzraum fällt mir auf, dass ich ihn allein wahrscheinlich nie gefunden hätte, obwohl Josie ihn mir bei ihrer Rundtour gezeigt hat.

Zwei Minuten vor zehn treffen wir dort ein. Der Raum ist so überfüllt, dass um die zwei gigantischen, aneinandergestellten Tische herum schon jeder Platz besetzt ist. Ich entdecke Josie nur drei Plätze von Mrs Dawson entfernt an der Stirnseite. Weil wir ein Team sind und ich vermutlich in ihrer Nähe sein sollte, entschuldige ich mich bei den anderen Kollegen und dränge mich an einigen vorbei, die in zweiter Reihe stehen.

Josie dreht sich um, als ich sie erreiche, und lächelt entschuldigend zu mir hinauf. »Sorry, ich wollte dir was freihalten, aber hat nicht geklappt.«

»Kein Ding. Hauptsache ich hab den hier.« Ich proste ihr mit meiner Kaffeetasse zu. »Damit überleb ich es auch, mal ein bisschen zu stehen.«

Ich will gerade mein Handy aus der Tasche ziehen und meine Instagram-Nachrichten checken, als Mrs Dawson sich erhebt und in die Hände klatscht.

Sofort verstummen die zahlreichen Gespräche um uns herum.

»Schön, dass ihr alle pünktlich seid.«

Hat sie einen so guten Überblick über ihr Team, dass sie bei den fünfzig Anwesenden auf den ersten Blick erkennt, dass alle vollzählig sind? Beeindruckend.

»Wie schon in der Mail angedeutet geht es um eine wichtige Information, die uns gerade erreicht hat. Jetzt ist die Frage, wie wir weiter vorgehen. Da will ich euch natürlich alle miteinbeziehen.«

Sie nimmt eine kleine Fernbedienung vom Tisch und drückt einen Knopf, woraufhin hinter ihr eine Leinwand aus der Decke nach unten fährt. Dann startet sie eine Präsentation. Oder zumindest so was Ähnliches. Auf der Leinwand erscheint eine Folie ohne Überschrift, die nicht mal halb so übersichtlich ist wie die von Josie.

»Es geht um unsere Nachforschungen bezüglich der Pure-Plates-Gerichte. Die Laborwerte sind hier. Sie fallen völlig anders aus, als wir es erwartet haben.«

Ich habe keine Ahnung, worum es geht. Doch das Wort *Pure Plates* lässt Erinnerungen in mir aufsteigen. Erst vor ein paar Monaten haben sie mir eine Kooperation angeboten. Die Bezahlung wäre wahnsinnig gut gewesen.

Da der Vertrag aber seltsame Klauseln enthielt und es mir außerdem zu unehrlich vorkam, vegane Gerichte zu promoten, während ich am nächsten Tag wieder mein Abendessen mit Fleisch darin poste, habe ich abgelehnt.

»Unsere ursprüngliche Vermutung, dass sich in den Gerichten gesundheitsschädliche Stoffe befinden, hat sich nicht bestätigt. Die Grenzwerte sind alle eingehalten.«

Ein Raunen geht durch den Raum. Einige Kolleginnen und Kollegen schütteln ungläubig den Kopf.

»Dafür hat das Labor etwas anderes gefunden.«

Sofort ist es bis auf ein einsames Husten wieder still. Alle starren gebannt zu Mrs Dawson. Die Luft ist aufgeladen, und ich kann es ebenfalls kaum erwarten zu hören, was sie zu sagen hat.

»Die Messungen lassen keinen Zweifel daran, dass in drei der vier getesteten Gerichte tierische Produkte enthalten sind. Milch und Ei, um genau zu sein.«

Ich traue meinen Ohren kaum. *Pure Plates* hat einen so sauberen Ruf. Und jetzt hat das Labor etwas herausgefunden, das das genaue Gegenteil beweist? Ist das überhaupt legal?

Sie redet gegen die aufbrausenden Diskussionen an. »Getestet wurde an drei verschiedenen Chargen, zu drei unterschiedlichen Testzeitpunkten. Es gibt also keinen Zweifel daran, dass die Messungen korrekt sind. Ich lege die Ergebnisse gleich noch mal in die Cloud. Jetzt ist allerdings die Frage, wie wir mit diesem Wissen umgehen. Vor allem, nachdem sich unsere Quelle als nur bedingt vertrauenswürdig erwiesen hat. Allerdings wissen wir auch nicht, wohin der ehemalige Mitarbeiter von *Pure Plates* diese Information schon überall gestreut hat. Ich kann mir kaum vorstellen, dass wir die Einzigen sind, die den Tipp bekommen haben.«

Sie lässt den Blick über die Runde schweifen.

Mein Herz klopft vor Aufregung so stark, dass ich den Puls in meinen Ohren höre. Ich hätte nie gedacht, dass ich hier etwas so Spannendes miterleben würde. Erst recht nicht an meinem zweiten Arbeitstag.

»Uns bleiben letztendlich mehrere Optionen. Option eins …« Sie klickt eine Folie weiter. »… wir verstärken noch mal unsere Suche nach weiteren Zeugen, ehemaligen Mitarbeitern, Zulieferern und so weiter, die uns das bestätigen können. Damit wir uns absichern und mehr als nur eine Säule haben, auf die wir unsere Argumentation aufbauen können. Die Aussicht auf Erfolg ist allerdings eher schlecht. Bisher hat sich ja auch nichts ergeben.«

Klick.

»Option zwei: Wir erweitern unsere Tests. Wir geben die gesamte Produktpalette von *Pure Plates* ins Labor. Und zwar nicht nur in eins, sondern zusätzlich in ein bis zwei andere. Die Ergebnisse können aber bis zu zwei Wochen auf sich warten lassen.«

»Die Zeit haben wir nicht«, ruft jemand nach vorn.

»Deswegen gibt es noch Option drei.«

Eine weitere Folie ploppt auf. Doch im Gegensatz zu den anderen ist diese plötzlich übersichtlich. Denn auf ihr steht nur ein einziges Wort: Angriff.

»Das würde bedeuten, wir setzen uns sofort an die Ausarbeitung und Aufbereitung, bevor es jemand anderes tut, und informieren die Behörden. Unschlagbare Quoten garantiert. Allerdings können wir hier weder eine zweite Quelle noch eine Insiderstimme anführen. Wie ihr wisst, mache ich das nicht gern. In diesem Fall wäre es allerdings eine Überlegung wert.«

Sie lässt allen Anwesenden Zeit, die Worte sacken zu lassen, schließt die Präsentation und fährt die Leinwand wieder hoch.

Doch niemand diskutiert. Niemand scheint sich zu trauen, auch nur zu laut zu atmen.

»Wollen wir abstimmen?«, fragt sie.

Ein paar Leute nicken.

Ob ich auch mit abstimmen soll? Aber das kommt mir falsch vor. Bis vor zehn Minuten wusste ich noch nicht mal, dass dieser Fall existiert. Außerdem bin ich nur für Social Media zuständig, kein ausgebildeter Journalist.

»Wer für Option eins ist, auf eine Zeugenaussage aus verlässlicher Quelle zu warten, hebt jetzt bitte die Hand.«

Nur eine junge Frau vor der Fensterfront stimmt dafür.

Ich runzle die Stirn. So schlecht klang die Option für mich gar nicht.

»Wer stimmt für Option zwei, weitere Labortests?«

Ein paar mehr Hände gehen in die Luft. Doch ich muss nicht nachzählen, um zu wissen, wie es ausgehen wird.

»Und Option drei … Angriff?«

Ein Rascheln geht durch den Konferenzraum. Beinahe jeder hebt die Hand.

Nur Josie nicht. Mir entgeht nicht, dass sie sich ebenfalls enthalten hat.

9. KAPITEL

Josie

»Wollen Sie sich setzen?«, frage ich die alte Dame mit Gehstock, die inmitten eines Menschenstroms die U-Bahn betritt.

Sie schenkt mir ein dankbares Lächeln. »Danke, Darling. Das wäre wirklich nett.«

Ich klappe mein Notizbuch zu, springe auf und deute auf meinen Sitz. »Nicht dafür.«

Langsam drückt sie sich an den Stehenden vorbei und lässt sich schwerfällig auf dem Sitz nieder.

Während die U-Bahn losfährt, lehne ich mich an die Seite der Sitze, um mein Notizbuch in meiner Tasche zu verstauen. Morgen werde ich garantiert wieder eine Stunde früher dran sein. Die Menschenmassen zu dieser Uhrzeit machen mich nicht nur nervös, sondern lassen die Luft in der U-Bahn auch so dick werden, dass sie sich kaum durch meine Lunge bewegen will.

Ich zähle die Sekunden bis zur nächsten Station. Eine Ansage erinnert an die Lücke zwischen U-Bahn und Bahnsteig. Die Türen öffnen sich, Menschen strömen hinaus, ein Hauch kühler, aber stinkender Luft weht herein.

Mein Blick schweift zu der alten Dame, die mit dem Anzugträger ihr gegenüber ins Gespräch gekommen ist, dann weiter zur nächsten Tür.

Mein Körper verarbeitet den Anblick, bevor mein Kopf hinterherkommt, und schickt einen kleinen Stromstoß durch meine Glieder. Ich blinzle. Der junge Mann in der schwarzen Jacke und der hellen Jeans, der gerade eingestiegen ist ... Ist das Ryan?

Als er sich lässig gegen die Haltestange lehnt und sein überdimensioniertes Smartphone aus der Tasche zieht, bin ich mir sicher. Er ist es. Was macht er hier?

Unschlüssig trete ich von einem Fuß auf den anderen. Mein erster Impuls ist, ein Stück zurückzutreten und mich umzudrehen, um hoffentlich zwischen den anderen Fahrgästen unterzutauchen. Aber das kann ich nicht machen. Ryan ist unglaublich nett.

Der Gedanke, er könnte mich entdecken – oder schlimmer, vielleicht sogar schon entdeckt haben –, lässt meine Hände feucht werden. Er würde sicher nicht mehr weggehen, sondern gemeinsam mit mir zur Redaktion laufen, bis ins Studio. Was soll ich so lange mit ihm reden? Ich weiß ja gar nichts über ihn. Spätestens nach einer Minute würde sich entweder ein so unangenehmes Schweigen zwischen uns breitmachen, dass ich beim Aussteigen lieber absichtlich mit dem Fuß in die Bahnsteiglücke geraten würde, als das noch weitere zehn Minuten durchzustehen, oder er würde wie Peter nicht mehr aufhören, mich mit Belanglosigkeiten zu bombardieren. Oder soll ich an der nächsten

Station einfach mit den anderen Fahrgästen aussteigen und eine Bahn später nehmen?

Meine Überlegungen zerschlagen sich sofort. Ich schaue in Ryans Richtung – und er sieht von seinem Smartphone auf. Genau zu mir. Unsere Blicke treffen sich, und mein Herz stolpert. Immerhin lächelt er. Dann hebt er die Hand, um mir zu winken.

Unschlüssig beiße ich mir auf die Unterlippe. Soll ich zurückwinken? Sieht er das dann als Einladung, zu mir rüberzukommen? Oder winkt er, weil er da drüben stehen bleiben und nicht unhöflich wirken will?

Ich hole tief Luft. Was mache ich hier eigentlich? Ich sollte nicht alles so zerdenken.

Zögerlich hebe ich die Hand und lächle zurück.

Ryans Lächeln wird noch breiter. Als er wieder auf sein Handy schaut, atme ich auf. Zu früh. Plötzlich steckt er es in die Hosentasche, stößt sich von der Haltestange ab und kommt in meine Richtung. Mist!

Automatisch streiche ich mir über den Kopf, um zu checken, ob sich schon eine Strähne aus meinem Zopf gelöst hat oder etwas absteht. Dann suche ich ebenfalls an einer der roten Stangen nach Halt.

»Hey, Josie!« Aus seinem Mund klingt mein Name wie der einer Heldin in einem Hörspiel.

»Guten Morgen«, erwidere ich und streiche mir abermals durchs Haar. Mir brennt die Frage auf der Zunge, ob sein Ferrari wohl in der Werkstatt ist. Aber als ich den Mund öffne, kommt nur ein piepsiges »Was machst du hier?« heraus.

Ryans Gesichtsausdruck nach zu urteilen, scheint er keine Ahnung zu haben, was ich damit meine. »Zum Arbeiten in die Redaktion fahren. Was sonst? Du wohl nicht?«

Die U-Bahn beschleunigt mit einem schrillen Quietschen.

»Doch, klar. Ich hab nur gemeint … Ich dachte irgendwie nicht, dich *hier* zu treffen.« Das war ungefähr genauso schwammig wie zuvor. Ich will mich gerade korrigieren, als er sich nach vorn beugt und nach der gleichen Haltestange greift wie ich – nur etwas höher. Mit einem Mal ist er mir so nahe, dass ein Hauch seines dezenten Parfüms zu mir herüberweht.

Vielleicht sollte ich einen Schritt zurückgehen und ihm etwas mehr Platz lassen. Die dicht gedrängten Menschen hinter mir machen mir das jedoch unmöglich. Ich bin nicht mal böse darum. Zwischen den Körpergerüchen der gestressten Fremden ist Ryans Duft definitiv der angenehmste.

Ich starre einen Moment zu lange auf seinen Arm und die goldene Uhr an seinem Handgelenk, sodass ich vergesse, worüber wir überhaupt geredet haben.

»Meinst du, weil ich an dieser Station wohne? Oder weil ich U-Bahn fahre?«, fragt er.

»U-Bahn«, antworte ich und hoffe, dass er mich nicht für dämlich hält, weil ich nicht mal einen geraden Satz zustande bringe.

»Stimmt, ist nicht typisch für mich. Normalerweise fahre ich lieber mit dem Rad. Aber das kommt immer drauf an. Bei diesem Mistwetter kann ich mich auch nicht dazu aufraffen.« Er zuckt mit den Schultern und mustert mich skeptisch. »Aber woher weißt du, dass ich sonst nicht U-Bahn fahre? Du bist sonst ja früher dran als ich. Kein Wunder, dass wir uns noch nicht getroffen haben.«

»Weiß ich nicht. Ich dachte nur, jemand wie du fährt wahrscheinlich lieber in einem schicken Sportwagen durch die Gegend, statt sich zwischen hustende und schwitzende Fremde zu quetschen.« Die Frau neben mir wirft uns einen skeptischen Blick über die Schulter zu. Ups.

Ryan schmunzelt. »Jemand wie ich?«

Die U-Bahn bremst vor der nächsten Station ab, und ich muss mich fangen, um nicht versehentlich auf ihn zu zu stolpern.

Oh Gott, können wir nicht endlich da sein?

Ich überspiele meine Unsicherheit mit einem nervösen Lachen. »Du weißt schon. Als Influencer kriegt man solche Autos sicher nachgeworfen.«

»Denkst du, dann würde ich als Teilzeitkraft in einer Redaktion jobben?«

»Wer weiß. Vielleicht zahlt die *London Lens* dir auch zwei Porsche pro Monat. Oder du machst es zu Promo-Zwecken.«

Er lacht. »Das werde ich mir notieren und für die nächsten Gehaltsverhandlungen meinem Manager schicken. Zwei Porsche pro Monat. Hoffentlich gibt er sich mit einem halben davon dann auch zufrieden.«

Ich würde an seiner Stelle die Hälfte mit dem Motor nehmen, die ist mehr wert. Aber dieser Satz liegt plötzlich wieder wie Blei in meinem Mund.

»Bestimmt«, sage ich stattdessen. Es klingt kühler als beabsichtigt, also räuspere ich mich und füge schnell hinzu: »Bist du auch so gespannt, was heute passiert?«

»Und wie. Die anderen haben den Pure-Plates-Artikel sicher schon fertig, wenn die Ausgabe übermorgen rauskommt.«

»Schhh.« Ich lege den Finger an die Lippen. Es wäre eine Katastrophe, wenn jemand in der U-Bahn schon vorher von der Sache hören und es online verbreiten würde. Erst recht, wenn derjenige Ryan noch kennt und es sich deswegen auf uns zurückführen lässt. Dann könnte ich mir gleich abschminken, nach meinem Volontariat übernommen zu werden …

»Oh. Sorry. Ich halte schon die Klappe.« Er grinst verschwörerisch zu mir herüber. Ein Kribbeln breitet sich auf meinen Armen aus. Irgendwie ist es spannend, ein so großes Geheimnis zu haben, das ich nur mit ihm und den anderen in der Redaktion teile.

Er hält sich an sein Wort. Bis wir an unserer Station angekommen sind, gibt er keinen Mucks mehr von sich, tippt nur auf seinem Smartphone herum. Ich bin dankbar, mir nicht noch mehr Gesprächsstoff aus den Fingern saugen zu müssen.

Als ich hinter ihm auf den Bahnsteig trete und wir uns im Menschenstrom zur Rolltreppe treiben lassen, scheint er das Schweigen zwischen uns jedoch nicht mehr länger auszuhalten.

»Hast du schon immer gern geschrieben?«

In mir schrillt eine Alarmglocke. Einen Moment lang frage ich mich, woher er weiß, dass ich Gedichte schreibe. Bis mir einfällt, dass er vermutlich auf mein Studium und meine Jobwahl anspielt.

»Ja, wobei meine Lehrer mir früher das Gegenteil unterstellt haben.«

»Wieso das denn?«

»Meine Aufsätze waren meistens nur halb so lang wie die Vorgaben. Ich hatte mehr Spaß daran, genau die richtigen Worte zu finden, statt alles auszuschmücken. Ich bin in meinen Texten also sehr schnell auf den Punkt gekommen und hab mich aufs Wesentliche beschränkt. Das haben die meisten Lehrer aber als Faulheit interpretiert und mir schlechte Noten verpasst.« Langweile ich ihn damit? Ich werfe ihm einen vorsichtigen Seitenblick zu.

Ryan sieht mich jedoch an und hebt die Augenbrauen, als erwarte er, dass ich weiterspreche.

»Irgendwann habe ich angefangen, ihnen zu glauben. Ich dachte, Texte müssten lang und ausgeschmückt sein und ich wäre einfach zu unkreativ, um einen guten Text hinzukriegen. Zwei Jahre vor dem Abschluss hab ich dann eine neue Englischlehrerin bekommen. Sie war die Erste, die mehr in meinen Texten gesehen hat und es toll fand, wie viel ich mit wenigen Worten aussagen kann. Deswegen hat sie mir nahegelegt, in Richtung Journalismus zu gehen.«

»Was du dann auch getan hast«, schlussfolgert Ryan.

»Jap.« Es gäbe noch so viel mehr zu dem Thema zu sagen.

Dass es nicht die einzige Art zu schreiben ist, bei der mir meine Liebe zu Worten hilft. Dass ich es zwar liebe, zu recherchieren und Artikel zu schreiben, aber mein Herz noch mehr an meinen Gedichten hängt. Doch ich habe das Gefühl, ihm genug über mich auf die Nase gebunden zu haben.

Wir verlassen den U-Bahnhof und treten auf die Straße, die von hohen, modernen Bürogebäuden gesäumt ist. Die Herbstsonne steht noch so tief am Himmel, dass ihre Kraft nicht ausreicht, um mich zu wärmen. Ein kleiner Windstoß fegt durch die Straße und wirbelt orangefarbene Blätter von den gepflegten Grüninseln zu uns herüber. Ich schließe den oberen Knopf meines Mantels und ziehe den Schal bis über mein Kinn.

»Ich wollte auch Journalismus studieren«, sagt Ryan.

»Aber du hast es nicht gemacht?«

Er schüttelt den Kopf und tritt auf ein großes Blatt, das unter seinem Schuh knirscht. »Nach der Schule hab ich ein bisschen gejobbt, hier und da. Mal in Cafés und Bars, dann in einem Elektronikmarkt und am Ende im Anglerladen bei meinen Eltern um die Ecke.« Er lacht. »Dabei kann ich nicht mal angeln.«

Die Vorstellung, wie er Kunden verschiedene Angelhaken und Köder andreht, ohne die geringste Ahnung davon zu haben, lässt mich ebenfalls grinsen. Dass er es versteht, mit Worten umzugehen und Menschen in seinen Bann zu ziehen, weiß ich mittlerweile. Wenn auch auf eine andere Weise als ich. Während ich meine Worte sorgfältig auswähle und nur die wichtigsten herauslasse, nutzt er die ganze Palette.

»Währenddessen hab ich mit meinem Podcast angefangen. Und plötzlich lief er so gut, dass ich damit Geld verdient habe, sogar mehr als in den anderen Jobs. Damit hatte ich alles, was ich immer wollte. Ich konnte mich von da an stundenlang in meine Fälle einlesen, und im Gegensatz zu Redaktionsarbeit sind es nur Themen, die mich interessieren. Dann kann ich es in meinen eigenen Worten unter die Menschen bringen und bekomme jeden Tag das direkte Feedback. Und das alles ohne Studium. Ich brauch es also nicht mehr.«

»Machst du deswegen jetzt den Job bei der *London Lens?* Um doch mal reinzuschnuppern, wie es gewesen wäre?«

Wir biegen um eine Ecke. In den großen Fenstern des Redaktionsgebäudes am Ende der Straße spiegeln sich die zartorangen Strahlen der Morgensonne. Der Anblick ist inmitten dieses Dschungels aus Steinen und grauem Beton so magisch, dass ich mich kurz darin verliere.

Erst nach einigen Sekunden fällt mir auf, dass Ryan noch nicht geantwortet hat.

»Ja, sozusagen«, murmelt er schließlich und dreht die Uhr an seinem Handgelenk.

Das klingt nicht besonders überzeugend. Bevor ich nachhaken kann, wird er langsamer und bleibt schließlich stehen. Natürlich tue ich es ihm gleich.

Er zieht sein Handy aus der Tasche. »Wir haben noch ein paar Minuten. Geh doch schon mal vor, ich komm gleich nach.«

Oh nein, habe ich irgendwas Falsches gesagt? Oder langweile ich ihn doch?

»Okay, alles klar«, erwidere ich, obwohl ich ihn lieber gefragt hätte, was los ist. Aber wahrscheinlich geht mich das gar nichts an.

Er biegt in eine Seitenstraße ab, und ich setze meinen Weg zur Redaktion allein fort, nur begleitet von meiner Sorge, ihn genervt zu haben. Seltsam. Vor wenigen Minuten habe ich mir noch gewünscht, er würde mich in Ruhe lassen. Jetzt wäre es mir plötzlich lieber, er hätte mich doch bis ins Büro begleitet. Sein plötzliches Verschwinden hinterlässt ein ungutes Gefühl in meiner Magengegend.

Als ich das Studio betrete und beginne, meine Tasche auszupacken, schneit auch schon Alice herein. Ihr Lächeln erhellt das Zimmer noch mehr als die Sonnenstrahlen.

»Na, bereit, ein paar Kriminellen den Arsch aufzureißen?«

Ich lache mit ihr und ziehe den Stuhl neben mir für sie zurück. »Du wärst bei der Polizei auch gut aufgehoben gewesen.«

Sie setzt sich und pustet sich eine ihrer hellblonden Haarsträhnen aus der Stirn. »Nee. Da müsste man sich besser im Griff haben. Ich würde jedem Idioten, den ich festnehme, meine Meinung geigen – und wahrscheinlich noch am ersten Tag rausfliegen.«

Das kann ich mir nur zu gut vorstellen. »Ist euer Artikel dann wenigstens genauso deutlich formuliert?«

»Unser Artikel? Es sind vier. Das wird richtig krass. Die halbe Ausgabe wird voll davon sein. Und guck mal … Moment …«

Sie beugt sich zur Seite und greift neben ihren Stuhl – ins Leere. »Oh. Ups. Laptop vergessen.«

Ich muss mich beherrschen, um nicht zu lachen.

»Aber ich habs in meinen Mails, kann ich also auch auf dem Handy öffnen.«

Bevor sie dazu kommt, betreten schon zwei ihrer Abteilungskollegen, Ned und Sanjay, das Büro. Die beiden könnten nicht unterschiedlicher aussehen. Während Ned in Hemd und Cordhose gekleidet ist und er sein blondes Haar in einer praktischen Kurzhaarfrisur trägt, hat sich der einige Jahre jüngere Sanjay eher Alice' Style angepasst. Seine Jeans ist an den Knien zerrissen, und das weiße Shirt, das er trägt, ziert ein Bandlogo.

Ned balanciert einen Stapel Unterlagen. Unter Sanjays Armen klemmen zwei Laptoptaschen. »Vermisst du zufällig was?«, fragt Sanjay.

»Du bist der Beste«, antwortet Alice, wirft ihm einen Luftkuss zu und reißt die Tasche sofort an sich, sobald er sie auf dem Tisch abgelegt hat.

Wow. Sie scheint schon ein gutes Verhältnis zu ihren Kolleginnen und Kollegen aufgebaut zu haben. Sofort strömen Sorgen auf mich ein. Hat man das auch von mir erwartet? Hätte ich in meinen ersten drei Wochen öfter im Billardraum oder in der Cafeteria vorbeischauen müssen, um Kontakte zu knüpfen? Die meisten Mittagspausen habe ich im Studio verbracht. Nur Alice hat ab und zu vorbeigeschaut und mit mir gegessen. Mit ihr habe ich immerhin gemeinsam, dass wir beide am gleichen Punkt in unserem Leben stehen.

Mit den anderen, die teilweise schon seit Jahren in der Redaktion arbeiten und zu Hause Familien mit Kindern haben, wüsste ich gar nicht, worüber ich reden soll.

Alice öffnet auf ihrem Laptop das PDF eines Artikels. Sie scrollt jedoch so schnell nach unten, dass ich nicht mal die Überschrift lesen kann. Schnell springt sie zur letzten Seite und zoomt auf die Fußzeile. »Hier. Guck mal!«

Sie deutet auf ihren Namen, der zwischen einigen anderen unter dem Punkt *Autoren* gelistet ist.

»Meine ersten Credits in der *London Lens!* Und das gleich bei einem so krassen Artikel!«

»Wahnsinn! Da kannst du richtig stolz auf dich sein.« Ich schenke ihr ein aufrichtiges Lächeln. Denn ich freue mich wirklich für sie.

Gleichzeitig versetzt mir der Anblick aber auch einen kleinen Stich. Dort könnte auch mein Name stehen, gleich hinter ihrem. Wenn Mrs Dawson sich nicht entschieden hätte, mich diesen Social-Media-Kram machen zu lassen. Niemand weiß, dass die Posts meiner Feder entsprungen sind. Und noch schlimmer: Es gibt nichts, das ich in mein Portfolio mit aufnehmen könnte.

»Danke. Es macht echt so viel Spaß, an dem Fall zu arbeiten. Voll schade, dass wir nicht in der gleichen Abteilung sein können«, sagt Alice. »Aber immerhin kann ich dir die Materialien liefern … und den neusten Gossip.« Alice zwinkert mir zu. »Hey, willst du mir eigentlich mal deine Nummer geben? Wir könnten ja auch mal nach Feierabend was zusammen essen. Oder was auch immer du gern machst.«

Mein Herz macht einen Hüpfer. Sie mag mich. Und ich bin mir sicher, dass ein Abend mit ihr sehr witzig werden könnte.

»Gern. Essen würde ich zwar nicht unbedingt zu meinen Hobbys zählen, aber damit kann man bei mir definitiv auch nichts falsch machen«, erwidere ich und bringe sie damit zum Lachen.

»Hat da jemand Essen gesagt?« Ryan drückt die Tür mit seinem Po zu – denn in den Händen hält er ein Tablett mit vier Kaffeebechern und zwei gut gefüllte Papiertüten.

Ich stehe auf, um ihm zu helfen. Er bedankt sich, als ich ihm die größere Tüte abnehme und auf dem Tisch abstelle. Ich kann meine Neugierde nicht zügeln und wage einen Blick hinein. Bunte Verpackungen blitzen mir entgegen.

»Was ist das denn? Hast du deine Wocheneinkäufe mitgebracht?«, fragt Alice.

»Nur ein bisschen Nervennahrung. Können wir die nächsten Tage sicher alle gebrauchen.«

Ryan tritt neben mich und kippt den Inhalt beider Tüten aus. Schokolade, Gummibärchen, Scones, Chips – alles verteilt sich raschelnd auf dem Tisch.

»Das ist echt lieb von dir«, sage ich und komme mir sofort dumm vor, weil ich bei seinem Verschwinden dachte, er würde mich nur loswerden wollen. Wie nett ist das von ihm, uns allen eine kleine Freude zu machen, einfach so!

Schmunzelnd fische ich eine Packung Glückskekse aus dem Haufen.

Ryan tritt neben mich. »Die machen wir heute Abend auf, bevor wir alles rausgeben und den Post für morgen früh einspeichern. Dann haben wir schon mal eine erste Prognose, wie es ankommt.«

10. KAPITEL

Ryan

Nachdem Alice, Ned und Sanjay uns die Artikel und alle anderen Randfakten zum Pure-Plates-Skandal präsentiert haben, bleiben Josie und ich allein im Studio zurück. Mein Kopf ist so voll mit Informationen, dass ich das Gefühl habe, erst wieder Platz darin schaffen zu müssen, bevor ich kreativ sein kann.

Josie dagegen tippt konzentriert drauflos.

»Was tippst du?«, frage ich vorsichtig. Ich will sie nicht unterbrechen, komme mir aber komisch dabei vor, ihr einfach nur gegenüberzusitzen und auf Insta zu scrollen.

»Dein Skript«, antwortet sie, ohne von ihrem Laptop aufzusehen.

»Cool, aber das musst du doch nicht allein machen.«

»Schon okay, mach ich gern.«

Ihre Finger fliegen über die Tastatur. Die sanft geschwungenen Lippen bewegen sich wie immer in ihrem Takt, und sie scheint vollkommen in ihrem Text zu versinken. Ich muss mich wohl deutlicher ausdrücken.

»Das ist aber ein sehr wichtiges Thema. Ich würde die Worte, die ich später in die Kamera sagen soll, gern mitbestimmen.«

Ihr entfährt ein Geräusch, das irgendwo zwischen Seufzen und Zustimmung liegt. »Du kannst ihn danach ja noch mal gegenchecken. Gib mir eine Minute. Bin schon fast durch.«

»So schnell?« Das macht mich gleich doppelt skeptisch. In fünf Minuten einen so wichtigen Text, der den ganzen Skandal auf Social Media aufdecken soll, sinnvoll auszuformulieren, ist unmöglich. Aber ich will nicht vorschnell urteilen und gebe ihr die Chance.

Während sie das Skript fertig schreibt, frage ich mich, warum sie meine Hilfe so vehement ablehnt. Mir ist in den letzten Tagen aufgefallen, dass sie am liebsten allein vor sich hin arbeitet. Aber warum? Vertraut sie meinem Können nicht, weil ich nicht wie sie studiert habe? Oder kann sie mich einfach nicht leiden?

Mir ist vorhin in der U-Bahn nicht entgangen, wie sie kurz zurückgewichen ist, als ich zu ihr rüberkommen wollte. Andererseits hat sie sich wirklich über die Snacks und die Pumpkin Spice Latte gefreut, die ich ihr mitgebracht habe, so sehr kann sie mich also nicht hassen. Oder doch? Ich werde nicht schlau aus ihr. Diese Frau ist echt schwer zu durchschauen.

Ich hole mein Handy aus der Tasche. Die Instagram-Nachricht, die oben aufploppt, lässt mich sofort mit den Augen rollen. Ich öffne sie nur, um sie zu löschen. Die junge Frau, die dort ganz direkt fragt, ob sie meine Handynummer haben kann, sieht sogar ziemlich nett aus – aber jemand Fremden auf diese Art anzuschreiben, ist total creepy. Außerdem würde vermutlich mein Handy explodieren, wenn ich jeder dieser Frauen antworten und mich auf einen Chat mit ihnen einlassen würde. Das ist mir viel zu anstrengend. Vor allem, weil diese Frauen nur das in mir sehen, was ich online preisgebe und was sie sehen wollen. Da warte ich lieber auf etwas Echtes.

»Fertig!«, ruft Josie plötzlich, und die Anspannung weicht aus ihrem Gesicht.

Ich sperre den Bildschirm und lege das Handy beiseite.

»Darf ich jetzt gucken?«

»Klar«, antwortet sie, als hätte sie mich eine Minute zuvor nicht mehr oder weniger darum gebeten, mich nicht einzumischen.

Ich gehe um den Tisch herum und stelle mich hinter sie, um einen Blick auf ihren Bildschirm werfen zu können.

Als ich mich vorbeuge, steigt mir ein zimtiger Duft in die Nase. Warm und köstlich. Ein Shampoo? Oder ihr Parfüm? Mit einem Mal ist er so präsent, dass er meine Gedanken wie ein Schleier umhüllt. Ich muss mich beherrschen, das Gesicht nicht noch etwas tiefer zu nehmen und zu schnuppern, ob er von ihren Haaren oder ihrer Haut ausgeht.

»Und? Was sagst du?«, fragt sie und lässt den Schleier damit davonfliegen.

»Ähh …«, stammle ich und lese schnell, was sie getippt hat.

Das ist nicht schwer – es sind nämlich nur sechs Zeilen.

> *Pure Plates* – not so pure at all?
> Der vegane Hersteller wirbt in seinen bunten Anzeigen mit fröhlich grinsenden Erbsen und Happy-Vegan-Slogans. Für ein gutes Gewissen auf dem Teller. Die *London Lens* deckt auf: Spuren von Milchprodukten und Ei im Tierfrei-Kosmos, ein mieses Spiel mit dem guten Gewissen.

»Das ist alles?«

»Steht doch alles Wichtige drin, oder?«

»Was da steht, ist genial.« Das meine ich absolut ernst. Ich hätte vermutlich erst noch mal alle Materialien durchlesen und nach und nach das Unwichtige streichen müssen, um es so sehr zu reduzieren, wie sie es nun getan hat. »Und es soll schon kurz sein, das stimmt. Ewiges Geschwafel hört sich niemand an. Aber das ist vielleicht doch etwas wenig.« Hoffentlich ist sie nicht eingeschnappt. In den letzten Tagen habe ich sie einfach machen lassen, wenn sie sich etwas in den Kopf gesetzt hat. Wie sie jetzt reagiert, kann ich überhaupt nicht einschätzen. Ich beobachte ihre Reaktion gebannt.

»Okay. Was soll denn noch rein?«, fragt sie in demselben sanften, freundlichen Ton, in dem sie meistens mit mir redet. Auf ihren Lippen zeichnet sich sogar ein ehrliches Lächeln ab.

Sie ist also kritikfähig. Erleichtert richte ich mich wieder auf. Der Zimtduft bleibt noch einen Moment in meiner Nase hängen, bevor er langsam verblasst.

»Lass es uns ein wenig persönlicher gestalten. Wir sind doch auch Teil des London-Lens-Teams. Der Post sollte von uns kommen. Wir müssen unsere Empörung darüber zeigen. Das hier ist ein Investigativmagazin, hier werden die heißen Storys gemacht.« Ich blicke sie begeistert an. Doch sie zögert. »Auf Social Media zieht es immer, wenn man eine Geschichte mit seiner Persönlichkeit verbindet. Lass uns ein bisschen mehr von uns da reingeben«, sage ich so überzeugend wie möglich.

Das ist meine Chance! Wenn ich mich hier gut positioniere, bin ich zurück im Game. Ich will das gut machen, und ich möchte etwas von mir zeigen. Sie haben mich schließlich als Identifikationsfigur für den Kanal geholt. Und ich bin mehr als nur ein hübsches Gesicht.

Josie senkt den Blick und zieht mit dem Finger Kreise auf der Tischplatte. Wie zierlich ihre Hände sind. Das ist mir noch nie aufgefallen. »Ich weiß nicht … Sollte es nicht lieber ein eher nüchterner Beitrag sein? Professionell, journalistisch, gut recherchiert, so wie der Artikel. Wir haben doch damit eigentlich gar nichts zu tun.«

Ich seufze innerlich und muss mich zusammenreißen, um nicht die Augen zu verdrehen, so ungeduldig bin ich. Ich weiß ja, dass sie nicht gern im Mittelpunkt steht oder vor die Kamera will. Muss sie ja auch gar nicht. Aber für mich wäre das gerade wichtig. Das würde bestimmt neue Sponsoren anlocken. Ich gehe ein Stück auf sie zu und drehe den Laptop zu mir um. Plötzlich weiß ich, was ich sagen möchte.

Fünf Minuten später stehe ich vor der Kamera, Josie dahinter. Sie drückt einen Knopf auf der Oberseite und zeigt mir dann einen Daumen nach oben. Ich straffe meine Schultern und schaue intensiv in die Kamera.

»Hi, mein Name ist Ryan, und ich muss euch heute von einem Skandal in der Food-Industrie erzählen, der sich gewaschen hat. Haltet euch fest, schnallt euch an, das ist keine leichte Kost.« Die Kamera schwenkt ein kleines Stück tiefer, und ich nehme die bunte Verpackung einer veganen Pizza in die Hand. »Kennen wir alle, oder? Ich habe den ganzen Gefrierschrank voll davon. An *Pure Plates* ist in den letzten Wochen keiner von uns vorbeigekommen. Vegan, gesund, pure. Aber was wäre, wenn die bunten Verpackungen und die niedlichen Augen nur über einen echten Skandal hinwegtäuschen sollen? Wir haben diese Pizza testen lassen, und die Resultate werden euch schockieren. Es wurden Milchprodukte und Ei in allen Proben gefunden. Ich selbst lebe nicht vegan, aber wenn ich es täte, würde ich mich auf die Versprechen verlassen wollen und einem Unternehmen vertrauen können, das so offensiv mit der puren Wahrheit und Transparenz wirbt. Der Name *Pure Plates* hinterlässt ab heute einen fiesen Beigeschmack. Und die Frage: Was verstecken sie noch?« Ich ende mit einem offensiven Blick in die Kamera. Direkt rein. Direkt in die Seele. Die Menschen sollen wissen, mir ist das Ganze sehr ernst. Uns ist das Ganze ernst. Das hier ist verdammt wichtig. Und ich bin ein Teil davon.

Josie beendet die Aufnahme.

»Und, wie war ich?«

»Ich denke, das können wir so nehmen?«

Wieso muss Josie eigentlich immer so sachlich sein? Ich unterdrücke ein Seufzen und schaue mir das Video an. Es ist der Knaller. Hoffentlich kommt es beim Publikum auch so gut an.

Jetzt müssen wir nur noch Josies Fünfzeiler druntersetzen, der alles so passend kurz und knackig zusammenfasst. Auch wenn Josie es nicht zeigen kann, sind wir eben doch ein gutes Team.

»Ich bin wirklich sehr beeindruckt«, sagt Mrs Dawson bei unserem Meeting im Studio, nachdem sie sich das Video dreimal angesehen hat. Alice, Ned und Sanjay stimmen nickend zu.

Ich stoße die angestaute Luft aus. Puh. Wie gut, dass wir nicht alles über den Haufen werfen müssen.

»In so kurzer Zeit als Team zusammenzuwachsen, ist schon eine Herausforderung an sich. Ein so wichtiges Thema dann so spannend aufzubereiten und zu präsentieren, ist noch mal eine ganz andere Hausnummer. Und ihr habt beides perfekt gemeistert.«

»Wir freuen uns, dass es Ihnen gefällt. Also können wir das so posten?« Ich bete stumm, dass sie Ja sagt.

Mrs Dawson schnappt sich einen der Scones, die Josie auf einem Teller drapiert hat, und beißt die Hälfte ab. Krümel verteilen sich über der Tastatur von Josies Laptop.

»Was sagst du, Ned?«, fragt sie mit vollem Mund.

»Ich finde, es gibt genau das wieder, was in den Artikeln steht. Und es hat genug Schlagkraft, um viral zu gehen.«

»Sehe ich genauso. Und übrigens …« Sie beugt sich nach vorn. »Ich werde noch veranlassen, dass ihr ab dieser Ausgabe auch im Impressum aufgeführt werdet. Als Zuständige für Social Media. Wäre schade, wenn eure Arbeit nicht wertgeschätzt werden würde. Vor allem für Josie, die ja nicht mal online zu sehen ist. Deine Arbeit soll nicht untergehen, meine Liebe. Vorausgesetzt, das ist für euch beide okay, natürlich.«

Ich nicke sofort. »Klar, super, gern.«

Josie dagegen macht ein nachdenkliches Gesicht. Sie sieht unschlüssig zwischen Alice und Mrs Dawson hin und her.

»Danke«, sagt sie schließlich nur.

Ich begegne ihrem Blick. In ihren dunklen Augen liegt ein warmes Funkeln, das sofort auf mich überspringt. Wir haben es geschafft. Vielleicht sind wir doch kein so schlechtes Team.

»Dann hoffen wir mal, dass es bei den Zuschauern genauso gut ankommt«, sagt sie.

Ich zögere kurz, stehe dann aber doch auf und krame die Packung mit den Glückskeksen aus der Kiste neben den Videoutensilien. Wenn Mrs Dawson Lust auf Scones hat, dann sicher auch auf einen Glückskeks.

Josie sieht das wohl anders. Sie hebt die Brauen und wirft mir einen *Oh Gott das willst du jetzt doch nicht wirklich vor Mrs Dawson machen*–Blick zu. Aber ich lasse mich davon nicht verunsichern.

»Wie wäre es, wollen wir unseren Erfolg damit besiegeln?«, frage ich in die Runde, greife in die Verpackung und lege ein paar in Goldfolie eingeschweißte Glückskekse auf den Tisch.

Wie erwartet ist Mrs Dawson sogar die Erste, die lachend nach einem davon greift. »Auf jeden Fall. Es kann aber sowieso nur gut ausgehen. Die Artikel sind fertig, euer Video ist bereit, und die Behörden sind informiert.«

Ich will Josie mit einem *Wusst ichs doch*-Blick kontern, doch sie schaut nicht mehr zu mir. Stattdessen schnappt sie sich ebenfalls grinsend einen Glückskeks.

Ned, Sanjay und Alice nehmen sich ebenfalls einen. Überall raschelt es, dann knackt Mrs Dawson als Erste ihren Keks. Sie reißt den Zettel daraus hervor.

»Deine positive Einstellung wird dir Glück bringen.« Triumphierend wedelt sie mit ihm über dem Kopf herum. »Da haben wir's. Es war sicher die richtige Entscheidung, alles rund um *Pure Plates* gleich mit in die neue Ausgabe zu packen.«

»Sagt mein Glückskeks auch«, meint Sanjay und schiebt seinen Zettel in die Mitte des Tisches. *Eine erfreuliche Überraschung erwartet dich.*

»Jede Herausforderung ist eine Chance für Wachstum, steht auf meinem«, ruft Alice in die Runde.

»Ziemlicher Quatsch, meint ihr nicht?«, sagt Ned und knüllt den Zettel zusammen.

»Natürlich. Aber sei doch nicht so eine Spaßbremse. Stress haben wir zurzeit mehr als genug. Lass uns doch das kurze Vergnügen«, erwidert Mrs Dawson und schiebt sich eine Hälfte ihres Keks in den Mund.

Ich kann nicht mehr abwarten und zerre Packung und Keks auseinander. Der Zettel reißt dabei etwas ein, aber ich kann ihn trotzdem noch mühelos lesen. *Deine Liebe ist näher, als du denkst.* Was für ein seltsamer Spruch. Wahrscheinlich nur schlecht aus einer asiatischen Sprache übersetzt.

Josie knackt ihren Keks als Letzte. Sie liest den Zettel, spricht aber nicht aus, was darauf steht, sondern lässt ihn wortlos in ihrer Hosentasche verschwinden. Mir entgeht jedoch nicht, dass ihre Mundwinkel nach oben wandern.

Gut, denn ich habe noch etwas vor, und dafür brauche ich ihre Hilfe.

Als wir eine halbe Stunde später nebeneinander an ihrem Laptop sitzen, um ein letztes Mal die Wordings, den Schnitt und die Untertitel in dem Video zu prüfen, räuspere ich mich. »Ich ähm …« Na, komm schon, Ryan, du bist doch sonst nicht auf den Mund gefallen. Immer raus damit. »Ich, also, ich würde gern …«

Sie sieht mich so erwartungsvoll an, dass mir ganz flau im Magen wird. Kurz treffen sich unsere Blicke. Ihre Augen sind schön. Groß und braun mit kleinen goldenen Sprenkeln. Während sie mich ansieht und darauf wartet, dass ich endlich weiterspreche, wandert mein Blick über ihr Gesicht. Bis er an ihren Lippen hängen bleibt und mir durch den Kopf schießt, wie weich ihre Lippen aussehen. Ob sie sich wohl auch so anfühlen? Reflexartig setzt sich meine Hand in Bewegung, doch zum Glück schaltet sich mein Gehirn noch rechtzeitig dazwischen und zieht den Befehl »Hand heben« zurück. Oh Mann. Sie sieht mich irgendwie merkwürdig an. Ahnt sie, was ich da gerade fast getan hätte? Schnell schiebe ich den Gedanken beiseite. »Also, ich würde das Video gern heute auf meinem Kanal teilen, und ich hab mich gefragt ob du … ob du mir vielleicht mit dem Text für das Posting helfen würdest?« Jetzt ist es raus. War doch gar nicht so schwer.

Auf Josies Gesicht breitet sich ein Lächeln aus. Ihre Lippen sehen noch schöner aus, wenn sie lächelt. Auch meine Mundwinkel heben sich.

»Du willst meine … Hilfe? Ich … klar. An was hast du denn gedacht?«, stottert sie.

Es ist ein Phänomen. Josie ist so gut mit geschrieben Worten, sie kann in fünf Zeilen einen ganzen Investigativfall zusammenfassen, aber sobald sie diese Worte aussprechen soll, scheint sich eine Barriere in ihrem Kopf aufzubauen.

Eine kleine Falte bildet sich zwischen ihren Augen, und ich kann sehen, wie sie nach der richtigen Formulierung sucht. »Du machst das doch sonst alles allein, warum heute nicht?«, fragt sie schließlich.

»Ich kann mich gut in meinen Skripten ausdrücken, in meinen Videos, aber die Texte für die Posts sind mir schon immer schwergefallen. Manchmal habe ich sogar einfach nur ein paar Emojis und Hashtags verwendet«, antworte ich. »Aber dein Text heute ist so ein Mehrwert für den Beitrag! Mir ist heute zum ersten Mal klar geworden, dass es eben nicht nur darum geht, was ich sage, sondern auch, wie ich die Botschaft einbette.«

Josie sieht mich an und nickt dann langsam. »Okay, dann wollen wir deine Botschaft mal rüberbringen. Was möchtest du denn zu dem Video sagen? Die Caption muss ja inhaltlich zu deinen Worten passen.«

Gemeinsam brainstormen wir ein paar Minuten, was ich sagen könnte und was im Text stehen soll. Ich möchte unbedingt hervorheben, dass ich Teil des Teams bin, um hoffentlich neue Sponsoren klarzumachen, aber das kann ich Josie so nicht sagen. Sie denkt wahrscheinlich immer noch, dass in meiner Garage ein Ferrari parkt und ich morgens Kaviar auf Toast frühstücke. Sie hat ja keine Ahnung, dass es finanziell bei mir gerade nicht so gut aussieht. Woher auch. »Ich möchte gern noch ein bisschen mehr herausstellen, warum dieser Fall für mich persönlich so relevant ist.«

Sie nickt und sieht mich erwartungsvoll an. »Und das ist so, weil …«

Richtig, ich brauche einen Aufhänger. »*Pure Plates* hat mich ja auch als Influencer angefragt, und ich fühle mich persönlich verantwortlich dafür, was ich mit meinen Followern teile. Ich hätte fast eine Lüge mit ihnen geteilt und das nur, weil die mit falschen Karten spielen.«

Das ist gut! Josie sieht ebenfalls zufrieden aus und setzt sich an ihren Laptop. Ich schnappe mir mein Handy und lächle in die Selfiecam. »Hey, Leute, da kommt heute noch was Großes auf euch zu! Meine liebe Kollegin Josie …« Ich schwenke ganz kurz die Kamera und zeige, wie sie vertieft am Laptop sitzt. »… und ich arbeiten mit Hochdruck an der größten Enthüllungsstory des Jahres. Bleibt dran!«

Ich schaue mir das Video noch einmal an. Josie hat nicht ein Mal den Blick gehoben. Ich überlege kurz, sie auf der Story zu markieren, aber sie sagt ja selbst, dass sie ihren Instagram-Kanal nicht nutzt. Stattdessen verlinke ich die *London Lens* und klicke auf »Publish«.

Die Story ist live und mit ein paar Klicks reposte ich sie auch auf der London-Lens-Seite. Dann kann ich nun das Hauptvideo auf dem Account von *London Lens* hochladen. Ich atme tief durch und tippe auf das Video in der Mediathek. »Jetzt geht es los«, sage ich zu Josie und blicke sie lächelnd an.

Sie nickt mit zusammengepressten Lippen. »Gut.«

Sie könnte ein bisschen euphorischer sein, aber ich lasse mich davon nicht abschrecken. Ich kopiere ihren Text darunter, füge ein paar Hashtags hinzu und drücke auf »Teilen«.

Ein paar Augenblicke später gehen die ersten Reaktionen auf die Story und das Video ein. Jede Menge Likes, und das Video wird geteilt ohne Ende.

»Sag mal, spinnst du?!«

Der Schrei lässt mich zusammenfahren und ich blicke von dem kleinen Bildschirm meines Handys auf.

»Du hast mich heimlich gefilmt!«, zischt Josie vorwurfsvoll und dreht mir den Bildschirm ihres Business-Handys zu. Etwas leiser fügt sie hinzu: »Was denken denn die anderen jetzt? Das sieht aus, als würden wir uns wichtigmachen wollen. Die Redakteure haben doch die ganze Arbeit gemacht.«

»Ach Quatsch, so wird das keiner sehen. Jetzt genieß doch einfach mal, Teil von einer so großen Sache zu sein. Wie viele Volontärinnen können das schon von sich behaupten?«

Sie zuckt mit den Schultern. Ihr Blick ist starr nach vorn gerichtet, die Lippen aufeinandergepresst. Glücklich sieht anders aus.

11. KAPITEL

Josie

Zwei Tage darauf nehme ich absichtlich wieder die U-Bahn um dieselbe Zeit und scanne an Ryans Station schon beim Einfahren den Bahnsteig. Im Gegensatz zu vorgestern weiß ich ganz genau, worüber ich mit ihm reden will.

Schon seit gestern Morgen kann ich meinen Blick kaum mehr von meinem Handy abwenden.

Es hat keine dreißig Minuten gedauert, bis unser Video auf allen Plattformen viral ging. Alle Kommentare und Nachrichten durchzugehen, ist unmöglich. Sekündlich kommen neue dazu – vor allem, seit die landesweiten Nachrichten gestern Abend Ausschnitte aus Ryans Video gezeigt und über einen möglichen Skandal berichtet haben. Die Menschen sind wütend, enttäuscht, frustriert. Der Account von *Pure Plates* wird mit Hasskommentaren überschwemmt, während unter unserem Video wilde Diskussionen über die Richtigkeit unserer Informationen losgebrochen sind.

Auch jetzt vibriert es in meiner Manteltasche. Ich hole mein Handy raus und entdecke schon wieder unzählige Benachrichtigungen wegen neuer Kommentare.

Ich lebe seit fünfzehn Jahren vegan – und jetzt wollt ihr mir sagen, dass ich seit drei Jahren unwissend Ei und Milch zu mir nehme? Das macht mich so unfassbar wütend!!!

Hoffentlich kriegen die Behörden diese Verbrecher dran und sperren die Verantwortlichen die nächsten Jahrzehnte weg.

Hm, so was wird doch regelmäßig geprüft. Das würde doch nie durchgehen, wenn da was dran wäre ... absoluter Schwachsinn!

Es juckt mir in den Fingern, mit dem offiziellen Account auf den letzten Kommentar zu antworten. Aber das kann ich nicht einfach, ohne Ryan oder Mrs Dawson gefragt zu haben.

Um nicht doch noch in Versuchung zu kommen, stecke ich das Handy schnell wieder weg und umklammere die Haltestange mit festem Griff.

Das gedruckte Magazin ist laut der Rundmail von Mrs Dawson heute Morgen jetzt schon in allen Läden vergriffen. Nach gerade mal einem Tag im Verkauf.

Das Ausmaß unserer Arbeit ist für mich immer noch nicht greifbar. Deswegen kann ich es auch kaum abwarten zu hören, wie Ryan damit klarkommt und das alles wahrnimmt. Immerhin ist es sein Gesicht, das überall zu sehen ist, und er hat es sogar auf seinem privaten Account geteilt. Außerdem hat er Erfahrung mit einem solchen Ausmaß an medialer Aufmerksamkeit und vielleicht den ein oder anderen Trick parat, wie man am besten damit umgehen sollte. Denn auch wenn ich es mir eigentlich nicht eingestehen will: Die Welle, die über den Account der *London Lens* hereinbricht, überfordert mich.

Leider ist von Ryan am Bahnsteig weit und breit keine Spur. Als die U-Bahn wieder anfährt, entdecke ich ihn nirgendwo unter den neu zugestiegenen Fahrgästen. Unsicherheit macht sich in mir breit. Ob er mir absichtlich ausweicht? Ich beschließe allerdings, nicht länger darüber nachzudenken und lausche lieber weiter Taylor Swift, die über den Kopfhörer in meinen Ohren gerade *Enchanted* singt.

In der Redaktion ist die Hölle los, als ich ankomme. Schon im Flur tummeln sich die Kolleginnen und Kollegen.

Eigentlich hätte ich erwartet, dass alle anderen cooler reagieren als ich. Sie sind es ja gewohnt, auch mal größere Skandale aufzudecken und entsprechende Aufmerksamkeit damit zu erzeugen. Trotzdem reden alle durcheinander, und ich schaffe es kaum, mich an ihnen vorbeizudrängen. Vielleicht komme ich gleich wieder zurück, um ihren Gesprächen zu lauschen – zuerst will ich aber meine Tasche im Studio abstellen.

Als ich am Fitnessraum vorbeilaufe, entdecke ich Ryan, der gerade zwei Hanteln zurück in eine Ablage legt.

Ich bleibe stehen, unschlüssig, ob ich zu ihm gehen soll. Das bedeutet zumindest, dass er mir nicht absichtlich aus dem Weg gegangen ist. Aber das heißt andersrum noch lange nicht, dass er Lust hat, während seiner Sets mit mir zu reden.

»Morgen!«, ruft er mir entgegen, wischt sich die Hände an seinem Sportshirt ab und nimmt mir so die Entscheidung ab.

»Hey.« Ich mache ein paar Schritte in den Raum hinein und bleibe unschlüssig zwischen zwei Trainingsgeräten stehen. »Wie gehts dir?«

»Sieht man doch.« Er deutet auf seine Stirn, von der Schweiß perlt. »Bisschen überfordert. Nicht nur mit den Gewichten.« Er lacht. »Sport hilft mir immer, meine Gedanken ein bisschen zu sortieren. Und das hab ich gerade definitiv nötig. Selbst für meine Verhältnisse ist es ziemlich krass, was da gerade abgeht.« Er schnappt sich sein Handtuch von der Bank eines Geräts und wischt sich damit übers Gesicht. Obwohl ich es nicht will, wandert mein Blick zu seinen Oberarmen, die dank seines ärmellosen weißen Shirts perfekt zu erkennen sind – und aussehen, als würde er sehr oft seine Gedanken sortieren müssen.

»Dann will ich dich nicht weiter stören«, antworte ich und will wieder umdrehen.

»Nicht abhauen«, ruft Ryan jedoch. Ich bleibe stehen.

»Du wolltest doch irgendwas, oder nicht?«

Woher weiß er das? »Ja, schon, aber sieht aus, als hättest du selbst gerade genug zu tun. Da will ich dich nicht auch noch damit nerven.«

»Du nervst doch nicht.« Seine Stimme klingt sofort sanfter. »Also, raus damit.«

»Ich … bin ein bisschen überfordert mit den vielen Kommentaren. Bei manchen frage ich mich, ob ich irgendwie mit dem offiziellen Account reagieren und Stellung nehmen sollte. Und bei anderen, ob ich sie einfach löschen darf. Ich hab es mich aber nicht getraut. Da dachte ich …« Ich trete von einem Fuß auf den anderen und klammere mich mit der rechten Hand am Träger meiner Tasche fest. »… du kennst dich damit doch sicher aus. Vielleicht kannst du mir ein paar Tipps geben?«

»Na klar. Wir können die gern gleich zusammen durchgehen. Gib mir nur zehn Minuten zum Duschen und Umziehen, bin gleich im Studio, okay?« Er lächelt mir zu.

»Danke. Superlieb von dir, dass du mir mit den Kommentaren hilfst und so.«

»Ach, dafür sind Kollegen doch da, oder?«, antwortet er und zwinkert wieder dieses Zwinkern, das mir die Hitze in die Wangen treibt – und das Bild deutlicher werden lässt, das mir seine Worte gerade in den Kopf gepflanzt haben.

Schnell wende ich mich ab und marschiere zurück in den Flur.

»Josie!«, ruft jemand hinter mir, der zum Glück nicht nach Peter klingt.

Dankbar für die Ablenkung drehe ich mich um. Ned, der mit anderen Kolleginnen und Kollegen in einem Pulk steht, winkt mich zu sich. Obwohl sein verkniffener Gesichtsausdruck mich beunruhigt, geselle ich mich zu der Gruppe.

»Guten Morgen. Was gibts denn?«, frage ich, als wüsste ich nicht genau, dass es um den Pure-Plates-Skandal geht.

»Das wissen wir auch nicht so genau«, erwidert Ned. »Aber Mrs Dawson klang nicht gerade glücklich. Wir sollen alle einsammeln und zu ihr in den großen Konferenzraum kommen. Sofort. Du auch.«

Mein Herz setzt einen Schlag aus. Wahrscheinlich hat das nichts zu bedeuten. Vielleicht geht es nur darum, dass möglichst schnell eine neue Printauflage in Umlauf gebracht werden muss. Allerdings, warum sollten dann Abteilungen wie Social Media dazukommen? Mit dem Druck des Magazins habe ich nicht das Geringste zu tun.

Ich versuche, ruhig durchzuschnaufen und mich nicht direkt von der unterschwelligen Panik der anderen anstecken zu lassen. Bestimmt ist es nur wegen der aktuellen Ausnahmesituation und nichts Schlimmes. Das Gefühl, einen gravierenden Fehler begangen zu haben, lässt mich jedoch nicht los.

Ob ich Ryan holen und ihm Bescheid geben soll? Aber er ist sicher direkt in die Dusche gehüpft. Ich will auf keinen Fall das Risiko eingehen, uns beide in eine peinliche Situation zu bringen. Also folge ich den anderen in Richtung Konferenzraum.

Heute bin sogar ich mir sicher, dass nicht alle vollzählig sind, als Mrs Dawson aufsteht und um Aufmerksamkeit bittet. Und das nicht nur, weil Ryan noch fehlt. Ein Drittel der Plätze ist unbesetzt. Doch Mrs Dawson scheint das nicht zu stören – oder sie hat es eilig …

Ich schlucke und traue mich kaum hinzusehen, als sie zu sprechen beginnt. »Ihr Lieben – ich bitte euch zuerst mal, einen kühlen Kopf zu bewahren. Was ich gleich erzählen werde, ist eine Situation, die zu erwarten war. Aber es ist trotzdem wichtig, jetzt ruhig zu bleiben und richtig zu reagieren. In Ordnung?«

Die Stille im Konferenzraum ist beinahe schmerzhaft. Mir wird heiß und kalt zugleich. Oh Gott. Es ist wirklich etwas Schlimmes. Ich blicke in erschrockene Gesichter.

Die anderen starren Mrs Dawson mit großen Augen an. Ich dagegen will gar nicht wissen, wie viel Sorge ihr ins Gesicht geschrieben steht.

»*Pure Plates* hat vor wenigen Minuten ein Statement veröffentlicht.«

Das ist an sich nichts Überraschendes. Ich löse meine linke Hand, mit der ich mich an der Stuhlkante festgeklammert habe.

»Sie unterstellen uns zu lügen und drohen uns in diesem Zuge auch mit rechtlichen Konsequenzen. Und nicht nur das. Sie haben einen Auszug aus eigenen Labortests auf ihrer Website veröffentlicht. Laut diesen Tests ist alles mit ihren Produkten in bester Ordnung. Keine schädlichen Stoffe, keine tierischen Produkte.«

»Die sind doch garantiert gefälscht oder gekauft«, ruft jemand in die Runde und spricht damit meine Gedanken aus.

»Das würde ich auch vermuten. Allerdings steht vorerst Aussage gegen Aussage. Wir müssten erst nachweisen können, dass unsere Werte der Wahrheit entsprechen und ihre nicht. Das können wir im Moment nicht. Außerdem …« Sie macht eine Pause und sieht noch besorgter aus, während sie den Blick durch die Runde schweifen lässt. »… finde ich es etwas seltsam, dass ein solches Statement mit einer solchen Selbstsicherheit und Vehemenz nach so kurzer Zeit rausgegeben wird. Das deutet darauf hin, dass sie sich sehr sicher sind, mit ihrer Version der Geschichte im Recht zu sein.«

Was für eine verzwickte Situation. Am liebsten würde ich sofort das Business-Handy aus meiner Tasche ziehen und zu allen Beiträgen die Kommentare und die Nachrichtenfunktion deaktivieren, um nicht sofort den Hass der Pure-Plates-Community abzubekommen. Aber das kann ich ohne Absprache unmöglich machen.

»Wie wäre es, wenn wir vorab noch weitere Tests bei anderen Laboren durchführen lassen?«, fragt Peter. Ausnahmsweise ein guter Einwurf.

»Das wäre auch mein Gedanke gewesen«, antwortet Mrs Dawson. »Das sollten wir auf jeden Fall machen. Das wird uns mehr Glaubwürdigkeit und Argumente verschaffen. Abgesehen davon würde ich vorschlagen, wir überprüfen ein weiteres Mal genau unsere Formulierungen, sowohl im Artikel als auch in jeglicher

Form der Außenkommunikation. Im Zweifelsfall hilft eine zeitnahe Entschuldigung bei einem Fehler oder einer Ungenauigkeit mehr, als darauf zu beharren. Auch wenn ich mir sicher bin, dass wir sauber gearbeitet haben. Ja, es ging schnell. Aber wir waren uns alle bewusst, wie groß und wichtig dieses Thema ist und haben es entsprechend oft gegengecheckt.«

Einige nicken. Ich dagegen gehe fieberhaft jedes Wort durch, das Ryan in seinem Video gesagt hat. Sind wir schuld? Haben wir Mist gebaut?

Mrs Dawson erzählt noch etwas über die Kommunikation mit der Rechtsabteilung. Doch ich kann mich nicht mehr auf ihre Worte konzentrieren.

So spannend es auch ist, alles rund um den Skandal hautnah mitzuerleben und daran zu arbeiten – meine Nerven sind zum Zerreißen gespannt. Denn auch mein Name prangt nun am Ende des Projekts. Warum habe ich nicht abgelehnt, als Mrs Dawson mich danach gefragt hat? Warum hat Ryan nur diese Story gepostet, in der wir auch noch beide zu sehen sind? Ich bin genau da, wo ich nie hinwollte: im Bulls Eye, die Mitte der Zielscheibe, ein Treffer, fünfzig Punkte. Hätte mein Volontariat nicht mit einem unspektakulären Fall starten können? Vor ein paar Tagen war ich noch dabei, mich langsam in die Social-Media-Arbeit einzufinden und mich an die Verantwortung zu gewöhnen, die ich plötzlich trage. Ohne Schonfrist direkt in diese Situation geworfen zu werden, fühlt sich an, als hätte man mich allein und ohne Equipment in meinem London-Herbst-Outfit an den Nordpol gebeamt.

Als ich kurz darauf im Contentstudio ankomme, lehnt Ryan am Fenster und scrollt auf seinem Smartphone. Seine Haare glänzen noch feucht.

»Ich dachte schon, du bist wieder nach Hause gegangen«, sagt er und hebt eine Braue. »Hast du das gesehen? *Pure Plates* hat ein Statement abgegeben.«

»Ja, deswegen würde ich jetzt auch wirklich lieber wieder nach Hause gehen.« Mir die Decke über den Kopf ziehen und die Probleme einfach verdrängen. Aber das würde ich nie tun. Wir müssen weitermachen und uns damit auseinandersetzen.

»Mrs Dawson hat gerade eine kleine Ansprache gehalten.« Ich setze mich auf meinen Platz und reibe mir die Stirn.

»Deswegen? Warum hast du nicht Bescheid gesagt? Das hätte ich zu gern gehört.«

»Du warst unter der Dusche.« Ich deute auf seinen Kopf. Dann schildere ich knapp, was Mrs Dawson gesagt hat.

»Und was sagt sie, wie gehen sie mit der Stellungnahme um? Das müsste sich doch leicht widerlegen lassen, sie haben doch die Laborergebnisse, oder?« Ich meine einen Hauch Panik aus seiner Stimme herauszuhören, was gar nicht zu dem sonst so coolen Ryan passt. »Ich muss meiner Community ja auch irgendwie erklären, was Sache ist. Ich will nicht als Lügner dastehen oder wie jemand, der nicht sauber recherchiert.«

»Sie werden neue Tests machen«, sage ich vage. »Mehr weiß ich auch nicht.«

»Verdammt. Und sie will nicht noch mal vorbeikommen oder so? Uns sagen, wie wir damit umgehen sollen?«

Ich schüttle den Kopf. »Ich glaube, sie hat gerade andere Probleme.«

»Gut, dann entscheiden wir einfach, und sie hat Pech gehabt, wenn sie es gern anders gehabt hätte. Da müsste sie schon mit uns kommunizieren.«

So viel Selbstbewusstsein hätte ich auch gern. Woher nimmt er diese innere Ruhe? Immerhin steht er hinter alledem mit seinem Gesicht und seinem Namen, aber er hat recht. Wir können nicht jedes Mal abwarten, bis Mrs Dawson alles absegnet. Wir müssen auch mal eigenständig etwas voranbringen.

»Also, was schlägst du vor? Ich wäre dafür, zunächst einmal die Kommentarfunktion unter dem Video abzustellen.«

»Auf keinen Fall«, ruft Ryan wie aus der Pistole geschossen und sieht mich mit großen Augen an.

Sofort komme ich mir dumm vor, es überhaupt vorgeschlagen zu haben. »Warum nicht?«

»Weil alles, was wir tun, gerade beobachtet wird. Jeder kleinste Move.«

Ryan kommt zu meinem Tisch, doch heute setzt er sich nicht wie sonst mir gegenüber, sondern direkt neben mich. »Die Kommentare nicht mehr zuzulassen, könnte als Schuldeingeständnis interpretiert werden. Ich schlage vor, wir lassen uns vorerst gar nichts anmerken, bis Mrs Dawson uns nicht ein richtiges Statement vorgelegt hat oder neue Ergebnisse da sind. Ablenkung. Wir gehen erst mal gar nicht auf die Stellungnahme von *Pure Plates* ein. Beachten sie gar nicht. Und sobald wir wirklich wissen, was los ist, antworten wir. Wir machen einfach weiter wie vorher. Mit den anderen Themen.«

Seine plötzliche Nähe ist so ungewohnt, dass ich meine Gedanken erst wieder sortieren muss, bevor ich antworten kann.

»Okay.« Je näher er ist, desto schwerer fällt es mir, mit ihm zu reden. Vor allem in ganzen Sätzen. »Wir antworten also auch nicht auf Kommentare?«

»Hast du dir die schon mal angesehen?«, fragt er und klingt dabei beinahe spöttisch. »Ich kann mir schon vorstellen, was da steht.«

»Wann denn? Ich hab vor ein paar Minuten erst von der Sache erfahren.«

Er streckt auffordernd die Hand aus. Ich hole das Business-Handy hervor und gebe es ihm.

In Sekundenschnelle hat er unser Video geöffnet – und scrollt durch die neuesten Kommentare darunter.

Hab ich doch gesagt, dass das nur aufgeblasene A*löcher sind. Schaut euch nur mal das schmierige Gesicht von diesem Kerl an.

Statement?!?!?!

Wunderbar, jetzt hab ich gestern alles weggeschmissen. Ihr schuldet mir Kohle!! Davon dürftet ihr ja auch genug haben ...

Schämt ihr euch nicht ein bisschen?

Hoffe, dieser arrogante Influencer und seine hässliche Freundin fliegen raus und finden nie wieder einen Job.

Mir bleibt die Luft weg. Die Kommentare treffen mich mitten ins Herz. Warum ist da nach so kurzer Zeit schon so viel Hass? Und warum werden die Leute so persönlich? Ich atme keuchend ein.

»Alles okay?«, fragt Ryan besorgt und legt mir die Hand auf die Schulter.

Seine Wärme dringt trotz des dicken Stoffs meines Pullis zu mir durch und beruhigt mich ein wenig.

»Ja, ich muss das nur erst mal verarbeiten.« Meine Stimme ist kaum mehr als ein Flüstern.

»Vielleicht sehen wir uns die besser gar nicht erst an«, antwortet er und nimmt die Hand wieder von meiner Schulter, um das Handy wegzulegen. Leider. Mit einem Mal fühlt sie sich kalt und leer an.

»Darauf zu antworten, hat jedenfalls noch nie was genützt. Damit liefert man nur noch mehr Angriffsfläche«, meint er mit brüchiger Stimme.

Klingt, als hätte er mehr Erfahrungen in diesem Bereich, als ihm lieb ist.

»Du hast so was wohl schon durch?«, frage ich vorsichtig.

Ryan lacht bitter. »Das ist Alltag. Erst vor ein paar Wochen habe ich einen Fall aufgerollt, der bisher ungelöst ist. Eine junge Frau, die vor drei Jahren nach einem Besuch im Fitnessstudio nicht mehr nach Hause gekommen und seitdem verschwunden ist. Dazu gibt es unzählige Theorien. Ich für meinen Teil glaube, ihr Ex hat sie abgefangen und ihr etwas angetan.« Er schüttelt den Kopf, den Blick gesenkt. »Egal, spielt gerade keine Rolle. Jedenfalls recherchiere ich auch immer viel Persönliches über die Personen, die ich in meinem Podcast bespreche. Das macht leider nicht jeder, der True Crime online vorstellt. Die meisten orientieren sich nur an den offiziellen Berichten – oder nehmen das, was andere schon zehnmal durchgekaut haben, und wärmen es halb gar auf. Klar, Fakten sind wichtig. Aber nicht alles. Ich schreibe ja keinen Bericht. Ich vermittle ein Gefühl, erzähle eine Geschichte. Eine wahre, aber es ist immer noch eine Story.« Er wird von Satz zu Satz schneller, und seine Augen scheinen sich aufzuhellen. »Ich seh mir die Social-Media-Profile der Opfer und des Umfelds genauestens an. Wenn das Verbrechen lange genug zurückliegt, schreibe ich manchmal sogar Freunde und Familie an. Das haben die Opfer und ihre Angehörigen auch verdient. Mein Anspruch ist es, den Zuhörern ein realistisches Bild davon zu vermitteln, wie sie drauf waren, und damit auch den Opfern gerecht zu werden. Wenn ich tot wäre, würde ich auch lieber als Mensch mit liebenswerten Seiten, aber auch Ecken und Kanten in Erinnerung bleiben, mit allem, was ich im Leben erreicht habe, statt als blutender, toter Körper neben der Queens Road. Oder wie siehst du das?«

»Genauso«, antworte ich.

»Leider sehen die Familien das manchmal gar nicht gern, dass ich so tief in die persönlichen Verhältnisse einsteige.« Ryan seufzt. »In diesem Fall war es so, dass die Mutter ein ganz anderes Bild von ihrer Tochter hatte als ihr restliches Umfeld. Für sie war sie ein Engel, ihre unschuldige Prinzessin. Ihre Freunde kannten sie als Partyqueen, die gern mal einen draufgemacht hat. Weil man nie wissen kann, was stimmt, habe ich beide Seiten in meine Folge mit einfließen lassen. Das hat der Mutter aber null gepasst. Sie hat gegen mich gehetzt. Viele sind zum Glück nicht drauf angesprungen, aber ein paar Idioten gibt es immer.«

Wie ärgerlich.

Er scheint wirklich viel Recherchezeit zu investieren und alles gewissenhaft aufzubereiten. Dafür ein solches Feedback zu bekommen, ist sicher niederschmetternd. Allerdings verstehe ich auch die Familie des Opfers. Sich in einer solchen Situation dann auch noch mit öffentlichen Berichten befassen zu müssen und einen Teil seiner Privatsphäre unfreiwillig aufgeben zu müssen, ist sicher nicht einfach.

»Wie bist du bisher mit solchem Gegenwind umgegangen?«

»Wie immer. Quellen noch mal rausholen, Statement abgeben, abwarten. Das legt sich nach ein paar Tagen. Dann haben die Online-Geier ein neues Opfer gefunden.« Er winkt ab.

Ich dagegen bin total fasziniert. Einerseits von seinem Job, der wirklich spannend zu sein scheint. Andererseits noch mehr von der Leidenschaft, mit der er davon erzählt. Das Leuchten in seinen Augen ist nicht zu übersehen. Er liebt seinen Podcast – aus vollem Herzen.

Sofort wandert mein Blick zu meiner Handtasche, in der seit einigen Tagen mein Notizbuch unbenutzt schlummert. Mit einer so brotlosen Kunst wie meiner etwas Ähnliches zu erreichen, ist so gut wie unmöglich. Dazu ist sie viel zu leise. Zu unauffällig.

Genauso wie ich.

»Sorry, dass ich dich damit so zugetextet hab«, sagt Ryan und reißt mich damit aus meinen Gedanken.

»Dafür musst du dich nicht entschuldigen.«

Ich traue mich, ihm abermals in die Augen zu sehen. Doch es stellt sich als Fehler heraus. Alle Worte, die gerade noch in meinem Kopf waren, purzeln heraus. Allerdings nicht durch meinen Mund.

Sie sind einfach weg.

»Na ja, ich hab immer das Gefühl, ich kau dir ein halbes Ohr ab und halte dich vom Arbeiten ab.«

»Nein, das war echt interessant«, antworte ich und meine es so, auch wenn meine schlechte Wortwahl eher darauf schließen lässt, ich hätte mich nur nicht getraut, ihm direkt ins Gesicht zu sagen, dass ich mich langweile. »Mich macht das mit dem Statement nur unfassbar nervös. Ich glaube, es würde mich gerade beruhigen, wenn wir einfach weitermachen könnten.« Bevor mir noch mehr Worte verloren gehen.

Er lehnt sich auf dem Stuhl zurück. Das Funkeln ist aus seinen Augen verschwunden. »Wie meinst du das?«

»Die neue Ausgabe besteht ja aus mehr als nur *Pure Plates*. Wir haben noch viele andere Themen, die wir schön verpacken können. Vielleicht lenkt das die Follower ein bisschen ab.«

Ryan mustert mich einen Moment lang. Sein Blick ist so offen und direkt, dass ich meinen abwende und nach dem Stift auf dem Tisch greife, um beschäftigt zu wirken und die Nervosität zu verdrängen, die sich augenblicklich in mir breitmacht.

»Gut, dann lass uns irgendwas Lockeres nehmen und 'nen witzigen Schnipsel drehen. Aber lass mich erst kurz was checken.«

Er entsperrt sein Smartphone. Ich warte. Zwanzig Sekunden. Dreißig. Eine Minute. Sein Gesicht verfinstert sich immer mehr.

»Was gibts denn Dringendes? Liest du doch die Kommentare?«

So schnell, wie er sein Handy zurück in die Hosentasche steckt, fühlt er sich offenbar ertappt. »Nee.«

Das kaufe ich ihm nicht ab.

»Ist aber egal jetzt. Wir können loslegen.«

12. KAPITEL

Ryan

Nick stellt zwei Cider vor mir auf dem abgenutzten Pubtisch ab. Dann deutet er auf die beiden Smartphones, die daneben liegen.

»Jetzt sind es schon zwei? Willst du die nicht lieber mal wegpacken? Die kleben doch gleich fest.«

Ich verstehe den Wink mit dem Zaunpfahl. Trotzdem kann ich nicht darauf eingehen. »Dann muss ich sie wenigstens nicht mehr mit nach Hause nehmen«, rufe ich über die Rockmusik aus den Lautsprechern hinweg.

Sein Seufzen und der vorwurfsvolle Blick sagen alles. Aber er merkt offenbar, dass ich nicht in der Stimmung bin, darüber zu diskutieren. Er hebt sein Glas und hält es mir auffordernd entgegen.

Ich zögere. »Ich hab gerade nicht viel, worauf ich anstoßen könnte. Stress, ein paar Hasskommentare, keine neuen Kooperationen …« Der letzte Kommentar, den ich gerade gelesen habe, geistert mir immer noch im Kopf herum.

> Alles Vollidioten in der Redaktion! Das ist doch kein Journalismus. Und diesem Ryan sollte man den Mund verbieten und den Kanal sperren. Der labert ja nichts außer Mist!

»Es gibt immer einen Grund zum Anstoßen. Dieses Bier zum Beispiel«, sagt Nick.

Ich muss mich anstrengen, um mich auf seine Worte zu konzentrieren.

»Oder dass du den Tag überlebt hast. Damit hast du manch anderem schon mal was voraus.«

Nick ist der Typ Mensch, der es selbst auf Beerdigungen hinkriegt, die Gesellschaft aufzumuntern. Kein Wunder, dass er es auch jetzt schafft, mein Herz ein wenig zu wärmen. »Und auf dich. Wir sollten das echt öfter machen. Tut mir gut.«

Ich stoße mein Glas gegen seins und schaffe es zum ersten Mal an diesem Abend, ehrlich zu lächeln. »Deswegen lass uns nicht über meinen Mist reden. Wie lief dein Date gestern?«

Nicks strahlende Augen verraten ihn, bevor er überhaupt was sagt. »Das war wirklich was Besonderes. Wir haben uns …«

Über Nicks Schulter hinweg sehe ich, dass die Pubtür aufschwingt. Ich schaue hinüber und verliere Nicks Lippen aus dem Blick, wodurch seine Worte im Gewirr der Gespräche und der Musik untergehen. Ich will gerade zugeben, ihn nicht verstanden zu haben, als ein hellblonder Haarschopf plötzlich meine ganze Aufmerksamkeit fesselt. Sogar inmitten der großen Gruppe, die gerade den Pub betritt, sticht Alice sofort heraus.

Ich hebe die Hand und winke ihr zu. Sie entdeckt mich sofort. Statt zurückzuwinken, legt sie dem Kerl neben sich eine Hand auf die Schulter und ruft ihm etwas zu. Während ihre Freunde sich einen Tisch suchen, kommt sie mit leicht federnden Schritten zu uns.

»… und als sie dann meine Hand genommen hat, hab ich gar nicht mehr verstanden, was abgeht.«

»Hey, Ryan! Hab in deinem Status gar nicht gesehen, dass du heute auch durch die Pubs ziehst!« Alice läuft um Nicks Stuhl herum und umarmt mich, als wären wir seit Jahren befreundet.

Nick verstummt und runzelt die Stirn.

»Ich hab ausnahmsweise auch nichts dazu gepostet«, antworte ich und deute auf den freien Stuhl neben Nick.

Sie wirft einen Blick über die Schulter und gestikuliert so wild, dass ich nur mutmaßen kann, was sie damit meint. Ihre Freunde scheinen es jedoch zu verstehen, denn sie zeigen einen Daumen nach oben.

»Du hast die letzten Tage sowieso nicht viel gepostet. Alles okay?« Sie setzt sich zwischen mich und Nick.

Ich muss schmunzeln. Sie hat mich offensichtlich gnadenlos gestalked – und macht sich nicht die Mühe, das zu verheimlichen. Mein Blick fällt auf mein Handy. Es fällt mir schwer, es nicht in die Hand zu nehmen und erneut die Kommentare zu checken. Die Erinnerung an meine Bildschirmzeit hat mir das Handy bereits heute Nachmittag angezeigt. Da hatte ich sie schon um vier Stunden überschritten!

Ich versuche mich an einem Lächeln. »Seit *Pure Plates* das Statement rausgegeben hat, stehe ich unter Beobachtung. Die geiern alle nur darauf, dass ich irgendwas von mir gebe, das mich angreifbar macht. Deswegen halte ich mich ein bisschen zurück.«

Alice nickt. »Immerhin machst du mit dem Podcast keine Pause. Ich hör den schon seit ein paar Monaten und kann die neuen Folgen immer kaum abwarten. Ist super spannend.«

»Könnte schon passieren, dass ich demnächst mal für eine Woche eine Pause einlegen muss.« Ich deute auf das zweite Smartphone neben meinem Cider. »Josie hat mir den London-Lens-Account überlassen. Ich komm zu gar nichts mehr.« Dass das nur die halbe Wahrheit ist und ich vor allem deswegen zu nichts komme, weil ich jeden Tag zu lange versuche, mich von diesem Thema abzulenken, will ich ihr nicht auf die Nase binden.

»Apropos … Weißt du, was Josie heute so treibt?«, fragt Alice.

Ich drehe mein Glas zwischen den Händen und zucke mit den Schultern. »Nee, keine Ahnung. Sie erzählt eigentlich nie irgendwas über ihr Privatleben.«

Sie stützt sich mit den Ellbogen auf den Tisch und legt das Kinn auf den Händen ab. »Nicht viel, das stimmt. Aber ab und zu schon.«

Ihre Worte versetzen mir einen kleinen Stich. Mit Alice scheint sie also einen lockereren Umgang zu haben.

Was habe ich falsch gemacht? Ist sie einer dieser Menschen, die ein Problem damit haben, wenn jemand sein Geld über Social Media verdient? Den Eindruck hat sie allerdings nicht gemacht. Vielleicht liegt es aber auch an unseren unterschiedlichen Arbeitsweisen, und sie wird deswegen nicht warm mit mir.

Nick setzt an, um etwas zu sagen, aber Alice bemerkt ihn gar nicht. »Hey, wie wäre es, wenn wir sie einfach fragen? Vielleicht hat sie ja Zeit und Lust, vorbeizukommen und uns ein bisschen mehr über sich zu verraten?« Sie zieht ihr Handy aus ihrer nietenbesetzten Handtasche.

Ich zögere. Wie ihre Antwort ausfallen würde, kann ich mir nur zu gut vorstellen. Es sei denn, Alice würde ihr nicht sagen, dass ich auch hier bin. Dann würde sie vielleicht zusagen – und es bereuen, wenn sie mich hier sitzen sieht.

»Bist du nicht eigentlich mit Freunden hier?« Das klingt, als würde ich sie loswerden wollen. Ich will etwas hinterherschieben, aber Alice macht nur eine wegwerfende Handbewegung.

»Ach, die sind doch genug, um sich auch mal eine Stunde ohne mein ausgezeichnetes Entertainment beschäftigen zu können.«

Alice und ich lachen, Nick räuspert sich. »Falls du es noch nicht bemerkt hast ... Ryan ist auch mit einem Freund hier.«

»Oh, sorry.« Alice wendet sich ihm zu. »Hi, ich bin Alice, Ryans Lieblings-London-Lens-Kollegin. Und du ... bist bestimmt ein Influencer-Kollege?«

Nick guckt verwirrt. »Klar, mit meinen zweihundertfünfzig Followern mache ich richtig Kohle.« Das Eis zwischen den beiden scheint sofort gebrochen, als sie gemeinsam lachen. »Wir sind zusammen zur Schule gegangen. Ich hab mich aber für den harten Weg entschieden und studiere.«

»Dann haben wir ja immerhin was gemeinsam. Mein Beileid.« Alice kneift die Lippen zusammen und schaut auf ihr Smartphone. »Ich ruf sie jetzt einfach mal an.«

Der Moment, den ich brauche, um zu kapieren, wen sie meint, reicht aus, dass sie das Handy schon ans Ohr hält und ich sie nicht mehr davon abhalten kann. In meinem Hals bildet sich ein kleiner Kloß.

Warum ist mir das überhaupt so unangenehm? Kann es mir nicht eigentlich egal sein, wenn sie wegen mir Nein sagt?

»Hm. Geht nicht ran.« Alice lässt das Handy sinken und tippt auf den roten Button.

Sofort entspanne ich mich etwas.

»Aber ich schreib ihr einfach, dass wir hier sind. Vielleicht hat sie ja später noch Lust vorbeizukommen.«

Mein eigenes Handy vibriert. Ich zucke zusammen und befürchte schon, Alice könnte mich in eine WhatsApp-Gruppe eingeladen haben. Aber es ist nur eine Nachricht von Harold. Ich entsperre den Bildschirm und überfliege sie.

Wenn du nicht auch noch deine letzten Mini-Sponsoren verlieren willst, solltest du langsam mal ein Statement rausgeben.

Meine Brust verkrampft. Hätte ich doch diesen Post bloß nicht so prominent bei mir auf der Seite geteilt. Ich habe so sehr darauf spekuliert, dass man mich mit einer solchen Story endlich aus dem Influencer-Fach herausholen und zu den ernst zu nehmenden Accounts zählen würde. Ich hab nicht eine Sekunde daran gedacht, die Story könnte falsch sein. Ich meine, das ist *London Lens*! Da passiert so was nicht, oder?

Mein Inneres brodelt. Ich schließe die Nachricht sofort wieder und öffne stattdessen Instagram. Hundertfünfzig neue Kommentare. Keiner davon ist nett.

London Lens und Ryan sind für mich gestorben. In Ryans Podcast ist wohl auch nur alles gelogen! Leute, dem Account müsst ihr entfolgen! Alles Seifenblasenmusik.

Dieser hier bringt mich jedoch völlig aus dem Konzept. Was soll das denn? Warum sind sich alle so sicher, dass wir Fehlinformationen verbreitet haben? Normalerweise schießen die Menschen online doch eher gegen ein Unternehmen als gegen diejenigen, die etwas aufdecken. Vor allem verstehe ich nicht, warum sich alle gegen mich persönlich wenden. Was passiert hier?

Ich bin kurz davor meine eigene Regel zu brechen und einfach alle zu blockieren, aber das geht nicht. Das wäre ein Schuldeingeständnis. Ich checke meine Followerzahl. Sie ist in der letzten halben Stunde um zweihundert gesunken.

»Mein Gott, du ziehst ja ein Gesicht. Wie wäre es mit 'ner Runde Pubwars? Das hebt deine Stimmung vielleicht ein bisschen«, sagt Alice übertrieben fröhlich.

Ich blicke von meinem Handy auf und runzle die Stirn. Ich kann jetzt eh nichts tun, auch wenn ich am liebsten jeden einzelnen Kommentar lesen würde. »Pubwars?«

»Ach so, sorry, kann sein, dass es das nur in unserem Freundeskreis gibt«, sagt Alice und lacht. »Ist aber ganz einfach. Eigentlich wie Wahrheit oder Pflicht, nur mit Trinken. Jeder muss eine Aufgabe erfüllen. Weigert er sich oder macht er sie nicht richtig, kann er sich entscheiden, ob er trinkt oder eine Frage beantwortet. Wer am Ende noch nüchtern ist, gewinnt.«

»Klingt witzig. Bin dabei«, antwortet Nick.

Ich lege den Kopf schief und mustere Alice. Das amüsierte Funkeln in ihren Augen lässt mich vermuten, dass sie sicher keine harmlosen Aufgaben und Fragen stellen wird. Aber ein bisschen Spaß könnte ich gerade wirklich vertragen.

»Okay, wie wäre es dann mit einer Testrunde?« Ich stecke das Handy wieder weg und bin zum ersten Mal seit Langem erleichtert, nicht mehr das kalte Plastik in der Hand zu spüren. Erst jetzt merke ich so richtig, wie verschmolzen ich mit diesem kleinen Stück Technik inzwischen bin. Dabei ist es nur ein Job und nur der Beginn eines Sturmes, der mit etwas Glück doch noch an mir vorbeiziehen wird.

Alice klatscht aufgeregt in die Hände. »Bestens. Ich besorg uns noch schnell ... Ja, was wollt ihr denn? Tequila? Whiskey?«

Ohne lange zu überlegen, stehe ich auf. »Kommt nicht infrage. Geht auf mich. Lasst euch überraschen.«

13. KAPITEL

Josie

> Hab dich nicht erreicht. Hast du heute Abend was vor? Wenn nicht, willst du im *Royal Oaks* vorbeikommen? Hab zufällig Ryan getroffen und so eine London-Lens-Runde wäre doch cool!

Ich starre einen Moment lang unschlüssig auf Alices Nachricht. Die Aussicht, mit einer Ausrede hier rauszukommen, ist wirklich ziemlich verlockend. Ich lasse das Handy schnell wieder in meine Tasche wandern und widerstehe dem Drang, die neusten Kommentare bei Instagram auf dem Kanal von *London Lens* zu checken. Nein, damit möchte ich mich heute einfach nicht beschäftigen müssen.

Ich blicke mich um, ich weiß aber auch nicht, was mich geritten hat, wirklich zur Einweihungsparty meiner Mum zu kommen.

Am liebsten würde ich wirklich gleich wieder umdrehen und gehen. Aber das kann ich nicht bringen.

Außerdem bin ich mental nicht auf einen Pubbesuch mit den beiden vorbereitet. Was sollte ich schon den ganzen Abend mit ihnen reden? Allerdings ist es hier auch nicht besser …

Ich trete von einem Fuß auf den anderen und beobachte den Mann im Karohemd, der sich einen Melonen-Cheddar-Spieß vom Büfett nimmt. Statt den Käse und die Frucht zu essen, zieht er sie jedoch ab, legt sie zurück auf die Platte und benutzt den Spieß nur, um zwischen seinen Zähnen herumzupopeln. Na lecker.

Jemand rempelt mich im Vorbeigehen an. Für die dreißig Gäste, die Mum eingeladen hat, ist es viel zu eng in ihrer kleinen Wohnung. Hoffentlich hat sie die Katzen wenigstens in ein ruhiges Zimmer verfrachtet und mutet ihnen diese Hektik nicht zu.

Laute Jazzmusik schallt aus den Boxen im Wohnzimmer. Trotzdem kann ich Mums Stimme aus der Küche ausmachen.

Ich umklammere die Tüte mit meinem Geschenk fester und quetsche mich zwischen den anderen Gästen hindurch. Kaum ein Gesicht kommt mir bekannt vor. Lediglich Mums beste Freundin nickt mir freundlich zu, als sie mir auf der Schwelle der Küchentür entgegenkommt.

Ich entdecke Mum vor dem Ofen. Sie zieht ein Blech mit kleinen Tartes heraus und stellt es auf der Arbeitsfläche ab. Außer ihr und einer Frau mit rosa Brille, die ihre Kollegin Beth sein könnte, ist niemand in der Küche. Trotzdem zögere ich, sie anzusprechen. Sie wuselt von links nach rechts und sieht beschäftigt aus.

»Ist das deine Tochter?«, fragt Vielleicht-Beth allerdings schon, bevor ich mich entschieden habe, ob ich hingehe oder nur das Geschenk abstelle und wieder verschwinde.

Mum dreht sich um und lächelt, sobald sie mich entdeckt. »Ja, das ist meine Josie. Komm her, Muffin, lass dich drücken!« Sie wischt sich die Hände an ihrer pink gestreiften Schürze ab, streicht sich eine dunkle Haarsträhne hinters Ohr und breitet die Arme aus.

Mir ist absolut nicht danach, von ihr gedrückt zu werden. Lieber würde ich einen wilden Bären umarmen. Allerdings will ich sie vor Vielleicht-Beth nicht in eine unangenehme Situation bringen. Ich stelle die Tüte mit dem Topf auf den kleinen Küchentisch, der bereits vor Mitbringseln überquillt, und gehe zu Mum.

Während sie die Arme um mich schließt, steigt mir der Duft der frisch gebackenen Tartes in die Nase. Ich versuche, mich nur darauf zu konzentrieren, kann aber nicht verhindern, dass mein Körper sich etwas versteift.

»Alles Gute in der neuen Wohnung, Mum«, sage ich und löse mich so schnell wie möglich wieder von ihr. »Ich hab dir eine Kleinigkeit mitgebracht. Kannst du dir ja später ansehen, wenn du mal ein paar Minuten Zeit hast.«

»Das da drüben?« Sie deutet auf die Tüte. »Was ist es denn?«, fragt sie, während sie sich wieder den Tartes zuwendet.

Ich lehne mich möglichst locker neben sie an die Arbeitsfläche und versuche, meine innere Anspannung zu überspielen. »Eine Pachira.«

Mum wirft mir einen verwirrten Seitenblick zu. »Eine … was?«

Mein Herz sackt ein Stück tiefer. Plötzlich komme ich mir lächerlich vor. Wenn ich es erst erklären muss, kommt die Bedeutung sicher gar nicht richtig rüber …

»Das ist eine Pflanze. Man nennt sie auch Glückskastanie. Damit sie dir in deiner neuen Wohnung Glück bringt.«

»Ach, das ist ja süß. Danke.«

Ich kann nicht heraushören, ob sie es ernst meint oder es nur als Höflichkeitsfloskel sagt.

»Wie gehts dir? Willst du mir ein bisschen mit den Tartes helfen? Dann kann Beth mal kurz Pause machen.«

Ich nicke mechanisch.

»Du bist ja wirklich eine Süße. Danke, Josie«, sagt Beth in einem Ton, als wäre ich eine Sechsjährige, die ihrer Mum beim Plätzchenbacken hilft. Dann schnappt sie sich ihr Sektglas von der Theke und schlendert nach draußen in den Flur.

»Die müssen eigentlich nur noch mit den Dips zusammen angerichtet werden. Einfach ein bisschen hübsch auf diese Platte. Dann kann ich währenddessen die Bowle nachfüllen.«

Widerwillig ergebe ich mich meinem Schicksal und ziehe mir die pinken Ofenhandschuhe über, um die Tartes unfallfrei auf die Platte zu befördern.

»Wie läuft das Studium?«, fragt Mum, während sie bunte Säfte aus dem Kühlschrank holt.

Mein Herz wird noch träger. »Ich mach doch jetzt mein Volontariat.« Ich bleibe so ruhig, als hätte ich das nicht schon fünf Mal erzählt.

»Ach, stimmt. Bei dieser Zeitung.«

»Bei der *London Lens*.«

»Richtig. Und, wie gefällt es dir? Hast du nette Kollegen?«

Ich atme tief durch. Es war doch klar, dass sie es sich nicht gemerkt hat. Warum macht mich das also so traurig?

»Die Redaktion und die Kollegen sind super. Es ist gerade nur ein bisschen stressig, weil sich alles um einen schwierigen Fall dreht.«

»Das schaffst du schon«, sagt Mum und gießt eine Packung Saft in eine große Glasschüssel.

»Ich hoffe es und vor allem auch, dass ich nicht mehr lange im Social-Media-Bereich bleiben muss. Ich würde so gern Artikel schreiben.«

Ich warte auf eine Reaktion, aber Mum schraubt nur zwei weitere Getränkeflaschen mit Limonade auf und kippt sie gleichzeitig in die Bowle.

»Hast du das mit dem Pure-Plates-Skandal mitbekommen? Das waren wir. Da steht sogar mein Name mit drunter.«

Mum studiert die Etiketten einiger anderer Flaschen, die neben der Schüssel stehen. Auf eine Reaktion warte ich aber vergeblich.

»Mum?« Meine Stimme ist so leise, dass ich befürchte, sie könnte völlig zwischen den gedämpften Partygeräuschen untergehen.

»Ja? Tut mir leid, was hast du gesagt?«

»Nicht so wichtig«, murmele ich.

Die Tartes fühlen sich mit einem Mal so schwer an, als würde ich Steine auf das Tablett laden.

Ich bin kurz davor, trotzdem weiterzureden. Einfach alles rauszulassen.

Ihr zu erzählen, wie sehr mich dieser Job aufwühlt, wie ich die Nachmittage an der Uni vermisse, einfach ungestört in der Bibliothek zu sitzen und zu schreiben. Mal Hausarbeiten, mal Artikel, mal Gedichte. Wie sehr ich den Start ins Arbeitsleben unterschätzt habe.

Und wie sehr ich mir wünschen würde, ein bisschen mehr zu sein wie Alice oder Ryan. Unbeschwert, offen, kommunikativ … sprechen können, ohne jeden Satz vorher so lange im Kopf herumzuwälzen, bis er zu unbedeutend und nichtig wirkt, um ihn auszusprechen. Aber das kann ich nicht. Ich schweige. Und Mum schweigt ebenfalls. Zumindest so lange, bis sie den Alkohol dazugemischt und ein paar Dosenfrüchte in die Bowle gekippt hat.

»Das freut mich auf jeden Fall, dass es dir so gut gefällt. Aus dir wird eines Tages noch eine ganz große Journalistin, das spüre ich.« Sie lässt den Schöpfer zurück in die Schüssel gleiten und tätschelt mir die Schulter. »So, tut mir leid, aber ich muss mich jetzt wieder ein bisschen um die anderen Gäste kümmern. Du bist ja sicher noch länger da, oder? Hast du Christopher überhaupt schon Hallo gesagt? Der freut sich bestimmt auch, dich zu sehen.«

Ich kann mir seine unermessliche Freude bildlich vorstellen. Er wird mich ungefähr genauso begeistert ansehen wie Mum die Pachira eben.

»Kann ich ja später noch«, antworte ich, während Mum schon die Schüssel nach draußen trägt.

Abgesehen von dem Chaos an Pfannen, Tellern und Kochutensilien ist die Küche leer.

Mein Herz auch.

Langsam streife ich die Ofenhandschuhe ab. Das Blech ist erst halb gefüllt, aber nichts könnte mir gerade gleichgültiger sein. Durch die geöffnete Küchentür kann ich Mums Tennisfreundinnen beobachten, die im Flur wie aufgekratzte Teenies tuscheln und kichern, als ein hochgewachsener Mann in weißem Hemd vorbeiläuft. Ihre glatt gezogenen Gesichter verraten es nicht, doch die Tatsache, dass sie wie Mum schon über fünfzig sind, macht die Situation für mich nur noch unangenehmer.

Das Lachen laut,
die Blicke gefroren,
Worte getauscht,
gleich wieder verloren …

Es gibt keinen Grund mehr, noch länger hierzubleiben. Mein Blick fällt auf die halb verpackte Pachira auf dem Küchentisch. Auf seltsame Art fühle ich mich plötzlich mit ihr verbunden. Wir haben einiges gemeinsam. Wir sind beide heute mit der Hoffnung hierhergekommen, etwas Liebe zu erfahren. Jemandem zu gefallen. Und jetzt stehen wir hier, zu gut, um abgeschoben zu werden, aber nicht gut genug, um gewollt zu werden. Um Aufmerksamkeit zu verdienen.

Kurz entschlossen nehme ich die Pachira und klemme sie mir unter den Arm. Es wird Mum vermutlich nicht mal auffallen, dass sie fehlt. Dann kämpfe ich mich zwischen den ausgelassenen Gästen hindurch zur Haustür.

Als ich mich noch mal umdrehe, überkommt mich das schlechte Gewissen. Alle sind so fröhlich und freuen sich für sie.

Mum hat mir nichts getan. Sie war nett zu mir, hat sich für das Geschenk bedankt. Und ich habe nicht mal bei ihrem Umzug geholfen und haue jetzt wortlos ab.

Aber vielleicht ist genau das unser Problem. Dass sie nichts tut, wenn es um mich geht. Nie.

Die Luft scheint mit jeder Sekunde dicker zu werden. Ich halte es keinen Moment länger hier drin aus.

Meinen Mantel finde ich schnell. Er hängt noch ganz oben auf dem Garderobenständer.

Ich muss nicht mal leise sein, um unbemerkt zu bleiben, als ich die Wohnungstür öffne. Schnell schlüpfe ich hinaus – und nehme zwei Stufen auf einmal. Mit jedem Schritt werden der Jazz und das Gelächter leiser. Aber nicht leise genug.

Sogar unten auf der Straße dringt der Partylärm noch bis zu mir herunter.

Ich fröstle und ziehe den Mantel enger um meinen Körper.

Dann beschleunige ich meine Schritte. Die roten Fassaden der Mehrfamilienhäuser, die eng aneinandergereiht die Straße säumen, halten den nächtlichen Herbstwind gut ab.

Ich werde immer schneller, bis mein Atem stoßweise geht und die Pachira fast aus meinem Arm rutscht. Trotzdem wird mir kein bisschen wärmer.

Solange ich die Straße entlangmarschiere, erreichen die Gedanken nur leise meinen Verstand. Also laufe ich, bis das rotblaue Underground-Schild in meine Sichtweite kommt. Nur drei Stationen, dann wäre ich zu Hause. Aber ich kann mich nicht überwinden, die Stufen hinunterzusteigen.

Ich laufe weiter, vorbei an Läden, Büros, Restaurants. Die Gassen, durch die ich laufe, werden immer enger. Mir wird immer kälter und kälter.

Ohne Ziel lasse ich mich von meinen Füßen tragen, bis der ebene Untergrund zu Kopfsteinpflaster wird.

Eine Gruppe Betrunkener kommt mir entgegen, ein Kerl rempelt mich an und verfehlt mit seiner glühenden Zigarette nur knapp meinen Ärmel.

Mit einem Mal nehme ich die Straße um mich herum bewusst wahr. Die kleinen Cafés, deren Läden bereits heruntergelassen sind, der alte Teashop … und die Pubs, vor denen sich Menschengrüppchen sammeln. Was mache ich überhaupt hier?

Ich werde langsamer. Durch die Milchglasscheiben des *Royal Oaks* fällt gemütliches, orangerotes Licht auf die Straße und lässt das stehen gebliebene Regenwasser in den Zwischenräumen schimmern wie flüssiges Gold. Was für ein besonderer Anblick.

Ich versuche, mir jedes Detail einzuprägen, um es später im richtigen Moment wieder abrufen zu können. Vielleicht auch ein bisschen, um mich von meinem aufbrausenden Gedankensturm abzulenken.

Ich werfe einen Blick auf die niedrige hölzerne Rundbogentür, die ein Stück weiter vor mir aus dem Mauerwerk ragt. Ich könnte reingehen. Bestimmt sind Alice und Ryan noch da. Aber was sollte ich schon bei ihnen?

In meiner derzeitigen Stimmung würde ich sie nur runterziehen. Noch stiller als sonst neben ihnen sitzen und mich immerzu fragen, warum ich nicht einfach mal einen Moment lang wie sie sein kann. Außerdem bin ich nicht passend für einen Pubbesuch angezogen.

Nein, ich gehe nach Hause. In mein warmes, weiches Bett, das nichts fragt, in dem ich nichts ruinieren kann. Vielleicht hat Laura Zeit für einen kurzen Call.

Die Pubtür schwingt auf, ein orangegelber Lichtstreifen erhellt die Straße, nur unterbrochen vom Schatten eines gut trainierten Mannes, der mit schnellen Schritten aus dem Pub marschiert.

Reflexartig bleibe ich stehen. Ich will nicht schon wieder in einen Betrunkenen reinrennen. Doch als ich den Blick hebe, geht ein Ruck durch meinen Körper. Ich blinzle, schaue kurz weg und dann wieder hin. Vielleicht sind meine Augen vom stetigen kalten Luftzug schon eingefroren und spielen mir einen Streich.

Aber das sieht verdammt nach Ryan aus. Ryan oben ohne, nur in Jeans, Turnschuhen und der goldenen Uhr um sein Handgelenk, die er nie abzunehmen scheint. Kein Shirt. Eine Hitzewelle fährt durch meinen Körper, bevor sie sich in meinen Wangen festsetzt.

Ein paar Schritte vor dem *Royal Oaks* bleibt er stehen. Gut, dass ich noch ein Stück weiter entfernt bin und nicht direkt in seinem Blickfeld.

Das schummrige Publicht erhellt nur seine Rückseite. Schatten tanzen auf seinen Schultern und seine Brust hebt und senkt sich in schnellem Takt. Plötzlich breitet er die Arme aus und legt den Kopf in den Nacken.

»Ich bin der König von London!« Sein tiefer Schrei hallt an den Wänden der engen Gasse wider und resoniert in meiner Brust. Einige Passanten drehen sich verwundert zu ihm um.

Ich mache auf dem Absatz kehrt.

Was zur Hölle geht hier ab? Was ist in ihn gefahren? Wahrscheinlich hat er nicht nur zu viel getrunken, sondern auch noch irgendwas eingeworfen.

Das Peinlichste daran ist jedoch nicht, dass er sich vor der halben Stadt zum Affen macht. Sondern mein Herz, das warme Stöße durch meinen Körper sendet und plötzlich versucht, mit meinen Beinen um die Wette zu rennen …

»Josie?« Das ist eindeutig Alices Stimme.

Aber ich drehe mich nicht um. Die Straße ist nicht leer, überall sind Menschen unterwegs. Sie wird mir am Montag sicher glauben, dass ich sie einfach nicht gehört habe.

»Hey, Josie, warte doch mal!«

Hinter mir klackern Absätze auf dem Kopfsteinpflaster.

Ich beiße mir auf die Unterlippe und bleibe stehen. Jetzt kann ich mich wohl nicht mehr rausreden.

Alice legt mir die Hand auf die Schulter, und ich drehe mich zu ihr um.

»Wo willst du denn hin?«, fragt sie und zieht die Brauen nach oben. Ihre Stirnfalte wird noch tiefer, als ihr Blick an mir hinunterwandert.

Erst jetzt fällt mir auf, dass ich immer noch die halb verpackte Pachira unter dem Arm geklemmt halte. Und wie sehr meine Muskeln davon mittlerweile brennen …

»Ich bin nur zufällig vorbeigelaufen. Ich wollte eigentlich nach Hause«, sage ich und deute mit der freien Hand auf die Topfpflanze. Dass sie mir heute noch als wunderbare Ausrede dienen würde, hätte ich nie erwartet. Vielleicht sollte ich in Zukunft immer eine mit mir rumtragen. Offensichtlich bringt sie in manchen Situationen wirklich Glück.

»Ach, komm schon. Jetzt bist du sowieso hier. Eine Runde geht immer.« Ihr scharfer Atem, der mein Gesicht streift, verrät mir, dass sie wohl schon mehr als eine Runde intus hat.

Mein Blick wandert an ihr vorbei. Ryan steht immer noch auf der Stelle, an der er seinen Schrei losgelassen hat, und beobachtet uns. Er ist zu weit weg, um in seinem Gesicht lesen zu können. Ist ihm seine Aktion peinlich? Oder erkennt er mich in der Dunkelheit nicht?

Wenn ich jetzt gehe, werden sie mich für noch langweiliger und spießiger halten als ohnehin schon. Außerdem … Der Topf wird langsam wirklich schwer und mir ist verdammt kalt.

Wenn ich es bis nach Hause schaffen will, macht es Sinn, eine kleine Pause einzulegen. Ein kleiner Schluck hilft sicher, die negativen Gedanken zu vertreiben und mich von innen heraus wieder aufzuwärmen.

»Okay, aber nicht lange.«

Alice strahlt und legt den Arm um mich. »Das werden wir ja sehen.«

Ich lasse mich von ihr in Richtung Pub dirigieren und bin mir nicht sicher, ob sie sich einfach nur freut, mich mitnehmen zu können oder mich benutzt, um sich abzustützen.

Ryan trägt immer noch kein Shirt, als wir ihn erreichen. »Richtig schön, dass du es noch geschafft hast«, sagt er und hält uns die Tür auf.

Die warme Luft, die mir entgegenströmt, ist zwar stickig und biergeschwängert, lässt mich aber sofort weniger zittern.

Im Inneren empfängt uns ein blonder Kerl in unserem Alter. Ein paar Haarsträhnen hängen ihm in die Stirn, und sein Lachen ist mir sofort sympathisch.

Er gibt Ryan ein High Five. »Hätte nicht gedacht, dass du es durchziehst. Geile Aktion!«

Obwohl er auf den ersten Blick total nett wirkt, verkrampft sich etwas in mir. Sie sind mit anderen Leuten hier? Menschen, die ich noch nie gesehen habe? Wie viele Freunde haben sie dabei?

Mein Blick wandert panisch durch den Pub. Doch die einzigen freien Plätze sind zwei Hocker an der Bar und ein kleiner Tisch im hinteren Teil, an den nur vier Personen passen.

Der Blondschopf wendet sich mir zu. »Hi, ich bin Nick, Ryans vernünftige Gehirnhälfte. Und du musst Josie sein?«

Ich nicke. Los, denk dir was aus. Einen lockeren Spruch. »Schön dich kennenzulernen, Nick.« Das ist alles, was mein Kopf ausspucken will.

Alice und Ryan laufen vor, zum Glück tatsächlich zu dem kleinen Tisch in der hinteren Ecke. Puh. Immerhin nicht noch mehr Fremde. Trotzdem ziehen wir alle Blicke auf uns. Was aber auch nicht verwunderlich ist – die anderen Pubbesucher sind im Gegensatz zu Ryan alle vollständig bekleidet.

Über dem Tischrand hängt aber glücklicherweise ein Shirt, das Ryan sich eilig überzieht.

Er ist sogar so lieb, mir den Stuhl zurückzuschieben. »Hier ist noch frei.«

Schnell setze ich mich. Mein Blick wandert über den Tisch. Darauf stehen drei hölzerne Bretter, jeweils mit einer Reihe Shots darauf. Auf einem davon sind die Gläser bis auf eines bereits leer, nur bunte Tropfen kleben noch an den Rändern. An einem anderen erkenne ich, dass sie in Regenbogenfarben aneinandergereiht gestanden haben müssen. Kein Wunder, dass Ryan und Alice schon ziemlich betrunken wirken.

Vorsichtig schiebe ich eines der Bretter ein wenig zur Seite, um Platz für die Pachira zu schaffen.

»Warum zur Hölle hast du 'nen Baum dabei?«, fragt Ryan und zieht die Tüte um die Pachira herum ein Stück beiseite.

Bist du noch nie Samstagnacht mit deinen Topfpflanzen Gassi gegangen? Hilft beim Wachstum.

»Ist eine längere Geschichte«, antworte ich stattdessen. Ich will ihn nicht mit meinen Ausführungen langweilen.

»Wir haben doch Zeit, oder nicht?«

Alice schaltet sich ein. »Mann, Ryan, das heißt, sie hat keinen Bock, drüber zu reden. Kapiert?«

Bilde ich mir das ein oder sieht er ein wenig enttäuscht aus? Aber immerhin bohrt er nicht weiter nach. »Soll ich dir auch ein Brett holen?«, fragt Ryan.

»Sie kann erst mal bei mir zugreifen. Ich werde die Shots nie alle brauchen«, sagt Nick.

Alice rollt mit den Augen. »Du bist einfach zu gut und zu mutig, schon verstanden.«

Die drei brechen in Gelächter aus. Ich dagegen sinke ein Stück auf meinem Stuhl zusammen. Worum geht es? Ich komme mir fehl am Platz vor.

»Und du bist dir sicher, dass ich das hochladen soll?«, fragt Alice und zückt ihr Handy.

Ryan zuckt mit den Schultern. »Klar, warum nicht?«

Ungläubig starre ich auf den Bildschirm. Alice muss in der Tür gestanden und Ryans Aktion draußen gefilmt haben. Dort wiederholt sich in Dauerschleife, wie er den Kopf in den Nacken legt und etwas in die Straße hinausbrüllt.

Das wollen sie ernsthaft online posten? Betrunken, oben ohne? Kann das nicht seinem Ruf schaden?

Ich will mich nicht einmischen und die Spießerin spielen. Also sehe ich nur stumm zu, wie Alice Ryan verlinkt und das Video zu ihrer Instagram-Story hinzufügt.

Ryan greift ebenfalls nach seinem Handy und teilt es. Ich bin mir nicht sicher, ob ich das mutig oder dumm finden soll. Nie im Leben würde ich so was Privates und gleichzeitig Peinliches von mir öffentlich im Internet preisgeben. Aber vielleicht muss man das ja, wenn man so viel Erfolg haben will wie Ryan. Der Gedanke lässt mich dennoch erschaudern.

»Wer ist dran?«, fragt Alice.

»Du«, antwortet Nick.

Meine Verwirrung ist mir offenbar anzusehen.

Alice schnippt und zeigt mit dem Finger in meine Richtung. »Ach ja, wir spielen übrigens eine Runde Pubwars. Und du machst mit.« Sie erklärt das Spiel in ein paar knappen Sätzen. Plötzlich wird mir einiges klar.

Ryan ist nicht völlig übergeschnappt – nur ein bisschen –, sondern hat einfach eine besonders dämliche Aufgabe erfüllt. Die kurze Zusammenfassung, was an diesem Abend schon alles passiert ist, lässt mich schmunzeln. Meine Lust, mich selbst lächerlich zu machen, hält sich in Grenzen. Das Spiel klingt aber so witzig, dass ich dennoch dabei bin.

»Also, Alice …« Ryan streicht sich mit Daumen und Zeigefinger übers Kinn und verengt die Augen zu Schlitzen. »… siehst du den Kerl mit dem Hund da drüben?« Er deutet zur Bar.

Dort sitzt ein älterer Mann mit einem Bier und blättert in einer Zeitung. Unter seinem Hocker liegt ein kleiner, struppiger Hund, der daran festgebunden ist.

»Oh Gott, ja …«

»Du gehst rüber und bittest ihn, von seinem Bier probieren zu dürfen.«

Alice reißt die Augen auf. »Nein, das ist nicht dein Ernst.«

»Oh doch«, antwortet Ryan und wirft ihr eine Kusshand zu.

Nick grinst und klopft ihm auf die Schulter. »Richtig gute Idee.«

Alices Blick wandert zwischen den Shots und dem Mann an der Bar hin und her.

»Es liegt bei dir, du kannst Josie auch direkt beweisen, wie schlecht du in deinem eigenen Spiel bist.«

Ich rutsche auf meinem Stuhl hin und her. Für so was bin ich noch deutlich zu nüchtern. Andererseits ist es schon ein bisschen witzig – solange ich nicht diejenige bin, die sich vor Fremden blamieren muss.

»Na gut. Seht zu und staunt, wie ich meinen Charme spielen lasse«, sagt Alice schließlich und steht auf.

Angespannt beobachte ich, wie sie sich durch den Pub schlängelt, an einem Stuhl hängen bleibt, sich aber gleich wieder fängt.

Sie bleibt hinter dem alten Mann stehen und wirft noch einen Blick in unsere Richtung, bevor sie ihm einen Arm um die Schultern legt und beginnt, mit ihm zu reden. Der Hund springt auf und schnuppert neugierig an ihren Beinen, die in einer schwarzen Netzstrumpfhose stecken.

»Oh nein, sie zieht es wirklich durch«, sagt Ryan und vergräbt sein Gesicht in den Händen.

»Das wolltest du doch, oder nicht?«, frage ich amüsiert.

»Eigentlich wollte ich, dass sie noch mal trinkt. Wenn wir so weitermachen, fliegen wir bald hochkant aus dem Pub.«

Ich kann mir ein Grinsen nicht verkneifen, und auch Nick und Ryan prusten plötzlich los. Das hier ist genau die Ablenkung, die ich gerade so dringend nötig hatte.

Alice greift tatsächlich nach dem Glas auf dem Tresen und nippt daran. Sie verzieht das Gesicht, als hätte sie gerade Putzwasser statt Bier getrunken, schüttelt den Kopf und wendet sich ab.

Als sie sich wieder neben mich setzt, ist ihr sonst eher blasses Gesicht knallrot. »Zufrieden?«

Ryan nickt. »Hast du professionell gelöst.«

»Nach der Aktion brauch ich jetzt aber trotzdem einen Shot. Hat sich ja gelohnt.« Sie greift nach einem Gläschen mit grüner Flüssigkeit und kippt es in einem Zug hinunter.

»Dann bist du jetzt dran.« Alice zeigt auf mich.

Sofort schießt mir Hitze in die Wangen, und ich werde vermutlich ähnlich rot wie sie. »Seid nett, ich muss erst mal reinkommen«, piepse ich viel zu hoch.

»Keine Sorge, uns fällt bestimmt eine nette Anfängeraufgabe ein«, sagt Nick und lehnt sich zurück. »Hm, wie wäre es, wenn du versuchst, deinen Baum auf dem Kopf zu balancieren?«

»Nee, das ist 'ne beschissene Idee. Der fällt noch runter und geht kaputt«, erwidert Ryan.

»Bessere Vorschläge?«, fragt Nick.

Alice schnippt mit dem Finger. »Du singst jetzt laut ein Geburtstagslied für Ryan – aber vergisst den Text in der Mitte.«

Auf Ryans Stirn bildet sich eine tiefe Falte. Der Gesichtsausdruck lässt darauf schließen, dass er nicht wirklich heute Geburtstag hat. Aber selbst wenn es so gewesen wäre – ich kann mich nicht dazu überwinden.

Die Vorstellung, die Aufmerksamkeit der anderen Besucher auf mich zu ziehen, treibt mir Schweiß auf die Stirn. Wahrscheinlich haben die drei heute Abend schon so viel Mist gebaut, dass sich niemand mehr etwas dabei denkt. Trotzdem werde ich auf keinen Fall laut singen.

»Äh, dann nehme ich lieber die Frage.« Hoffentlich sind sie jetzt nicht enttäuscht.

Doch genau das Gegenteil scheint der Fall zu sein.

Alice grinst zu Nick hinüber. »Endlich. Du bist die erste heute, die mal eine Frage nimmt.« Sie beugt sich zu mir und sieht mir so intensiv in die Augen, dass ich kurz weggucken muss. »Verrate uns doch mal dein Secret Talent …«

Ich runzle die Stirn. Die Frage ist harmlos. Da sollte sogar ich eine Antwort zustande bekommen.

»… im Bett«, fährt Alice fort, und ihr Grinsen wird dabei noch breiter.

Mein Hals ist plötzlich staubtrocken, und ich verschlucke mich beinahe beim Einatmen. Was für eine unmögliche Frage. Alle Blicke sind auf mich gerichtet. Erwarten sie wirklich, dass ich das beantworte? Selbst, wenn mich dabei nicht der Drang überkommen würde, aufs Klo zu stürmen und mein Gesicht mit kaltem Wasser zu übergießen, fällt mir überhaupt nichts ein, was ich dazu sagen könnte.

»Ich … Ich …«, stottere ich.

»Du trinkst?« Ryans Lächeln ist so verständnisvoll, dass ich sofort wieder leichter durchatmen kann.

»Ja, her mit dem Shot«, antworte ich, dankbar für seine Hilfe.

Er schiebt mir ein Glas mit orangefarbener Flüssigkeit zu. Ich setze es an und will es ebenfalls in einem Zug leeren. Doch was auch immer ich da trinke, ist so süß und fruchtig, dass ich es noch etwas länger auf meiner Zunge lasse.

Ryan verschränkt die Arme vor der Brust. »Los, gebt mir auch 'ne Frage.«

Unsere Blicke streifen sich. In meinem Bauch wird es warm. Bestimmt war doch mehr Alkohol in dem Shot, als ich geschmeckt habe.

Nick lässt sich die Chance nicht entgehen. »Wenn du dir jemanden aussuchen müsstest: Wen an unserem Tisch würdest du eher küssen?«

Wahrscheinlich fällt es den anderen nicht einmal auf – doch ich sehe genau, wie Ryans Finger sich verkrampfen und er die Fingernägel kaum merklich in seine verschränkten Arme drückt.

»Küsschen oder so richtig?«

»Na, was wohl«, antwortet Alice und funkelt ihn herausfordernd an.

Ryans Blick wandert zwischen Nick und Alice hin und her. In meine Richtung zuckt er nur kurz. Doch das reicht aus, um meinen Puls zu beschleunigen. Denn ich weiß nicht, was mich nervöser machen würde – meinen Namen zu hören – oder den von Alice. Es ist zwar nur ein dämliches Spiel, aber ich will auf keinen Fall, dass die anderen beiden denken, da wäre etwas zwischen uns.

Denn da ist nichts. Wir sind Kollegen – und noch dazu so unterschiedlich wie Tag und Nacht. Er redet gerne, freundet sich mit jedem an und sucht online so viel Aufmerksamkeit, wie er nur kriegen kann. Ich dagegen würde alles dafür geben, ein paar Tage lang unsichtbar zu sein und jeglicher Interaktion mit anderen Menschen entgehen zu können.

Allerdings behagt mir der Gedanke auch nicht, er könnte Alice nennen. Ein weiterer Messerstich für mein Selbstbewusstsein.

Wenn er niemanden in eine unangenehme Situation bringen will, sollte er einfach Nick sagen. Doch das wird er nicht. Er scheint ernsthaft zu überlegen.

Schließlich holt er ein bisschen zu tief Luft, um ihm seine Lockerheit noch länger abzukaufen.

»Josie.«

14. KAPITEL

Ryan

Ich beuge mich näher zu meinem Mikro. »… dazu kam noch, dass er den Termin mit seinem Chef an diesem Tag abgesagt hatte. Schon in den frühen Morgenstunden erreichte seinen Chef eine SMS, in der …«

Erneut leuchtet das Display meines Smartphones auf. Ich kann nicht anders, als in die Richtung zu schielen und verliere völlig den Faden. Seufzend beende ich die Aufnahme am PC und nehme den Kopfhörer ab. Das Mikrofon schiebe ich ein Stück beiseite. So ein Mist. Eigentlich kann ich es heute gleich bleiben lassen. Ich kann mich einfach nicht konzentrieren, egal, wie sehr ich mich bemühe.

Die Benachrichtigungen sind noch dazu völlig unwichtig. Ein paar Kommentare zu meiner neuen Folge. Doch sie zu lesen, zaubert mir wieder ein Lächeln auf die Lippen. Die Mühe hat sich anscheinend gelohnt.

Während ich durch die Kommentare scrolle, ploppt eine weitere Benachrichtigung auf. Eine WhatsApp-Nachricht von Josie. Wie von selbst zuckt mein Finger sofort dorthin und öffnet sie.

Kannst du in die Redaktion kommen? Jetzt?

Sie tippt noch. Trotzdem schrillen sofort sämtliche Alarmglocken in mir. Hab ich was verpennt? Ich werfe einen Blick auf den Kalender in der Ecke meines PC-Bildschirms. Aber ich habe mich nicht vertan. Ich habe heute frei.

Als könnte sie meine Gedanken lesen, kommt in dieser Sekunde auch schon die nächste Nachricht.

Sorry, ich weiß, heute ist dein freier Tag. Aber wir haben ein Problem, und wir brauchen dich dringend für ein Video.

Ich schlucke. Das klingt überhaupt nicht gut. Andererseits … wenn es so tragisch wäre, hätte sie angerufen, oder? Sie kann ja nicht wissen, ob ich die Nachricht gleich lese. Trotzdem setzt sich ein mulmiges Gefühl in meinem Bauch fest. Ich speichere meine bisherige Aufnahme, fahre den PC herunter und stehe auf.

Bin in 20 Minuten da.

Mein flauer Magen rebelliert noch mehr, als ich kurz darauf das Contentstudio betrete und es bis auf Josies Handtasche auf einem der Stühle leer ist. Genauso wie die Flure der Redaktion. Nirgendwo ist eine Menschenseele zu sehen. Dabei ist es schon Mittag. Um diese Zeit tummeln sich normalerweise überall die

Kolleginnen und Kollegen, wechseln zwischen Cafeteria und Billardzimmer. Wo sind alle?

Bin da, aber du nicht.

Sie kommt sofort online und tippt.

Bau du schon mal das Set auf. Ich beeile mich.

So dringend? Statt ihrer Anweisung zu folgen, muss ich erst mal meine Nerven beruhigen und Instagram checken. Wenn es etwas mit der Pure-Plates-Sache zu tun hat, sollte mein Postfach vor Nachfragen und Vorwürfen überquellen.

Aber neben der normalen Fanpost ist da nichts. Auch auf der Pure-Plates-Instagram-Seite wird weiter fröhlich mit tanzenden Erbsen und viel zu bunten Tiefkühlpizzen geworben. Kein neues Statement. So tragisch kann es also nicht sein.

Ich google sicherheitshalber noch, kann dort aber auch nichts Neues dazu finden.

»Du hast ja noch gar nichts aufgebaut.«

Ich zucke zusammen. Sie steht plötzlich direkt neben mir. Hat sie sich teleportiert?

»Sorry. Deine kryptischen Nachrichten haben mich echt nervös gemacht. Ich dachte schon, *Pure Plates* will uns weiter fertigmachen.«

Ihre Miene versteinert sich. Das kann nichts Gutes bedeuten.

»Das werden sie auch, nachdem wir das Video hochgeladen haben.«

Ich schöpfe wieder ein bisschen Hoffnung. »Sind die neuen Ergebnisse da? Haben wir sie endlich richtig bei den Eiern?«

»Die Ergebnisse sind da … aber … na ja …« Sie sieht zu Boden. Ihr Herumgedruckse macht mich verrückt.

»Aber?«, frage ich und bedeute ihr weiterzureden.

»Sie sind negativ. Die anderen beiden Labore haben keine tierischen Komponenten in den Produkten gefunden. Und auch nichts Schädliches.«

Will sie mich verarschen? Bei einer so wichtigen Nachricht würde Mrs Dawson doch bestimmt selbst etwas mitteilen und unternehmen wollen und das nicht uns überlassen …

»Wirklich?«

»Ja, wirklich. Gerade hat sogar das ursprüngliche Labor angerufen und sich entschuldigt. Es handelt sich wohl wirklich um einen Messfehler.«

Das Studio dreht sich vor meinen Augen, und das Blut rauscht in meinen Ohren, nur unterbrochen von den Worten, die ich im Pure-Plates-Video herausposaunt habe.

Echter Skandal … schockierende Resultate beim Test … fieser Beigeschmack … Was verstecken sie noch …

Ich habe sie beschuldigt. Zwar sachlich, aber doch bestimmt. Ich habe einer sauberen Firma vorgeworfen, Millionen Käufer zu täuschen und somit vegan lebende Menschen zu verspotten.

Ich halte mich an der Stuhllehne fest. »Jetzt stecken wir so richtig in der Scheiße, oder?«

Josie sieht aus, als wäre ihr genauso schlecht wie mir. Sie steht vor mir, mitten im Raum, mit einem Ausdruck der Verlorenheit und Hilflosigkeit, bei dem sich mein Herz nur noch weiter zusammenzieht. Am liebsten würde ich sie in den Arm nehmen. Ihr sagen, dass alles gut wird und wir das schon schaffen. Aber vielleicht wäre das gelogen.

»Ich befürchte, schon.«

Es nützt nichts, jetzt durchzudrehen. Wir müssen einen kühlen Kopf bewahren. Doch das ist mir selten in meinem Leben so schwergefallen. Ich sehe meine Karriere vor meinem inneren Auge zerbrechen. Die Hasskommentare, Harolds enttäuschtes Gesicht, die plötzlich fallenden Streamingzahlen meines Podcasts. Und das alles nur, weil ich mir diese blöde Wohnung kaufen und diesen Teilzeitjob annehmen musste. »Ich bin der König von London«, hallt es in meinem Kopf, und ich taste nach meinem Handy. Ist die Story von Alice schon weg? Wenn nicht, muss sie sofort verschwinden. Ich sehe nach. Natürlich ist sie schon verschwunden, die vierundzwanzig Stunden sind schon längst vergangen. Soll ich das Re-Post-Video von dem London-Lens-Post auch löschen? Noch habe ich es in der Hand.

Nein, ich kann nicht ruhig bleiben. Ich muss etwas unternehmen, um meinen Ruf zu retten. »Ich muss ein Statement abgeben«, sage ich zu Josie und ziehe mein Handy hervor.

Noch während ich es entsperre, legt sie plötzlich ihre Hand auf meine. Wärme fährt durch meine Finger. Was tut sie da? Erstaunt schaue ich von meinem Smartphone auf. Gleichzeitig beruhigt mich ihrer Berührung etwas.

»Langsam. Nichts überstürzen. Noch weiß niemand davon.« Sie lässt ihre Hand wieder sinken. Sofort wird die Stelle, auf der sie gerade noch gelegen hat, kalt. »Na ja, zumindest ein paar Minuten lang. Mrs Dawson ist gerade dabei, ein Pressestatement abzugeben und rauszuschicken.«

Auch wenn ich immer noch das Gefühl habe, gleich zu platzen, gibt mir das wieder ein wenig Sicherheit. »Puh. Ich dachte schon, wir müssen das allein ausbaden.«

Josie lächelt schwach. »Dachte ich auch. Aber Mrs Dawson hat das im Griff. Den Zeitungen und Fernsehsendern gegenüber wird sie selbst den Kopf hinhalten. Nur … Auf Social Media ist das schwierig. Schon klar. Ich kann mich nicht einfach unbemerkt aus der Affäre ziehen und so tun, als wär nichts gewesen.«

»Nicht nur du«, sagt sie und seufzt. Warum ist es so verdammt schwer zu ertragen, sie so niedergeschlagen zu sehen?

»Du hast doch nichts zu befürchten. Du hast dich nirgendwo gezeigt. Alles richtig gemacht.« Vor ein paar Tagen habe ich noch versucht, sie zu überreden, zumindest für ein paar Fotos vor die Kamera zu treten. Jetzt bin ich froh, dass sie sich so standhaft dagegen gewehrt hat. Warum habe ich Idiot das auch für eine gute Idee gehalten?

Weil sie ein viel schöneres Motiv abgeben würde als du Esel, flüstert ein leiser Teil von mir in meinem Hinterkopf.

»Mein Name steht im Magazin, direkt neben deinem. Und du hast mich in deiner Story gezeigt, weißt du noch?« Sie sieht mich ängstlich an.

»Das liest doch niemand. Mach dir keine Sorgen. Die werden sich alle freuen, ihren Hass an mir auslassen zu können.« Die Worte auszusprechen, macht die Situation mit einem Mal so real und bedrohlich, dass ich erschaudere.

Sie sieht aus, als wäre das nicht genug, um sie zu beruhigen. Irgendwas geht in ihrem Kopf vor. Aber sie macht keine Anstalten, es auszusprechen.

»Was denn?«, frage ich deswegen.

Sie runzelt die Stirn. »Was was?«

Das ist die perfekte Gelegenheit, die Frage auszusprechen, die schon seit dem Tag, an dem ich sie zum ersten Mal gesehen habe, dauerhaft in meinem Kopf herumschwirrt. »Was denkst du?«

Sie schaut mir kurz in die Augen, dann wieder nach unten. Angespannt beobachte ich ihre Reaktion. Diese Zurückhaltung, die sie die ganze Zeit über umgibt, ist quälend – aber auch irgendwie faszinierend.

Endlich öffnen sich ihre Lippen. »Vieles. Und nichts.«

Obwohl ich mit keiner anderen Antwort gerechnet habe, bin ich enttäuscht. Gerade nach unserem Abend im Pub hätte ich erwartet, dass sie offener und lockerer mit mir umgeht. Sich etwas mehr öffnet. Irgendetwas an ihrer Körperhaltung wirkt jedoch, als wäre ich noch immer ein Fremder für sie. Vertraut sie mir nicht?

»Du musst nicht alles in dich reinfressen. Wir sind doch ein Team.«

»Ich weiß«, antwortet sie und setzt ein Lächeln auf, das ihre Augen jedoch nicht erreicht. »Das Wichtigste ist jedenfalls, dass Mrs Dawson uns einen Text geschrieben hat, den du im Video vortragen sollst. Wir müssen das so bald wie möglich hochladen.«

Sie lenkt ab. Aber leider ist jetzt nicht der richtige Zeitpunkt, um darüber zu diskutieren.

»Das ist gut. Weniger Verantwortung für uns.«

»Ich bau die Kamera auf. Hier ist der Text, du kannst schon mal üben, wenn du willst.«

Sie zieht einen kleinen, zusammengefalteten Zettel aus der Tasche ihrer beigen Stoffhose. Dann macht sie sich an die Arbeit.

Ich falte den Zettel auseinander. Mrs Dawsons Handschrift ist schlimmer als die eines Arztes. Ich brauche viel zu lange, um ihre Worte zu entziffern und bin am Ende immer noch der festen Überzeugung, dass in der Mitte von Kühlschränken die Rede ist.

»Eine Mail wäre praktischer gewesen«, sage ich in Josies Richtung. Doch sie reagiert nicht, sondern schiebt die Softboxen weiter in Richtung des ausgezogenen grauen Hintergrunds.

»Außerdem klingt das überhaupt nicht nach mir. Total steif.«

»Es soll ja auch nicht nach dir klingen, sondern für das ganze Magazin stehen«, erwidert sie. »Dein persönliches Statement kannst du auf deinen Kanälen abgeben.«

»Aber sollte es nicht auch ein bisschen authentisch sein?«

»Hm«, macht sie und bleibt neben dem Kamerastativ stehen. »Lass es uns doch erst mal aufnehmen und dann gucken wir, wie es rüberkommt.«

»Na gut, aber was heißt das hier?«

Ich gehe zu ihr, halte ihr den Zettel hin und deute auf das Wort, aus dem ich »Kühlschränke« herauslese.

Sie tritt näher an mich heran und kneift die Augen zusammen. Mir steigt wieder ihr zimtiger Duft in die Nase.

Irritiert sieht sie zu mir auf, und ihre Augen weiten sich für einen kurzen Augenblick. Sie weicht einen Schritt zurück, als sei ihr meine Nähe unangenehm. Dann greift sie nach dem Zettel und studiert ihn eingehend. »Äh … oh Gott … Kampfmittel?«

Obwohl mir gerade eigentlich nicht nach Lachen zumute ist, pruste ich los. Josie steigt sofort mit ein.

»Vielleicht sollten wir Mrs Dawson noch mal fragen, ob die *London Lens* sich aufrichtig für Kühlschränke oder Kampfmittel entschuldigt«, presse ich keuchend hervor.

Josies Lachen ist so ansteckend, dass ich gar nicht mehr aufhören kann. Und sie auch nicht. Eine Lachträne stiehlt sich aus ihrem Augenwinkel und perlt an ihrem Gesicht hinab.

Langsam kann ich mich wieder zusammenreißen. Und mich davon überzeugen, dass es eine blöde Idee ist, ihr die feuchte Spur von der Wange zu wischen.

»Ich improvisiere ein bisschen«, sage ich schnell und wende mich ab, um nicht länger auf ihre makellose Haut zu starren, die mich an einen samtigen Pfirsich erinnert.

Zum ersten Mal in meinem Leben habe ich Herzklopfen, als ich vor eine Kamera trete. Ich steige auf die Ausläufer des grauen Hintergrunds, der von der Aufhängung herunterhängt, und Josie schraubt am Fokus herum. Ihre schlanken Finger bewegen sich mit einer solchen Sicherheit und Präzision, dass ich nicht anders kann, als kurz zu staunen. Noch vor zwei, drei Wochen hatte sie keine Ahnung, wie man die Kamera richtig bedient.

Nun steht sie mit einer Professionalität und Selbstverständlichkeit dahinter, als hätte sie nie etwas anderes gemacht. Wahrscheinlich hat sie sich absichtlich besonders gründlich eingearbeitet, um eine gute Ausrede zu haben, sich dahinter aufhalten zu dürfen und nicht doch vor die Kamera zu müssen.

»Ein Stück noch nach links«, sagt sie, während sie durch das kleine Display schaut.

Ich befolge ihre Anweisung. Das rote Lämpchen an der Kamera leuchtet auf.

»Kann ich loslegen?«

Josie tritt ebenfalls einen Schritt beiseite und mustert mich in echt statt durch die Kamera.

»Noch nicht ganz. Du hast da was.« Sie deutet auf ihren eigenen Haaransatz.

Oh. Gut, dass sie das rechtzeitig bemerkt hat. Wäre in so einem wichtigen Statement gleich doppelt peinlich geworden.

»Was denn?« Ich wuschle mir durchs Haar.

»Keine Ahnung, vielleicht von draußen ...«

Bei dem Wind, der heute in London tobt, ist das kein Wunder.

»Weg?«

»Nein, jetzt hängt es tiefer, weiter vorn, fast an deiner Stirn.«

Ich fahre mir abermals mit beiden Händen durch die Haare, aber nichts bleibt an meinen Fingern hängen.

»Warte …« Josie fixiert meinen Haaransatz und kommt um die Kamera herum. Als ihre Schuhspitzen den grauen Ausziehhintergrund berühren, bleibt sie stehen. Und schon bekomme ich Lust auf Zimtschnecken.

Mit hoch konzentrierter Miene stellt sie sich auf die Zehenspitzen. Ich kann nicht anders, als jeden Zentimeter ihres Gesichts genauestens zu betrachten. Es fühlt sich beinahe an, als würden sich meine Sinne plötzlich schärfen. Jedes einzelne Härchen ihrer Augenbrauen, die kaum sichtbaren, winzigen Sommersprossen – alles wirkt mit einem Mal wie ein Gemälde. War sie die ganze Zeit schon so hübsch?

Der leichte Druck ihrer Finger auf meiner Kopfhaut schickt einen wohligen Schauer von meinem Haaransatz durch meinen ganzen Körper.

Ihr Atem. Er streift mein Gesicht. Warm. Wenn ich mich nur ein kleines Stück vorbeugen würde …

»Ich habs«, sagt sie schließlich und lässt ihre Hand langsam sinken.

Beinahe stolz präsentiert sie mir das winzige, orangefarbene Stückchen, das wohl von einem Blatt stammen muss.

»So klein. Das hätte ich nie gesehen.« Die Zuschauer vermutlich auch nicht. Aber Josie. Und irgendwie bin ich froh darüber.

Mein Herz wird mit einem Mal seltsam warm.

Ihr sanftes Lächeln macht sie nur noch hübscher, als sie ohnehin schon ist. »Es sind meistens die kleinsten Dinge, die man übersieht. Nur … na ja …«

Was passiert hier gerade? Spürt sie das auch? Ich traue mich nicht, mich zu bewegen. Keinen Millimeter. Sogar atmen ist schon zu viel.

Sie erinnert mich an ein scheues Reh. Jedes Wimpernzucken

könnte ausreichen, um sie zu verschrecken. Und das will ich auf keinen Fall riskieren. Ich will, dass sie weiterspricht. Ihren Gedanken zu Ende bringt. Denn was sie sagt, lässt mein Gehirn auf Hochtouren rattern. Es klingt total poetisch. Darin steckt so viel Wahrheit.

Josie macht einen Schritt zurück. Ich stoße die angestaute Luft aus.

»Egal. Lass uns loslegen«, sagt sie und kehrt zur Kamera zurück.

Mein Herz kühlt wieder auf Normaltemperatur ab. Vielleicht sogar ein bisschen darunter. Was soll das? Was wollte sie sagen? Warum spricht sie es nie aus?

Ich starre auf den Zettel, den ich immer noch in der Hand halte. Doch es dauert einen Moment, bis ich mich wieder genug konzentrieren kann, um die geschwungenen Linien darauf als Worte wahrzunehmen.

Am Ende ist das Statement fast drei Minuten lang. Und ich habe danach das Gefühl, nichts gesagt zu haben. Nichts, womit sich dieser Sturm aufhalten lässt. Denn der Sturm wird kommen, da bin ich mir sicher.

15. KAPITEL

Josie

»Der heutige Anlass für unser Video ist leider kein schöner. Wir, das Team der *London Lens,* sind mehr als deprimiert, euch heute einen schwerwiegenden Fehler beichten zu müssen. In unserem Video letzte Woche – hier noch mal eingeblendet – haben wir über den Lebensmittelhersteller *Pure Plates* berichtet.

Dabei haben wir uns auf die Ergebnisse einer Laboruntersuchung gestützt, die wir bei einem professionellen Partner unseres Vertrauens haben durchführen lassen. Diese Laborwerte haben darauf hingedeutet, dass bei vier von fünf getesteten Lebensmitteln des Herstellers tierische Produkte enthalten sind, obwohl sie als vegan beworben werden. Leider hat sich herausgestellt, dass unserem Labor ein Messfehler unterlaufen ist. Laut neuesten Laborberichten, die uns vorliegen, sind tatsächlich keine tierischen Produkte in den Pure-Plates-Gerichten enthalten.

Wir ziehen deshalb unsere Aussagen zurück und möchten uns bei dem Unternehmen *Pure Plates* in aller Form entschuldigen. Genauso sehr allerdings bei euch allen, die die *London Lens* abonniert haben, egal, ob auf Instagram, TikTok oder in Magazinform. So was kann und darf nicht passieren.

Die *London Lens* soll weiterhin für Seriosität, Verlässlichkeit und Sorgfalt in ihren Recherchen stehen. Daher werden wir die Prozesse innerhalb der Redaktion überdenken und optimieren, damit ein solcher Fehler nicht noch einmal vorkommt.«

Die Kamera zoomt von Ryans ernstem Gesicht weg und sofort wieder hin, als das Video von vorn beginnt. Ich halte das Video an und öffne die Kommentarspalte.

»Klingt schon ein bisschen steif, findest du nicht?«, fragt Alice und nimmt einen Schluck von ihrem Cappuccino to go.

Sie verzieht das Gesicht. Wahrscheinlich ist er noch viel zu heiß, nachdem der Barista ihn ihr gerade erst in die Hand gedrückt hat.

Warum sagen das alle? »Also ich finde es genau richtig. Die Message dahinter ist ja, dass wir seriös und verlässlich bleiben wollen. Da kann man nicht plötzlich mit flapsiger Sprache ankommen.«

»Aber es ist immer noch Social Media. Wenn ich seriös will, kauf ich mir das Magazin. Online zieht nur Drama. Und wenn du selbst keins lieferst, machen die Follower eben eins draus.« Sie deutet auf die Kommentarspalte und hat damit absolut recht.

Unseriöses Drecksblatt. Wird sofort abbestellt. Kommt mir nie wieder ins Haus.

Schon witzig, wie dieser Influencer-Affe versucht, sein Image zu retten.

> Wie kann einem Magazin, bei dem so viele Menschen arbeiten, so was passieren? So was darf man ihnen nicht durchgehen lassen. Haben die jedem Einzelnen ins Hirn geschi**en?

Mein Magen dreht sich um. Ich schließe so schnell wie möglich die Kommentarspalte. Die Benachrichtigungen auf dem Business-Handy ploppen allerdings im Sekundentakt auf. In meinem Bauch rumort es. Wird dieses blöde Video, dieser Artikel, einen negativen Einfluss auf meine Karriere haben? Direkt im Volontariat ein so großer Fehler in einem Fall, unter dem auch mein Name steht. Ich spüre, wie die Panik in mir aufsteigt. Eigentlich kann ich dem Kerl hinter der Theke gleich sagen, er soll aufhören, meine Pumpkin Spice Latte zuzubereiten. Ich werde keinen Schluck davon hinunterbekommen. Doch er ist schon fertig.

»Einmal Pumpkin Spice für dich, Honey«, sagt er und streckt mir mit schwungvoller Geste meinen goldenen Lieblingsbecher entgegen.

»Danke«, antworte ich, ohne ihm in die Augen zu sehen, und stecke das Handy zurück in meine Handtasche, während ich mich abwende und Alice aus dem Café folge.

Die Türglöckchen klingeln in einer harmonischen Melodie, als sie sie für mich aufhält. Ich bedanke mich abermals und steige die zwei Stufen nach unten.

Die Strahlen der Mittagssonne kitzeln mich an der Nase. Für einen Herbsttag in London hat sie noch viel zu viel Kraft. Als würde sie sich größte Mühe geben wollen, meine Laune zu heben. Sosehr ich mich auch bemühe, wenigstens das gute Wetter zu genießen, ich scheitere sofort.

Meine Gedanken kreisen unaufhörlich um die Kommentare. Wie schaffen andere es nur, so viel Hass einfach auszublenden und nicht an sich heranzulassen? Nichts anderes hat mehr Platz in meinem Kopf. Gestern Abend hab ich es nicht mal geschafft, meine Gedanken in Worte zu fassen und in die Form eines kleinen Gedichts zu gießen. Das ist mir noch nie passiert. Egal, was in meinem Leben vorgefallen ist, ich habe alles auf diese Art und Weise verarbeitet. Die großen, einschneidenden Erlebnisse wie die Scheidung von Mum und Dad oder als Chocolate, meine geliebte Katze, einfach nicht mehr nach Hause kam, als ich zwölf war. Aber auch die kleinen Dinge.

Vor allem die Situationen, in denen mir die Worte vor anderen Menschen gefehlt haben. Auf dem Papier sind sie mir noch nie ausgegangen. Außer jetzt.

Alice reißt mich aus meinen Gedanken. »Guck doch nicht so. Du nimmst dir das viel zu sehr zu Herzen.«

»Ich dachte, du hast die Kommentare gelesen?«, frage ich.

»Ein paar. Nicht viele. Hat schon gereicht. Warum?«

Wir biegen um die Ecke und müssen einem jugendlichen Paar ausweichen, das gerade kichernd aus einem roten Telefonhäuschen herausstürmt.

»Viele sind echt persönlich. Die richten sich nicht gegen das Magazin, sondern gegen das Social-Media-Team oder alle Vollidioten, die in der Redaktion arbeiten.«

»Ja und?«

Ich schaue zu ihr.

Sie schlendert seelenruhig neben mir, vorbei an der nicht enden wollenden Ladenfront. Ihr Gesicht sieht dabei völlig entspannt aus.

»Was ist, wenn sie mir kündigen? Was ist, wenn ich das gerade so richtig verbocke? Ich habe doch keine Ahnung von diesem ganzen Kram. Ich wollte Texte schreiben, recherchieren und jetzt lese ich Kommentare, die mich fertigmachen.« Ich atme tief ein und versuche, die Panik zu vertreiben, die immer noch in meinem Magen wütet.

»Das ist doch trotzdem nichts gegen dich. Keiner weiß, dass du da dran mitarbeitest. Oder überhaupt existierst.« Sie zuckt mit den Schultern. »Mir ist das total egal. Ich mach mir natürlich meine Gedanken, wie das passieren konnte. Das ist richtig blöd gelaufen. Aber jetzt ist es zu spät. Shit happens. Ist ja nicht unser Magazin, unsere Kohle oder unser Ruf, der dranhängt.« Alice nimmt einen weiteren Schluck aus ihrem Becher, an dem inzwischen einige Tropfen hinabrinnen. Offensichtlich hat sie vergessen, sich einen Deckel mitzunehmen. Kein Wunder, dass an ihrer Nasenspitze nun ein kleiner Rest Sahne hängt.

Bevor ich dazu komme, sie darauf hinzuweisen, redet sie schon weiter. »Da hat Ryan eindeutig das größere Problem. Der steckt das schon irgendwie weg, aber er tut mir echt leid.«

Ich lasse meinen Becher noch tiefer sinken. Ja, Ryan. Die Welle an Hass, die über ihn plötzlich hereinbricht, ist alles andere als lustig. Vor allem, weil für ihn noch mehr auf dem Spiel steht als für uns. Er lebt davon, dass Menschen ihn mögen, seinen Podcast und sein Leben online verfolgen.

Wahrscheinlich hat Alice recht. Er wirkt bei allem immer so ruhig und gelassen, dass ich mir fast sicher bin, dass er auch damit klarkommen wird. Aber bei dieser Menge an Anfeindung wird es sicher trotz allem Konsequenzen geben und alles nicht so leicht für ihn werden, vielleicht sollte ich ihn morgen fragen, ob ich irgendetwas tun kann, um ihn zu entlasten. Aber was sollte das schon sein?

Ich habe schon das Business-Handy wieder an mich genommen, obwohl es sich anfühlt, als würde ich eine Bombe mit kaputtem Zeitzünder in meiner Handtasche mit mir herumtragen. Anders kann ich ihm vermutlich sowieso nicht helfen. Warum denke ich überhaupt so viel über ihn nach? Wie Alice sagt. Er wird das schon irgendwie schaffen. Hoffentlich …

»Hast du denn gar keine Angst, wie es weitergeht?«, frage ich sie.

Alice löst den Blick von einem älteren Mann, der in einem Mülleimer wühlt und schaut mich an. »Hm?«

Ich bin mir nicht sicher, ob sie nur nicht weiß, wie ich das gemeint habe, oder ob sie mir gar nicht zugehört hat.

»Denkst du nicht, das wird auf die *London Lens* auch große Auswirkungen haben? Das Magazin könnte verklagt werden oder pleitegehen. Wir könnten unsere Stellen verlieren.«

Zwei schreiende Kinder stürmen uns entgegen und rennen uns beinahe über den Haufen. Alice flucht. Ich kann jedoch nur darüber schmunzeln. Die hinterherhetzende Mutter entschuldigt sich im Vorbeigehen.

Alice scheint schon wieder vergessen zu haben, dass ich überhaupt etwas gefragt habe. Also sehe ich zu ihr und hebe eine Braue.

»Ach, so schnell geht das nicht, dass die ganze Redaktion pleite ist. Außerdem glaube ich nicht, dass das passiert. Es ist nicht das erste Mal, dass sich ein Fehler einschleicht, und sicher auch nicht das letzte Mal. Dieses Mal ist die Dimension vielleicht etwas … groß.« Das kann sie laut sagen. »Aber das lässt sich sicher alles klären.«

Ihr unerschütterlicher Optimismus erinnert mich ein wenig an Dad. Es tut gut, sich mit ihr zu unterhalten. So ganz kann ich ihre Ansichten zwar nicht teilen, dennoch lässt sie die Dämonen, die mich seit zwei Tagen verfolgen, gleich weniger bedrohlich aussehen.

»Ich werde jedenfalls versuchen, in Zukunft alles noch mal persönlich nachzuprüfen, bevor ich irgendwas auf Social Media rausjage.« Und hoffen, dass ich mich überhaupt jemals wieder traue, das zu tun.

»Wie willst du das denn machen, ganz allein? Das ist unmöglich, und das weißt du auch.«

Damit hat sie auch wieder recht.

Dieser Shitstorm bestärkt mein Unterbewusstsein nur noch mehr darin, dass es für mich richtig ist, was ich tue. Dass ich mich lieber von Social Media fernhalten und weitgehend unsichtbar bleiben sollte. Dass es Sinn macht, Worte genau abzuwägen und keinen Gedanken überstürzt von sich zu geben.

Auch wenn sich die Erkenntnis, dass ich wohl nie da rauskommen werde, so anfühlt, als würde sich in meiner Brust ein schwarzes Loch auftun.

Alice, Ryan, Mum … Sie alle leben nach einem ganz anderen Prinzip. Und obwohl sie dadurch angreifbarer und verletzlicher sind und auch öfter die Konsequenzen tragen müssen, scheint es ihnen nichts auszumachen. Oft wirken sie sogar glücklicher als ich.

Eigentlich würde ich gern mal einen Tag in ihr Leben schlüpfen. Ausprobieren, wie es ist, jemand anderes zu sein. Jemand, der sich nicht über jedes Wort den Kopf zerbricht und einfach seine Gedanken herausfließen lässt. Jemand, der als kommunikativ und selbstbewusst wahrgenommen wird.

Alice packt mich am Arm. Erst jetzt bemerke ich, dass sie stehen geblieben ist. »Wir haben noch zwanzig Minuten, oder?«

Ich werfe einen Blick auf mein Handy. »Klar. Wir müssen erst in dreißig Minuten wieder im Büro sein.«

»Perfekt. Komm mit.« Sie lässt mich nicht los, sondern zieht mich quer über die Straße, die zum Glück nicht so stark befahren ist, und bleibt erst vor einem Schaufenster stehen. Das Schild *Tattoo & Piercing* strahlt mir in blauen Neonbuchstaben entgegen. Daneben hängen unzählige Fotos und Skizzen von Körperkunstwerken, die hier offensichtlich umgesetzt wurden. Ornamente, ein Porträt einer Großmutter auf einer Wade, ein wunderschöner, bunter Kolibri.

Alice zieht mich weiter in Richtung Tür. »Äh, meinst du zwanzig Minuten reichen, um dir schnell in der Mittagspause ein Tattoo stechen zu lassen?«

Sie lacht. »Quatsch. Ich lass mir doch nicht einfach spontan ein Tattoo stechen.«

Ich atme auf. Ich hätte es ihr durchaus zugetraut. Wahrscheinlich will sie sich doch nur ein bisschen Inspiration holen oder einen Termin ausmachen.

Als wir das Studio betreten, empfängt uns ein kirschiger Raumduft und eine gut gelaunte Frau um die dreißig. Ihre Arme sind überzogen von Tattoos, und als sie lächelt, blitzen ihre Lippenpiercings unter dem Licht der modernen Deckenspots.

»Wie kann ich euch helfen, Mädels?«

Alice lehnt sich an den Empfangstresen. Ich halte mich im Hintergrund.

»Kann man bei euch auch ohne Termin?«

Ich blinzle. Hat sie nicht gerade noch gesagt, sie will sich nicht spontan ein Tattoo stechen lassen?

»Kommt drauf an. Was willst du denn?«

»Noch ein Lippenpiercing.« Alice deutet auf ihre Lippe. »Auf die andere Seite.«

Ich muss grinsen und weiß nicht, ob ich sie für ihre Spontanität bewundern oder bemitleiden soll. Sich in der Mittagspause spontan die Lippe durchlöchern zu lassen, ist nichts, was mir auch nur im Entferntesten einfallen würde. Deswegen kann ich auch nicht einschätzen, ob sie es später bereuen wird oder nicht.

Aber ich werde mich raushalten und nicht den Moralapostel spielen. Sie ist alt genug, um das selbst zu entscheiden.

»Bist du dir sicher?« Die Frau beugt sich vor und zeigt auf die Lippe von Alice. Das hier sitzt ehrlich gesagt zu weit in der Mitte für Snakebites. Könnte am Ende nicht gut aussehen, wenn wir noch ein zweites Piercing auf der anderen Seite stechen.«

Alice kommt tatsächlich ins Zögern. »Oh.« Sie sieht beinahe enttäuscht aus. »Wie wäre es dann mit einem kleinen Steinchen in der Nase?«

»Da spricht nichts gegen, das können wir direkt machen.«

Alice klatscht aufgeregt in die Hände. »Geil! Dann nehme ich das!«

Die Frau kommt hinter dem Tresen hervor und deutet auf eine Tür. »Dann geh doch schon mal rein. Ich hol nur noch die Stecker, dann bin ich gleich bei dir.«

Alice dreht sich um und schwebt mit einem breiten Lächeln auf den Lippen zu mir. »Kommst du mit rein?«

»Ohne Händchenhalten geht wohl nicht?«, necke ich sie.

»Klar. Ich bin ein großes Mädchen. Aber mit ist es schöner.«

Einerseits bin ich nicht wild darauf zuzusehen, wie ihre Nase von einer Nadel durchbohrt wird. Andererseits fühle ich mich aber total geschmeichelt. Und mit Alice könnte die ganze Sache sogar lustig werden.

Ich nicke und schiebe sie sanft zum Eingang des Nebenraums. »Dann lass dich mal piksen.«

16. KAPITEL

Ryan

Das Scheppern der Gewichte, als ich den Kabelzug die letzten Zentimeter zurückschnalzen lasse, übertönt beinahe Max' Stimme in meinem Kopfhörer. Eigentlich sollte ich das Video ausschalten. Wie ich schon befürchtet habe: Das Trainieren hilft kein bisschen, um diesen Mist besser zu verarbeiten.

Aber ich lasse das Video natürlich weiterlaufen. Ich bleibe keuchend auf dem Gerät sitzen und starre auf den Bildschirm meines Handys.

»Ihr seht also, was Ryan da abgezogen hat, ist richtig seelenlos. Er hat sich kaufen lassen. Da weiß man, wie es um *Secrets in the Silence* steht. Wahrscheinlich ist bei seinem Podcast auch die Hälfte erfunden und dazugedichtet, nur für Klicks und Kohle. Hätte nie gedacht, dass er sich mal als so falsch entpuppt.« Und ich hätte nie gedacht, diese Worte aus Max' Mund zu hören.

Noch vor ein paar Wochen haben wir den ganzen Abend zusammen bei einem Event verbracht, miteinander gescherzt und gelacht. Ich dachte, er wäre mein Freund und würde hinter mir stehen. Pustekuchen.

Aber er hat gar nicht so unrecht. In dieser beschissenen Branche zählt eben nichts mehr als Geld, Klicks und fünf Minuten Ruhm. Und Ryan Morley fertigmachen liegt gerade hoch im Trend …

Ich bin mir nicht sicher, ob ich vom Sport oder vor Aufregung außer Atem bin, als ich YouTube schließe und stattdessen zu Instagram wechsle. Hier ignoriere ich die Kommentare und Benachrichtigungen allerdings und scrolle stattdessen durch meinen Feed. Zum Glück werden mir heute mehr Rezepte und lustige Tiervideos angezeigt statt Videos meiner True-Crime-Kollegen.

Nach einer Weile habe ich mich etwas abgeregt. Trotzdem habe ich keine Lust mehr, noch weiter zu trainieren.

Ich schnappe mir mein Handtuch und meine Flasche und mache mich auf den Weg in Richtung Dusche. Im Vorraum lege ich meine Sachen auf der Bank ab. Gerade als ich hineinhüpfen will, klingelt mein Handy.

Harold. Panik kriecht unter meine Haut. Wenn er keine Mail schreibt, sondern anruft, ist es ernst …

Ich nehme es von der Bank und gehe ran.

»Ja?« Automatisch ziehe ich den Kopf ein, bevor er überhaupt etwas gesagt hat.

»Normalerweise würde ich dich erst fragen, ob du sitzt, aber nach allem, was in den letzten Tagen geschehen ist, ist das wohl egal.«

»Einfach raus damit«, erwidere ich trocken. Mittlerweile kann es wirklich nicht mehr schlimmer kommen.

»Der Bio-Duschgel-Manager hat angerufen. Er hat auch auf ihr außerordentliches Kündigungsrecht bestanden. Damit sind wir auch den letzten Sponsor los.«

Ich kneife die Augen zusammen und reibe mir die Nasenwurzel. Ausnahmsweise fehlen mir die Worte. »Okay.«

Eigentlich genau das, was ich erwartet habe. Trotzdem fühlt es sich an, als würde sich der Boden unter mir auflösen und ich die ganzen fünfzehn Stockwerke hinunterfallen. So eine verdammte Scheiße! Jetzt muss ich mich wirklich setzen.

»Ist das alles, was du dazu zu sagen hast?«

»Was soll ich denn sagen? Dass ich versuchen werde, nackt auf dem Big Ben einen Handstand zu machen, um meinen Ruf zu retten und die Sponsoren zurückzugewinnen?«

»Nicht so zynisch, junger Mann«, brummt Harold.

Ich schnaube. »Dann sag du mir doch, was wir tun sollen. Eine bessere Idee hab ich nicht.«

»Meine Frage wäre zunächst, ob es überhaupt noch ein *wir* gibt.«

»Wie meinst du das?«, frage ich, ahne aber Böses.

»Mein Gehalt. Kann ich Ende des Monats noch damit rechnen?«

Ich halte mir die Hand vor den Mund, damit er mich nicht keuchen hört. Verdammt! An sein Gehalt habe ich überhaupt noch nicht gedacht. An meine Wohnung … an einen leeren Kühlschrank … aber nicht an Harold. Natürlich arbeitet er bei der Vermittlung von Kooperationen auf Provisionsbasis. Mittlerweile habe ich ihm aber so viele Aufgaben übertragen, dass er zusätzlich als Manager bei mir angestellt ist. Das kann ich mir ab sofort abschminken. Mein ganzes Vermögen steckt in dieser blöden Wohnung und den neuen Möbeln. Ich habe genug Geld, um ihn vielleicht noch zwei Monate bezahlen zu können. Danach ist alles weg. Es sei denn, ich werde meine Wohnung schnell wieder los, oder ich bitte Dad doch noch mal um Hilfe. Bei dem Gedanken erschaudere ich jedoch sofort und Gänsehaut zieht sich über meinen ganzen Körper. Vor Dad zuzugeben, dass er recht hatte, würde mein Selbstbewusstsein vernichten. Mir vor ihm einzugestehen, dass der Job alles andere als sicher ist und ich mit einem Studium oder einer Ausbildung vielleicht doch besser dran gewesen wäre, würde wehtun. Ob er das mit dem Shitstorm mitbekommen hat? Er hat sich bestimmt sowieso schon eine Meinung dazu gebildet, die er mir nur zu gern unter die Nase reiben würde. Also nein. Das ist keine Option. Lieber verkaufe ich meine Möbel, meine Uhr und alles, was ich besitze – bis in meiner Wohnung nichts mehr ist außer einer Matratze. »Ja. Kannst du.«

»Bist du dir sicher?«

Nein. »Vertraust du mir nicht?«

Harold seufzt. »Das hier hat nichts mit Vertrauen zu tun. Ich helfe dir immer gern, das weißt du. Aber wenn ich meine Familie nicht mehr versorgen kann, hört der Spaß für mich auf.«

Wo habe ich mich da nur reingeritten? »Ich bezahle dich. Versprochen.«

»Ich verlass mich auf dich.«

Mein Magen rebelliert. Das ist keine gute Idee. Manchmal habe ich das Gefühl, das ist das Einzige, worin ich richtig gut bin: Menschen enttäuschen, die sich auf mich verlassen haben. Und dazu zähle ich sogar selbst. Aber ich werde mein Bestes geben, es diesmal anders zu machen.

Harold atmet tief ein. »Wir sollten uns zusammensetzen und uns etwas überlegen. Irgendwas, das deinen Ruf wieder etwas reinwäscht.«

»Was sollte das denn sein? Wenn ich plötzlich anfange, Suppe an Obdachlose zu verteilen, kauft mir das doch keiner ab.«

»Na, das wäre zu viel, aber irgendwas wird uns schon einfallen. Willst du morgen mal in meinem Büro vorbeikommen?«

»Kann ich machen«, nuschele ich, während ich mir übers Gesicht streiche.

Doch Harold scheint mich trotzdem zu verstehen. »Wunderbar. Und Kopf hoch. Wir ziehen den Karren schon irgendwie wieder aus dem Dreck.«

»Okay.« Schon wieder. Was ist denn los mit mir? Wohin sind meine Worte verschwunden?

Harold verabschiedet sich. Ich schaffe es erst, das Handy wieder vom Ohr zu nehmen, als das Piepsen sich schmerzhaft in mein Trommelfell gefressen hat.

Als ich einen Verzweiflungsanfall und eine Wechseldusche später ins Studio komme, tippt Josie ausnahmsweise nicht auf ihrem Laptop. Sie sitzt mit einer Pohälfte auf dem niedrigen Fensterbrett, einen Stift in der einen, ein goldenes Buch in der anderen Hand und sieht dabei so konzentriert aus, dass ich mich kaum traue, ihr zu nahe zu kommen.

Allerdings bemerkt sie mich, klappt das Buch zu und wirft es aufs Fensterbrett, als hätte es ihr einen Stromschlag verpasst.

Ich komme näher zu ihr. Sie muss nichts sagen. Und ich auch nicht. Sie sieht zu mir auf, ihre rehbraunen Augen sind voller Schatten. In ihrem Blick liegt dieselbe Verzweiflung, die ich seit dem Upload des Videos und der nicht mehr enden wollenden Hasswelle dauerhaft mit mir herumschleppe. Einerseits ist es schön, nicht damit allein zu sein. Andererseits tut es noch mehr weh, sie so zu sehen.

»Ich hab einen Infopost und ein Videoskript für diesen Bestechungsfall vorbereitet«, sagt ihr Mund.

Ich halte das nicht aus, hilf mir doch bitte, sagen ihre Augen.

Mein Herz ist so bleiern, dass ich befürchte, es könnte plötzlich zu schwer sein, um noch vernünftig zu schlagen. Ich will ihr helfen, muss ihr helfen. Aber wie? Ich bin selbst kurz davor, daran kaputtzugehen. Und sie hat es nicht mal ausgesprochen. Wie soll ich ihr helfen, wenn ich nicht weiß, was sie braucht?

»Wollen wir wirklich einfach weitermachen, als wäre nichts gewesen?«, frage ich. Und meine damit nicht nur die Social-Media-Posts, sondern auch den Moment, als wir uns an meinem ersten Tag gemeinsam vor Peter versteckt haben. Genauso wie den Abend im Pub, der uns alle näher zusammengebracht hat – dachte ich zumindest. Vielleicht sogar ein kleines bisschen diesen vertrauten Moment, den wir neulich vor dem Dreh des Videos geteilt haben.

Wie kann sie nach all den Wochen und Erlebnissen, die wir miteinander hatten, immer noch so verschlossen sein? Was habe ich falsch gemacht? Bin ich wirklich so unausstehlich?

»Das hat Mrs Dawson doch so gesagt.« Sie geht überhaupt nicht darauf ein. Okay. Dann wohl härtere Geschütze.

»Nein … Wie geht es dir?«

Sie blinzelt irritiert. »Äh … passt schon?«

»Das glaube ich dir nicht.«

Sie steht vom Fensterbrett auf, wendet mir den Rücken zu und geht zu dem Stuhl, auf dem ihre Tasche liegt. Als würde sie die Distanz, die ich gerade zu überwinden versuche, zumindest körperlich wieder zwischen uns bringen wollen.

»Ich …« Sie ringt um Worte, stellt sich an den Tisch, hinter ihre Tasche, und zieht sie schützend vor ihren Bauch. »Du kannst dir doch denken, dass mich dieser Shitstorm auch beschäftigt.« Sie seufzt.

»Schon. Aber wie schlimm ist es?«

»Ziemlich schlimm.« Langsam lässt sie den Kopf sinken und starrt auf ihre Hände, die mit dem Träger der Tasche spielen. »Aber für dich muss es ja noch viel schlimmer sein.«

»Es geht aber gerade nicht um mich. Ich hab dich gefragt.«

Vielleicht sollte ich damit aufhören. Mit jedem meiner Worte scheint sie sich unwohler zu fühlen. Das ist auch nicht Sinn der Sache.

Überschreite ich Grenzen? Wir sind Kollegen, keine Freunde. Am besten wäre es wahrscheinlich, sie einfach in Ruhe zu lassen. Warum fällt mir das so verdammt schwer?

»Das ist total lieb. Ich weiß nur nichts dazu zu sagen. Es ist schon ziemlich belastend. Ich mache mir Vorwürfe. Der Text im Enthüllungsvideo ... den hab ich viel zu hart formuliert. Mit einem sachlicheren Text wäre das vielleicht alles nicht so eskaliert. Und vor allem weiß ich nicht, wie ich reagieren soll. Ihr habt gesagt, wir sollen einfach alles ignorieren. Aber manchmal hab ich schon den Drang, ein paar zu krasse Kommentare zu löschen oder richtigzustellen.«

So viele Worte, so wenig Antwort.

»Denkst du, es würde dir helfen, wenn ich das Handy wieder nehme?« Das war schon wieder zu viel, oder?

Es dauert einen Moment, bis sie antwortet. »Du hast doch sicher gerade selbst genug Probleme.«

»Nicht ausweichen. Soll ich es nehmen? Das war ein Ja, oder?« Ich gehe ein Schritt auf sie zu.

Sie legt den Kopf schief und blickt zu mir auf. Ich hoffe, sie sieht mir nicht an, wie gestresst ich bin. Dass ich wirklich keine Nerven habe, den Business-Account auch noch zu managen. Aber ich habe einfach ein so verdammt schlechtes Gewissen, ihr das zuzumuten.

Sie ist eigentlich nur hier, um Artikel zu schreiben. Jetzt steckt sie mitten in diesem Shitstorm, den sie sich viel zu sehr zu Herzen nimmt, obwohl er sie nicht mal persönlich betrifft. Ich gehe wenigstens nicht zum ersten Mal mit so was um. Das Ausmaß ist zwar auch für mich überwältigend, aber trotzdem habe ich das Gefühl, es besser von mir selbst abgrenzen zu können als sie. Außerdem ist es auch ein bisschen meine Schuld, wie tief sie da drinsteckt. Ich hab sie immerhin in meiner Story gezeigt und sie noch tiefer mit reingezogen …

»Ein, zwei Tage vielleicht? Ginge das?«, fragt sie leise.

Ein Lächeln schleicht sich auf meine Lippen. Na bitte. Geht doch. »Klar, sonst hätte ich es nicht angeboten.« Ich strecke die Hand aus.

Josie kramt in ihrer Handtasche, zieht das Business-Handy hervor und gibt es mir. »Danke. Von Herzen. Das tut gerade echt gut.«

»Kein Ding. Es ist übrigens wirklich sinnvoll, nicht zu reagieren. Ich hab gelernt, das auszuhalten. Am besten, du guckst gar nicht auf die Seite, auch nicht mit deinem Privataccount.« Ich stocke. »Hast du überhaupt einen Privataccount bei Insta?«

Wenn ich so darüber nachdenke, habe ich noch nie gesehen, dass sie während ihrer Arbeitszeit mehr als ein-, zweimal auf ihr Handy gesehen hat. Und wenn, dann hat es wegen einer Nachricht vibriert.

Ich dagegen scrolle viel zu oft auf Social Media und checke die Streamingzahlen, während sie an den Texten feilt. »Ja, aber den benutz ich nicht viel«, erwidert sie.

Eigentlich würde ich gern fragen, wie sie dort heißt. Aber sie fängt an, ihre Tasche zu packen, steckt Stift, eine kleine Mappe und ihren Laptop hinein. Ein unmissverständliches Signal. Sie will raus hier. Weg von unserer Unterhaltung. Weg von mir.

»Ich hab dir das Skript da draufgelegt.« Mit dem Zeigefinger deutet sie neben mich auf den Tisch, wo noch ein kleiner Haufen mit dicht bedruckten A4-Blättern liegt. »Der Entwurf für den Post mit den Grafiken ist schon im Handy gespeichert.«

»Da hast du ja ordentlich vorgearbeitet. Danke.«

»Gern.« Sie schlüpft in ihren Mantel und hängt sich die Tasche über die Schulter. »Ich hab heute Nachmittag von Mrs Dawson eine kleine Pause verordnet bekommen. Wollte dir nur noch erklären, was zu machen ist … Bin dann mal weg.«

Langsam hebt sie die Hand, winkt kurz und kneift die Lippen zusammen. »Halt durch. Bis morgen.«

Ich bin etwas perplex, dass sie jetzt geht und mich allein lässt. Normalerweise ist sie immer hier. Aber es ist nicht zu übersehen, dass sie die Auszeit dringend braucht. Wie nett von Mrs Dawson, auf sie achtzugeben.

Es gibt noch so vieles, was ich ihr gern mit auf den Weg geben würde. Aber ich bin mir sicher, dass sie es nicht hören will. »Bis morgen«, erwidere ich deswegen nur.

Sogar ihre Schritte wirken angespannt, als sie zur Tür läuft, schnell hindurchschlüpft und sie hinter sich zuzieht.

Die Stille, die sie zurücklässt, ist kaum zu ertragen. So gemütlich das Studio mit seinen großen Fenstern, den Pflanzen und Bücherregalen und der Couch in der Ecke auch ist – ich könnte hier nie den ganzen Tag arbeiten. Nicht ohne Josie oder andere Kollegen, die es mit Leben füllen.

Meine Motivation, jetzt ein Video aufzunehmen, hält sich in Grenzen. Aber ich weiß, dass ich es tun muss. Dass Mrs Dawson mich überhaupt weiterhin welche drehen lässt, grenzt an ein Wunder. Es wäre für sie so leicht gewesen, mich einfach auszutauschen. Damit wäre sie einen Teil des Hasses sicher sofort losgeworden. Wir haben ein langes Gespräch darüber geführt. Ich habe mich unzählige Male für meine private Story und den Aufbau des Videos entschuldigt. Aber sie war nicht mal sauer. Sie meinte, es würde falsche Signale senden, jetzt jemand anderen für die Social-Media-Kanäle einzusetzen, und dass wir alle als Team zusammenstehen. Und irgendwie hat sie recht. Das Thema hat nichts mit mir persönlich zu tun. Ich habe weder recherchiert noch diesen Artikel geschrieben. Wäre nur nett, wenn das die Leute da draußen langsam mal begreifen würden. Mein Blick fällt auf das Fensterbrett. Josies Buch. Sie hat es vergessen. Keine Ahnung, ob es wichtig ist. Trotzdem stürme ich zur Tür und strecke den Kopf in den Flur.

»Josie? Dein Buch!«, rufe ich. Doch sie ist nirgendwo zu entdecken. Kurz wäge ich ab, ob ich ihr hinterherrennen soll. Aber so wichtig ist es dann bestimmt doch nicht.

Stattdessen kehre ich ins Studio zurück und tippe eine kurze Nachricht.

Vermisst du was?

Ich nehme das Buch und betrachte es. Die Ränder der Seiten glänzen in einem wunderschönen, warmen Goldton. Ein klassisches Notizbuch – nur viel schicker. Beinahe edel. Der Einband erinnert mich an Bücher aus dem 19. Jahrhundert. Ein richtiger kleiner Schatz.

Ich will es auf den Schreibtisch legen und ihr ein Foto davon schicken. Doch beim Versuch, es in meiner Hand zu drehen, rutscht es mir aus den Fingern und fällt runter.

»Mist!« Hoffentlich hab ich nichts kaputt gemacht. Eine Ecke eingedellt oder so.

Vorsichtig hebe ich es auf. Erleichterung macht sich in mir breit. Nichts kaputt. Sieht aus wie vorher.

Ich lege es auf den Tisch, schieße das Foto und schicke es ihr über WhatsApp. Doch sie kommt nicht online. Vielleicht nimmt sie sich die Auszeit zu Herzen und lässt ihr Handy heute Handy sein. Sollte ich auch mal überlegen …

Jetzt wird es aber Zeit, mich an die Arbeit zu machen. Sonst verliere ich meine letzte Einnahmequelle auch noch.

Ich schiebe den Stuhl zurück. Doch als ich mich setze und vorrutsche, raschelt es unter einem Stuhlbein. Ich blicke zu Boden. Da liegt ein kleiner Zettel. Muss wohl aus dem Notizbuch gerutscht sein.

Er ist ein bisschen zerknüllt, als ich ihn hervorziehe. Eigentlich will ich nicht lesen, was darauf steht. Aber die Struktur, in der die Worte angeordnet sind, zieht sofort meine Aufmerksamkeit auf sich.

Schatten und Sorgen, groß und klein,
Im warmen Gold zerflossen
Blätter fliegen, nur zum Schein,
Schon lang nichts mehr genossen.

Ich lese es einmal. Zweimal. Dreimal. Jedes Mal wird mein Herz ein bisschen leichter.

Es ist wunderschön. Ein Herbstgedicht, in ihrer Handschrift? Warum hat sie ein Gedicht abgeschrieben? Oder hat sie es etwa …

Mein Blick wandert zum Notizbuch. Nein, das darf ich nicht. Ich kann es nicht einfach aufschlagen und lesen, was darin steht.

Aber es juckt mich in den Fingern. Würde ich noch mehr davon finden? Schreibt sie Gedichte? Meine Neugierde vermischt sich mit Aufregung und brennt beinahe schmerzhaft in meiner Brust.

Wenn so viele schöne Worte in ihr stecken, so viele tiefe Gedanken, verstehe ich erst recht nicht, warum sie die versteckt.

Ich schiebe den Zettel mit dem Gedicht zurück ins Notizbuch.

Dass ich es gelesen habe, kann ich nicht leugnen. So schnell wird es mir nicht mehr aus dem Kopf gehen.

Die Situation ist wirklich dämlich. Wir stecken beide in der gleichen Situation. Doch die Mauern, die sie um sich hochgezogen hat, machen es nicht nur ihr unmöglich, sich zu öffnen, sondern hemmen auch mich. Ich würde zu gern meine Gedanken und aufgewühlten Emotionen mit ihr teilen. In ihr vielleicht jemanden finden, der mich versteht. Und jetzt noch dieses Gedicht. Damit bin ich mir endgültig sicher, dass sie so tickt wie ich.

Ich muss sie darauf ansprechen. Und hoffen, dass sie es mir nicht übel nimmt.

17. KAPITEL

Josie

Das Vibrieren meines Handys reißt mich aus meinem traumlosen Schlaf. Wie spät ist es? Eins? Zwei? Benommen greife ich danach. Ein Anruf. Anonym.

Sofort bin ich hellwach, und der Schleier vor meinen Augen verfliegt. Wer könnte das sein? Ist Dad was passiert? Oder hat Laura nur vergessen, wie spät es bei mir schon ist? Aber warum sollte sie mit unterdrückter Nummer anrufen?

Mit zittrigen Fingern wische ich den grünen Hörer nach rechts.

»Ja?«, hauche ich ins Telefon.

»Na, schläfst du schön, Josie? Selig und ruhig, hm?«

Eiskalte Gänsehaut zieht sich von meinem Nacken hinunter über meinen ganzen Rücken. Die tiefe Männerstimme kommt mir nicht bekannt vor.

»Wer … Wer ist da?«

»Das ist scheißegal. Ich will nur, dass du weißt, was für ein verlogenes Miststück du bist. Verkaufst deine Seele für ein paar Klicks und eine geile Story, genauso wie dein hohler, aufmerksamkeitsgeiler Freund. Ihr nehmt es einfach in Kauf, Existenzen zu zerstören.«

Ich sollte auflegen. Aber ich bin wie gelähmt. Nur das Zittern breitet sich aus.

»Ich wünsche dir, dass du nie wieder ruhig schlafen kannst. Keine einzige Nacht. Verpiss dich einfach. Ich will deinen hässlichen Namen nie wieder irgendwo lesen, klar?«

Endlich schaffe ich es, das Handy vom Ohr zu reißen. Ich hämmere wie wild auf das Display, bis ich endlich aufgelegt habe. Dann rutscht mir das Smartphone aus den Fingern. Mit rasendem Herzen starre ich in die Dunkelheit. Und bilde mir plötzlich ein, Schatten an der gegenüberliegenden Wand zu sehen. Ich weiß, dass das nicht sein kann. Alles ist ruhig. Ich bin allein hier. Aber mein Kopf will mir etwas anderes erzählen.

Was war das? Wer war das? War das eine Drohung oder nur jemand, der sich einen blöden Scherz erlaubt hat? Aber dafür klang es zu ernst.

Ich taste nach dem Schalter meiner Nachttischlampe. Das Licht malt noch größere Schatten an die Wand. Immerhin weiß ich jetzt, dass sie wirklich nur vom Ficus neben meinem Schreibtisch stammen. Die Stimme des Anrufers hallt in meinem Kopf nach und lässt mich nicht los, egal, wie sehr ich mich bemühe, ruhig zu atmen und einen klaren Gedanken zu fassen.

Er kennt meinen Namen, und er hat meine Nummer. Woher? Was ist hier gerade passiert? Mein Herz rast, und ich weiß nicht, was ich jetzt tun soll. Ich muss mit jemandem reden. Schnell greife ich nach meinem Handy und suche in der Kontaktliste nach meinem Dad. Mein Finger schwebt über dem Display. Es ist wie ein Reflex, ich möchte einfach nur meinen Papa anrufen, er soll die Monster unter meinem Bett verscheuchen. Die Monster, die ich rief. Doch zum ersten Mal in meinem Leben bin ich mir plötzlich nicht mehr sicher, ob Dad mir gerade helfen kann. Wenn ich ihn jetzt anrufe, steht er in fünfzehn Minuten vor meiner Tür, wahrscheinlich bepackt mit einer Isomatte und seinem Schlafsack. Und morgen würde er mit mir zur Polizei gehen und würde das Ganze noch größer machen und …

Die Panik zieht sich in meinem Magen zusammen. Ich kann das nicht. Er würde es nicht verstehen. Es gibt nur eine Person, die mich gerade wirklich verstehen könnte.

Meine Finger fliegen über die Kontaktliste und landen bei dem Buchstaben R. Mein Blick fällt auf die Uhrzeit. Es ist mitten in der Nacht. Ich kann ihn jetzt nicht anrufen. Was sollte ich sagen? *Hallo, hier ist Josie, hat dich auch gerade so ein Verrückter angerufen?* Ich würde keinen Ton herausbringen.

Meine Hände zittern bei dem Gedanken an den unbekannten Anrufer, und dann besiegt meine Angst die Scham. Ich muss jetzt einfach mit jemandem reden. Was, wenn der Typ noch mal anruft? Oder noch schlimmer, wenn er weiß, wo ich wohne?

> Hey Ryan, es ist spät, ich weiß, aber mich hat gerade ein Typ mit unterdrückter Nummer angerufen und mir gedroht, und ich bin total in Panik. Hat der sich auch bei dir gemeldet?

Mein Herz rast als ich die kleinen Häkchen beobachte, die den Status der Nachricht anzeigen. Ein grauer Haken. Gesendet. Zwei graue Haken. Zugestellt. Zwei blaue Haken. Gelesen! Er ist noch wach! Drei Punkte, die anzeigen, dass Ryan tippt.

»Whaaaat?! Gehts dir gut? Ich kapier es gerade noch nicht, wer hat dich angerufen? Hier war alles ruhig, ich check das Business-Handy. Moment.«

Alter! 25 Anrufe in Abwesenheit. Alle von einer anonymen Nummer. Was wollte der Typ von dir?!

Mir bricht der Schweiß aus. Fünfundzwanzig Anrufe in Abwesenheit. Der Kerl meint es ernst. Ich beiße die Zähne aufeinander. Wahrscheinlich hat der Kerl meinen Namen im Impressum gelesen und nachgeforscht, bis er auf meine private Nummer gestoßen ist. So ein Mist. So ein verdammter Mist! Ich atme schneller. Panik ergreift von mir Besitz. Was mache ich denn jetzt? Wer weiß, wer jetzt noch meine Nummer hat?

Josie? Alles klar? Ich habe die Nummer blockiert. Solltest du auch, dann ist zumindest vorerst Ruhe. Und mach dir nicht zu viele Sorgen. Hunde, die bellen, beißen nicht.

Ich atme aus und mache, was er geschrieben hat. Gefühlt habe ich seit Minuten die Luft angehalten.

Danke. Wahrscheinlich ist es wirklich nicht so schlimm, wie es im ersten Moment klang.

Ryan schreibt. Ich sehe die drei Punkte und fühle mich unendlich müde. Keine Müdigkeit, die einen schlafen lässt, sondern eine Müdigkeit, die lähmt und mich nicht zur Ruhe kommen lässt.

Was wollte er von dir?

Er hat wegen des Pure-Plates-Post angerufen. Hat mich beschimpft und mir gedroht. Es war schrecklich.

Oh Mann, das tut mir wirklich leid. Kann ich was tun?

Ich überlege. Gerade ist es einfach schön, nicht allein zu sein. Aber wir können uns ja schlecht die ganze Nacht schreiben.

Es tut gut, nicht allein zu sein.

Als ich die Worte abgeschickt habe, wird mir klar, dass wir uns noch nie auf diese Art geschrieben haben. Ob er auch darüber nachdenkt? Oder ist ihm das gar nicht bewusst?

Dann lasse ich dich nicht allein. Wenn ich nicht einschlafen kann, weil mir zu viel im Kopf rumgeht, sehe ich mir lustige Filme an. Am liebsten so richtig alberne Actiondinger. Was tust du, wenn du nicht schlafen kannst?

Ich muss lächeln. Es ist schön, etwas mehr über den Ryan außerhalb des Büros zu erfahren, außerhalb des Fitnessstudios und der coolen Fassade.

Ach ja, was ist dein Lieblings-nicht-einschlafen-Film?

Das verrate ich dir nur, wenn du mir auch etwas von dir verrätst.

Flirten wir etwa gerade? Seine Antwort klingt irgendwie so. Falls er mich ablenken will, klappt es aber. Meine Gedanken sind nicht mehr bei unheimlichen Anrufern, sondern bei Ryan.

Also schön: Ich trinke liebend gern abends im Bett noch eine heiße Schokolade. Aber nicht irgendeine, sondern die, bei der die kleinen Mini-Marshmallows mit drin sind. Und dann gehe ich mir nicht noch mal die Zähne putzen.

Die Antwort lässt nicht lange auf sich warten.

Das ist ja skandalös. Ich werde dich bei der Zahnärztekammer melden.

Wieder muss ich lachen.

Indiana Jones und der letzte Kreuzzug.

Ich habe noch nie einen Indiana-Jones-Film gesehen.

Was? Josie! Wie kannst du nur. Das ist eine Bildungslücke! Das müssen wir sofort ändern.

Jetzt sofort?

Ich bin mir sicher, dass er nur einen Scherz macht. Kurz bleibt der Chat still. Doch in der nächsten Nachricht ist ein Link. Ich klicke darauf, und die Seite von Amazon baut sich auf.

Meine Log-in-Daten sind: ryan@ryanmorley.com und das Passwort: ryanryan. Du hast kurz Zeit, dir eine heiße Schokolade zu machen, und dann legen wir los.

Mit steht der Mund offen. Meint er das ernst?

Sorry, was?

Sehr eloquent Josie. Normalerweise bin ich bei geschriebenen Worten schlagfertiger.

Ich habe den Film gerade ausgeliehen, wir können mit zwei verschiedenen Devices über meinen Account den gleichen Film schauen. Also mach dir deine Schokolade mit Marshmallows und dann sehen wir uns den Film gemeinsam an. Und weißt du, was das Beste ist? Du kannst nicht dazwischenquatschen.

Der Text endet mit einem Smiley, der Tränen lacht.

Dafür bin ich ja sonst über die Landesgrenzen hinaus bekannt 😀

Ich stelle die Milch für den Kakao auf den Herd. Während sie im Topf langsam warm wird, schleicht sich ein Lächeln auf mein Gesicht. Er lässt mich nicht allein. Ein Kribbeln breitet sich in meinem Magen aus, und die Angst vor dem Anrufer, der Shitstorm und meine sonstige Befangenheit im Umgang mit Ryan, ist wie weggeblasen.

Ich schrecke hoch, weil die Milch im Topf hochkocht, drehe den Gasherd aus und fülle die warme Milch und das dunkle Kakaopulver in meine größte Tasse. Die kleinen Marshmallows streue ich obendrauf und balanciere das Kunstwerk zu meinem Bett. Dort schnappe ich mir meinen Laptop und öffne den Link, den Ryan mir geschickt hat. Die Log-in-Daten funktionieren.

Einem spontanen Impuls folgend mache ich ein Foto von meiner Hand mit der dampfenden Tasse und dem Bildschirm, auf dem Harrisson Ford in Cowboymontur posiert.

Bereit.

Ryan braucht nicht lange für eine Antwort.

Auf drei. Eins. Zwei. Drei.

Ich drücke auf die Playtaste, und der Film startet.

Als ich am nächsten Morgen in der Redaktion ankomme, schaffe ich es kaum, meine Füße weit genug vom Boden hochzuheben, um nicht zu stolpern. Immerhin habe ich es hingekriegt, nicht in der U-Bahn wegzudösen und bis an die Endhaltestelle zu fahren. Mehr als drei Stunden habe ich nicht geschlafen. In Kombination mit dem Schlafmangel der Nächte zuvor eine gefährliche Mischung.

Mit gemischten Gefühlen betrete ich das Studio. Einerseits erleichtert es mich, dass Ryan schon am Tisch sitzt. Er sieht auf und lächelt, als ich näher komme. Ich bin dankbar, dass ich das alles nicht allein durchstehen muss. Dass er mich versteht.

Andererseits werden beim Anblick seines aufgeklappten Laptops und des Smartphones daneben meine Hände erneut schwitzig. Die Worte des Anrufers ziehen wie dunkle Wolken durch meinen Kopf und überdecken all die positiven Emotionen, die Ryans Anwesenheit gerade noch in mir ausgelöst hat.

»Du siehst echt scheiße aus«, sagt er.

»Danke für das Kompliment«, erwidere ich, lache aber.

»Du weißt schon. Hübsch bist du immer, da können auch die Augenringe nichts dran ändern.«

Meine Wangen beginnen schon wieder zu glühen, ich kann nichts dagegen tun.

»Aber wenn ich eine Statistin für einen Zombie-Film suchen würde, würde ich dich ohne Casting durchwinken. Da könnte man sich sogar das Make-up sparen.«

Ich lasse mich ihm gegenüber auf einen Stuhl sinken. Auf dem Tisch liegt mein Notizbuch, das ich gestern hier vergessen hatte. Freundlicherweise hat Ryan mir eine Nachricht geschrieben. Ich nehme es und lasse es in meiner Tasche verschwinden. Ich sehe Ryan an. Gestern Nacht war so schön, so vertraut. Und jetzt weiß ich mal wieder nicht, wie ich mich verhalten soll. Ich bin nach etwa einer Stunde Indiana Jones weggedöst und erst durch das Geräusch einer eingehenden Nachricht wieder aufgewacht. Ryans Frage wie ich den Film fand, musste ich mit einer kleinen Notlüge beantworten. Als er dann nach einer bestimmten Szene fragte und ich ihm zustimmte, dass die besonders lustig war, schrieb er nur: »Ertappt, die Szene gibt es gar nicht! Wann bist du eingepennt?« Auf mein Geständnis den halben Film verschlafen zu haben, antwortete er mir: »Hast du ein Glück, dass es fünf Teile gibt. Da gibt es sehr viel nachzuholen!«

Ich bin lange nicht mehr mit so einem kribbelig guten Gefühl eingeschlafen und am Morgen so schnell auf dem Boden der Tatsachen gelandet. Ein Blick auf mein Handy reichte, um meine Stimmung in den Keller zu drücken. Unter dem *London Lens* Beitrag waren siebenunddreißig neue Kommentare – und die nur diese Nacht. Niemand schreibt nachts nette Dinge, die Nacht gehört den Trollen im Netz. Ich wünschte wirklich, dass mir irgendjemand die Stelle im Social-Media-Team wegnehmen würde. Die Vorstellung irgendwo stupide Kopien zu erstellen oder Meetingräume zu bestücken, sieht auf einmal verstörend verlockend aus.

Ich starre auf Ryans Finger, durch die er sein Smartphone gleiten lässt. Wie es ihm wohl nach gestern Nacht geht? Wenn die *London Lens* schon viele Hasskommentare bekommt, toppt Ryans Account sicher alles. Er ist derjenige, der im Vergleich zu mir jeden Tag mit sehr viel mehr Hass konfrontiert wird. Und ich habe ihn gestern nicht einmal gefragt, wie er sich eigentlich mit dem Ganzen fühlt. Heute ist kein Display mehr zwischen uns, und meine lockeren Antworten gehen irgendwo zwischen meinem Kopf und meinem Mund verloren. Ich würde eh nicht die richtigen Worte finden, um es so rüberzubringen, wie ich es mir wünsche.

»Mich macht dieser dämliche Shitstorm wirklich fertig«, sage ich stattdessen nur. »Hört das denn gar nicht mehr auf?« Und dann noch der Anruf von gestern Abend. Ich schließe die Augen. Eigentlich müsste ich das der Polizei melden. Aber im Moment fehlt mir einfach die Kraft dazu.

»Das ist nicht der erste Shitstorm, den ich abkriege. Aber definitiv der schlimmste. Normalerweise war nach zwei, drei Tagen immer wieder Gras über die Sache gewachsen. Dann haben dir die Leute all ihren Hass vor die Füße gekotzt und sind weitergezogen. Das hier ist irgendwie ein ganz anderes Level. Und ich versteh echt nicht, warum.«

»Ich auch nicht. Es geht um ein paar tiefgefrorene Burgerpattys und überteuertes Vanilleeis. Warum regen sich alle so auf?«

Ryan lacht, und ich bin beinahe erstaunt darüber. Habe ich es wirklich geschafft, ihm gegenüber etwas Witziges von mir zu geben?

Erst jetzt bemerke ich Mrs Dawson. So wie sie im Türrahmen lehnt und an ihrem Cappuccino schlürft, muss sie wohl schon länger zugehört haben.

»Es geht um viel mehr als das, meine Lieben. Um Vertrauen zum Beispiel. Das Vertrauen in *Pure Plates* als Marke, das wir dadurch angekratzt haben. Auf der anderen Seite aber auch das Vertrauen in uns, die *London Lens*. Und die Menschen sind zurecht empört über unsere Falschmeldung. Ein solcher Fehler darf nicht passieren.« Sie presst die Lippen zusammen und schüttelt den Kopf. »Dieser Shitstorm trifft jetzt allerdings die Falschen. Ihr könnt am wenigsten für alles, was vorgefallen ist. Ihr habt weder für den Fall recherchiert, noch die Ergebnisse ausgewertet. Ihr habt nur euren Job gemacht, es zu verbreiten.« Sie stößt sich vom Türrahmen ab und kommt zu uns an den Tisch. »Das ist leichter gesagt als getan, ich weiß, aber bitte nehmt euch die Kommentare nicht so zu Herzen.«

Wenn es nur die Kommentare wären … Die Stimme des Anrufers von gestern Nacht dröhnt in meinem Kopf.

Sie lächelt, doch es erreicht ihre Augen nicht. »Es tut mir leid, dass ich nicht mehr Zeit habe, euch zur Seite zu stehen – sowohl jetzt als auch vor dem ganzen Drama. Ich hätte euch mehr an die Hand nehmen müssen. Wir in der Redaktion stehen aber hinter euch und nehmen die Schuld auf uns. Das sollten wir auch nach außen hin so kommunizieren.«

Ich würde sie für ihre Worte am liebsten umarmen. Der Zusammenhalt bei der *London Lens* ist noch schöner als all die Bonusaktivitäten und die leckerste Kantine der Welt. Trotzdem wünsche ich mir gerade, ich hätte mich hier nie für mein Volontariat beworben. Die Kommentare haben sich in meinen Kopf eingebrannt und drohen, jeglichen Rest meines Selbstwerts niederzufackeln.

»Das Problem ist, dass die Kommentare und Nachrichten nicht mehr aufhören«, sagt Ryan, nimmt sein Handy in die Hand und tippt darauf herum. »Hier. Schon wieder zwanzig neue Nachrichten, seit ich hier bin. Und ich komme nicht dagegen an, egal, was ich in meinen Statements sage. Meine Karriere ist bald endgültig im Arsch. Ich weiß nicht mehr weiter.« Er wirft mir einen besorgten Blick zu, und ich weiß genau, worauf er anspielt. »Und um zu wissen, wie es Josie damit geht, muss man sie nur ansehen.«

Mrs Dawson stellt ihre Tasse mit dem Cappuccino vor sich ab und tippt mit den Fingerspitzen auf dem Porzellan herum. »Habt ihr schon von dem Angebot von Mrs White gehört?«

Ich runzle die Stirn und tausche einen Blick mit Ryan. Doch der sieht genauso verwirrt aus, wie ich mich fühle.

Hoffentlich blamiere ich mich mit meiner Nachfrage nicht. »Mrs White? Sagt mir nichts, vielleicht eher der Vorname?«

»Rachel hat dir nicht von Mrs White erzählt?« Mrs Dawson klingt, als hätte Rachel vergessen zu erwähnen, dass wir beim Unterschreiben des Arbeitsvertrags drei Waschmaschinen mitgekauft haben.

»Offensichtlich nicht, nein. Oder ich hab es wieder vergessen.«

»Mrs White ist unsere Psychologin. Sie kommt zweimal in der Woche am Nachmittag zu uns in die Redaktion. Die Recherchen in unserem Investigativbereich sind oft sehr fordernd. Daher möchte ich als Arbeitgeberin meinen Mitarbeitenden die bestmögliche Unterstützung anbieten.«

Ich bin nicht mal mehr überrascht. Wahrscheinlich bietet sie uns gleich noch auf Kosten des Magazins eine Massage an.

»Wie ihr wisst, liegt uns die Gesundheit unserer Kolleginnen und Kollegen sehr am Herzen. Nur wer gesund und glücklich ist, kann kreativ sein und Leistung bringen. Deswegen haben wir die Stelle letztes Jahr etabliert. Wir bieten allen, die sich zu gestresst fühlen oder Probleme im Arbeitsumfeld oder außerhalb der Arbeit haben, eine kostenlose Beratungssitzung in der Woche an. Und es funktioniert. Viele aus der Redaktion haben es sehr gern angenommen, und es scheint ihnen auch zu helfen.«

Ich werde hellhörig. Das klingt wirklich zu gut, um wahr zu sein. »Gilt das also auch für uns?«

»Natürlich, deswegen sage ich es ja. Ich dachte, ihr hättet euch schon längst mal mit Mrs White zusammengesetzt. Das hilft euch sicher, mit dem Shitstorm besser klarzukommen.«

Ryan schüttelt den Kopf. »Na ja. Rückgängig machen kann die es auch nicht. Wir müssen das einfach aussitzen und das Beste hoffen.«

»Ich halte das für ein wahnsinnig tolles Angebot. Kann doch nicht schaden.« Zumindest versuche ich, mir das einzureden. Mit einer fremden Person offen über meine Gedanken und Gefühle zu reden, kommt mir vor, als müsste ich morgen unvorbereitet am London-Marathon teilnehmen. Allerdings haben die Nachrichten und Kommentare mich so fest im Griff, dass ich gerade nach jedem Strohhalm greifen würde, um endlich wieder klar denken zu können und mit all den Vorwürfen und Selbstzweifeln klarzukommen. Sobald ich darüber nachdenke, tauchen sie schon wieder in meinem Kopf auf.

Sie wollten einfach Hunderte Leute arbeitslos machen, nur für ein paar Klicks. Wie skrupellos kann man sein?

Gefällt mir. Dieser Z-Promi und das dünne Mädchen haben sich ja besonders aufgespielt. Tut richtig gut jetzt zuzusehen, wie sie auf die Schnauze fliegen.

Ich atme tief durch und schüttle die Gedanken ab.

So eine Beratung würde mir sicher nicht schaden. Zum Glück ist hier alles unverbindlich.

Ryan zuckt mit den Schultern und schaut zwischen Mrs Dawson und seinem Laptop hin und her. »Weiß nicht. Für mich ist das glaube ich nichts. Aber ich überlegs mir mal.«

Das macht den Reiz, es auszuprobieren, nur umso größer. Vielleicht kann ich ihm ja davon erzählen, wenn es mir guttut, und ihn vom Gegenteil überzeugen.

18. KAPITEL

Josie

Zum dritten Mal laufe ich auf dem Flur an Mrs Whites Zimmer vorbei. Ich bin zehn Minuten zu früh dran. Trotzdem habe ich Angst, zu spät zu kommen. Wahrscheinlich muss ich noch zwanzig weitere Runden drehen, bevor ich mich traue, vor der Tür stehen zu bleiben und zu klopfen.

Das habe ich nicht mit einberechnet.

In ihrer Mail hat sie sehr nett gewirkt und schon allein weil sie bei der *London Lens* arbeitet, kann sie nur ein lieber Mensch sein. Allerdings hilft das nicht, meine Ängste unter Kontrolle zu bekommen.

Was, wenn sie mir gleich erzählt, sie kann mir bei einer solchen Banalität wie diesem Shitstorm nicht helfen? Wenn sie denkt, ich will mich nur in den Mittelpunkt stellen und Aufmerksamkeit oder Mitleid bekommen? Oder noch schlimmer, wenn ich vor ihr sitze und kein Wort herausbekomme? Vielleicht schaffe ich es nicht, mich zu öffnen und ihr die Situation richtig zu erklären. Dann kann sie mir erst recht nicht helfen.

Plötzlich werden meine Zweifel so laut, dass sie sogar meinen nervösen Herzschlag übertönen. Mein Blick wandert den Flur hinunter. Wenn ich einfach nicht reingehe …

Nein. Ich gebe mir einen Ruck und bleibe endlich stehen. Es kann so nicht weitergehen. Ich kann jetzt keinen Rückzieher machen. Und wenn es ganz furchtbar wird, kann mich niemand zwingen, einen Folgetermin zu vereinbaren.

Ich atme tief durch, hebe die Hand und klopfe an.

»Hereinspaziert«, schallt es durch die Tür.

Als ich sie aufschiebe, fühlt es sich an, als wäre sie aus Blei. Vielleicht liegt es aber auch nur daran, dass keine Kraft mehr in meinen Muskeln übrig ist. Ich brauche jeden Funken davon, um mich zu überwinden, wirklich hineinzugehen. Meine Füße sind ebenso schwer und machen es mir fast unmöglich, sie vom Boden zu heben. Aber ich lasse mich nicht davon beeindrucken.

Eine Frau Mitte fünfzig sitzt auf der rechten Seite hinter einem Schreibtisch und lächelt mich über den Rand ihrer Brille hinweg an. »Guten Morgen. Miss Barnes, nehme ich an?«

»Josie, ja. Bin ich zu früh?«

»Nein, Sie kommen genau richtig, Miss Barnes.« Hat sie nicht vor, mich zu duzen? Damit wäre sie die Erste in der Redaktion, die mich mit meinem Nachnamen anspricht.

Der Klang ihrer Stimme ist jedoch so zuversichtlich und beruhigend zugleich, dass ich mich dennoch willkommen fühle. »Nehmen Sie doch schon mal Platz. Gern auf dem Sofa, da ist es gemütlicher als hier am Schreibtisch.«

Sie deutet nach links, zu einer himmelblauen Couch. Gegenüber stehen zwei dazugehörige Sessel, in der Mitte ein Eichenholztisch. Was mir ebenfalls auffällt, sind die unzähligen Topfpflanzen. Sie stehen auf dem Couchtisch, neben dem Fenster oder dienen als Raumtrenner zwischen Schreibtisch und Sofaecke und verleihen dem Zimmer einen heimeligen Touch. Das hier fühlt sich überhaupt nicht an wie ein Büro. Viel mehr wie ein Wohnzimmer.

Trotzdem sind meine Schritte noch schwer, als ich zum Sofa hinübergehe. Ich setze mich vorsichtig auf die vordere Kante, traue mich nicht, nach hinten zu rutschen. Dann würde ich sicher in den Polstern versinken und unabsichtlich darin herumlungern, als würde ich die Situation überhaupt nicht ernst nehmen.

Mrs Whites Stift kratzt über Papier. Dann schnappt sie sich ein Klemmbrett, das neben einem Stapel mit Unterlagen liegt, und kommt zu mir herüber.

»Kann ich Ihnen etwas anbieten? Wasser, Kaffee, Tee?«

Schnaps, bitte. »Nein, danke«, krächze ich. Vielleicht wäre angesichts meines trockenen Halses ein Schluck Wasser doch gut gewesen, aber ich will ihr keine Umstände machen.

Sie lässt sich Zeit, um sich mir gegenüber in einen der Sessel zu setzen, die Beine überzuschlagen und etwas auf ihrem Klemmbrett zu notieren. Ihre gemusterte Bluse wirkt altbacken, durch die kräftigen Gelbtöne aber irgendwie auch aufmunternd.

»Schön, dass Sie heute hergefunden haben, Miss Barnes. Bestimmt hat Ihnen Mrs Dawson schon einiges über mich erzählt, aber ich will mich trotzdem noch mal selbst vorstellen.« Sie erzählt in knappen Worten von ihrer akademischen Laufbahn und ihrer langjährigen Erfahrung in verschiedenen Therapiezentren in London und Glasgow.

Es tut gut, ihr zuzuhören. Sie scheint wirklich Ahnung von dem zu haben, was sie tut. Außerdem bin ich froh, dass nicht ich diejenige bin, die mit dem Reden beginnen muss.

»Ich hoffe, es ist für Sie in Ordnung, dass ich Sie mit Ihrem Nachnamen anspreche. Ich weiß, in der Redaktion haben Sie alle ein sehr familiäres Verhältnis. Aber in meinen Beratungen würde ich gern eine gewisse professionelle Distanz wahren.«

Ich nicke.

»Sie fragen sich sicher auch, wie ein Termin mit mir abläuft?«, fügt sie noch an, als sie mit ihrer Vorstellung fertig ist.

Ich nicke. Solange sie spricht, muss ich es nicht tun. Ihre beruhigende Stimme und ihre unaufgeregte Art helfen, meine Anspannung zu lindern.

»Diese vier Wände sind ein geschützter Raum. Das bedeutet, dass alles, was hier drin erzählt wird, auch hier drin bleibt. Sie können also alles ansprechen, was Ihnen auf der Seele liegt, ohne zu befürchten, Ihre Kollegen – oder Mrs Dawson – könnten etwas davon erfahren. Egal, ob beruflich oder ganz persönlich. Alles, was Sie loswerden wollen.« Sie lächelt und ich schaffe es sogar, ihr in die Augen zu sehen und es zu erwidern. »Sie sollen aber auch wissen, dass Sie mir nicht auf alles eine Antwort geben müssen. Das Wichtigste ist, dass Sie sich wohlfühlen. Gerade am Anfang einer psychologischen Beratung kann es unter Umständen schwer sein, sich ganz zu öffnen. Aber wir haben es nicht eilig. Lassen Sie sich so viel Zeit, wie Sie möchten. Trotzdem muss Ihnen natürlich klar sein, dass ich Ihnen am besten helfen kann, wenn Sie offen und ehrlich zu mir sind. Kenne ich wichtige Informationen nicht, kann ich Situationen nur schwer einordnen. Aber es muss nicht alles auf einmal sein. Wir gehen so weit, wie Sie gehen wollen.«

»Klingt gut.«

»Also wollen Sie mir erzählen, was Sie heute hergebracht hat?«

Ich starre auf meine ineinander verschlungenen Hände. Natürlich will ich das. Ich habe mir die Worte in den letzten Tagen genau zurechtgelegt, die Situation Hunderte Male durchgespielt. Doch plötzlich sind die Worte aus meinem Kopf verschwunden. Wo soll ich nur anfangen?

»Haben Sie die Sache mit *Pure Plates* mitbekommen?«, frage ich schließlich.

»Die Anschuldigungen, die sich als falsch herausgestellt haben? Ja.«

Ich atme auf. Das macht es schon mal leichter. »Auch den riesigen Shitstorm?«

»Nur am Rande.«

Eigentlich will ich überhaupt nicht darüber reden. Das Thema drängt sich wie eine unheilvolle Gewitterwolke in meinen Kopf. Ich will sie sofort wieder wegpusten. Nicht darüber nachdenken, alles vergessen. Aber ich weiß, dass es nicht so einfach ist. Ich muss darüber reden, wenn ich will, dass es irgendwann verschwindet. »Ich mache Social Media zusammen mit Ryan. Wir waren mehr oder weniger dafür verantwortlich, dass die Info online verbreitet wurde. Leider nehmen es die Menschen im Internet sehr persönlich. Es wird online von allen Seiten aus regelrecht so getan, als wären wir allein für die ganze Recherche, die ganze Story verantwortlich.« Ich werfe Mrs White einen vorsichtigen Blick zu. Doch sie schaut nur interessiert zurück und hört zu. »Influencer haben sich gegen uns verbündet und verbreiten Hass und Hetze gegen uns. Ich verstehe wirklich nicht, warum. Ich habe niemanden persönlich angegriffen und niemandem etwas getan. Mein Gesicht ist nicht mal zu sehen, sondern nur Ryans, abgesehen von der Story, die Ryan hochgeladen hat. Aber da habe ich auch nichts gesagt.«

»Es richtet sich also nicht nur gegen das Magazin, sondern auch gegen Sie als Person?«

»Wenn es nur gegen die *London Lens* gehen würde, wäre das schon hart, und ich würde mir bestimmt auch Vorwürfe machen. Aber ich könnte es, glaube ich, besser wegstecken.«

»Das können Sie mit diesen Vorwürfen also nicht?«

»Nein. So frage ich mich die ganze Zeit nur, was ich falsch gemacht habe und ob ich vielleicht wirklich ein schlechter Mensch bin.«

Mein Blick fällt auf den großen Taschentuchspender auf dem Tisch. Wird der oft benutzt? Wie viele Tränen hier wohl jeden Tag fließen?

»Was gibt Ihnen dieses Gefühl? Sie bekommen also Kommentare und Nachrichten, die Sie angreifen? Wie darf ich mir das genau vorstellen?«

»Genau diese Kommentare und Nachrichten sind das Problem. Da steht so was drin wie …« Einem Impuls folgend ziehe ich mein Handy hervor und öffne meine Instagram-Seite. Fünfzehn neue Benachrichtigungen. Über Ryans Story neulich hat wohl irgendwer meinen Privataccount gefunden und verbreitet, wer ich bin. Seitdem machen sich manche einen Spaß daraus, mich anzufeinden.

Mit zittrigen Fingern tippe ich auf den Ordner mit den Nachrichtenanfragen und öffne die neuste und lese sie laut vor: »*Wenn du dich einfach erschießen würdest, wäre die Welt wieder ein besserer Ort.*« Ich schlucke, doch mein Hals ist so trocken, dass ich das Gefühl habe zu ersticken. Ich brauche einen Moment, um mich zu sammeln, bevor ich eine weitere Nachricht öffnen kann.

»Oder: *Wer bei einem so skrupellosen, verlogenen Drecksverein arbeitet, kann selbst nur Abschaum sein.*« Tränen brennen hinter meinen Augen. Wie kann man nur so bösartig sein?

Das war genug. Schnell stecke ich das Handy wieder weg.

Mrs White nickt und notiert etwas, sagt aber nichts. Ich überlege, ihr auch noch von dem Anruf neulich zu erzählen, entscheide mich aber fürs Erste dagegen. Ich will sie nicht mit zu vielen Punkten auf einmal überfordern oder sogar nerven.

Sie schaut von ihrem Klemmbrett auf, direkt in meine Augen, und legt den Kopf schief. Obwohl aufrichtiges Interesse und Verständnis in ihrem Blick liegen, kann ich ihm nicht lange standhalten.

»Das klingt wirklich nicht schön. Was machen diese Kommentare mit Ihnen? Wie fühlen Sie sich damit?«

Ich betrachte meine Schuhspitzen. Es ist schwer, die Worte über meine Lippen fließen zu lassen, statt sie einfach hinunterzuschlucken. Aber ich muss sie endlich loswerden. Wenn nicht hier, wo sonst?

»Ziemlich schlecht. Ich habe ein schlechtes Gewissen und fühle mich nutzlos und wertlos, wenn ich so was lese. Ich denke den ganzen Tag darüber nach.«

»Verständlicherweise. Damit geben Sie diesen Kommentaren allerdings viel Raum und große Macht über Sie.«

Erstaunt blicke ich auf. »Ja, das stimmt irgendwie, aber ich kann meine Gedanken und Gefühle ja nicht einfach abstellen.« Wie hat sie es geschafft, dass wir nach wenigen Minuten schon so tief in der Sache drinstecken? Und vor allem: Wie macht sie es, dass ich mich in ihrer Gegenwart so wohlfühle, dass ich mehr als ein Hallo und ein paar oberflächliche Takte herausgebracht habe?

»Das nicht. Aber vielleicht könnte es Ihnen schon ein wenig helfen, sich deutlich vor Augen zu halten, dass diese Menschen nichts über Sie als Person wissen. Die Kommentare klingen natürlich sehr persönlich, und sind es auf den ersten Blick auch. Sie sind eindeutig mit der Absicht geschrieben, Sie zu verletzen und zu verunsichern. Trotzdem richten sie sich nicht gegen Sie als Person. Das geht ja gar nicht, wenn diese Menschen Sie nicht kennen.«

Mit einem Mal komme ich mir dumm vor. Was sie sagt, ist so offensichtlich. Warum habe ich das selbst noch nicht aus diesem Winkel betrachtet? »Wow … Das macht Sinn. Da hätte ich auch selbst draufkommen müssen.«

»Nein, hätten Sie nicht. Wir leben alle in unseren eigenen Gedanken- und Gefühlswelten und stecken dort gewissermaßen fest. Manchmal braucht es einen kleinen Anstoß von außen, um die Dinge im neuen Licht betrachten zu können. Und dafür bin ich ja da.«

Sie lächelt so warm, dass mein Herzschlag ruhiger wird.

Ich rutsche ein Stück nach hinten, bis mein Rücken an die Sofalehne stößt. »Also denken Sie, wenn ich das berücksichtige, fühlt sich alles nicht mehr so schlimm an?«

»Um eine sinnvolle und nachhaltige Lösung zu finden, sollten wir uns erst ansehen, warum Sie diese Kommentare überhaupt erst so nahe an sich herangelassen haben. Aber das ist nichts für heute, sondern etwas, das uns länger beschäftigen wird, wenn Sie sich für weitere Beratungstermine entscheiden. Ich begleite Sie gern weiter im Umgang mit diesem Thema.«

Auch, wenn ich es nicht ausspreche: Ich bin mir jetzt schon sicher, wie meine Entscheidung ausfallen wird. So schwer es auch ist, mich einer Fremden anzuvertrauen, so gut tut es auch, meine Gedanken in Worte zu fassen.

Echte Worte, die ich an einem sicheren Ort aussprechen kann und die sich jemand interessiert anhört, statt Worte in einem Notizbuch, das nie jemand außer mir aufschlagen wird.

19. KAPITEL

Josie

Als ich heute das Zimmer von Mrs White betrete, sind meine Füße leichter als beim letzten Mal. Zwar klopft mein Herz immer noch ein wenig schneller als gewöhnlich, aber damit komme ich klar.

Ich bleibe auf der Schwelle stehen und räuspere mich.

Mrs White sieht von ihrem Schreibtisch auf. Ein warmes Lächeln breitet sich auf ihren Lippen aus, das meinen Herzschlag sofort ruhiger werden lässt.

»Guten Morgen, Miss Barnes. Oder Mahlzeit?« Sie wirft einen Blick auf die Uhr an der Wand über der Couch und winkt ab. »Nicht so wichtig. Kommen Sie rein!«

Ich schließe die Tür hinter mir und mache ein paar Schritte ins Zimmer hinein, während Mrs White sich ihr Klemmbrett und einen Kugelschreiber schnappt und um den Schreibtisch herumkommt.

»Setzen Sie sich.« Sie deutet auf die Couch. »Und wollen Sie diesmal etwas trinken? Wasser? Kaffee?«

»Gerade nicht, danke.« Ich komme ihrer Anweisung nach und lasse mich langsam in die weichen Polster sinken.

Mrs White nimmt mir gegenüber im Sessel Platz.

Mit einem Mal fällt mir auf, dass ich sie nicht begrüßt habe. Jetzt denkt sie sicher auch, dass ich total überheblich und unfreundlich bin. Ich rutsche noch etwas tiefer. Können mich die Polster nicht einfach verschlucken?

Seelenruhig gießt sie sich etwas aus der Wasserflasche ein. Ob ich etwas sagen soll? Aber was? Wo soll ich anfangen?

Zum Glück ergreift Mrs White das Wort. »Wie ist es Ihnen seit letzter Woche ergangen?«, fragt sie mit einer so warmen Stimme, dass es mir schwerfällt zu glauben, dass sie mir die fehlende Begrüßung übel nimmt.

Ich denke kurz über ihre Frage nach. »Womit genau? Dem Shitstorm? Oder wie meinen Sie das?«

»Wie es Ihnen geht, was Sie beschäftigt hat, wie es mit der Situation von letzter Woche weiterging …«

Das waren zu viele Fragen auf einmal. Meine Gedanken ziehen sich zurück in ihr Schneckenhaus.

Mit einem Mal lastet unglaublicher Druck auf mir. Obwohl ich genau weiß, dass das Quatsch ist. Mrs White sieht mich geduldig an, mit diesem leichten Lächeln, das mir vermutlich klarmachen soll, dass ich alle Zeit der Welt habe.

Vor dem Termin habe ich mir wie beim letzten Mal auch schon alle Themen zurechtgelegt. Gestern Nacht habe ich die ganze Stunde im Kopf durchgespielt, immer wieder, und dabei ganz genau gewusst, was ich sagen will. Doch jetzt scheint mir nichts bedeutend genug.

»Aber genau das ist eben das Problem«, sage ich deswegen schließlich.

»Was ist das Problem?«, hakt sie nach.

»Das Erzählen. Ich bin nicht besonders gut darin.«

»Müssen Sie auch nicht sein. Wir haben genug Zeit und wenn ich etwas nicht verstehe, kann ich nachfragen.«

»Nein, ich meine … wenn Sie mich so fragen, was los war, was mich beschäftigt … dann macht mein Kopf sofort dicht und mir fällt nichts mehr ein.«

Sie rückt ihre Brille zurecht. »Nur hier bei mir? Oder kennen Sie das auch aus anderen Situationen?«

Ich starre auf den kleinen Tisch mit der Taschentuchbox zwischen uns und überlege. Eigentlich ist es immer so. Egal ob in der Uni, in der Redaktion oder auf Partys. Sobald ich etwas von mir erzählen soll, ist plötzlich nichts außer Watte in meinem Kopf. Besonders schlimm, wenn Ryan mir gegenübersteht …

»Wenn ich so drüber nachdenke, kenne ich es eigentlich gar nicht anders. Es ist immer so. Ich rede sowieso nicht besonders viel. Ich bin eher die stille Zuhörerin.«

»Und warum bezeichnen Sie das als Problem?«

Ich schaue von der Tischplatte auf und runzle die Stirn. Was ist das denn für eine doofe Frage? »Ist das nicht offensichtlich?«

Mrs White lächelt. »Vielleicht. Ich würde es aber gern von Ihnen hören. Mich interessiert Ihre Sicht auf die Dinge.«

»Okay. Na, weil …« Ich stocke. Ja, warum eigentlich?

So dumm war die Frage doch nicht.

Die Uhr über meinem Kopf tickt leise.

Ich denke an meinen letzten Arbeitstag mit Ryan. An all die Dinge, die ich ihm gern gesagt, ihn gern gefragt hätte. »Weil in meinem Kopf so viel los ist. Viel mehr, als ich normalerweise rauslasse. Aber manchmal würde ich das doch gern mit jemandem teilen. Vor allem mit den richtigen Menschen.« Habe ich das gerade wirklich ausgesprochen? Einfach so, ohne groß darüber nachzudenken?

Egal, ob es an Mrs Whites beruhigender Ausstrahlung, dem gemütlich eingerichteten Zimmer oder meiner eigenen Verzweiflung liegt, dass die Worte so ohne Weiteres aus mir herausgeflossen sind – innerlich juble ich deswegen.

»Das kann ich mir sehr gut vorstellen«, antwortet Mrs White und notiert lächelnd etwas auf ihrem Blatt.

Zu gern würde ich mich nach vorn beugen und einen Blick auf ihre Notizen werfen. Aber ich weiß, dass die nicht für meine Augen bestimmt sind.

Mrs White lässt den Stift sinken und schaut wieder zu mir. »Gibt es denn Menschen, mit denen Sie Ihre Gedanken ungefiltert teilen?«

Ich nicke. »Ja. Leider nur wenige. Mit meinem Dad und meiner beste Freundin. Aber die ist gerade in Chile.«

»Was ist bei Ihrem Dad und Ihrer besten Freundin anders? Warum erzählen Sie ihnen mehr als zum Beispiel anderen Freunden, Verwandten oder Kollegen?«

»Ist das nicht normal?«, frage ich. »Wäre doch komisch, wenn ich meinen Kollegen hier in der Redaktion genauso viel aus meinem Leben erzählen würde wie meinen Eltern?«

»Solche Begriffe wie normal oder unnormal spielen in diesen vier Wänden keine Rolle. Das ist kein guter Maßstab. Was ist schon normal? Jeder Mensch ist unterschiedlich in seinem Denken und Handeln, und das ist gut so.« Sie schmunzelt.

Das klingt aus ihrem Mund nicht wie ein Vorwurf. Im Gegenteil. Ihre Worte erleichtern mich. Normalerweise hätte ich mich für meine ungünstige Wortwahl geschämt. Gerade geht es mir damit aber gar nicht schlecht.

»Aber um Ihre Frage zu beantworten: Es gibt verschiedene Typen. Und ich kenne durchaus Menschen, die ihren Kolleginnen sogar mehr erzählen als ihren Familien. Angefangen damit, was sie zum Frühstück gegessen haben, bis zu intimen Themen, wie zum Beispiel dem detaillierten Grund für ihren letzten Ehestreit. Manche Menschen erzählen so etwas sogar Fremden, die sie im Bus treffen.«

Da hat sie recht. Das ist der Typ Mensch, den ich gleichzeitig fürchte und beneide.

Ich schüttle den Kopf. »Das könnte ich nie. Nein, ich muss jemandem voll und ganz vertrauen, damit ich mich öffnen kann.«

»Das ist doch eine schöne Erkenntnis.« Die sie offensichtlich direkt auf ihrem Blatt notiert.

Meine angespannten Muskeln lockern sich etwas. Das Lob tut gut. Ich bin auf dem richtigen Weg. Und sie scheint mich zu verstehen. Sie verurteilt mich nicht. Am liebsten würde ich ihr sagen, wie gut sich das anfühlt, kann mich allerdings nicht dazu durchringen.

»Dann sollten wir auf jeden Fall noch herausfinden, warum das so ist, finden Sie nicht auch?«

Ich nicke.

»Wenn ich Sie richtig verstehe, würden Sie also gern daran arbeiten, sich anderen besser öffnen zu können?«

»Ja, das wäre schön.«

Ihre braunen Augen strahlen eine Zuversicht aus, die ich wie ein Schwamm in mich aufsauge.

»Ihr Ziel sollte nie sein, sich zu verbiegen. Das wollen wir hier nicht erreichen – und das könnten Sie gar nicht dauerhaft. Aber ich verstehe Ihren Wunsch, Ihr Inneres ein wenig nach außen zu kehren. Das könnte auch Ihren Sozialkontakten und Ihrem beruflichen Werdegang zugutekommen. Und ich bin guter Dinge, dass Sie das in einem sinnvollen und gesunden Maße schaffen.«

Mein Herz macht einen Hüpfer.

Sie legt ihr Klemmbrett verkehrt herum auf der Tischkante ab und nimmt einen Schluck von ihrem Wasser. »Wie schon erwähnt würde ich dafür gern zuerst mit Ihnen ein wenig nachforschen, woher Ihre Zurückhaltung kommt. Und wenn wir diesen Punkt geknackt haben, können wir uns gemeinsam Wege und kleine Tricks überlegen, wie Sie mehr aus sich herauskommen können. Das wird alles Zeit brauchen. Aber wenn Sie bereit sind, daran zu arbeiten, können Sie einiges erreichen. Was sagen Sie dazu?«

Meine Fingerspitzen kribbeln vor Aufregung und Vorfreude. »Das klingt wundervoll.«

20. KAPITEL

Ryan

Josie stellt ihr Tablett mir gegenüber ab, setzt sich und betrachtet mit einem breiten Lächeln ihr Mittagessen. In ihrer Schüssel türmen sich beinahe alle Farben des Regenbogens. Gelbe Kichererbsen und Quinoa, grüne Edamame und grüner Salat, rote Tomaten, rosa Lachs und ein Klecks weißer Soße.

Meine Shepherd's Pie sieht daneben aus, als wäre es die Endform ihres Gerichts – schon dreimal verdaut. Allerdings weiß ich, dass sie wesentlich besser schmecken wird, als sie aussieht. Diese Caféteria ist einfach der Wahnsinn. Auch wenn in großen Mengen gekocht wird, ist alles so lecker und frisch wie aus einem Restaurant.

Noch dazu ist das Raumkonzept hier wirklich durchdacht. Durch die hohen Pflanztöpfe, die die Tische voneinander abtrennen, hat man nicht das Gefühl, in einer Großkantine zu sitzen, sondern sogar ein wenig Privatsphäre zu haben.

»Du isst ja noch gar nicht«, sagt Josie und deutet mit der Gabel auf meinen Teller, bevor sie sie in ihrer Bowl versenkt.

»Hab auf dich gewartet. Wollte nicht unhöflich sein.«

Sie zuckt mit den Schultern. »Ach, wird doch nur kalt.«

Ihre Gabel ist so voll, dass ich die Zinken unter dem Essen nicht mehr erkenne. Ohne noch etwas davon abzustreifen, steckt sie sich alles in den Mund.

Beim Kauen kann sie ihn kaum geschlossen halten, so voll ist er. Ich verkneife mir ein Grinsen und mache mich über meine Shepherd's Pie her. Und ich hatte recht. Sie ist absolut köstlich.

Als Josie nach der Glasflasche neben ihrem Tablett greift, stößt sie mit dem Ellbogen gegen ihre riesige Handtasche, die neben ihr steht. Sie kippt um. Der Inhalt verteilt sich über den halben Tisch.

Josie hält inne, starrt schwermütig auf die verteilten Zettel aus ihrem Arbeitsordner, Mappen und Stifte und seufzt. Ich helfe ihr beim Einräumen. Ihr wunderschönes Notizbuch liegt gefährlich nahe an ihrem Teller. Nicht dass es noch einen Klecks weißes Dressing abbekommt.

»Darf ich das weglegen? Wäre voll schade, wenn es dreckig wird«, frage ich und deute auf das Notizbuch.

»Klar, danke, das ist lieb von dir.« Sie stopft die anderen Sachen hektisch zurück in ihre Tasche.

Ich greife über den Tisch und hebe es vorsichtig hoch. Sofort muss ich wieder daran denken, dass darin sicher nicht nur Einkaufszettel und To-dos notiert sind – sondern wahrscheinlich mehr dieser wunderschönen Gedichte. Die goldenen Seiten üben immer noch eine solche Faszination auf mich aus, dass ich andächtig mit dem Zeigefinger über den Rand streiche, bevor ich es hinter die Tasche lege. »Das ist echt unglaublich hübsch.«

Soll ich sie doch noch auf das Gedicht ansprechen, das ich gefunden habe? Als sie neulich das Notizbuch vergessen und am nächsten Tag wieder eingesteckt hat, habe ich einfach die Klappe gehalten. Dass mir einer der Zettel rausgefallen ist, klingt erfunden. Ich hatte Angst, sie könnte denken, ich hätte darin geblättert.

Allerdings ist der Drang, sie endlich darauf anzusprechen, so groß, dass ich mich nicht mehr zurückhalten kann.

»Neulich, als du es auf dem Fensterbrett vergessen hast, da wollte ich es nur auf den Tisch zurücklegen. Aber es ist mir runtergefallen, und ein Zettel ist rausgesegelt.«

Josie verschluckt sich. Sie hält sich die Hand vor den Mund und hustet kläglich. Oh Mann. Also doch kein gutes Thema.

Ich reiche ihr ihre Flasche, und sie nimmt einen Schluck. Danach scheint sie sich wieder halbwegs gefangen zu haben.

»Was für ein Zettel?«, fragt sie leise. Ihre Wangen sind mit einem Mal leuchtend rosa. Die Farbe steht ihr erstaunlich gut und lässt sie nur noch süßer wirken.

»Ein Zettel mit einem Gedicht über den Herbst.«

Josie weicht meinem Blick aus. »Und hast du es … gelesen?«

Das ist eigentlich schon Antwort genug. Das Gedicht ist von ihr. Sie hat es geschrieben.

»Sorry, ich weiß, das hätte ich nicht gesollt … aber, ja. Ich war einfach zu neugierig.«

Sie presst die Lippen aufeinander und sieht aus, als würde sie auf eine Ohrfeige warten. Warum ist sie so verunsichert?

»Ich fand es unglaublich gut. Es hat mich echt zum Nachdenken gebracht.«

Die Anspannung fällt sichtbar von ihr ab, und sie lächelt sogar in ihre Bowl hinein. »Danke … und ist schon okay. Ich hätte es wahrscheinlich auch gelesen, wenn ich in der Situation gewesen wäre. Aber hast du …«

»Nein, nein, ich hab natürlich nicht im Notizbuch gelesen!« Ich schüttle energisch den Kopf. »Würde ich nie machen. Jetzt, wo ich weiß, wie gut du schreiben kannst, würde ich natürlich gern mehr davon lesen, aber das ist deine Entscheidung, ob du mir was davon zeigen willst oder nicht.«

Sie stochert in ihrem Essen herum. »Ich denk mal drüber nach.«

Also nein. Ich versuche, meine Verunsicherung mit einem weiteren Bissen Shepherd's Pie zusammen hinunterzuschlucken. Warum vertraut sie mir so wenig?

»Das heißt, du hast noch nichts davon veröffentlicht?«

Ihre Wangen nehmen langsam wieder eine normale Farbe an.

»Darüber nachgedacht hab ich schon oft, aber letztendlich hab ich mich noch nicht getraut.«

»Warum nicht?«

Sie zuckt mit den Schultern und spießt ein einzelnes Salatblatt auf. »Man macht sich damit ziemlich angreifbar und verletzlich, findest du nicht?«

Ich verstehe sofort, was sie meint. In diesen Texten stecken vermutlich all die Gedanken und Emotionen, die sie sonst so akribisch zu verstecken versucht.

»Das ist für mich aber das, was diese Kunstform ausmacht. Wenn man so tiefgründige Poesie liest oder hört, bekommt man entweder einen ganz neuen Blickwinkel auf die Welt, oder man merkt, dass man mit seinen geheimen Gedanken und Gefühlen doch nicht so allein ist, wie man dachte. Dass es jemand anderem genauso geht.«

Josies braune Augen leuchten auf. Der Anblick nimmt all meine Gedanken ein, und ich versuche, ihn mir so genau wie möglich einzuprägen. Ich vergesse sogar einen Moment lang zu kauen.

»Du interessierst dich für Gedichte?«, fragt sie.

»Ein bisschen. Ich geh öfter mal zu Poetry-Slams. Du bestimmt auch, oder? Kennst du das *Golden Rose*?«

»Ehrlich gesagt hab ich mich damit noch nie befasst. Ich bin eher diejenige, die mit einem dicken Gedichtband und Kakao im Bett liegt und jede Zeile auseinandernimmt.«

Das Bild, das vor meinen Augen auftaucht, lässt mich schmunzeln. Ja, das passt zu Josie.

»Also nein, kenne ich nicht. Aber ich wollte mir schon lange mal einen Poetry-Slam ansehen. Da gibt es regelmäßig welche?«

»Genau. Ein richtig gemütlicher Kellerclub in Soho.« Mein Herz rast plötzlich los. Wie cool wäre es, mit ihr zusammen einen zu besuchen?

Normalerweise bin ich allein dort. Das eine Mal, als ich Nick mitgeschleppt habe, hat er es geschafft, nach zehn Minuten auf seinem Stuhl einzuschlafen und gnadenlos zu schnarchen. Und auch sonst habe ich leider niemanden in meinem Umfeld, der sich auch nur ansatzweise dafür interessiert. Außerdem ist es oft sogar schön, niemanden dabeizuhaben, der mich vom Wesentlichen ablenken könnte. So habe ich genug Raum, die Gedichte auf mich wirken zu lassen. Josie wäre aber sicher eine sehr angenehme Begleitung.

Ob ich sie fragen soll? Das wäre die perfekte Gelegenheit, um sie einzuladen. Oder ist das zu viel?

»Na, ihr zwei Hübschen?« Plötzlich steht Alice mit einem Tablett hinter Josie und zieht den Stuhl neben ihr zurück.

Der Stuhl neben mir bewegt sich ebenfalls.

»Ist noch frei hier, oder?«, fragt Sanjay und stellt seinen Teller mit dampfender Pasta bolognese auf dem Platz neben mir ab.

Ich nicke und widme mich wieder meinem Essen. Mist. Chance verpasst.

Während Alice ein paar Worte mit Josie wechselt, checke ich meine Streamingzahlen. Sie stagnieren immer noch.

»Wie läufts? Immer noch so viele dumme Kommentare?«, fragt Alice, lädt ihren Teller vom Tablett und schiebt es an die Tischkante.

»Es wird weniger. Aber nicht unbedingt leichter«, erwidere ich. Eigentlich hätte ich das Thema lieber mal ein paar Stunden verdrängt. Viel Zeit bleibt mir nicht mehr, bis ich eine Entscheidung treffen muss – meine Wohnung aufgeben, einen Nine-to-five-Job annehmen und den Podcast einstampfen oder Dad anpumpen …

»Ich beneide euch wirklich nicht. Genauso wenig wie Mrs Dawson. Die hat echt Schiss vor rechtlichen Konsequenzen.«

»Ich verstehe immer noch nicht, wie dieser Fehler passieren konnte«, sagt Josie und schüttelt den Kopf.

Sanjay schaut von seinem Teller auf. »Wenn es überhaupt einer war.«

Ich werde sofort hellhörig. »Wie meinst du das?«

Sanjay legt die Gabel ab und lehnt sich nach vorn, sieht jedem Einzelnen von uns in die Augen. »Auf das Risiko hin, gleich wie ein Verschwörungstheoretiker zu wirken – ich glaube, da stimmt hinten und vorn was nicht. Habt ihr in den letzten Tagen mal mit Mel aus der Kommunikation gesprochen?«

»Ich hab keinen blassen Schimmer, wer Mel aus der Kommunikation überhaupt ist«, gebe ich zu und bringe Josie und Alice damit zum Lachen.

»Ist nicht so wichtig.« Er winkt ab. »Sie erzählt es aber jedem, deswegen dachte ich, euch vielleicht auch. Neben den vielen Hassmails und Anrufen in letzter Zeit hat sich auch ein Lebensmitteltechnologe bei ihr gemeldet. Ein großer Name in dem

Feld. Der war an dem ganzen Fall so interessiert, dass er Kontakt zum Labor aufgenommen hat. Er wollte wissen, wie genau es zu dem Messfehler kam, um zu vermeiden, dass ihm in Zukunft etwas Ähnliches passiert. Und sie haben ihm sogar kurz und knapp geantwortet.« Sanjay senkt die Stimme. »Dieser Lebensmitteltechnologe sagt aber, die Sache kommt ihm seltsam vor. Was sie schildern, kann so eigentlich nicht passiert sein, sagt er – zumindest nicht, ohne dass es noch im gleichen Moment jemandem auffällt, dass etwas schiefläuft.«

Das klingt wirklich ein bisschen nach Verschwörungstheorie. »Und was soll uns das jetzt sagen? Dass das Labor absichtlich falsch gemessen hat?«, frage ich.

»Nee, natürlich nicht.« Sanjay schüttelt den Kopf.

»Dass das Labor richtig gemessen hat«, sagt Josie und ihre Augen weiten sich.

»Wer weiß.« Sanjay zuckt mit den Schultern und schaufelt sich Pasta in den Mund.

Alice schaltet sich ein. »Aber wenn sie richtig gemessen haben, wieso sollten sie dann später behaupten, dass die Werte doch falsch sind? Und die anderen beiden Labore haben ja dieselben Werte rausbekommen – keine tierischen Produkte in den Pure-Plates-Gerichten.«

»Kommt mir trotzdem sehr seltsam vor«, murmelt Josie.

»Ich weiß nicht. Ich finde jedenfalls, wir sollten uns nicht auch noch beim Mittagessen den Kopf über diese Erbsenkacker zerbrechen«, sagt Alice mit vollem Mund.

Sie hat recht – vor allem, weil wir nur vier Ameisen in diesem ganzen System sind. Allein in der Redaktion haben sich so viele Menschen mit diesem Fall beschäftigt und so viele externe Experten zurate gezogen, dass mir schwindelig wird, wenn ich nur darüber nachdenke. Es liegt nicht in unserer Verantwortung, erst recht nicht in unserer Macht.

Trotzdem kann ich nicht aufhören, mich zu fragen, was wäre, wenn der Fehler gar nicht bei der *London Lens* liegen würde – sondern das alles nur die Spitze des Eisbergs war.

Der Gedanke verfolgt mich, bis Josie und ich wieder allein im Studio sitzen. Sie ist sogar für ihre Verhältnisse verdammt still, seit wir zurück sind.

Während sie mir gegenübersitzt, vertieft in irgendwelche Unterlagen, tanzen ihre Blicke über die Seiten und ein leichtes Lächeln umspielt ihre Lippen.

Ich kann nicht anders, als mich in ihrem Anblick zu verlieren, fasziniert von der Art, wie sich ihre Augenbrauen gelegentlich vor Konzentration zusammenziehen oder wie eine Haarsträhne, die sich aus ihrem Zopf gelöst hat, sanft ihre Wange kitzelt. In ihrer Schüchternheit liegt diese unschuldige Schönheit, diese Zurückhaltung, die sie nur noch begehrenswerter macht.

Ob sie bemerkt, wie oft ich sie ansehe? Ob sie die stummen Worte versteht, die ich nicht ausspreche?

Verdammt, ich muss damit aufhören. Bestimmt interpretiere ich viel zu viel hinein. Vielleicht ist sie gar nicht schüchtern, sondern nur gelangweilt von dem, was ich den ganzen Tag über so von mir gebe. Aber was, wenn nicht? Wenn sie auch mehr über mich wissen will und sich nur nicht traut, es mir zu zeigen?

Sie bemerkt meinen Blick und schaut auf. Ertappt senke ich den Kopf und tue so, als hätte ich mich nur auf mein Smartphone konzentriert. Ich gebe den Code ein und öffne Instagram. Prompt kommt die Erinnerung, dass ich heute bereits vier Stunden an meinem Handy verbracht habe. Ich drücke den Hinweis weg und scrolle durch die Beiträge. Der Podcaster Graham wirbt in seinem neusten Video für seine neue Folge über einen Mord in einem Ferienresort. Die muss ich mir auf dem Heimweg unbedingt anhören, und mir wird schmerzlich bewusst, dass das meine ehemaligen Follower auch tun werden, anstatt meine Folgen zu hören. Ich muss unbedingt mal wieder eine neue Knallerstory rausbringen.

»Du bist echt immer viel am Handy«, sagt Josie.

In mir verkrampft sich etwas. »Na ja, das ist mein Job. Seit ich hier arbeite, gleich doppelt.«

»Ich weiß. Aber kommt mir trotzdem etwas viel vor. Du schaffst ja keine fünf Minuten, ohne dein Display zu entsperren. Was gibt es denn da den ganzen Tag über zu tun?«

»Neue Kommentare und Nachrichten lesen zum Beispiel.« Und meine Konkurrenz beobachten. Habe ich noch eine Chance in der Podcastwelt oder hat dieser Skandal mir alles kaputt gemacht, was ich mir die letzten Monate so mühsam aufgebaut habe?

»Die sind abends aber doch auch noch da. Macht es nicht eher Sinn, sich da eine Stunde am Tag zu nehmen, wo man alles durcharbeitet, statt die ganze Zeit anderes dafür zu unterbrechen?« Sie sieht ernsthaft besorgt aus. »Mich würde das total verrückt machen. So kannst du keine zehn Minuten mal konzentriert arbeiten – oder abschalten. Das muss ja die ganze Zeit in deinem Kopf präsent sein.«

Wenn sie wüsste, wie recht sie damit hat. »Na ja, aber wenn ich nicht nachgucke, hab ich es erst recht im Kopf und frag mich, was abgeht.«

»Das ist nicht gut, Ryan.« Ihr sanfter Blick lässt mich nur noch mehr verkrampfen. Macht sie sich wirklich Sorgen um mich?

»Ich weiß. Aber der Shitstorm ist ja sicher bald überstanden …

und dann kann ich wieder zum normalen Tagesgeschäft übergehen und ein bisschen gelassener damit umgehen.«

Langsam bin ich mir nicht mehr sicher, wen ich gerade mehr anflunkere: sie oder mich selbst. Denn eine leise Stimme in mir drin sagt, dass es schon vor dem Shitstorm kein bisschen besser gewesen ist, sagt zumindest meine Bildschirmzeit, und das vermutlich auch nicht einfach magisch wieder verschwinden wird. Ich werde aktiv daran arbeiten müssen.

»Das hoffe ich sehr, dass du das in den Griff kriegst. Ansonsten …« Sie öffnet den Mund, schließt ihn wieder und spielt nervös mit ihrem Stift herum.

»Raus damit. Wir können hier offen über alles reden, weißt du doch.«

Eine Sekunde lang hebt sie den Blick, sieht mir in die Augen. Dann starrt sie auch schon wieder auf den Stift in ihrer Hand. »Ich wollte nur sagen, dass ich das Gefühl habe, ein bisschen besser mit dem Shitstorm und allem klarzukommen, seitdem ich ab und an zu Mrs White gehe.«

Mrs White? Es dauert einen Moment, bis es klick macht.

»Das freut mich total«, antworte ich.

»Mich auch. Also … wenn du Hilfe brauchst … Ich kann es nur empfehlen. Sie ist superlieb und so eine Beratung ist gar nicht so komisch, wie man denkt.«

»Wie ich neulich schon sagte … Ich denk mal drüber nach.« Ich will ihr nicht das Gefühl geben, sie nicht ernst zu nehmen.

Nur leider kann ich damit wirklich nicht viel anfangen. Ich wüsste gar nicht, was ich da sollte. Wenn dann bräuchte ich eher jemanden, der meine Kommentare und Nachrichten managed, keinen Psychodoc. Ich hab ja keine Depressionen oder Panikattacken oder so. Mir gehts abgesehen von ein bisschen Stress super.

Sie zieht einen Zettel aus ihren Unterlagen hervor. »Schau mal. Hier steht, dass sich in der Zwischenzeit auch andere ehemalige Mitarbeiter von *Pure Plates* gemeldet haben. Das hat nur niemand nachverfolgt.«

Gut, dass sie zu kapieren scheint, dass ich keine Lust habe über diesen Psychokram zu reden. »Mrs Dawson hat ja auch allen die Anweisung gegeben, das Thema erst mal ruhen zu lassen. Wir können uns nicht noch mehr in die Scheiße reiten und eventuelle Falschaussagen veröffentlichen. Der erste Ex-Mitarbeiter von *Pure Plates* war schon nicht hilfreich. Von wegen gesundheitsschädliche Stoffe.«

Ihre Schultern sacken ein Stück tiefer.

Sofort fühle ich mich schlecht, weil ich ihre Aufregung ein wenig gedämpft habe.

»Stimmt. Aber …«, beginnt sie.

»Aber?«

»Ich halte das nicht aus, hierzusitzen und nur dabei zuzusehen, wie mein Name ein Stück weiter in den Dreck gezogen wird. Ich werde vielleicht nie wieder einen anderen Job als seriöse Journalistin finden, wenn das so weitergeht.«

Dann können wir uns gemeinsam eine schöne Brücke aussuchen, unter der wir uns ein Matratzenlager errichten. Vielleicht in der Nähe des Borough Market, da gibt es sicher immer genug Essensreste zu schnorren.

»Ich auch nicht. Aber was sollen wir schon machen?« Ich seufze und versuche mich an einem aufmunternden Lächeln.

In Josies Gesicht blitzt jedoch etwas auf, das ich so noch nie an ihr gesehen habe. Es ist eine Mischung aus Abenteuerlust und fester Entschlossenheit. »Ich hätte da eine Idee.«

21. KAPITEL

Josie

Ryan mustert mich mit hochgezogenen Brauen. »Raus damit!«

Ich bin mir nicht sicher, ob die Idee wirklich gut ist. Vielleicht habe ich auch nur zu viele schlechte Filme gesehen. Aber die Vorstellung, nicht mehr tatenlos zusehen zu müssen, lässt mich vor Freude beinahe aufspringen und durch den Raum hüpfen.

»Wir nehmen Kontakt zu diesem Lebensmitteltypen auf … und beauftragen gleichzeitig noch mal unser eigenes Labor und senden auf eigene Faust neue Proben hin.«

Ryan verzieht keine Miene. Er sieht nicht so begeistert aus, wie ich gehofft hatte. »Ich will das alles auch nicht so stehen lassen, aber wir können nicht einfach so auf eigene Faust ein Labor beauftragen. Du hast es doch gehört, sie wollen das Thema ruhen lassen.«

So leicht lasse ich mich nicht abbringen. Ich bin es leid, rumzusitzen und zuzusehen, wie meine Karriere in tausend Scherben zerbricht. »Und wir haben doch beide auch den Kerl in der Cafeteria gehört. Du hast doch genau so ein mieses Gefühl wie ich. Die Ergebnisse können so nicht stimmen, da ist irgendwas nicht richtig! Wenn wir nun doch eine Probe …«

»Und was soll das nützen? Wir haben doch mittlerweile die Ergebnisse von drei Laboren.«

»Aber was, wenn die alle … beeinflusst wurden?«

Ryan sieht mich verständnislos an. »Beeinflusst?«

»Vom großen Namen oder auch einfach bestochen.«

Er lacht auf. »Langsam, Josie. Du siehst Gespenster. Als hätte *Pure Plates* sämtliche Lebensmittellabore in England bestochen.«

Mir ist nur zu bewusst, wie wahnwitzig das klingt. »Aber kannst du es ausschließen?«, frage ich, lehne mich zurück und verschränke die Arme vor der Brust.

Sein Lachen verblasst. »Du meinst das wirklich ernst, oder?« Er schweigt, scheint nachzudenken. Langsam beugt er sich nach vorn und stützt sich mit den Unterarmen auf dem Tisch ab. Ein Hauch seines Deos weht mir um die Nase, und ich ertappe mich dabei, unauffällig danach zu schnuppern.

»Aber wenn es so wäre, wie sollten wir dann ein Labor finden, das wirklich unabhängig ist?«, fragt Ryan.

Ich brauche einen Moment, um mich wieder auf etwas anderes als diesen Duft konzentrieren zu können. »Indem wir ein Gericht ins Ausland schicken und dort testen lassen natürlich.«

Seine Augen weiten sich. »Das ist echt gar keine schlechte Idee. Schaden kann es auf jeden Fall nicht. Aber wir können das auf keinen Fall allein durchziehen. Wenn wir etwas ohne das Wissen von *London Lens* wegschicken, sind die Ergebnisse für sie am Ende genauso wertlos. Es muss ganz offiziell sein. Nur dann bringen uns neue Ergebnisse etwas.«

Ich sehe ihn an. »Und nun? Stehen wir wieder am Anfang, die Ansage von Mrs Dawson ist: Ruhen lassen.«

»Aber Mrs Dawson hat auch nicht alle Informationen, die wir haben. Ich an ihrer Stelle würde wenigstens davon wissen wollen.« Entschlossen blickt Ryan mich an.

»Du willst mit ihr sprechen?«

»Wir sprechen mit ihr, und zwar jetzt«, sagt er und schiebt seinen Stuhl zurück.

Es klopft an der Tür. Ertappt reiße ich den Kopf herum.

»Ja?«, ruft Ryan auch schon.

Die Tür schwingt auf und Mrs Dawson schlendert mit einer Tasse in der Hand ins Büro. Als ob sie uns gehört hätte. Ryan strafft die Schultern.

»Na, ihr zwei? Sieht aus, als wärt ihr sehr produktiv.«

Sie deutet auf das Zettelchaos vor mir.

Ryan sieht mich ermunternd an. Soll ich etwa unseren Plan vortragen? Das ist doch wohl nicht sein Ernst? Er räuspert sich. Aber ich stehe noch immer da wie das Kaninchen vor der Schlage. Ich kann das nicht.

»Mrs Dawson, wir wollten eh gerade zu Ihnen. Josie und ich haben beim Mittagessen etwas erfahren und …« Er sieht mich erneut auffordernd an.

Ich schlucke trocken und sage mit leiser Stimme, mehr zu der Tischkante als meiner Chefin: »Wir glauben, es gibt Unstimmigkeiten bei den Proben. Es gibt da einen versierten Lebensmitteltechnologen, der sich sicher ist, dass die Messfehler nur eine fadenscheinige Ausrede sind. Wir …« Ich schlucke erneut und sehe Mrs Dawson direkt an. »Wir glauben, die Labore könnten bestochen worden sein. Wir halten es für sinnvoll eines der Pure-Plates-Gerichte in einem ausländischen, unabhängigen Labor zu testen.«

Mrs Dawson sieht von einem zum anderen. »Wenn das so wäre«, sagt sie mit ruhigem, aber angespannten Unterton. »Dann könnte auch jemand aus unserem Umfeld *Pure Plates* gesteckt haben, wo unsere Proben untersucht werden.«

Ich nicke. »Das habe ich auch schon überlegt. Darum wollte ich eigentlich die Proben selbst …«

»Etwa selbst an ein Labor schicken?«, unterbricht mich Mrs Dawson und lächelt mich an. »Das ist clever gedacht, aber das hätte uns leider gar nicht weitergebracht.«

»Das hat Ryan auch gesagt«, murmele ich.

Mrs Dawson nickt ihm zu. »Und was schlägt Ryan stattdessen vor?«, fragt sie und blickt zu ihm hinüber. »Die Idee bleibt in diesem Raum. Nur wir drei dürfen von der Probe wissen. Wir tun vor allen anderen weiter so, als ob die *London Lens* das Ganze auf sich beruhen lässt.«

Sie setzt sich auf die Tischkante. Ihre Kaffeetasse stellt sie allerdings nicht ab, sondern umfasst sie mit beiden Händen, als wäre sie ein wertvoller Schatz. »Ihr kümmert euch um eine Probe und sucht das Labor raus, ich kümmere mich um die interne Abwicklung.«

Wir nicken beide.

»Aber das ist der letzte Versuch und auch nur, weil auch mein Bauchgefühl mir schon die ganze Zeit sagt, dass hier irgendwas stinkt.«

Sie nimmt einen Schluck von ihrem Cappuccino und leckt sich über die Lippen. »Und bevor ich es vergesse: Nächste Woche wird es eine Besprechung in großer Runde geben. Ich dachte mir, es wäre eine gute Idee, noch mal zu reflektieren, wie uns ein so großer, fataler Fehler unterlaufen konnte – abgesehen davon, dass wir alles mit einer Zweitprobe hätten prüfen lassen sollen, natürlich.

Vielleicht können wir ein paar Schwachstellen aufspüren und in Zukunft an diesen arbeiten.«

»Das klingt wichtig«, sagt Ryan.

Mrs Dawson nickt eifrig. »Ist es auch. Deswegen wollte ich alle Arbeitsbereiche bitten, eine Präsentation für die Besprechung vorzubereiten. Jeder stellt vor, wie an dem Pure-Plates-Fall gearbeitet wurde, welche Arbeitsschritte gegangen und welche Ergebnisse an wen weitergegeben wurden. Dasselbe gilt für euch.«

Präsentation. Allein das Wort jagt mir einen eisigen Schauder den Rücken hinunter.

»Erklärt uns knapp, wie ihr die Videos und Posts erarbeitet habt und zeigt den anderen, wie das Endergebnis aussieht. Gerade die älteren Kollegen haben das Video teilweise gar nicht gesehen. Insgesamt muss es auch nichts Großes werden. Ganz locker, einfach fünf bis zehn Minuten Zeit für euch, alles zu erklären und zu zeigen.«

»Das kriegen wir locker hin, oder, Josie?« Ryan sieht mich auffordernd an.

Ich schlucke. »Wann soll das denn genau sein?«

»Nächsten Mittwoch, gleich morgens.«

Mein Herz setzt einen Schlag aus. Mittwoch … Mittwochs hat Ryan frei. Ich werde das allein machen müssen. Allein vor der kompletten Redaktion stehen und frei reden. Oder besser gesagt stottern. Mich blamieren.

»Äh …«, beginne ich, doch ich weiß gar nicht, was ich sagen soll.

Mrs Dawson sieht mich besorgt an. »Wenn das ein Problem ist, dann …«

»Nein, ist es natürlich nicht.« Ich schüttle energisch den Kopf. »Ich krieg das hin.«

»Sicher?«, fragt Ryan und sieht dabei noch besorgter aus als Mrs Dawson eben.

»Klar, warum auch nicht?« Meine Stimme klingt plötzlich piepsig.

Mrs Dawson scheint das jedoch nicht aufzufallen. »Wunderbar. Dann will ich euch auch gar nicht länger aufhalten. Und Josie, Ryan: Das Thema mit der neuen Probe bleibt hier im Raum. Ich will nichts mehr davon hören, bis das Ergebnis da ist.«

Sie stößt sich schwungvoll vom Tisch ab. Wie schafft sie es, so gut gelaunt zu bleiben? Die Situation muss für sie auch unglaublich belastend sein. Aus einem längeren Meeting neulich weiß ich, dass sie jeden Tag versucht, die Wogen bei *Pure Plates* zu glätten. Die Redaktion wird unaufhörlich mit Anfragen anderer Medien überflutet, die sich alle Interviews und Rechtfertigungen wünschen. Noch dazu steht eine Klage im Raum. Ich würde es in ihrer Situation vermutlich nicht mal mehr schaffen, mir morgens die Bettdecke vom Körper zu ziehen.

»Ach ja.« Kurz vor der Tür dreht Mrs Dawson sich um. »Ich wollte euch nur noch mal sagen, dass ihr das unglaublich gut gemeistert habt. Ich hätte euch gern mehr unterstützt. Das hat die Zeit aber leider nicht hergegeben. Deswegen bin ich umso glücklicher, dass ihr euch so souverän verhalten habt und den Sturm mit uns zusammen aussitzt.«

Sie redet beinahe so, als wären wir diejenigen, die hätten kündigen können, nicht andersrum.

»Danke, dass Sie an uns glauben. Das tut uns genauso gut. Das hätte sicher nicht jede Chefin«, antwortet Ryan zum Glück. Mir hätten mal wieder die Worte gefehlt.

»Immer doch.« Sie lächelt uns beiden ein letztes Mal zu, dann lässt sie uns wieder allein.

In dieser Nacht kann ich nicht schlafen. Ich probiere es mit Kräutertee, einer Entspannungsübung, die ich mir auf YouTube ansehe, und sogar Schäfchenzählen, aber nichts hilft. In meinem Kopf ist nichts außer dieser dämlichen Präsentation, der ich mit jedem Atemzug eine Sekunde näher komme. Meine Hände sind schweißnass, obwohl mir kalt ist.

Schließlich knipse ich meine Nachttischlampe wieder an und setze mich auf. So geht es nicht. Ich muss erst meinen Kopf freibekommen, bevor ich schlafen kann.

Unentschlossen greife ich nach meinem Handy und rechne. Laura könnte gerade erreichbar sein. Wenn sie mir von ihren Erlebnissen erzählt, wäre das sicher eine gute Ablenkung. Ohne lange zu überlegen, starte ich einen FaceTime-Anruf, doch es klingelt und klingelt. Sie geht nicht ran.

Frustriert lege ich auf und will das Handy schon wieder auf den Nachttisch zurücklegen – als mir plötzlich die Situation mit dem unbekannten Anrufer neulich durch den Kopf schießt. Ich bin heilfroh, dass es geholfen hat, die Nummer einfach zu blockieren und derjenige wohl nur einmal Dampf ablassen wollte. Die Angst hat mich jedoch noch einige Nächte verfolgt, in denen ich bei jedem kleinen Geräusch hochgeschreckt bin.

Ryan hat mich am Abend des Anrufs so schnell beruhigt, dass ich nach ein paar Minuten sogar wieder lächeln konnte. Ob ich ihm ein weiteres Mal schreiben kann? Oder wird das zu aufdringlich? Doch die Aussicht, vielleicht den zweiten Teil von Indiana Jones mit ihm anzusehen und dabei wie beim letzten Mal langsam wegzudämmern, ist so verlockend, dass ich nicht anders kann.

Ich öffne seinen Kontakt und tippe eine Nachricht.

> Bist du zufällig noch wach? Kann nicht schlafen, wegen der Präsentation …

Die Nachricht wird zugestellt. Ich beiße mir auf die Unterlippe und starre erwartungsvoll auf den Bildschirm – aber die Häkchen werden nicht blau. Er scheint wohl wirklich schon zu schlafen.

Frustriert schließe ich WhatsApp. Na toll. Und jetzt? Nichts, was mir einfällt, ist auch nur annähernd so Erfolg versprechend wie Ryans Unterstützung.

Um zu sehen, ob er wirklich schon schläft, gehe ich auf Instagram, um seinen Online-Status zu checken. Allerdings scheint er die Funktion wohl abgestellt zu haben. Eigentlich auch kein Wunder, bei der Menge an Followern …

Ich klicke auf sein Profilbild, das ein roter Kreis umgibt. Wie immer hat er viele Storys hochgeladen. Ein Foto einer Kaffeetasse. Ein Videoschnipsel von ihm auf dem Fahrrad, in dem er allen einen guten Start in den Tag wünscht. Einblicke in seine Podcastrecherche am Abend. Und mehrere Videos, in denen er Gemüse schnippelt und kocht. Er sieht überall so fröhlich, so ausgelassen aus …

Ich ertappe mich bei der Vorstellung, neben ihm in seiner Küche zu stehen und die Soße auf seinem Löffel zu verkosten.

Schnell schließe ich die Storys wieder. Und plötzlich kommt mir eine Idee.

Ich komme mir vor wie heute Nachmittag, als ich die Mail an das französische Labor losgeschickt habe – ein bisschen wie auf Undercover-Recherche.

Dabei habe ich überhaupt nichts Schlimmes vor. Doch aus irgendeinem Grund habe ich Herzklopfen, während ich bei Spotify die Suchzeile öffne.

Secrets in the Silence, tippe ich und halte die Luft an, als die Ergebnisse aufploppen.

Ryans Podcast umfasst offenbar schon mehr als hundert Folgen. Ich zögere. Wo soll ich anfangen? Und sollte ich überhaupt?

Zu behaupten, ich wäre ein True-Crime-Fan, wäre gelogen. Schon Geschichten über Zahnarztbesuche lösen bei mir regelmäßig Unbehagen und Albträume aus. Und beim letzten Horrorfilm, den ich gesehen habe, bin ich so erschrocken, dass meine Popcornschüssel quer durch den Raum geflogen ist und ich dreißig Minuten gebraucht habe, um das Chaos zu beseitigen – aus Angst, jemand könnte unter der Couch sitzen und nach meinem Bein greifen, wenn ich aufstehe.

Echte Verbrechen, bei denen Menschen verschwinden oder auf brutale Weise ermordet werden, sind also vielleicht nicht die sinnvollste Abendbeschäftigung, wenn ich sowieso nicht einschlafen kann.

Aber mein Wunsch, Ryans tiefe, beruhigende Stimme zu hören, ist mit einem Mal so stark, dass ich ihm einfach nachgeben muss. Sie wird mich entspannen – und hoffentlich gut in den Schlaf bringen.

Ich suche mir die Folge aus, deren Titel am harmlosesten klingt. Dann drücke ich auf Play und knipse das Licht wieder aus.

»Hello und herzlich willkommen bei einem neuen Secret in the Silence.« Ein wohliger Schauer läuft meinen Körper hinunter, als Ryan zu sprechen beginnt. »Der Fall, dem wir uns heute widmen, wirkt auf den ersten Blick wie einer, den man schon hundertmal gehört hat. Aber schnallt euch an – denn je mehr Details wir aufdecken, desto kurioser wird es.«

Ohne dass ich es will, fange ich plötzlich an zu grinsen. Allein in meinem Bett, im Dunkeln. Ich muss wirklich übermüdet sein.

Ich ziehe mir die Decke bis zum Hals und schließe die Augen. Höre gar nicht zu, was er sagt. Lausche nur seiner Stimme, die immer leiser zu werden scheint, seine Worte immer langsamer. Bis ich schließlich in einen tiefen, friedlichen Schlaf abdrifte.

Am nächsten Morgen bin ich erstaunlich ausgeschlafen. Ich sitze bereits früh im Studio und klappe meinen Laptop auf. Allerdings weiß ich nicht, ob das gut ist. Denn so haben auch die Sorgen wegen der Präsentation wieder genug Platz, um sich in meinem Kopf breitzumachen. Aber ich bin auf dem besten Weg, etwas dagegen zu unternehmen. Je besser ich vorbereitet bin, desto leichter wird es werden.

Also fange ich an, alles aufzuarbeiten.

Ich bin noch nicht mal zehn Minuten beschäftigt, als Stimmen auf dem Flur lauter werden und die Tür sich einen Spalt öffnet.

»Ja, klar. Klingt interessant.« Das ist eindeutig Ryan.

Die andere Stimme könnte zu Peter gehören. Automatisch ziehe ich den Kopf ein. Auch wenn ich in letzter Zeit versucht habe, den Gesprächen mit ihm nicht auszuweichen, man muss es ja nicht gleich übertreiben. Heute habe ich wirklich keinen Nerv dafür.

Ich verstehe nicht, was Peter sagt, aber er redet und redet. Bis Ryan ihn unterbricht. »Sorry, nichts für ungut, aber das geht nicht. Wir haben wirklich Stress, vor allem Josie. Lass uns doch irgendwann die Tage mal quatschen, okay?«

Peter antwortet irgendwas.

Dann wieder Ryan: »Kein Problem. Aber wir müssen jetzt unbedingt arbeiten. Schönen Tag dir.«

Blitzschnell schlüpft Ryan durch die Tür, zieht sie zu und lehnt sich von innen dagegen, als könnte Peter gleich versuchen, gewaltsam in unser Studio einzubrechen.

»Hast du mich gerade vor Peter gerettet?«, frage ich schmunzelnd.

»Das kannst du laut sagen. Ich hab das Gefühl, ich hab gegen einen Drachen gekämpft.« Er stößt sich von der Tür ab und kommt zum Tisch. Seine Jacke hängt er über den Stuhl, setzt sich aber nicht auf seinen Platz, sondern direkt neben mich.

Letztes Mal, als er dort saß, habe ich plötzlich kein Wort mehr rausbekommen. Und auch jetzt wird mit einem Mal meine Kehle enger, und mein Herz beschleunigt seinen Takt. Dabei gibt es keinen Grund dazu. Heute werde ich mich auch nicht von seiner Nähe unterkriegen lassen.

Vorsichtig sehe ich zu Ryan. Sein Blick ist ernster als erwartet. »Deine Nachricht gestern …«, beginnt er und ich erstarre sofort.

Oh Gott. Die hatte ich schon wieder ganz vergessen. Hitze schießt mir in die Wangen. »Ach, die … Es war mitten in der Nacht, und ich war übermüdet. Vergiss sie einfach.« Ich winke ab.

»Aber gerade dann kommen doch ungefiltert Ängste und Sorgen raus. Bei mir zumindest.«

Ich will etwas erwidern, weiß aber nicht was. Dazu ist er mir zu nahe. So nahe, dass ich jedes kleine Härchen seiner dunklen Augenbrauen und seines Dreitagebarts erkennen kann.

»Jedenfalls ist das nicht cool, wenn es dir damit so geht. Deswegen werde ich dir auf jeden Fall helfen. Wir können die Präsentation gemeinsam halten. Ich mach den Hauptteil, du wirfst nur ein paar Stichworte ein. Was hältst du davon?«

Warum ist er immer so unglaublich nett zu mir? Langsam ist es mir schon fast peinlich, wie viel er für mich tut. Ich weiß gar nicht, was ich antworten soll. »Aber du hast doch frei.«

»Dieses Meeting interessiert mich sowieso. Ist also nicht so schlimm, dafür ein paar Stunden in die Redaktion zu kommen. Also, was sagst du? Würde dir das helfen?«

Eigentlich kann ich das nicht annehmen. Höchstens, wenn ich mich irgendwie revanchiere. »Würde es, aber nur, wenn ich dir im Gegenzug auch ein bisschen Arbeit abnehmen kann. Gib mir das Business-Handy für die nächste Woche. Deal?«

Ein sanftes Lächeln umspielt seine Lippen, und ich vergesse beinahe, was ich gerade gesagt habe.

Er zieht das Smartphone aus der Hosentasche und streckt es mir entgegen. »Deal.«

Ich nehme es entgegen und lege es neben meinen Laptop. Nicht unbedingt das, was ich mir für die nächsten Tage vorgenommen habe. In den letzten Tagen habe ich es endlich geschafft, immer mal wieder ein paar Stunden Abstand von dem Hass zu nehmen, der online auf uns einprasselt. Aber für Ryan und die Aussicht, die Präsentation nicht allein durchstehen zu müssen, nehme ich das gern in Kauf.

»Das ist echt lieb von dir. Heute Abend habe ich nämlich was vor, bei dem ich das echt nicht gebrauchen kann«, sagt Ryan.

Das klingt verheißungsvoll. Sofort spielen sich alle möglichen Szenarien vor meinem inneren Auge ab. Ein wichtiges Influencer-Event auf dem roten Teppich? Ein Abendessen mit einem Sponsor? Oder etwa … ein Date? Bei der Vorstellung zieht sich etwas schmerzhaft in mir zusammen.

Ich habe zwei Optionen: Schweigen und mir den ganzen Abend den Kopf zerbrechen oder mir Mrs Whites Ratschläge zu Herzen nehmen, nachfragen und einfach mal abwarten, wie er reagiert. Das Schlimmste, was mir passieren kann, ist, dass er es mir nicht verrät. Und das werde ich überleben.

»Was denn?«, frage ich deshalb leise.

»Ich geh ins *Golden Rose*. Da ist heute Abend mal wieder ein kleiner Slam.« Er lässt das letzte Wort in der Luft hängen, den Mund geöffnet, als würde er überlegen, noch etwas hinzuzufügen, sich dann aber dagegen entscheiden. Das macht mich wahnsinnig.

Was wollte er noch sagen? Mit wem er dort hingeht? Ist es etwa doch ein Date? Wenn ja, will ich das vielleicht auch gar nicht wissen. Es geht mich sowieso nichts an.

Und wenn nicht? Wenn er allein geht? Vielleicht könnte ich ihn bitten, mitkommen zu dürfen. Aber das wäre zu aufdringlich, oder? Wir sind schließlich nur Kollegen.

Er zieht die Brauen nach oben, als würde er auf eine Reaktion warten.

Ich halte seinem tiefen Blick nicht länger stand und wende mich wieder meinem Laptop zu. »Klingt cool. Dann viel Spaß«, ist das Einzige, was ich über die Lippen bringe.

22. KAPITEL

Ryan

Das *Golden Rose* zu besuchen, hat sich selten so sehr wie nach Hause kommen angefühlt wie an diesem Abend. Mit jeder Stufe, die ich in den Keller hinuntergehe, hellt sich meine Laune mehr auf. Heute herzukommen, war die richtige Entscheidung. Da bin ich mir jetzt schon sicher.

Ich hüpfe die letzte Stufe runter und meine Füße versinken im ausgetretenen Vintage-Teppich. Leise Indie-Musik schallt aus dem Hauptraum in den engen Eingangsbereich. Himmlisch.

Lily steht hinter dem hölzernen Tresen am Eingang und beginnt zu strahlen, als sie mich entdeckt. »Ryan! Lange nicht mehr gesehen!«

Ihre blonden Locken hüpfen, als sie um den Tresen herumtritt. Das Karohemd, das sie trägt, ist mindestens zwei Nummern zu groß und lässt sie noch kleiner wirken, als sie ohnehin schon ist.

Sie breitet die Arme aus. Ich kann nicht anders, als zu grinsen und ihre herzliche Umarmung zu erwidern. »War im Stress.« Das ist nicht mal gelogen. »Aber jetzt komm ich hoffentlich wieder öfter.« Das auch nicht. So leicht, wie mein Herz beim Anblick dieser Räume plötzlich schlägt, weiß ich, dass ich nicht mehr so lange darauf verzichten sollte.

»Ich dachte schon, du gehst uns fremd«, erwidert Lily, lässt mich wieder los und kehrt zu ihrem Platz zurück. »Diese neue Location in Camden wirbt jetzt auch mit Slams. Aber so richtig gehoben, ganz intellektuell, mit Champagner, begleitendem Fünf-Gänge-Menü und allem möglichen anderen Schickimicki-Kram.« Sie verzieht angewidert das Gesicht, wobei sich ihre Nase kräuselt.

Ich muss lachen. »Und da siehst du mich? Zwischen Londons Prominenz bei Champagner und Kaviar?«

Sie lacht nicht mit, sondern zieht eine Braue nach oben. »Na ja, bei so was sieht man dich online doch immer wieder.«

»Beruflich, klar. Aber das reicht mir dann auch. In meiner Freizeit bin ich viel lieber hier. Das solltest du langsam mitgekriegt haben. Da muss ich nicht an einer Krawatte ersticken oder die ganze Zeit aufpassen, nichts Falsches zu sagen. So schicke Veranstaltungen sind manchmal schon cool, werden mit der Zeit aber anstrengend.«

Ich hole mein Portemonnaie aus der Gesäßtasche meiner Jeans und ziehe einen Zehn-Pfund-Schein hervor.

»Heute nur acht.«

Lily schiebt mir ein blaues Ticket rüber und öffnet die kleine Kasse unter dem Tresen.

»Passt schon«, erwidere ich und lege den Schein auf die Theke. »Der Rest ist für die Kaffeekasse.«

Lily grinst, beugt sich nach unten und hebt eine braune Flasche hoch. »Bierkasse, meinst du.«

»Was auch immer dich glücklich macht.« Schmunzelnd zucke ich mit den Schultern. »Kommst du gleich auch mit rein? Soll ich dir einen Platz frei halten?«

Sie seufzt. »Ich denke nicht. Heute wird's wahrscheinlich ziemlich voll. Alle wollen diesen Neuen sehen, Shawn. Bin gespannt, was er draufhat, aber werde es mir wohl eher von hier aus anhören müssen.«

Schade. Mit Lily über die Texte zu quatschen, macht immer mehr Spaß, als allein zuzuhören. Aber ich habe nichts anderes erwartet. Sie schafft es nur selten, sich zu mir zu setzen. Offiziell darf sie das auch gar nicht. Meistens trudeln während der Veranstaltung immer noch Neuankömmlinge ein – oder Menschen, die nicht wissen, dass heute ein Slam stattfindet und eigentlich nur einen Drink wollen.

Schritte poltern auf der Treppe, und Gelächter ertönt. Mehr Arbeit für Lily.

Ich klopfe auf den Tresen. »Dann sehen wir uns später.«

»Viel Spaß!«

Ich schiebe den Vorhang beiseite und betrete den kleinen Gewölberaum. Die bunt zusammengewürfelten Stühle sind sauber aufgereiht und schon zur Hälfte gefüllt. Grüppchen sammeln sich an der Bar und neben den Reihen. Leise Soulmusik erfüllt den Raum und die Retro-Lampen tauchen alles in warmes orangefarbenes Licht.

Mein Herz wechselt in einen trägeren Takt. Ich bin schon wieder der Einzige, der allein hier ist.

Plötzlich taucht Josie in meinem Kopf auf. Ich bin so ein Idiot. Warum habe ich sie nicht einfach gefragt, ob sie mitkommen möchte? Es hätte ihr sicher gefallen. Das *Golden Rose* ist eine Oase, ein Ort voller Liebe und Entschleunigung mitten im Londoner Großstadtdschungel. Niemand kann sich hier drin unwohl fühlen. Aber vielleicht hätte sie trotzdem Nein gesagt.

Sie hat sowieso nichts gesagt. Als ich ihr erzählt habe, dass ich heute hier sein werde, hätte sie nachfragen können. Fragen, ob sie mitkommen kann. Aber sie hat die Gelegenheit nicht genutzt. Habe ich es nur blöd formuliert? Oder wollte sie einfach nicht?

Vielleicht kommt sie an einem anderen Tag her, mit einer anderen Begleitung. Jedenfalls nicht mit mir. Der Gedanke gibt mir einen Stich in mein Herz.

Ich verdränge die Vorstellung von ihr und einem anderen Kerl und bahne mir meinen Weg zur Bar. Danach mache ich es mir mit einem Cider auf einem gepolsterten Stuhl in der hintersten Reihe bequem.

Ich werfe einen Blick auf die Uhr. Noch über zwanzig Minuten, bis es losgeht. Obwohl ich mir geschworen habe, es heute größtenteils in der Tasche zu lassen, ziehe ich mein Smartphone hervor. Es ist ja nichts dabei, sich ein bisschen die Wartezeit zu vertreiben. Immerhin bin ich allein hier und hab gerade nichts Besseres zu tun.

Trotzdem zögere ich, Instagram zu öffnen. Obwohl mittlerweile nur noch ein paar Hasskommentare täglich auf meinem eigenen Account eintrudeln, habe ich gerade überhaupt keine Lust, damit konfrontiert zu werden. Sofort zieht sich eiskalte Gänsehaut von meinem Nacken aus hinunter bis in die Kniekehlen.

Augen zu und durch.

Ich öffne Instagram, ignoriere den roten Punkt mit der Zahl Vierundzwanzig auf dem Symbol für Benachrichtigungen und wechsle zu meinem zweiten, anonymen Account. Ich atme auf, als die Benachrichtigungen verschwinden und stattdessen nur ein Foto eines Krimis in meinem Feed auftaucht. Gedankenverloren scrolle ich durch die Beiträge, die mir angezeigt werden, durch die Posts befreundeter Influencer, Nachrichtensender, True-Crime-Kanäle, Buchblogger und lande bei lustigen Videos mit Hunden. Dabei stoße ich auf einen neuen Kollegen, der zwar noch nicht viele Follower hat, dafür aber richtig cool gestaltete Posts. Könnte Konkurrenz werden. Unmöglich, ihn nicht auszuchecken.

Um mich herum werden die Lichter gedimmt, und die Musik faded aus. Ich hebe kurz den Kopf. Die Moderatorin betritt die Bühne. Um mich herum applaudieren die Menschen. Aber das Intro ist bestimmt noch nicht so wichtig.

Ich muss nur noch kurz nachsehen, welche Fälle dieser Typ sich für den Anfang rausgepickt hat.

Als ich das nächste Mal nach vorn sehe, steht dort ein junger Mann mit Lederjacke und runder Brille und steckt schon mitten in seinem Text. Ich blinzle. Hab ich den Anfang echt überhört?

Kopfschüttelnd drücke ich auf die Sperrtaste meines Handys und lasse es zurück in die Hosentasche wandern. Stattdessen umklammere ich meinen Cider.

Doch bevor ich meine Gedanken auf die Bühne fokussieren kann, klemmt der Typ sein Mikrofon zurück auf den Ständer. Schon wieder Applaus.

Verdammt. Ich bin hier, um abzuschalten. Um zuzuhören. Am Handy rumhängen, kann ich zu Hause auch.

Ich gebe mir einen Ruck und zwinge mich, mich auf das Geschehen auf der Bühne zu konzentrieren.

Die nächste Slammerin ist wirklich gut. Sie schafft es, mit ihren Worten die buntesten Bilder zu malen und hat eine Ausstrahlung, die den ganzen Raum an ihren Lippen hängen lässt. Mit

Metaphern, die mir im Traum nicht eingefallen wären, beschreibt sie die Straßen Londons und die Menschen, die sie täglich beschreiten.

Meine linke Hosentasche vibriert. Harold? Nick? Oder vielleicht sogar …

Ich muss kurz nachsehen, wer es ist. Hektisch fummle ich das Handy aus der Tasche und halte es möglichst unauffällig hinter die Stuhllehne vor mir.

Meine Schultern sacken nach unten. Nur Nick. Der fragt, ob wir uns auf ein Bier treffen wollen.

Weil es echt unhöflich wäre, ihn mit falschen Hoffnungen warten zu lassen, antworte ich ihm, dass ich höchstens nach dem Slam noch ein Stündchen Zeit hätte.

Und plötzlich bin ich wieder auf Instagram.

Applaus.

Ich höre mit halbem Ohr zu, während ich scrolle. Noch mal Applaus.

Nein, verdammt!

Meine Finger verkrampfen sich um mein Smartphone. Das kann doch nicht wahr sein. Es kann doch nicht so schwer sein, das Handy einfach mal stecken zu lassen und zuzuhören. Genau deswegen bin ich doch hier. Um etwas anderes zu machen. Um abzuschalten. Und vielleicht sollte ich genau das tun.

Fest entschlossen halte ich die Sperrtaste so lange gedrückt, bis das Symbol zum Ausschalten aufploppt. Ich bin beinahe überrascht, als es mir rot umrandet entgegenleuchtet. Wahrscheinlich, weil ich es noch nie gesehen habe. Ich kann mich nicht erinnern, es jemals ausgeschaltet zu haben. Es war eigentlich nur aus, wenn es mal abgestürzt ist.

Das ist nicht normal, oder?

Meine Hände werden feucht. Eine Welle kalter Angst erfasst mich. Bestimmt schalten andere Menschen ihre Handys ab und zu aus. Oder wenigstens auf stumm. Damit sie nicht davon gestört werden.

Warum fühle ich mich mehr davon gestört, wenn es still bleibt? Wenn ich nicht sofort mitbekomme, wenn eine Nachricht reinkommt oder sich etwas Wichtiges auf Social Media tut? Eigentlich ist das doch komplett unwichtig.

Nicks Stimme taucht in meinem Hinterkopf auf.

Du hast ein Problem, Mann. Sieh es endlich ein.

Ich atme tief ein und aus. Ein kleines vielleicht. Aber ich kann es hier und jetzt angehen. Wo sollte das besser funktionieren als im *Golden Rose*?

Ich drücke auf den rot umrandeten Button. Das Handy fährt runter. Der Bildschirm wird schwarz. Gut.

Schnell lasse ich es in meiner Hosentasche verschwinden. Ich brauche es nicht. Nicht jetzt, nicht hier.

Aber irgendwas stimmt nicht. Die Worte des Slammers ziehen als leere Hülsen durch meinen Kopf. Ich nippe immer wieder an meinem Cider, um wenigstens meine Lippen und meine Hände zu beschäftigen.

Um das Gefühl zu verdrängen, dass nichts sich so anfühlt wie früher. Als ich jedem einzelnen Menschen auf der Bühne fasziniert an den Lippen gehangen habe. Als ich hier für zwei Stunden abschalten und all meine Sorgen und Probleme vergessen konnte.

Meine Hand wandert wie von selbst zu meiner Hosentasche. Ich zucke zusammen, als hätte ich mich an meinem Handy verbrannt. Nein, ich kann es nicht schon wieder einschalten. Es bleibt da drin.

Aber was, wenn Nick geantwortet hat und einen Treffpunkt vereinbaren will? Wenn Josie doch geschrieben hat? Bevor ich darüber nachdenken kann, klebt mein Finger schon wieder auf der Einschalttaste. Der Bildschirm wird hell, und ich ertappe mich dabei, wie ich aufatme.

Doch gleichzeitig flutet Panik meine Adern. Mein Handy ist kein kleines Problem mehr, sondern ein verflucht großes.

Verzweifelt starre ich auf das kleine schwarze Gerät in meiner Hand. Das Ding ist Saurons verdammter Ring. Und ich bin auf dem besten Wege, zu Gollum zu mutieren.

Nick hat recht. Und Josie sowieso.

Ich muss das unbedingt in den Griff bekommen.

23. KAPITEL

Josie

»Bis übermorgen«, sage ich und lächle Ryan über den Tisch im Studio hinweg zu.

Der hängt noch am Business-Smartphone und ist wahrscheinlich gerade dabei, den Post zusammenzubasteln, den wir vorhin geplant haben.

»Warte. Ich komm mit. Allein will ich hier auch nicht rumhängen, und ich war heute faul und hab mein Rad zu Hause gelassen.«

Mitkommen? Mir wird heiß und kalt zugleich. Dass wir uns morgens ab und zu in der U-Bahn begegnen, ist mittlerweile zur Gewohnheit geworden. Aber nachmittags?

Er steht auf, packt das Handy ein, streift sich die braune Jacke über und folgt mir aus dem Studio.

»Hast du noch was vor heute?«, fragt er, als wir gemeinsam den Flur hinuntergehen.

»Ich muss gleich auf dem Heimweg noch ein paar Besorgungen machen. Deswegen muss ich auch nur zwei Stationen fahren«, erwidere ich und bleibe vor dem Aufzug stehen.

Hoffentlich denkt er nicht, ich hätte mir das ausgedacht, um ihn loszuwerden. »Und du, hast du noch was vor?«, frage ich.

»Nur ein bisschen Recherche für die neue Folge und abends vielleicht was kochen.« Sein Blick wandert zu mir. Er lächelt so charmant, dass mein Bauch zu kribbeln beginnt.

Ist das etwa eine Andeutung?

Die Aufzugtüren öffnen sich mit einem Pling und erlösen mich von dem Druck, etwas Angemessenes antworten zu müssen. Im Inneren stehen zwei Frauen, die ebenfalls nach unten wollen.

Schweigend steige ich mit Ryan dazu.

Er rückt den Kragen seiner Jacke zurecht. Eigentlich will ich ihn nicht anstarren, doch irgendwie kann ich den Blick dabei nicht von ihm lösen. Der Braunton steht ihm wirklich gut. Oder ist es einfach nur das Selbstbewusstsein, mit der er sie trägt? Mit dem er alles in seinem Leben locker zu meistern scheint? In Kombination mit der Stoffhose und der teuren Markenuhr um sein Handgelenk wirkt es, als würde er schon seit Jahren in einer hohen Position in der Redaktion arbeiten.

Bis wir den Aufzug verlassen schweigen wir. Die Anspannung, die sein Lächeln in mir hinterlassen hat, lässt jedoch kein bisschen nach. Wir gehen zum Ausgang.

Ryan hält mir die gläserne Tür auf. »Bitte schön.«

»Danke«, sage ich, während ich hindurchtrete. »Ich hoffe, ich kann mich irgendwann für alles revanchieren, was du jeden Tag so für mich tust.«

»Quatsch, mach ich doch gern. Ich erwarte nichts dafür.« Er scheint ein ganzes Stück zu wachsen. Sein plötzlich strafferer

Gang lässt mich schmunzeln. Er spielt wohl wirklich gern den Helden.

Die Straße ist von geschäftigem Treiben erfüllt, Männer mit Aktentaschen und Frauen in schicken Anzügen strömen an uns vorbei. Ich weiche einem Hund aus, dessen Leine sich über den ganzen Bürgersteig erstreckt. Der Besitzer passt offensichtlich überhaupt nicht auf, dass jemand über die Leine stolpern könnte.

»Du bist nervös wegen der Präsentation übermorgen, hm?«, fragt Ryan, als ich mich wieder neben ihm einreihe.

Mich überkommt der Impuls, es kleinzureden. Doch ich nehme ihn ganz bewusst wahr – und schaffe es, gegen ihn anzukämpfen. »Das ist noch untertrieben. Ich bin kurz davor, auf die Straße zu rennen und mich anfahren zu lassen, damit ich mir ein Bein breche und übermorgen nicht erscheinen muss.«

Ich lache, doch Ryan lacht nicht mit. Vorsichtig spähe ich zu ihm hinüber. Er sieht besorgt aus.

»Das war nur ein Scherz«, füge ich schnell hinzu.

»Schon klar. Aber das klingt trotzdem unangenehm, wenn du mit so viel Aufregung zu kämpfen hast. Ich dachte, zu zweit würde es für dich einfacher werden.«

»Das wird es auch.« Wenn er nur wüsste, wie sehr. »Und ich weiß auch, dass es absolut sinnlos ist, nervös zu sein. Unsere Kolleginnen und Kollegen sind alle supernett. Niemand wird sich was denken, wenn ich nur daneben stehe und du den größten Redeanteil übernimmst. Aber ich habe trotzdem Angst, dass es nicht gut ankommt, vor allem bei Mrs Dawson, oder irgendwer mich zwingt, mehr zu sagen.«

»Wird nicht vorkommen. Ich rede die einfach an die Wand und laber so viel, dass sie froh sind, dass unsere Präsentation vorbei ist.«

Ich muss grinsen. Das kann ich mir nur zu gut vorstellen.

»Den guten, alten Unterwäsche-Trick kennst du ja sicher.«

»Jap. Verstanden hab ich den aber noch nie. Wenn ich mir vorstelle, eine Präsentation vor einem Haufen halb nackter Verrückter zu halten, werde ich noch nervöser.«

Der tiefe Klang von Ryans Lachen lässt mich ein Stück über dem Boden schweben.

Gemeinsam steigen wir die Stufen zur U-Bahn hinab. Mit jeder wird die Luft ein wenig stickiger. Dann nehmen wir weiter unten die Rolltreppe, wo wir uns rechts einreihen.

Jemand drängt sich links an mir vorbei und stößt mich zur Seite. Ich stolpere. Nach vorn. Rutsche mit meinem Fuß über die Stufenkante. Ich halte den Atem an, sehe mich schon hinunterpurzeln. Doch Ryan, der eine Stufe unter mir steht, streckt den Arm aus. Ich kippe dagegen – und er stoppt meinen Fall.

»Gibt schon rücksichtslose Arschlöcher. Alles okay?«

Ich muss den Schock erst kurz verdauen und wieder atmen, bevor ich antworten kann. Wie hat Ryan das überhaupt so schnell gesehen, dass ich das Gleichgewicht verliere? Hat er Augen im Hinterkopf?

»Ja, alles okay.«

Erst jetzt bemerke ich, dass ich immer noch gegen seinen Arm drücke. Schnell steige ich mit beiden Füßen wieder zurück auf meine Stufe und reihe mich wieder hinter ihm ein.

Wie oft er mir diese Woche wohl noch das Leben rettet?

Die Situation ist mir so unangenehm, dass ich es die drei Stationen über, die wir gemeinsam fahren, kaum ein Wort mehr herausbringe. Ryan versucht zwar zwei-, dreimal ein Gespräch zu starten, gibt den Versuch aber schnell wieder auf, als er merkt, dass ich nicht wirklich darauf eingehe.

»Hier muss ich heute raus«, sage ich, als die Durchsage meine Station ankündigt.

»Dann viel Spaß auf deiner Shoppingtour. Ich hoffe, das lenkt dich ein bisschen ab.«

Es sind nur wenige, unbedeutende Worte. Fast schon eine dumme Floskel. Aber ich weiß, dass sie von Herzen kommen – und deshalb meines hüpfen lassen. Damit wird dieser Nachmittag gleich tausendmal besser.

»Danke.«

Ich lächle. Er lächelt. Nur dass sein Lächeln feine Linien unter seinen Bartschatten zaubert, seine Wangenknochen betont, seine Augen zum Strahlen bringt. Und es mir unmöglich macht, mich einfach umzudrehen und wegzugehen. Meine Hand verkrampft sich um die Haltestange. Die U-Bahn bremst schon, doch ich bewege mich keinen Zentimeter. Denn ich brauche noch einen Moment, um zu entscheiden, ob ich dem sanften Drängen meines Körpers nachgeben soll … oder lieber nicht.

Plötzlich taucht Mrs Whites Stimme in meinem Hinterkopf auf: »Niemand macht sich so viele Gedanken über Ihre Worte und Handlungen wie Sie selbst. Das können Sie einfach mal austesten.«

Wenn nicht jetzt, wann sonst?

Mein Herz hämmert so laut in meinen Ohren, dass ich kaum noch höre, wie sich die Türen öffnen.

»Bis übermorgen.« Die Stimme klingt viel zu hoch, um meine zu sein.

Aber Ryan antwortet. »Bis übermorgen, Josie.«

Ich nehme all meinen Mut zusammen, beuge mich nach vorn … und schließe ihn in die Arme. Plötzlich nehme ich trotz unserer beiden Jacken seine Wärme an meinem ganzen Körper wahr. Ebenso wie seinen Duft, der mit einem Mal überall ist und in meine Haut zu kriechen scheint.

Ryan wirkt genauso überrascht wie ich selbst, denn er lässt mit der Linken die Haltestange erst los, als ich mich schon wieder von ihm löse. Oh Gott. Wie peinlich.

Er öffnet den Mund, um noch etwas zu sagen, aber ich muss mich beeilen. Die anderen Fahrgäste sind schon ausgestiegen. Wie unangenehm wäre es, wenn die Tür vor meiner Nase wieder zugeht und ich wegen dieser dämlichen Umarmung verpasst habe auszusteigen?

Ich stürme hinaus und traue mich nicht, mich noch mal umzudrehen.

Auf dem Weg nach oben nehme ich zwei Stufen auf einmal, um das Gefühlschaos abzuschütteln, das die Umarmung in mir ausgelöst hat. Darüber kann ich später nachdenken, allein zu Hause. Ist vielleicht sogar eine gute Ablenkung vor übermorgen.

Aber jetzt will ich erst noch die Herbstsonne genießen, die London in die schönsten Farben taucht. Die Outfits der Spaziergänger, das bunte Laub, die stimmungsvolle Dekoration in den Schaufenstern – all das zaubert mir eine Wärme ins Herz, die mir der Sommer trotz seiner Hitze niemals gegen könnte.

Ich genieße all die Eindrücke, bis ich bei meiner Lieblingsbuchhandlung ankomme, die nur zwei Straßen von der Oxford Street entfernt liegt, versteckt in einer Seitengasse.

Schon beim Betreten des Ladens überkommt mich ein heimisches Gefühl. Der Duft, eine Mischung von altem Papier aus der Antiquariatsabteilung und Druckertinte aus den Regalen mit den Neuerscheinungen, legt sich wie ein Verband um mein Herz und lässt mich all die Probleme und Sorgen der letzten Tage vergessen.

Ich grüße Mrs McKingley, die neben dem breiten Verkaufstresen aus Kirschholz auf ihrem Ohrensessel sitzt und selbst in einem Buch schmökert.

Dann schlendere ich bis in den hinteren Teil des Ladens, zwischen die deckenhohen Regale, und versinke eine Weile zwischen den Schätzen. Ich lasse die Bücher mit dem hübschesten Einband durch meine Hände wandern, lese Klappentexte, erste und letzte Sätze, verliere mich in der Vorstellung, in all diese Welten eintauchen zu können.

Aber ich weiß, dass meine Wohnung und mein Bücherregal zu klein sind, um all den Büchern ein Zuhause bieten zu können. Also entscheide ich mich für einen einzigen Liebesroman, bevor ich in den vorderen Teil des Ladens zurückkehre.

Als ich an dem Regal mit dem Lesezubehör und den Notizbüchern vorbeikomme, werde ich langsamer. Hier habe ich auch mein Notizbuch gefunden – und es mittlerweile schon dreimal nachgekauft, weil ich die anderen vollgeschrieben habe.

Damals konnte ich nicht anders, als es zu mitzunehmen. Denn es ist und bleibt das Schönste, das ich jemals gesehen habe.

Auch heute kann ich den Blick nicht abwenden. Es wird immer noch auf einem Regalbrett auf Augenhöhe präsentiert, zwei Exemplare nebeneinander – eines, das mit dem wunderschönen Einband nach vorn steht und eines, das mit dem goldglänzenden Farbschnitt verführen soll, den auch Ryan so bewundert hat. Die Erinnerung daran, wie andächtig er mit dem Zeigefinger daran entlanggestrichen ist, lässt mich schmunzeln. Denn es war genau dieselbe Begeisterung, die auch ich damals empfunden habe, als ich es hier zum ersten Mal gesehen habe.

Plötzlich kommt mir eine Idee. Ich überlege nicht lange, nehme eines der Notizbücher und nehme es mit zur Kasse.

24. KAPITEL

Josie

Am übernächsten Morgen bin ich noch früher als sonst in der Redaktion. So früh, dass die Flure noch nass sind und in keinem der anderen Büros Licht brennt.

Allerdings hat mich nichts mehr zu Hause gehalten. Schon um vier habe ich kein Auge mehr zubekommen. Also konnte ich genauso gut schon mal herfahren und das Risiko minimieren, zu spät zu kommen, weil ich mit der U-Bahn mitten im Tunnel oder im Arbeitsgebäude im Aufzug stecken bleibe.

Ausnahmsweise muss ich im Studio das Licht einschalten. Ich lasse mir Zeit, meine Sachen abzulegen, und hole mir zuerst eine Tasse Kaffee. Als ich damit wieder im Studio stehe, stelle ich allerdings fest, dass der Kaffee wahrscheinlich gar keine so gute Idee ist. Ich habe sowieso schon Herzrasen. Das macht Koffein sicher nicht besser.

Also stelle ich die Tasse am Ende des Tisches ab und widme mich den wichtigen Dingen.

Ich öffne meine Tasche und ziehe das kleine Päckchen hervor, das ich in goldenes Geschenkpapier eingepackt und mit einer kleinen Schleife versehen habe. Zum Glück ist unterwegs nichts zerrissen. Ich lege es auf Ryans Platz und kann nicht aufhören, dabei zu grinsen. Hoffentlich freut er sich.

Die Konferenz ist erst um neun. Trotzdem klappe ich meinen PC auf und öffne die Präsentation. Mit meinen Moderationskarten gehe ich alles von vorn bis hinten durch, murmele den Text vor mich hin, sogar Ryans Part. Langsam verstehe ich, warum er gelacht hat, als ich ihn vorgestern gezwungen habe, mit mir zusammen zu üben. Irgendwie fühlt sich das wirklich wie ein Referat in der Schule an. Wahrscheinlich mache ich mich lächerlich, wenn ich mit meinen Karten vor den Kollegen auftauche. Ich sollte mir ein Beispiel an Ryan nehmen. Der improvisiert einfach – und klingt dabei so viel professioneller und überzeugender als ich.

Aber ich kann es nicht lassen. Die Vorbereitung beruhigt meine Nerven. Als ich von der Präsentation aufblicke, fallen schon Sonnenstrahlen durchs Fenster und machen das Deckenlicht überflüssig.

Acht Uhr dreißig. In zehn Minuten müssen wir los in Richtung Konferenzraum. Aber wo bleibt Ryan? Hat er sich wieder irgendwo festgequatscht?

Ich packe meinen Laptop unter den Arm. Mein Blick fällt auf das Geschenk auf seinem Platz. Schade, dass ich es ihm vorher nicht mehr geben kann. Ich hätte mich gern erkenntlich gezeigt, bevor er mich rettet, nicht erst danach.

Im Flur ist er allerdings auch nicht. Nur Alice kommt mir mit hängenden Schultern entgegengeschlurft. »Morgen, Josie.«

»Na, du siehst aus, als hättest du nicht viel geschlafen«, antworte ich und bleibe stehen.

»Ja, nur acht Stunden«, antwortet sie und scheint das völlig ernst zu meinen.

Ich will mich nicht über sie lustig machen, muss aber lachen. »Wie viel schläfst du denn sonst?«

»Wenn man meinen Nachmittagsschlaf nach der Arbeit mitrechnet, so zehn bis elf Stunden.«

»Ich wünschte, ich hätte so viel Zeit.«

»Die hab ich auch nicht. Aber ich nehm sie mir einfach. Ich brauch das«, sagt sie und gähnt herzhaft.

»Apropos Zeit … Hast du zufällig Ryan gesehen?«

Sie schaut mich träge aus ihren himmelblauen Augen an. »Glaube nicht. Hab aber auch nicht aufgepasst, wer hier schon so rumhüpft. Warum?«

»Wir haben gleich unsere Präsentation, und er ist bisher nicht aufgetaucht.«

»Hm. Wird bestimmt gleich da sein.«

Bevor sie im Stehen einschläft, mache ich ihr den Weg frei und laufe mit dem Laptop unter dem Arm zum Fitnessraum. Bestimmt wollte er vorher noch ein bisschen den Kopf freibekommen.

Doch als ich durch die Tür spähe, entdecke ich nur zwei Kolleginnen, deren Namen ich nicht kenne. Mist! Wo bleibt er nur?

Meine letzte Hoffnung schwindet, als ich zum Konferenzraum komme und er auch dort nicht sitzt. Jetzt kann ich allerdings auch nicht mehr weg und nach ihm suchen. Mrs Dawson empfängt mich und bittet mich, meinen PC schon mal testweise mit dem Beamer zu verbinden.

Ich gehe durch den Raum und setze mich auf den vorletzten Stuhl an dem langen Tisch. Den letzten lasse ich für Ryan frei.

So muss ich zwar später, wenn wir dran sind, weiter nach vorn laufen – es wird für Ryan aber auch nicht so peinlich, wenn er ein paar Minuten zu spät kommt.

Während ich mit zittrigen Fingern versuche, über die Netzwerkverbindung alles für den Beamer einzustellen, zähle ich die Sekunden und drehe mich jedes Mal aufgeregt um, wenn jemand hinter mir hereinkommt. Aber es sind nur andere Kollegen. Kein Ryan in Sicht. Verdammt, wo steckt er nur? Er wird mich doch nicht ausgerechnet heute hängen lassen.

Nach und nach füllen sich alle Plätze. Ich trenne die Verbindung zum Beamer wieder, weil Mrs Dawson mir mitgeteilt hat, dass wir erst als vierter Punkt auf der Tagesordnung stehen. Auch wenn es mir schwerfällt, versuche ich, mir einzureden, dass Ryan sicher jede Sekunde auftaucht. Er war bisher immer absolut verlässlich.

Und wir haben erst vorgestern auf dem Heimweg noch darüber geredet. Ich hätte nicht offener und ehrlicher sein können. Er weiß genau, wie viel Angst ich vor dieser Präsentation habe und wie wichtig es ist, dass er dabei ist. Wenn er nicht gleich hier reinspaziert, muss es also einen triftigen Grund geben. Hoffentlich ist nichts Schlimmes passiert.

Zwei Minuten nach neun bittet Mrs Dawson um Aufmerksamkeit und steht auf.

»Guten Morgen, meine Lieben. Heute wollen wir uns noch mal ansehen, wie es im Pure-Plates-Fall zu einer solchen Katastrophe kommen konnte. Dazu hören wir uns gleich erst ohne Wertung die Arbeitsschritte aller Abteilungen an, die im Vorfeld durchlaufen wurden. Anschließend können wir diskutieren, was uns aufgefallen ist und wo vermutlich die Knackpunkte liegen. In Ordnung?«

Alle nicken.

»Dann starten wir mit Angela, die noch mal die Kontaktaufnahme zu unserem Informanten Revue passieren lässt.«

Angela, eine korpulentere Frau in einem perlmuttfarbenen Kostüm, deutlich älter als Mrs Dawson, schlendert völlig gelassen mit ihrer Kaffeetasse nach vorn. Sofort fühle ich mich noch dämlicher, weil ich innerlich völlig abdrehe.

Was soll das überhaupt? Das sind alles nette Menschen. Kein Druck. Niemand wird mich benoten, wie in der Schule oder der Uni. Es gibt überhaupt keinen Grund, unlocker zu sein.

Angela beginnt ihre Präsentation. Und zwar ganz anders als ich. Sie lehnt lässig am Tisch, plaudert wie mit Freunden.

Ich taste nach den Präsentationskarten in meiner Hosentasche. Nein, die kann ich auf keinen Fall auspacken. Das würde lächerlich rüberkommen.

Leider kann ich Angela nicht richtig zuhören. Mein Blick klebt auf der Desktop-Uhr in der unteren Ecke meines Laptops, und mein letzter Rest Aufmerksamkeit klebt an der Tür hinter mir, während ich ständig auf das kleinste Geräusch lausche, das verraten könnte, dass sie sich öffnet.

Mein Magen rebelliert. Vielleicht hätte ich etwas essen sollen. Oder wäre das jetzt wieder rausgekommen?

Fünf Minuten vergehen. Zehn. Fünfzehn. Ein anderer Kollege wechselt den Platz mit Angela. Und mein Herz in einen noch schnelleren Takt. Wenn ich gleich umkippe, ist Ryan schuld. Oder ihm ist wirklich etwas zugestoßen, und ich wache dann im Krankenhaus wieder auf und teile mir ein Zimmer mit ihm.

Eine andere Erklärung finde ich langsam wirklich nicht mehr. Selbst wenn sein Fahrrad einen platten Reifen hatte, hätte er es in der Zwischenzeit geschafft, es bis zur Redaktion zu schieben.

Ich ziehe mein Handy aus der Hosentasche, das eigentlich im Flugmodus war. Aber auch, als ich ihn wieder rausnehme, ploppt keine Nachricht von Ryan auf.

Also schreibe ich ihm.

Wo bleibst du? Alles okay?

Kein Wort von dem, was die anderen sagen, bleibt bei mir hängen. Die Vorträge ziehen durch meinen Kopf wie ein leises Hintergrundgeräusch, während mein rasender Puls alles übertönt.

Die Zeit schreitet gnadenlos voran. Bis Mrs Dawson sich für die Präsentation aus dem Schreibteam bedankt.

Sie schaut zu mir und lächelt. Sie spürt meine Verunsicherung offenbar. Doch ihr aufmunterndes Nicken hilft nicht. Es fühlt sich an, als würde sie gleich eine Waffe zücken und auf mich zielen.

»Josie, wärst du so lieb, uns zu zeigen, wie ihr vorgegangen seid?«

»Na klar, gern.« Ich wollte locker klingen. Nicht wie ein übermütiger Cowboy nach drei Zigarren.

Meine Knie sind so weich, dass ich befürchte, sie könnten jede Sekunde unter mir wegknicken. Fehlt gerade noch, dass ich mich vor allen auf die Schnauze lege.

Irgendwie klappt es, und ich komme vorn an, ohne gestürzt oder gestolpert zu sein. Wie ferngesteuert verbinde ich meinen Laptop mit dem Beamer und starte die Präsentation.

Dann richte ich mich auf und lasse den Blick über meine Kollegen schweifen. Manche lächeln. Andere schauen erwartungsvoll zu mir hinauf.

Mit einem Mal werden meine Atemzüge kürzer und kürzer, mein Herz schneller und schneller. Wie soll ich so reden, ohne zu keuchen?

Meine Finger wandern zu meiner Hosentasche. Die Präsentationskarten. Wenn alles schiefläuft, kann ich sie immer noch rausholen und meine Stichpunkte vorlesen.

Ein letztes Mal starre ich auf die Tür. So intensiv, als könnte ich sie dadurch zwingen, sich zu öffnen und Ryan auszuspucken. Aber es klappt nicht. Sie bleibt geschlossen.

Ich nehme einen letzten keuchenden Atemzug – und lege los.

25. KAPITEL

Ryan

Ich drehe mich gähnend auf den Rücken und ziehe die Decke wieder etwas höher. Das war viel zu wenig Schlaf. Aber der Slam, den ich mir letzte Nacht noch bei YouTube angesehen habe, war zu fesselnd, um ihn mittendrin einfach auszuschalten.

Der Regen prasselt gegen die große Glasfront meines Schlafzimmers und macht das Bett damit umso gemütlicher. Gedankenverloren scrolle ich auf TikTok. Der Algorithmus führt mich heute durch die perfekte Mischung aus amerikanischem True Crime und Kochvideos – ein bisschen Recherche und Konkurrenz abchecken und ein bisschen Unterhaltung. Nebenbei ploppen unzählige Benachrichtigungen von Instagram auf. Hoffentlich nur Reaktionen auf meine neue Folge und nicht wieder eine neue Hasswelle, doch TikTok ist gerade so wohltuend und ablenkend, dass ich gar keine Lust habe, mich damit zu befassen.

Ich scrolle einfach weiter und versinke in den Videos, die meinen Kopf einen Moment lang ausschalten.

Als ich ein Video mit einem verlockend aussehenden One-Pot-Rezept speichere, mischt sich unter die Benachrichtigungen plötzlich eine WhatsApp-Nachricht. Von Josie.

Ich erwische mich dabei, dämlich in mich hineinzugrinsen. Eigentlich sollte ich cool bleiben, sie nicht gleich lesen. Aber scheiß drauf.

Sofort klicke ich darauf und öffne die Nachricht.

Wo bleibst du? Alles okay?

Ich blinzle. Mein Herz rast los, aber ich weiß nicht, warum. Mein Kopf ist noch gefangen zwischen Halbschlaf und TikTok. Was meint sie?

Mit einem Mal geht ein Ruck durch meinen Körper, und ich sitze aufrecht im Bett. Scheiße. Heute ist Mittwoch. Und das bedeutet …

Deswegen hat mein Wecker geklingelt. Die Präsentation. Sie hat vor fünfzehn Minuten begonnen.

Ich strample die Bettdecke von mir, als hätte sie mir einen Stromschlag verpasst und springe so schnell auf, dass mir ein bisschen schwindelig wird.

Fuck, fuck, fuck! Wie konnte ich das vergessen?

So schnell ich kann, renne ich ins Badezimmer. Aus dem Spiegel blicke ich mir aufgebracht und zerzaust entgegen. Ich sehe so müde aus, wie ich mich vor einer Minute noch gefühlt habe. Jetzt flutet nur noch Panik meine Adern. Was mach ich hier drin überhaupt? Ist gerade doch völlig egal, wie ich aussehe. Ich muss los. Sofort. Vielleicht ist unser Part erst am Schluss dran, und ich schaffe es gerade noch rechtzeitig. Ich kann Josie nicht hängen lassen. Auf keinen Fall.

Ich sprinte zurück ins Schlafzimmer, ziehe mir irgendein Shirt über, das ich auf dem Boden finde, schlüpfe in meine Jeans und schnappe mir mein Handy. Dieses verfluchte Teufelsding, wenn ich nicht so lange gescrollt und einfach wie jeder normale Mensch aufgestanden und in den Tag gestartet wäre …

Aber darüber kann ich mir später noch Gedanken machen.

Ich stürme in den Flur, stolpere fast, weil ich meine Sneaker nicht richtig anziehe, fahre nach unten und stehe zwei Minuten später vor der Haustür.

Der Regen prasselt kalt auf mich herab und lässt mich erschaudern. Eine Jacke habe ich vergessen. Wieder hoch und eine holen ist keine Option. Ich muss einfach so schnell wie möglich zur Redaktion.

Die Straße ist wegen des schlechten Wetters wie leer gefegt. Das ist gut. Ich kann es mir nicht erlauben, mit der U-Bahn zu fahren. Das dauert viel zu lange. Da wäre ein Taxi viel schneller, wenn ausnahmsweise mal nicht so viel Verkehr ist.

Ich laufe im Stechschritt zur nächsten Kreuzung, wo eine mehrspurige Straße angrenzt. Doch weit und breit ist kein Taxi in Sicht. Verdammt, was soll das denn? Soll ich doch mit dem Rad fahren? Nein, es würde viel länger dauern, es zu holen und bis zur Redaktion zu fahren, als mir eben ein Taxi zu rufen.

Ich ziehe mein Handy hervor. Dicke Tropfen prallen auf das Display, machen es beinahe unmöglich, es zu bedienen. Aber ich krieg es hin, die kurze Nummer einzutippen. Es klingelt.

Im selben Moment, in dem sich die Zentrale meldet, biegt jedoch endlich ein Taxi um die Ecke.

Ich springe nach vorn. Zu unvorsichtig. Ein schwarzer Mercedes zieht zur Seite und hupt. Den hab ich vorher gar nicht gesehen. Das war knapp. Aber ich ignoriere, dass ich gerade beinahe auf einer Motorhaube geklebt hätte, und winke um mein Leben.

Der Taxifahrer sieht mich. Er setzt den Blinker und hält an. Ich springe auf den Rücksitz, schreie ihm beinahe die Adresse der Redaktion entgegen.

»Sie haben es eilig, hm?«, fragt der schnauzbärtige Fahrer und mustert mich skeptisch im Rückspiegel.

»Das können Sie laut sagen«, brumme ich, »also wenn es schnell geht, wäre ich Ihnen sehr dankbar.«

Er zieht die Brauen hoch und lässt den Blick an mir hinabwandern. Wahrscheinlich hat er Angst um seine Ledersitze, so wie ich tropfe.

»Das wird um die fünfundzwanzig Pfund kosten. Die haben Sie doch dabei, oder?«

Wofür hält er mich? Sehe ich aus wie ein Schnorrer oder ein Obdachloser? »Natürlich. Fahren Sie jetzt endlich?« Das klang unfreundlicher als beabsichtigt.

»In Ordnung, Sir.«

Er löst den Blick aus dem Rückspiegel, checkt im Seitenspiegel die Verkehrslage und gibt Gas.

Ich starre aus dem Fenster. Die vorbeifliegenden Straßen Londons sind zwischen den Regentropfen, die die Scheibe hinabrinnen, kaum zu erkennen. Josie taucht vor meinen Augen auf. Wie sie am riesigen Tisch im Konferenzraum sitzt, in denselben Regen hinausstarrt und sich fragt, wo ich bleibe. Wie sie versucht, ihre zitternden Hände unter dem Tisch zu verstecken. Wie Mrs Dawson sie aufruft, Josie aufsteht und mit hochrotem Kopf die Präsentation hält. Die Vorstellung zerreißt mir beinahe das Herz. Sie hat sich auf mich verlassen. Ich muss es rechtzeitig schaffen.

Wir überqueren die Themse über die Tower Bridge, stehen danach mehrere Ampelschaltungen im Stau. Ich wäge ab, ob es schneller wäre, auszusteigen und zu rennen – dazu sind wir aber noch zu weit entfernt.

Endlich kann der Fahrer ein bisschen Gas geben. Ich fixiere die Uhr auf meinem Handydisplay. Die Zeit rennt viel zu schnell. Wir brauchen viel zu lange.

Nach einer gefühlten Ewigkeit biegt der Fahrer in die Straße der Redaktion ein.

Ich schnalle mich ab, taste nach meiner Hosentasche – und zucke zusammen. Sie ist leer. Fuck! In der Eile habe ich völlig vergessen, mein Portemonnaie einzustecken.

Der Fahrer setzt den Blinker und kommt vor dem Redaktionsgebäude zum Stehen.

»Äh … nehmen Sie auch Bezahlung über Paypal?«, frage ich und schicke ein stummes Stoßgebet in den Himmel.

Der Fahrer dreht sich um und sieht mich abschätzig an. »Wenn es sein muss.«

Ich atme auf, lasse mir von ihm seine Mailadresse geben und schicke vor seinen Augen die Bezahlung für die Fahrt – plus großzügiges Trinkgeld als Entschädigung. Das kostet alles viel zu viel Zeit.

Schon als ich aus dem Auto springe, bin ich außer Atem, weil mein Herz viel zu schnell rast.

Immerhin steht in der Eingangshalle der Aufzug bereit und ich muss nur hineinspringen und wie bescheuert auf den Knopf für den fünfzehnten Stock hämmern, um nach oben zu gelangen. Der Aufzug scheint eine Ewigkeit für die Fahrt zu brauchen. Nervös tippe ich mit dem Finger gegen die Wand. Endlich öffnen sich die Türen mit einem Pling. Ohne eine Begrüßung renne ich am Empfang vorbei direkt zum Konferenzraum. Bitte, lass mich noch rechtzeitig dran sein!

Abrupt bleibe ich davor stehen. Ich muss erst zwei tiefe Atemzüge nehmen, um nicht die ganze Konferenz mit meinem Keuchen zu stören, wenn ich außer Atem reinplatze. Warten kann ich aber auch nicht mehr länger.

Vorsichtig drücke ich die Klinke nach unten und schiebe die Tür auf.

Einige Kolleginnen und Kollegen drehen sich um und mustern mich neugierig. Kein Wunder. Ich bin durchnässt, zerzaust und vom Rennen und der Hektik vermutlich rot im Gesicht.

Ich ignoriere ihre Blicke und halte stattdessen nach Josie Ausschau. Vor der Leinwand steht sie schon mal nicht. Dort hält Alex gerade seine Präsentation. Das ist gut. Hoffentlich war sie noch nicht dran.

Ich lasse den Blick über die Stühle schweifen – und entdecke sie direkt vor mir. Sie trägt ein elegantes Kostüm und eine dünne, goldene Kette mit dazu passenden Ohrringen. Sie ist noch schicker angezogen als sonst. Daneben komme ich mir in meinem einfachen, durchnässten Outfit direkt noch schäbiger vor.

Sie schaut nicht zu mir, als ich den freien Stuhl neben mir heranziehe und mich darauf sinken lasse.

Ich beuge mich zu ihr. »Tut mir so leid. Du warst noch nicht dran, oder?«

Sie schaut immer noch nicht in meine Richtung, sondern auf den Zettel vor sich, auf dem sie sich offenbar Notizen gemacht hat. Dann lässt sie den Kugelschreiber klicken und schreibt noch etwas dazu, das ich nicht entziffern kann. Was mir aber auffällt ist ihre Hand. Sie zittert gar nicht.

Mein Herz wird mit einem Mal schwer.

»Doch. Ich hab mich gerade erst wieder hingesetzt«, flüstert sie so leise, dass ich keine Emotionen aus ihrer Stimme herauslesen kann.

Dafür spüre ich meine eigenen umso deutlicher. Das schlechte Gewissen, das mich bis in die Tiefen meines Herzens plagt. Die Hilflosigkeit, weil die Sache jetzt gelaufen ist und ich nichts mehr daran ändern kann, auch wenn ich es mir so sehr wünsche, dass es wehtut. Aber vor allem unbändige Wut. Wut auf mich selbst, auf dieses beschissene Smartphone, das sich wie ein Stein in meiner Hosentasche befindet. Warum kann ich nicht wie jeder andere Mensch meinen Tag beginnen, indem ich aufstehe, mich fertig mache, eine Tasse Kaffee trinke und meine To-dos durchgehe? Warum ist das Erste, was ich tue, stundenlang auf Social Media zu scrollen, kopflos Zeit und Energie zu verschwenden? Wenn ich in der Nacht zuvor nicht so lange wach geblieben wäre, einmal kurz nachgedacht hätte, wäre das alles nicht passiert.

Mit einem Mal ist da nicht nur Wut. Angst keimt in mir auf, treibt mir kalten Schweiß in den Nacken. Wenn ich schon so etwas wie diese Präsentation ... so etwas unfassbar Wichtiges wie Josie vergesse ... Wo soll das Ganze noch hinführen?

Ich kann mich auf kein Wort konzentrieren, das Alex von sich gibt. Ich starre auch durch die anderen beiden, die noch etwas vorstellen. In meinem Kopf ist nichts anderes als Angst, Wut und Scham – und die Frage, wie ich das jemals wiedergutmachen kann. Wie muss es Josie wohl ergangen sein? Auf mich zu warten, um dann festzustellen, dass ich nur ein aufgeblasener Idiot bin, der sich nicht an seine eigenen Vorschläge und Versprechen hält? Sie hatte so große Angst vor allen zu sprechen. Für mich wäre es ein Klacks gewesen. Aber nicht mal das hab ich hinbekommen.

Sobald die Präsentation vorbei ist und Mrs Dawson ein paar Schlussworte gesprochen hat, schnappt sich Josie Laptop, Zettel und Stift und steht auf.

Perplex schaue ich zu ihr hinauf. Sie geht? Ohne ein Wort zu mir zu sagen? Ja, sie ist zurückhaltend. Aber mich so zu ignorieren, sieht selbst ihr nicht ähnlich.

»Warte doch mal. Wo willst du hin?«, sage ich hilflos.

»Zurück ins Studio, wohin sonst?« Ihr Blick ist eiskalt, ihrer Stimme fehlt jegliche Intonation. Aber immerhin redet sie mit mir. Sie wartet jedoch nicht auf mich, sondern verlässt den Konferenzsaal.

Ich stehe auf und laufe ihr hinterher. »Josie ... Das tut mir so unfassbar leid. Ich hab echt Mist gebaut, das weiß ich.«

Ich zögere. Soll ich mir eine Ausrede ausdenken? Nein, ich kann mich jetzt nicht auch noch in feige Lügen verstricken, nur um ein bisschen besser dazustehen. Sie hat die Wahrheit verdient. Sie läuft so schnell, dass ich Mühe habe, mit ihr Schritt zu halten.

»Gestern Nacht habe ich viel zu lange YouTube-Videos geguckt. Als heute Morgen dann mein Wecker geklingelt hat, war ich völlig übermüdet. Ich hab gar nicht drüber nachgedacht, welcher Tag heute ist und was heute ansteht. Ich bin einfach liegen geblieben, hab auf TikTok gescrollt und darüber die Zeit vergessen.« Ich atme zitternd aus. Das ging nicht so leicht über die Lippen wie erwartet. »Ich weiß auch nicht, wie das passieren konnte. Ich wollte dir wirklich helfen. So was ist mir noch nie passiert.«

»Ist schon okay«, sagt sie, während sie in schnellem Tempo vor mir den Flur hinunterstapft. Aber ihre schwankende Stimme verrät mir, dass es ganz und gar nicht okay ist.

Ein Kloß bildet sich in meinem Hals. Verdammt. Habe ich jetzt alles verbockt? »Gibt es irgendwas, womit ich es wiedergutmachen kann?«

Sie zuckt nur mit den Schultern. Bis wir das Studio erreichen, überlege ich fieberhaft, was ich sagen, wie ich sie erreichen kann, um sie wenigstens im Nachhinein etwas aufzufangen. Aber sie blickt nur starr geradeaus und hat die Lippen zusammengepresst. So abweisend, wie sie gerade wirkt, will sie das gar nicht.

Sie biegt zum Studio ab, stößt die Tür auf, stellt ihren Laptop auf den Tisch und wendet mir den Rücken zu.

»Wie lief es? War es wirklich so schlimm wie erwartet?« Ich will zu ihr gehen, um ihr ins Gesicht sehen zu können, doch ich bleibe an der Tür stehen.

Josie schüttelt den Kopf. »Schlimmer. Ich hab ja nicht damit gerechnet, allein dort zu stehen.« Sie schnaubt. »Ich hab am Anfang ganz schön rumgestottert und hätte fast die Nerven verloren. Aber ich hab es irgendwie hingekriegt. Das ist das Gute. Ich bin nicht gestorben, also kann ich hoffentlich daran wachsen und es nächstes Mal besser machen.«

Langsam dreht sie sich um und sieht mich an. In ihrem Blick liegt eine Mischung aus Vorwurf und Enttäuschung. Mein Brustkorb fühlt sich an, als hätte jemand ein paar Pfeile hineingeschossen und nicht mehr herausgezogen.

»Nächstes Mal werde ich dabei sein und dich unterstützen.«

Ihr bitteres Lachen lässt meine Brust noch enger werden. »Ganz ehrlich, du brauchst doch selbst am meisten Unterstützung, wenn du bald noch irgendwas auf die Reihe kriegen willst.«

Ich komme ein paar Schritte näher. »Wie meinst du das?«

»Das weißt du doch ganz genau. Du musst aufhören, so viel am Handy rumzuhängen. Das kostet so viel Zeit und Energie, du machst alles damit kaputt. Deinen Podcast, diesen Job hier, deine Freundschaften und …«, sie schaut zu Boden, »… na ja, alles eben.« Das war sicher nicht das, was sie ursprünglich hatte sagen wollen.

Ich weiß gar nicht, was mir mehr wehtut: die tiefe Traurigkeit in ihrem Blick oder die Erkenntnis, dass sie absolut recht damit hat.

Am liebsten würde ich die letzten Meter zwischen uns überwinden. Sie in die Arme schließen, die Nase in ihrem Haar vergraben und im Zimtduft und ihrer Nähe versinken, alles vergessen. Ihr zeigen, dass es nicht an ihr liegt, dass sie mir wichtiger ist, als sie ahnt. Aber sie wirkt immer noch so sauer und verletzt, dass ich mich keinen Millimeter näher an sie herantraue.

»Du hast recht«, antworte ich deshalb nur.

Sie kneift die Augen zusammen. Mit dieser Antwort hat sie wohl nicht gerechnet. »Hab ich?«

»Ja, natürlich. Ich verbringe viel zu viel Zeit online. Das weiß ich. Aber es ist Teil meines Jobs. Deswegen ist es gar nicht so einfach, das zu trennen. Und ehrlich gesagt weiß ich auch gar nicht, wie ich da wieder rauskommen soll. Ich hab es schon so oft probiert. Manchmal hab ich das Handy, wenn ich einen Podcast aufnehme, in ein anderes Zimmer gelegt. Aber dann erwische ich mich dabei, wie ich nach fünf Minuten wieder mit einer Ausrede aufstehe. Weil ich noch mal was googeln muss, zum Beispiel. Ich komm einfach nicht davon weg.«

Ihr Ausdruck wird etwas sanfter. »Vielleicht willst du dir das mit der psychologischen Beratung hier in der Redaktion doch noch mal überlegen. Ich unterhalte mich jetzt regelmäßig mit Mrs White und hätte nicht gedacht, dass es mir so guttut. Du musst dich da nicht allein durchkämpfen. Sie würde dir sicher helfen.«

Wow. So viel am Stück habe ich Josie glaube ich noch nie reden hören.

Trotzdem steigt das Unbehagen wieder in mir auf, das sich neulich schon breitgemacht hat, als Mrs Dawson von dem Angebot gesprochen hat. Ob das der richtige Weg ist? Allerdings, wie soll der Weg sonst aussehen? Ich habe es lange genug allein probiert. Vielleicht ist jetzt der Zeitpunkt gekommen, mir endgültig einzugestehen, dass ich Unterstützung brauche. Ich erinnere mich an den letzten Slam. Ich habe es so sehr probiert, den Abend zu genießen und nicht aufs Handy zu schauen. Ich habe es nicht geschafft. Genauso wenig wie heute. Und das kann – darf – nicht wieder vorkommen. Ich kann Josie nicht erneut so wehtun.

»Vielleicht gehe ich wirklich mal zu Mrs White«, sage ich leise.

»Das solltest du. Tut auch wirklich nicht weh.«

Josies Laptop gibt ein Pling von sich. Aus Reflex schaue ich an ihr vorbei auf das Display. Scheint nur eine eingehende Mail zu sein. Doch plötzlich sticht mir noch etwas anderes ins Auge, hinter ihrem PC.

Dort liegt ein golden verpacktes Geschenk mit einer Schleife. Oh nein. Hab ich noch mehr verpennt?

»Hast du heute Geburtstag?«, frage ich und versuche fieberhaft, mich zu erinnern, ob sie davon in den letzten Tagen etwas erwähnt hat.

Sie folgt meinem Blick und schaut über die Schulter zum Tisch. Dann wieder zurück zu mir. »Wegen des Geschenks?«

»Ist das nicht deins?«

»Doch, aber nicht für mich. Sondern von mir. Für dich. Eigentlich.« Ich sehe ihr an, wie dumm sie sich dabei vorkommt.

Aber sicher nicht halb so dämlich wie ich. Mein Herz brennt, und ich muss schlucken, um nicht zuzulassen, dass mir Tränen in die Augen steigen.

Ich habe sie als Kollegin gar nicht verdient. Und erst recht nicht als Freundin. Sie wollte sich bei mir bedanken. Sie hat sich etwas ausgedacht, um mich zu überraschen. Und ich … Ich trete ihre Gefühle mit Füßen. Vergesse sie einfach und lasse sie allein sitzen.

»Ich … Ich …« Jetzt bin ausnahmsweise ich es, dem die Worte fehlen. »Oh Gott, Josie, es tut mir so leid, echt.«

»Ich weiß. Das hast du schon gesagt.« Sie knibbelt an ihren Fingernägeln herum.

»Steck es wieder ein, bitte. Ich halte es nicht aus, wenn es da rumliegt. Ich habs kapiert, ich hab riesigen Mist gebaut, und ich werde mich drum kümmern, dass das nicht mehr vorkommt.«

Sie geht um den Tisch herum, nimmt das Geschenk und kehrt wieder zu ihrem Platz zurück. Dann dreht sie es in den Händen und betrachtet es nachdenklich. Wie hübsch sie aussieht, wenn sie nachdenkt.

Plötzlich hebt sie den Blick und kommt auf mich zu. Entschlossen streckt sie mir das Päckchen entgegen. Ein vorsichtiges Lächeln huscht über ihre Lippen. »Nimm es trotzdem.«

»Ich kann nicht. Das wäre nicht richtig.«

»Doch, klar. Ich hab es für dich gekauft. Nicht nur wegen der Präsentation.« Sie sieht mich erwartungsvoll an.

Ich verliere mich einen Moment lang im Schimmern ihrer ehrlichen braunen Augen. Mir wird warm, doch das Atmen fällt mir immer schwerer. Ich habe keine Ahnung, wie ich damit umgehen soll. Warum ist sie so lieb? Kann sie nicht noch ein bisschen länger beleidigt oder wütend sein? Dann würde ich mich nicht ganz so schlecht fühlen, sondern bekommen, was ich verdiene.

Denn dieses Geschenk verdiene ich jedenfalls nicht.

Meine eigene Neugierde lässt mich trotzdem die Hand ausstrecken und es entgegennehmen. Meine Finger streifen ihre, als ich es umfasse. Ein wohliger Schauer durchfährt mich, der bis zu meinem Herzen dringt und es zu einem kleinen Hüpfer bewegt.

»Ich weiß gar nicht, was ich sagen soll, danke.«

Josie zieht wortlos die Hand zurück, dreht sich um und lässt sich auf ihren Stuhl sinken.

Ich setze mich ihr gegenüber. Das goldene Geschenkpapier ist eigentlich viel zu schön, um es zu zerstören. Mich überkommt der Impuls, mein Handy hervorzuholen und das Geschenk von allen Seiten zu fotografieren und zu filmen. Doch ich gebe ihm nicht nach. Das muss ich mir abgewöhnen – und es wäre heute verdammt unpassend.

Stattdessen beginne ich, das Geschenk doch zu öffnen. Ich ziehe die Schleife auseinander und reiße das Papier ein.

Was mir darunter entgegenfunkelt, ist ebenso golden wie das Geschenkpapier. Umgeben von einem braunen Einband. Ich weiß gar nicht, wohin mit meinen Emotionen.

Es ist ein Notizbuch. Dasselbe wunderschöne Notizbuch, das ich neulich bei Josie bewundert habe.

Sie hat zugehört, es sich gemerkt und sich Gedanken gemacht. Das allein macht es schon zu dem wohl tollsten Geschenk, das ich jemals bekommen habe.

26. KAPITEL

Ryan

Wo bin ich hier nur gelandet?

Mit verschränkten Armen sitze ich auf der hellblauen Couch, die für meinen Geschmack ein bisschen zu weich und plüschig ist, und beobachte, wie Mrs White auf einem Papier auf ihrem Klemmbrett herumkritzelt. Was sie darauf wohl festhält? Ihren ersten Eindruck von mir? Meine Körpersprache? Dann habe ich bestimmt schon verkackt. Oder doch nur meinen Namen und das Datum?

Nicht mal die dampfende Tasse Kaffee vor mir kann meine Laune heben. Im Gegenteil. Wozu habe ich sie überhaupt um eine gebeten? Wahrscheinlich bekomme ich keinen Schluck davon runter.

»Sie sagen also, Sie haben mit diesem Shitstorm in den sozialen Medien zu kämpfen, Mr Morley?«

»Ja. Hat Josie ja sicher schon erzählt, was da so abging.«

»Das hier ist ein geschützter Raum. Ich halte es nicht für sinnvoll, darüber zu reden, was andere Klientinnen und Klienten mir erzählen. Hier geht es heute nicht um Josie, sondern um Sie.«

Ich seufze. Eigentlich habe ich keine Lust, das ganze Thema von vorn aufzurollen. Das wird mich nur noch wütender und enttäuschter machen. »Können Sie mir nicht einfach erzählen, was man in so einem Fall macht? Wie man damit am besten klarkommt? Da gibt es doch bestimmt irgendwelche Psychotricks.«

Für den Bruchteil einer Sekunde huscht ein Lächeln über Mrs Whites Lippen. »Wenn es so einfach wäre, hätte ich keinen Job. Dann könnten Sie sich einfach ein Buch mit Psychotricks kaufen und hätten keine Sorgen und Probleme mehr.«

Sofort wird mir heiß. »Sorry, war nicht böse gemeint«, sage ich leise, auch wenn sie nicht den Eindruck macht, als hätte sie meinen dämlichen Kommentar persönlich genommen. »Das weiß ich eigentlich selbst. Bin mir nur noch nicht sicher, ob das hier was für mich ist.«

»Wir können es gern zusammen herausfinden. Wenn Sie sich nicht wohlfühlen, zwingt Sie niemand wiederzukommen. Ganz im Gegenteil. Aber warum denken Sie denn, es könnte vielleicht nichts für Sie sein?«

So genau wollte ich das eigentlich nicht ausführen. Vor allem, weil ich unmöglich das antworten kann, was mir als Erstes durch den Kopf schießt. Dass ich genau weiß, dass einiges bei mir schiefläuft und ich Angst davor habe, das zuzugeben oder im schlimmsten Fall deswegen in eine Schublade gesteckt zu werden.

»Ich rede nicht gern so … tiefgründig. Mach ich nicht mal mit meinem besten Freund.«

»Dann machen Sie Probleme eher mit sich selbst aus? Behalten Ihre Gedanken und Gefühle für sich?«

»Kommt drauf an. Ich teile sogar auf Social Media öfter Dinge, die mich beschäftigen. Ich versuche immer, möglichst transparent und echt zu bleiben. Aber …« Ich stocke. Jetzt fange ich schon an, mir zu widersprechen.

Falls Mrs White merkt, dass ich Mist rede, lässt sie sich das zumindest nicht anmerken. Sie sitzt seelenruhig in ihrem Sessel und scheint zu warten, ob ich meinen Satz beenden will. »… ach, keine Ahnung. Ich kenn Sie nicht. Und Sie mich nicht.«

»Das ist richtig. Ihre Follower kennen Sie aber auch nicht.«

»In dem Fall macht es das aber irgendwie einfacher. Wenn ich keine Lust habe, zwingt mich niemand, die Kommentare zu lesen. Ich seh manchmal nur die vielen Likes, und wenn ich mal schlecht drauf bin und keine Lust habe, die Kommentare zu checken, kann ich mir einreden, dass es einfach alle gut fanden, was ich geteilt habe.« Das klingt selbst in meinen Ohren nach einer ziemlich ungesunden Art und Weise, damit umzugehen. Also füge ich noch schnell hinzu: »Bei diesem Shitstorm funktioniert das aber nicht mehr. Ich kriege von allen Seiten so viel Negativität ab. Ist nicht jeden Tag leicht, damit klarzukommen.«

»Wie gehen Sie denn damit um? Das stelle ich mir herausfordernd vor. Social Media ist ja Ihr Hauptjob und Ihre Haupteinnahmequelle, wenn ich das richtig verstanden habe.«

»Genau. Ich verdiene mein Geld mit Werbekooperationen – und Premiumabonnenten meines Podcasts. Manche behaupten, jede Publicity ist gute Publicity. Es kommen dadurch auch neue Leute auf meine Kanäle. Das seh ich aber anders. Ich will keine Skandale, keinen Hass. Am liebsten würde ich einfach nur meinen Podcast produzieren, die Leute unterhalten und ein bisschen glücklicher machen. Dieses Drama ist nichts für mich.«

»Haben Sie sich bisher erfolgreich von solchen Dramen ferngehalten?«

»Ich hab mir einfach nichts zuschulden kommen lassen. Was mir auch nicht schwerfällt. Mein Leben ist nicht besonders spektakulär.«

»Wie meinen Sie das? Wie sieht eine Woche bei Ihnen denn normalerweise so aus?«

Das ständige Gefrage macht mich nervös, und ich verstehe nicht mal, warum. Eigentlich sind ihre Fragen völlig unverfänglich. Ich kann selbst entscheiden, wie tief ich darauf eingehe.

Langsam beuge ich mich nach vorn und nehme meine Kaffeetasse in die Hand. Auch wenn ich weiß, dass das Quatsch ist, gibt sie mir das Gefühl, mich an etwas festhalten zu können. »Seit ich hier arbeite, bin ich drei Tage die Woche hier in der Redaktion. Dann gehe ich nach Hause, mach mir was zu essen und verschwinde in meinem privaten Studio, bis ich zu müde bin. Und an den anderen Tagen ist es eigentlich das Gleiche, nur ohne Redaktion. Aufstehen, Studio, Essen, Bett. Manchmal bin ich zur Recherche unterwegs oder treffe meinen besten Freund, manchmal steht ein Event oder ein Treffen mit einem Kooperationspartner an.«

Sie notiert etwas. »Also hauptsächlich Arbeit. Aber wenn Ihre Arbeit Ihre Leidenschaft ist, kann das ja schön und erfüllend sein. Sind Sie denn damit zufrieden?«

Mein Augenlid zuckt. Ich bemerke es, kann es aber nicht verhindern. Blöder Muskel. »Ich habe den Podcast damals nur aus Spaß angefangen. Ich habe sowieso immer viel zu True-Crime-Fällen nachgelesen und dachte mir, da kann ich es auch gleich mit anderen teilen. Ich hätte nie gedacht, dass er so erfolgreich wird – vor allem nicht, dass ich davon leben kann. Also ja, es ist schon meine Leidenschaft …« Dass mich mein Podcast im Moment nicht ernährt, erzähle ich lieber nicht. Meine finanziellen Sorgen behalte ich vorerst für mich.

Mrs White hebt eine Augenbraue. »Klingt, als käme da noch ein Aber.«

»Nee … Es ist nur …« Ich zucke mit den Schultern. »Je mehr Zuhörer und Follower ich habe, desto größer wird auch der Druck. Ist aber logisch. An manchen Tagen macht es so viel Spaß wie früher, an anderen muss ich mich zwingen zu arbeiten.«

»Verstehe. Aber das heißt, Sie arbeiten die ganze Woche durch? Ohne freie Tage dazwischen? Wie sieht es mit Urlaub aus?«

Mein Augenlid zuckt immer mehr. Ich streiche mir übers Gesicht, aber es hört nicht auf. Hoffentlich sieht sie das nicht. »Nee, nicht wirklich.« Ich verwirre mich immer mehr selbst. Ist das jetzt eine Lüge oder die Wahrheit?

»Ich stelle es mir sehr herausfordernd vor, sich jeden Tag mit den Kommentaren und Nachrichten auseinanderzusetzen. Vor allem in einer Phase wie jetzt, wenn Sie viel negatives Feedback zu Ihrer Arbeit bekommen, würde es Ihnen doch sicher guttun, zumindest einen Tag in der Woche etwas Abstand von Social Media zu nehmen und auf andere Gedanken zu kommen.«

Meine Hände werden feucht. Was mache ich jetzt? Einfach Ja sagen und so tun, als wäre alles in Ordnung? Aber das wäre gelogen. So kann sie mir nicht helfen. Und das ist der einzige Grund, warum ich überhaupt hier bin – weil ich ihre Hilfe brauche. Dennoch sträubt sich alles in mir dagegen, es auszusprechen.

Ich schaue aus dem Fenster, auf die graue Fassade des gegenüberliegenden Bürogebäudes.

»Ich glaube, genau das ist das Problem«, sage ich.

Mrs White schweigt und lässt mich meinen Gedanken nachgehen, ohne noch mal nachzuhaken. Ob sie merkt, wie schwer es mir fällt, darüber zu reden?

»Ich komm nicht mehr davon weg. Selbst wenn ich es versuche. Sobald ich mein Handy ausschalte oder weiter weg ablege, werde ich nervös. Ich kann nicht runterkommen, wenn ich es nicht in der Hand habe. Dazu ist meine Angst, irgendwas zu verpassen, einfach zu groß.« Am Ende meiner Ausführung ist noch zu viel Luft übrig. Ich stoße sie mit einem Seufzen aus, stütze die Arme auf die Knie und vergrabe das Gesicht zwischen den Händen. »Zuerst hab ich es darauf geschoben, dass ich recherchieren oder abchecken muss, was die Konkurrenz so macht. Stimmt ja auch, wegen meines Jobs muss ich wirklich viel mehr Zeit am Handy verbringen als andere. Aber nicht so viel, wie ich es mittlerweile tue. Und vor allem will ich die Kontrolle darüber behalten. Die hab ich, glaube ich, komplett verloren. Und das macht mir Angst.«

Zu meiner Überraschung notiert Mrs White überhaupt nichts, sondern nickt nur, ohne ihr sanftes Lächeln zu verlieren. »Danke für Ihre Offenheit. Es ist schon eine riesige Herausforderung, sich einzugestehen, dass man etwas nicht ganz unter Kontrolle hat. Sich dann auch noch jemand anderem damit anzuvertrauen, erfordert viel Mut. Auf den ersten Blick ist es ja auch nicht ungewöhnlich, wenn Sie durch Ihren Job mehr Zeit mit dem Handy verbringen. Gerade nach einem solchen Shitstorm. Das ist ja sehr aufwühlend.«

Ich weiß nicht, mit welcher Reaktion ich gerechnet habe – mit dieser jedoch nicht. Sie nimmt es mit so viel Ruhe hin, als wäre es kein großes Ding und ich nicht völlig kaputt. Ihre Gelassenheit färbt sofort auf mich ab. Schlagartig wird mein flacher Atem wieder normal.

Auch jetzt bleiben ihre Nachfragen aus. Ich bin ihr dankbar dafür und lehne mich wieder zurück, bis mein Rücken ins weiche Polster der Sofalehne sinkt.

»Alle in meinem Umfeld machen sich schon länger Sorgen, weil ich mein Handy nie aus der Hand lege. Ich hab es bisher nicht ernst genommen. Vor zwei Wochen hab ich es aber selbst kapiert. Ich geh gern zu Poetry-Slams, kenn da so 'ne süße kleine Location, viele nette Leute, inspirierende Stimmung, normalerweise kann ich da richtig gut abschalten. Letztes Mal ging es nicht mehr. Ich hab die ganze Zeit Insta oder meine Nachrichten gecheckt, auch wenn ich mir vorgenommen hab, es nicht zu tun. Ich hab einfach gescrollt, ohne Verstand. Und zwar so lange und intensiv, dass ich die Hälfte der vorgetragenen Texte nicht mitbekommen hab.«

Mrs White nickt. »Bestimmt gibt es auch Situationen, in denen es Ihnen gelingt, das Handy wegzulegen, oder? Ich kenne mich in Ihrem Job leider nicht so gut aus, aber wenn Sie gerade einen Podcast aufnehmen, einen öffentlichen Auftritt haben oder etwas mit Ihrem Management bereden, können Sie sicher nicht nebenbei auf Ihrem Smartphone scrollen. Da müssen Sie es vielleicht auch mal ein paar Stunden in der Tasche lassen. Gelingt Ihnen das? Wie geht es Ihnen in diesen Momenten? Denken Sie trotzdem daran?«

Ich höre in mich hinein – und finde erstaunlich wenig. Krass, dass ich erst darüber nachdenken muss, wie es mir geht. Warum kenne ich mich selbst nicht mehr?

Ich versuche, mich an meinen letzten Gastauftritt bei einem anderen Podcast zu erinnern, für den ich über zwei Stunden mit den Hosts in deren Büro saß, mein Handy in meiner Hosentasche. »Eigentlich denke ich nicht viel drüber nach, nein. Aber ich kann mich dann nicht konzentrieren und bin irgendwie die ganze Zeit nervös und angespannt, bis ich es wieder in die Hand nehmen kann.«

»Dass Sie anfangen, Ihr Verhalten zu hinterfragen, könnte auch gut von dem Shitstorm herrühren, von dem Sie berichten.«

Ich kann nicht leugnen, dass mich der zum Nachdenken gebracht hat. Langsam nicke ich.

»Wissen Sie, Sie müssen sich wirklich keine Vorwürfe machen. Social-Media-Apps, egal, ob Instagram, TikTok oder sonstige sind so konstruiert, dass sie eine konstante Dopaminausschüttung im Gehirn bewirken. Dadurch fühlen wir uns beim Scrollen unterbewusst belohnt, vor allem, wenn sich interessante und uninteressante Posts abwechseln und man immer weiter schauen muss, weil man nie weiß, wann man das nächste Dopaminhoch bekommt. Der Algorithmus zeigt uns die Beiträge genau in der Abfolge, dass wir nicht mehr aufhören und davon abhängig werden können.«

»Das hab ich sogar schon mal gehört«, erwidere ich, »aber es ist ja nicht jeder richtig davon abhängig. Meine Freunde können auch mal super davon Abstand halten. Warum bin ausgerechnet ich so blöd und lass mich voll reinziehen?«

»Das hat nichts mit blöd zu tun.« Sie legt das Klemmbrett auf ihrem Schoß ab. »Oft ist es eine Flucht aus unangenehmen Lebenssituationen oder negativen Emotionen wie Stress. Je weniger belohnende, positive Momente jemand im Alltag hat, desto schwieriger wird es, nicht in der Social-Media-Welt zu versinken und daraus die Glückshormone zu ziehen, nach denen unser Körper sich permanent sehnt. Das ist gleichzeitig aber auch die gute Nachricht. Es ist nichts, worin Sie Ihr Leben lang feststecken müssen. Wenn Sie bereit sind, an sich zu arbeiten, gibt es viele Wege, wieder herauszukommen. Die meisten davon sind noch nicht mal kompliziert. Sie müssen nur geduldig mit sich selbst sein.«

Ich lache leise. »Da bin ich echt nicht gut drin. Aber ich werde es lernen, wenn es nötig ist, um endlich wieder entspannter zu werden.«

27. KAPITEL

Josie

Ich schiebe die Papiere auf meinem Schreibtisch ordentlich zusammen und stehe mit einem Blick auf die Uhr auf. Ich würde mir gern noch einen Tee in der Küche holen, bevor ich meinen nächsten Termin in Mrs Whites Büro habe.

Mein Blick streift Ryans Schreibtisch. Hier liegen Kabel, zusammengeknüllte Zettel und dazwischen stehen zwei benutzte Kaffeetassen. Nur von Ryan keine Spur. Ich habe das Gefühl, er geht mir seit der Sache mit der Präsentation aus dem Weg. Und ich weiß nicht so richtig, was ich ihm sagen soll. Ich bin nicht mehr ganz so sauer, kann aber einfach nicht verstehen, warum er mich so hängen gelassen hat. Er wusste doch, was für eine Überwindung das für mich war. Ich atme tief ein und aus, nehme dann mein Notizbuch in die Hand und mache mich auf den Weg in die Kaffeeküche.

Während ich darauf warte, dass mein Wasser kocht, höre ich Ryans Stimme auf dem Flur. Er unterhält sich mit einer Kollegin und lacht gerade laut über einen Spruch, den sie gemacht hat. In einem kurzen Anflug von Panik sehe ich mich nach einem Versteck um. Ryan ist nicht allein, und ich weiß nicht, wie ich mich ihm gegenüber verhalten soll, wenn andere dabei sind. Allerdings kann ich auch nicht jedes Mal ausweichen, irgendwann muss ich mich der Situation stellen. Seine Schritte nähern sich, und ich bleibe wie ein Reh im Scheinwerferlicht stehen. Als er schließlich um die Ecke biegt, stehe ich noch immer an der gleichen Stelle.

»Josie«, sagt er.

»Hi«, sage ich mit einem Kloß im Hals.

»Warum siehst du mich mit deinem Peter-Blick an?«, fragt Ryan und lehnt sich an die Kaffeemaschine.

»Mein was?«, frage ich und räuspere mich.

»Dein Peter-Blick. Der, bei dem du panisch ein Versteck suchst, um vor Peters Redeschwall zu fliehen.«

Ich schlucke. Weil er recht hat und ich mich ertappt fühle. »Mich hast du noch nie so angesehen«, sagt Ryan leise.

Das Wasser kocht sprudelnd hoch, und der Wasserkocher piepst. Ich nehme eine Tasse, hänge einen Teebeutel hinein und gieße das Wasser darüber. Dann schaue ich Ryan erneut an.

Er sieht wirklich verletzt aus. »Ich habe das Gefühl, du gehst mir aus dem Weg«, sagt er. Obwohl er neben mir steht, fühlt es sich an, als läge die halbe Milchstraße zwischen uns.

»Und du?«, frage ich leise. »Du bist auch immer woanders, nur um nicht mit mir in einem Raum allein zu sein. Gehst du mir nicht auch aus dem Weg?«

»Vielleicht tue ich das auch«, murmelt er und seine Fingerknöchel treten weiß hervor, so stark drückt er die Hände auf die Ablage.

Ich schlucke.

»Weil ich mich so scheiße fühle. Die Sache mit der Präsentation, dass ich dich hängen gelassen habe, dass ich hier alle einfach stehen gelassen habe, das ist mir unsagbar peinlich. Ich bin so sauer auf mich selbst, und ich weiß einfach nicht, wie ich es wiedergutmachen kann.«

»Eine Entschuldigung wäre vielleicht ein Anfang.« Das Gefühl, meilenweit von ihm entfernt zu sein, obwohl er eigentlich direkt neben mir steht, verblasst etwas.

Er stößt sich von der Arbeitsplatte ab und kommt zu mir herüber. Vorsichtig legt er seine Hände auf meine Schultern und sieht mir in die Augen. Eine Gänsehaut überzieht meinen ganzen Körper. In meinem Bauch kribbelt es, als wäre in meinem Bauch eine Technoparty für Ameisen.

Ein trauriger Schimmer liegt in Ryans Augen. »Josie, mir hat, glaube ich, noch nie in meinem Leben etwas so leidgetan, wie dich bei der Präsentation sitzen gelassen zu haben. Es tut mir von Herzen leid. Und ich würde es sofort rückgängig machen, wenn ich könnte.«

Mein Herz schlägt so laut, dass ich seine Worte kaum verstehe. Erst als er den Druck seiner Hände auf meinen Schultern löst und langsam einen Schritt zurücktritt, erwache ich aus meiner Starre. Die Stellen, an denen seine Hände lagen, sind noch warm.

»Entschuldigung angenommen«, sage ich mit rauer Stimme.

Ryan atmet erleichtert aus. »Danke. Und es wird nicht noch einmal vorkommen, versprochen!«

Jemand ruft seinen Namen, und er sieht mich noch mal an. »Ist wieder alles okay?«, fragt er.

Und ich nicke. Weil ich noch immer ganz durcheinander bin, von der plötzlichen Nähe.

»Super«, sagt er und strahlt. »Und Josie?«. Er steckt noch mal den Kopf um die Ecke. »Peter auf 12 Uhr.« Er grinst und deutet hinter sich.

Ich grinse ebenfalls und zeige ihm einen Daumen hoch. Dann ziehe ich den Beutel aus meinem Tee, der etwas zu lange gezogen hat. Ich nehme ihn trotzdem mit und mache mich mit einem kleinen Lächeln auf den Lippen auf den Weg in Mrs Whites Büro.

Der Weg dorthin fühlt sich mittlerweile fast so leicht an wie der in die Mensa. Gerade an stressigen Tagen wie heute freue ich mich schon beinahe darauf, eine Stunde aus dem Arbeitsalltag entfliehen und mich zu ihr auf die Couch setzen zu können. Zwar fällt es mir immer noch nicht leicht, alles auszusprechen, was mir durch den Kopf geht, doch ich weiß, dass ich ihr vertrauen kann. Egal, welches Gestotter aus meinem Mund kommt: Sie hört mir zu und verurteilt mich nicht dafür.

Ausnahmsweise nehme ich heute sogar ihren Vorschlag an und lasse mir von ihr ein Glas Wasser reichen. Ich nippe daran und platziere es vorsichtig vor mir auf dem Tisch.

»Wie geht es Ihnen heute?«, fragt Mrs White.

Auf die Frage bin ich vorbereitet. »Besser als letztes Mal. Die Kommentare haben mittlerweile fast aufgehört. Und ich habe versucht, Gesprächssituationen nicht mehr jedes Mal aus dem Weg zu gehen, wie Sie gesagt haben.«

»Das freut mich. Vor allem, dass Sie nicht mehr mit so viel Hass konfrontiert werden.« Sie nickt mir aufmunternd zu. »Jetzt würde mich natürlich interessieren, wie Sie sich dabei gefühlt haben, mehr Gespräche zuzulassen. Wir haben ja darüber gesprochen, dass Sie das bewusst beobachten. Hat das geklappt? Was ging Ihnen dabei durch den Kopf?«

Ich nehme mir einen Moment Zeit, um zu überlegen und meine Gedanken zu sortieren. »Manchmal hat es geklappt. Ich bin zum Beispiel nicht wieder zurück ins Büro, als Peter im Flur stand. Das hat schon Überwindung gekostet.«

»Aber Sie haben es trotzdem geschafft.«

Ich nicke. »Es war unangenehm. Ich hab mich die ganze Zeit nur gefragt, was ich antworten kann. Eingefallen ist mir trotzdem nichts.«

»Also haben Sie einfach nichts gesagt?«

»Nicht so wirklich. Es ist ihm aber, glaube ich, nicht mal aufgefallen. Er hat selbst nicht aufgehört zu erzählen.«

»Sie haben also weder den Drang verspürt, ihm etwas mitteilen zu wollen, noch hat er es von Ihnen erwartet. Trotzdem dachten Sie, etwas beitragen zu müssen?«

Ich lasse ihre Worte einen Moment lang auf mich wirken. Sie hat recht. Eigentlich hätte ich auch einfach nur dastehen, zuhören und nicken können, ohne mich dabei schlecht zu fühlen. »Ja, irgendwie schon.«

»Hat man das in früheren Situationen öfter von Ihnen erwartet? Ist das etwas, das Sie kennen?«

Ihre Fragen bringen mich jedes Mal wieder dazu nachzudenken. Und zwar nicht auf die Art, wie ich es tue, wenn ich wieder den ganzen Tag vor mich hin grübele. Nein, ihre Anregungen ziehen meine Gedanken aus der Sackgasse und leiten sie auf einen Weg, der mich voranbringt.

Unter anderen Umständen hätte ich mich von einer so tiefgehenden Frage gestresst gefühlt. Inzwischen weiß ich aber, dass ich mir hier die Zeit nehmen kann, genau nachzudenken, bevor ich antworte. »In der Schule war es früher manchmal so. Ich mochte es lieber, dabeizustehen und den anderen zuzuhören, als selbst etwas zu erzählen. Wenn ich nichts gesagt habe, bin ich allerdings oft untergegangen. Die anderen haben einfach vergessen, dass ich da bin.« Die Erinnerungen, die über mich hereinströmen, lassen meine Kehle enger werden. »Einmal hat meine Klasse mich bei einem Ausflug vergessen. Wir waren mit dem Bus unterwegs und haben für eine Klo-Pause angehalten. Als ich wieder rauskam, war der Bus weg. Niemandem ist aufgefallen, dass ich fehle. Erst als sie zurück an der Schule waren und meine Eltern mich abholen wollten. Das war eines der furchtbarsten Gefühle, die ich jemals hatte. Ich konnte nicht mehr richtig atmen und dachte, ich würde sterben.«

»Das muss eine schlimme Erfahrung gewesen sein.«

Ich muss mich zwingen, tief durchzuatmen. »Da hab ich schon seit Ewigkeiten nicht mehr dran gedacht. Also hab ich es, denke ich, ganz gut weggesteckt.«

Mrs White lächelt, und ich bin mir nicht sicher, wie ich das interpretieren soll.

»Und zu Hause war es ähnlich. Mum hat immer so viel geredet, dass kaum Platz für Dad und mich geblieben ist. Wenn ich dann doch mal was erzählt habe, hat sie meist nicht zugehört oder sich nichts davon gemerkt.« Ich schüttle den Kopf, um die negativen Gefühle abzuwerfen, die plötzlich in mir hochkommen. Schnell beuge ich mich nach vorn und nehme einen Schluck von meinem Wasser, um die Enge in meinem Hals loszuwerden. Doch sie bleibt. »Ich will nicht mehr untergehen.«

»Geben Sie sich nicht selbst die Schuld daran«, erwidert Mrs White. »Was Sie gerade schildern, ist eine Situation, in der Ihre Mutter Sie schlecht behandelt hat. In diesem Fall hat das aber rein gar nichts mit Ihnen zu tun, sondern mit Problemen und Verhaltensmustern einer anderen Person, die diese auf Sie projiziert.«

Ich höre gebannt zu. Auch wenn mir der Gedanke neu ist, verstehe ich genau, was sie meint. Doch die Erkenntnis bleibt in meinem Verstand kleben und kann noch nicht bis in mein Herz vordringen.

»Sie können Ihren Mitmenschen deswegen auch durchaus zumuten, Ihnen zuzuhören. Sie fordern damit keinen riesigen Gefallen ein. Sondern nur den Raum, der Ihnen zusteht. Wenn Sie diesen Raum selbst einnehmen, nehmen Sie den anderen gleichzeitig die Möglichkeit, ihn an sich zu reißen und mit ihren Angelegenheiten und Problemen zu füllen.«

Ich kann nicht anders, als zu staunen. »Das ergibt alles so viel Sinn.«

»Freut mich, wenn Sie daraus schon etwas mitnehmen können. Aber wir können uns gern auch noch andere konkretere Schritte überlegen, wie Sie es schaffen, Ihren Raum einzunehmen, ohne sich dabei zu fühlen wie bei dem Gespräch mit Ihrem Kollegen. Außerdem haben Sie hier ein paar Themen angesprochen, die den Rahmen einer Beratung sprengen würden. Gerade in Bezug auf die Situationen aus ihrer Vergangenheit, die Sie mir heute anvertraut haben, würde ich Ihnen nahelegen, sich mal an eine Kollegin von mir zu wenden.«

Sie steht auf, geht zu ihrem Schreibtisch und kehrt mit einer Visitenkarte zurück. Ich nehme sie entgegen und studiere sie neugierig.

J. Golding, Chartered Psychologist, steht dort in dicken schwarzen Lettern geschrieben. Darunter eine Telefonnummer, E-Mail und eine Adresse in Westend.

»Ich denke, sie könnte Ihnen noch besser helfen«, sagt Mrs White und setzt sich wieder. »Hier sind Sie aber auch jederzeit willkommen. Sie können es sich ja mal durch den Kopf gehen lassen.«

Wenn Mrs White sie empfiehlt, würde Mrs Golding bestimmt genauso nett und verständnisvoll mit mir umgehen. Ich muss nicht lange überlegen. »Ich werde ihr definitiv mal eine Mail schreiben.«

28. KAPITEL

Josie

Ich schließe mit einem leisen Klicken die Tür von Mrs Whites Büro. Leichter. Wenn ich ein Wort finden müsste, mit dem ich mich selbst nach den Gesprächen mit ihr beschreiben müsste, wäre es das. Ich darf Raum einnehmen, ich darf Platz beanspruchen.

»Josie!« Alice rennt mich fast um, so schnell biegt sie um die Ecke. »Da bist du ja!« Sie keucht und hält sich die Seite, während sie sich mit einer Hand an der Wand abstützt. In meinem Bauch macht sich das kleine Panikmonster bereit zum Absprung. Was ist passiert? Warum rennt sie durch das Gebäude, um mich zu finden? Habe ich was falsch gemacht? Ist irgendwas mit dem Social-Media-Account? Ich taste nach dem Handy.

»Ich hab dich schon überall gesucht!« Alice' Atmung beruhigt sich ein wenig und sie kann wieder in vollständigen Sätzen sprechen.

»Ist was passiert?«, frage ich und mein Herz klopft wie wild.

»Und ob was passiert ist!«, sagt Alice.

»Mit *Pure Plates*? Ein neuer Shitstorm? Oder ist es was mit Ryan?« Meine Anspannung wächst ins Unermessliche. Sie soll doch bitte einfach sagen, was los ist. Dann sehe ich ihr Grinsen. Das verunsichert mich noch mehr.

»Ach, mach dir doch nicht gleich Sorgen, es muss doch nicht immer was Schlechtes passiert sein.«

Nicht? Aber warum rennt sie dann wie eine Wilde durch die Gänge? Doch wohl nicht, um mir mitzuteilen, dass es heute endlich mal wieder Spaghetti zu Mittag gibt? Darüber haben wir uns gestern noch beschwert und sie wollte …

»Huhu!« Alice wedelt mit einer Hand vor meinen Augen herum. »Jemand da?«

»Sorry, ich …«

»Halt dich fest. Nein, besser noch: Setz dich.« Sie zieht mich den Gang entlang zu den gemütlichen Hängesesseln und dirigiert mich an den Schultern auf die weichen Kissen in dem schaukelnden Rattanei. »Du weißt doch, dass ich für heute Abend Tickets für das Konzert von Queen Taylor Swift in der Royal Albert Hall habe?«

Meine Schultern entspannen sich ein wenig, und ich lasse den Atem langsam aus. Erst jetzt merke ich, dass ich die ganze Zeit die Luft angehalten habe. »Ja«, antworte ich. »Und ich weiß noch genau, wie traurig du neulich beim Mittagessen warst, weil du kein Ticket bekommen hast.«

»Ja.« Worauf will sie hinaus? Natürlich war ich traurig, aber ich hatte mir auch keine großen Hoffnungen gemacht. Die Tickets waren innerhalb von Sekunden ausverkauft.

»Was würdest du sagen, wenn du heute Abend doch die Chance hättest, zu dem Konzert zu gehen?« Sie sieht mich mit leuchtenden Augen an.

Wieder schlägt mein Herz hart gegen meine Rippen, aber diesmal vor Aufregung. »Wie meinst du das?«, frage ich.

»Meine Freundin, mit der ich eigentlich zu dem Konzert gehen wollte, hat mich gerade angerufen. Sie ist so krank, dass das viel zu anstrengend für sie wäre. Und da habe ich überlegt, wem ich die allergrößte Freude mit der Karte machen würde. Und da bist du mir eingefallen. Ich kenne deine Work Playlist, jeder zweite Song ist von Taylor. Und ... Ich mag dich echt gern. Ich würde mich freuen, wenn du mit mir hingehst.«

Ich kann nichts sagen, kann nicht denken, ich kann nur spüren, wie mein Herz hüpft. Ich schwinge mich aus dem wippenden Rattanei und umarme Alice. »Ja, ich will. Ich ... Du weißt gar nicht, was mir das bedeutet.« Mir schießen Tränen in die Augen. Dass sie mir so zugehört hat und dann in so einem Moment an mich denkt ... Ich wische mir die Träne von der Wange.

»Was ist hier denn los?«, fragt jemand mit dunkler Stimme hinter mir. Ryan kommt näher und sieht uns mit hochgezogenen Augenbrauen an.

»Alice nimmt mich mit zu dem Konzert von Taylor Swift«, sage ich aufgeregt. »Heute Abend! Ich kann es noch gar nicht glauben.« Ich strahle Alice an und drücke sie noch einmal ganz fest.

»Ich wusste ja, dass du dich freust, aber so viel Überschwänglichkeit bin ich gar nicht gewohnt.«

Kurz bin ich verunsichert. War das zu viel? Aber dann sehe ich ihr breites Grinsen. »Du machst mir wirklich eine große Freude.«

Ryan schaut zwischen uns beiden hin und her. »Ich wusste gar nicht, dass du so ein Swiftie bist, Josie. Es ist schön, dich mal so lächeln zu sehen, nach der ganzen Scheiße hier die letzten

Wochen.« Unsere Blicke verhaken sich einen kleinen Moment, und er lächelt mich an. In meinem Bauch kribbelt es. Eine ganze Horde Ameisen turnt durch meinen Bauch. Alice räuspert sich und der Moment ist vorbei. »Wir sollten am besten gegen 17 Uhr los, damit wir genug Zeit haben. Ich habe was zum Umziehen im Büro.«

Ich blicke an mir hinunter und sehe meinen Büro-Look: Jeans, Bluse, Sneaker. Hätte ich das heute morgen gewusst, hätte ich mir etwas anderes angezogen.

Ryan räuspert sich. »Das ist doch eine *Once in a Lifetime*-Erfahrung. Wie wäre es, wenn du jetzt abhaust? Dann kannst du dich noch umziehen, und ich übernehme für dich.«

Ich mache den Mund auf, um zu widersprechen. Ich kann doch nicht einfach …

»Keine Widerrede.« Er hält die ausgestreckte Hand hin, und ich lege nach kurzem Zögern das Business-Handy hinein.

»Danke«, sage ich und lächle ihn an.

»Du schuldest mir den zweiten Teil von Indiana Jones dafür – und diesmal ohne Einschlafen«, sagt er und zwinkert mir zu.

Hitze steigt mir in die Wangen, und ich nicke. »Deal!« Mein Herz pocht mir bis zur Brust. Ist das vielleicht so etwas wie ein halbes Date? Ich schaue ihm einen Augenblick zu lange in die Augen, in denen ich mich verlieren könnte.

Als Ryan mit dem Handy in der Hand abgezogen ist, starrt Alice mich an. »Was läuft denn da bitte zwischen euch beiden?«

»Nichts«, antworte ich schnell.

»Das sah aber ganz anders aus. Hör zu, du kriegst mein Ticket, dafür gehen die Drinks auf dich – und ich will ALLES über dich und den Podcast-Hottie wissen!«

Ich seufze. »Deal.«

Sie strahlt mich an. »Na dann, worauf wartest du noch? Ab nach Hause umziehen, und wir treffen uns um 17 Uhr wieder hier im Büro.« Sie macht eine scheuchende Bewegung mit ihren Händen. Und ich fühle mich so beschwingt und glücklich wie schon lange nicht mehr.

Als ich kurz vor fünf wieder vor dem Bürogebäude der Redaktion ankomme, trage ich eines meiner liebsten Kleider. Schwarz, schmal geschnitten, mit einem fallenden Rock, der bei jedem Schritt um meine Beine schwingt. Ich halte nach Alice Ausschau, aber statt Alice entdecke ich Ryan. Ich will ihm gerade zuwinken, da sehe ich, wie sich eine Kollegin aus dem Marketing lachend bei ihm unterhakt. Wortfetzen dringen zu mir herüber. »Popcorn, Movie Night, Sleepless Nights. Perfekt.«

Ich erstarre mitten in der Bewegung, nehme die Hand wieder runter und springe einem spontanen Impuls folgend hinter einen der massiven Betonpfeiler, die die Front des Gebäudes säumen. Mein Herz pocht.

Die Stimmen werden leiser, die beiden entfernen sich. Doch in meinem Kopf dröhnt es. Sehen die beiden sich etwa zusammen einen Film an? Mein Herz brennt mit einem Mal. Es ist nichts Besonderes, was wir hatten. Das macht er mit vielen Frauen. Nur ich fühle etwas, wenn wir zusammen sind. Ich fasse mir an die Brust. Ich kann es nicht länger ignorieren. So ungern ich es mir auch eingestehe, ich empfinde etwas für Ryan. Aber das scheint nicht auf Gegenseitigkeit zu beruhen. Meine Wangen brennen, und mir wird richtig schlecht, als ich daran denke, wie sehr ich mich darüber gefreut habe, als er diese Filmsache mit mir geteilt hat. Ich denke wieder an das Notizbuch und presse die Lippen aufeinander. Du bist eine Idiotin, Josie. Natürlich interessiert sich ein cooler Podcaster wie Ryan nicht für dich. Ihr seid Kollegen, und er hat dir bei deiner Panik geholfen, als ein Verrückter dich nachts angerufen hat. That's it. Mehr nicht. Er war einfach nur nett. Du hast das völlig falsch interpretiert.

»Da bist du ja.« Alice tippt mir auf die Schulter. »Bereit, so richtig mitzugrölen?« Sie hakt sich bei mir ein und zieht mich mit sich in Richtung U-Bahn. Ich schlucke das blöde Gefühl hinunter, das sich in meinem Bauch breitgemacht hat und zwinge mich zu einem Lächeln.

Zwei Stunden später sind wir durch den Securitycheck und stehen mit Tausenden anderer Fans mitten in der Royal Albert Hall. Taylors Intro war der Hammer. Mir rinnt jetzt schon der Schweiß den Rücken hinunter. Von dem Bier in meiner Hand habe ich wahrscheinlich eben so viel getrunken, wie auf meinem Kleid gelandet ist. Alice neben mir tanzt wie wild und lässt die Haare fliegen. Nach dem zweiten Song ist es auch mir plötzlich einfach egal, was die anderen von mir denken. Alle hier sind wegen Taylor da, niemanden interessiert es, was ich tue. Die Blicke sind auf die Bühne und die Wahnsinnsshow gerichtet. Ich kenne jeden Song auswendig, und nachdem ich zunächst nur die Lippen bewegt habe, singe ich inzwischen lauthals mit.

Taylor stimmt »You belong with me« an. Ich schwelge ein paar Takte in der Musik mit, als Alice mich anstupst.

»Sorry, aber das war wohl ein bisschen viel Bier. Ich muss dermaßen pinkeln.« Sie verzieht das Gesicht, als müsste sie sich wirklich sehr beherrschen. »Willst du mit, oder bleibst du hier?«, schreit sie über die Musik hinweg.

»Ich muss nicht, ich sicher uns den Platz«, brülle ich zurück. Keine Ahnung, ob sie mich verstanden hat, nur meine Gesten richtig deutet oder einfach kurz davor ist zu platzen, aber sie drängt sich an mir vorbei und verschwindet in der Menge. Hoffentlich findet sie mich später wieder.

Es ist ein wenig seltsam, allein zwischen so vielen Fremden zu stehen, aber ich versuche, den Gedanken auszublenden und konzentriere mich wieder voll auf die Musik. Mitsingen so allein fühlt sich merkwürdig an. Lieber

lasse ich die Melodie durch meinen Körper fließen, sauge jeden Takt in mich auf. Und genieße es, den Song mit jeder Faser zu fühlen. Bis zum Chorus.

Das Mädchen mit dem dunklen Lockenkopf neben mir singt so laut mit, dass ich Taylor nur noch auf einem Ohr höre. Aber ich würde nie auf die Idee kommen, mich zu beschweren. Taylor singt über die Erinnerungen an ihre verlorene Liebe. Aus der Stimme der jungen Frau sprechen so viele Emotionen. So viel Leid und gleichzeitig so viel Liebe. Ihr Schmerz ist so echt, so greifbar, dass er sich direkt in meine Seele frisst.

Das Mädchen wird wieder etwas leiser. Doch ich kann nicht aufhören, darüber nachzudenken, wer ihr wohl das Herz gebrochen hat.

Und mit einem Mal beginnt auch mein Herz, im Takt der Worte zu schwingen.

Taylor, das Mädchen neben mir, sie alle haben wenigstens Erinnerungen. Einen Schuldigen für ihre gescheiterte Liebe, über den sie sich aufregen können, egal, ob ihr Partner oder eine andere Frau. Und ich?

Ich habe gar nichts. Vor allem keinen Mut, keine Stärke. Die Stärke, mir endlich verdammt noch mal einzugestehen, dass Ryan mehr ist als nur ein Kollege – und es trotzdem nie funktionieren wird. Und daran hat niemand Schuld außer mir. Weil ich es einfach nicht hinkriege, ihm näherzukommen. Meinen Mund aufzumachen und ihm endlich zu zeigen, wer ich wirklich bin. Ich bin diejenige, die unserer Lovestory im Wege steht. Und vielleicht ist es jetzt zu spät. Vielleicht hat er sich jetzt das Mädchen aus dem Marketing ausgesucht oder jemand ganz anderen, jemanden, der keine Angst davor hat, ihm nahe zu sein. Jemanden, der nicht nur in kurzen Chatnachrichten locker und witzig ist, sondern im echten Leben.

Auch, wenn er mit seinen eigenen Problemen zu kämpfen hat: Ryan ist keiner von den Männern, über die Taylor zynische Songtexte schreibt. Er ist einer von den Guten. Und vielleicht ist er auch einfach zu gut für mich.

Meine Sicht verschwimmt, und Taylor wird plötzlich zu einem kleinen, wackelnden Punkt vor meinen Augen. Eine Träne löst sich aus meinem Augenwinkel. Gott, wie peinlich. Jetzt heule ich auch noch in der Öffentlichkeit. Aber die tragische Musik, die zusammen mit den Gedanken an Ryan jeden Winkel meiner Wahrnehmung füllt, macht es mir unmöglich, wieder damit aufzuhören.

Tränen kullern mir unaufhörlich über die Wangen. Ärgerlich wische ich sie weg und schniefe.

Plötzlich taucht eine Packung Taschentücher vor meiner Nase auf. Ich folge dem Arm, der sie mir entgegenhält, und blicke plötzlich in das hübsche Gesicht der lockigen jungen Frau, die eben noch selbst all ihre Emotionen herausgeschrien hat. Sie lächelt aufmunternd.

Ich lächle zurück und ziehe ein Taschentuch aus der Packung.

»Männer sind manchmal einfach Arschlöcher«, sagt sie.

Wenn sie wüsste.

Kurz überlege ich, ihr einfach zu sagen, dass Ryan das Gegenteil von einem Arschloch ist. Oder sie zu fragen, wer ihr das Herz gebrochen hat. Aber die Lautstärke um uns herum ist eine gute Ausrede, mich nicht überwinden zu müssen.

Immerhin hat sie mich aus meinem negativen Gedankenstrudel herausgerissen.

Ich schnäuze in das Taschentuch. »Danke!«, sage ich, bevor ich mich wieder der Bühne zuwende.

Als das Konzert vorbei ist und wir verschwitzt mit der Menge nach draußen geschoben werden, strahlt mich Alice mit leuchtenden Augen an. »Das war so unglaublich. Ehrlich, was für ein Konzert, was für ein Abend! So toll, dass du mitgekommen bist.«

»Ich kann dir gar nichts genug danken, dass du mich mitgenommen hast. Das war der absolute Wahnsinn.«

»Aber glaub nicht, dass ich den zweiten Teil unseres Deals vergessen habe.« Sie zwinkert mir zu. »Ich will alles über dich und Ryan wissen.«

In meinem Inneren zieht sich etwas zusammen. Ich will jetzt nicht an Ryan denken. An meine idiotische Annahme, es könnte vielleicht irgendwas aus uns werden oder er sich auch nur einen Hauch für mich interessieren. Unbewusst schüttle ich den Kopf.

»Nix da! Versprochen ist versprochen. Lass uns doch noch einen Absacker im *Royal Oaks* nehmen, und dann will ich alles wissen.«

Ich zucke mit den Schultern. Habe ich eine Wahl? Schicksalsergeben lasse ich mich von ihr zur U-Bahn ziehen.

Im Pub ist es stickig und laut, die Menschen drängen sich an der langen Theke aus schwerem Eichenholz, und meine Versuche, den Barkeeper auf mich aufmerksam zu machen, scheitern kläglich. Schließlich hat ein junger Typ neben mir Erbarmen und lässt mich durch. Der Tresen klebt von verschüttetem Bier. Endlich sieht mich der bärtige Typ hinter der Bar an.

»Zwei Pint Camden Lager und zwei Packungen Salt & Vinegar Chips, bitte!«, brülle ich gegen das Lachen der Gruppe Männer am anderen Ende des Tresens an.

Der Bärtige nickt und zapft das Bier aus dem Hahn. Beladen mit den zwei Pints und den kleinen Chipstüten schiebe ich mich durch die Menge, bis ich den blonden Schopf von Alice entdecke. Sie ist bereits im Gespräch mit einem tätowierten Typen im Rippshirt, der ganz offensichtlich mit ihr flirtet. In dem Moment entdeckt sie mich. »Josie, hierher!«, ruft sie und winkt mit den Armen.

Ich schiebe mich zu ihr durch. »Hi«, sage ich etwas außer Atem. Der Kerl mustert mich kurz und zieht dann weiter.

»Habe ich euch gestört?«, frage ich unsicher.

Aber Alice lacht. »Um Gottes willen, nein, das war mal so gar nicht mein Typ.« Sie schnappt sich ein Bier, stößt es an meines. »Apropos Typ: Jetzt erzähl mir endlich alles über dich und Ryan!«

Mist, ich hatte gehofft, sie hat es vielleicht wieder vergessen. Ich reiße die Packung Chips auf und stecke mir eine Handvoll in den Mund. Zeit schinden. Mit vollem Mund kann man nicht reden. Kauen. Schlucken. Aber spätestens nachdem ich alles mit Bier hinuntergespült habe, ist mein Repertoire an Ausreden aufgebraucht.

»Also … Eigentlich gibt es da nicht viel zu erzählen. Ich glaube ich mag Ryan, und er sieht mich wahrscheinlich einfach als eine Kollegin wie alle anderen und tja, das war es auch schon. Story zu Ende.« Ich nehme erneut einen großen Schluck.

»So leicht kommst du mir nicht davon! Was hat er da von Indiana Jones geredet?«

Ich seufze – und dann erzähle ich ihr alles. Von dem Anruf, von unseren Nachrichten, davon, wie wir den Film zusammen angesehen haben, wie ich ihm das Notizbuch geschenkt habe und davon, dass ich mich ihm immer näher gefühlt habe. »Ich hatte wirklich das Gefühl, da wäre irgendwas Besonderes zwischen uns. Ich habe sogar überlegt, ihn einfach mal um ein Date zu bitten. Aber dann habe ich vorhin gehört, wie er mit diesem einen Mädchen aus dem Marketing auch über Filmabende und Sleepovers gesprochen hat, und da wusste ich, dass nur ich so empfinde. Er macht das bestimmt ganz oft, mit anderen Frauen.« Ich atme tief durch und nehme noch einen Schluck von meinem Bier.

Da prustet Alice neben mir los. Sie kriegt sich gar nicht mehr ein vor Lachen. »Das hast du aber gründlich missverstanden. Die beiden haben heute Nachmittag spontan die Aufgabe bekommen einen Company-Abend zu organisieren, nach der ganzen Sache ein bisschen Teambuilding. Und Chelsea hat einen Filmabend geplant, oben auf der Dachterrasse, mit Popcorn, Drinks und allem Drum und Dran. Und als ich vorhin gegangen bin, ging es gerade um die Filmauswahl. Chelsea hat *The Sleepover* vorgeschlagen und Ryan war mehr für etwas Actiongeladenes.«

Ich starre sie mit großen Augen an.

»Oh … und Chelsea ist mit Samantha aus dem Investigativressort zusammen. Die spielt sowieso nicht in deinem Team.« Alice grinst mich an und stößt ihr Bier gegen meins. »Es spricht also nichts dagegen, Ryan nach einem Date zu fragen, am besten gleich morgen.«

Als ich den Mund aufmachen will, um zu protestieren, schneidet Alice mir das Wort ab. »Darauf trinken wir. Shots?« Und dann ist sie auch schon auf dem Weg zur Bar und lässt mich mit halb offenem Mund und meinen Gedanken allein, in denen es gerade drunter und drüber geht. Habe ich mir das Ganze vielleicht doch nicht eingebildet? Könnte es sein, dass Ryan mich auch mag?

29. KAPITEL

Ryan

Ich schlage das Notizheft auf, das Josie mir geschenkt hat.

»Können Sie das noch mal wiederholen?«, frage ich.

Mrs White beugt sich nach vorn und mustert den goldenen Farbschnitt. »Wollen Sie das wirklich alles mitschreiben? Das ist nicht nötig und hemmt unseren Gesprächsfluss, denken Sie nicht auch?« Sie legt den Kopf schief. »Es geht hier nicht darum, eine Liste an Punkten abzuarbeiten, und danach geht es Ihnen blendend. So funktioniert das leider nicht. Ich kann Ihnen weder einen Maßnahmenkatalog geben noch garantieren, dass jede Methode, die wir zusammen erarbeiten, für Sie funktioniert. Wenn es Ihnen hilft, etwas von unseren Gedanken festzuhalten, würde ich Ihnen eher zu knappen Stichpunkten in Ihren eigenen Worten raten.«

»Oh ja, das hilft mir sehr. Sonst hab ich das nämlich alles wieder vergessen oder verdrängt, bis ich zu Hause ankomme.« Ich kann die Bitterkeit in meinem Lachen nicht verbergen.

»Also, wo waren wir stehen geblieben?« Sie rückt ihre Brille zurecht und fährt mit dem Finger auf dem Blatt auf ihrem Klemmbrett entlang. »Ah, richtig. Abstinenz.«

Abstinenz. Wie das klingt. Als wäre ich ein Alkoholiker oder ein Junkie. Und bin ich das nicht irgendwie auch? Zumindest so ähnlich. Ich schlucke und vermeide es, vom Notizbuch aufzusehen.

»Das ist bei Ihrem Job natürlich schwierig. Normalerweise würde ich empfehlen, erst mal für einige Zeit komplett Abstand von der Thematik zu nehmen, zu der man ein problematisches Verhalten entwickelt hat. So löst man Gewohnheiten auf. Das funktioniert allerdings nicht immer. Ähnlich verhält es sich zum Beispiel bei emotionalem Essen. Man muss essen, um zu überleben. Und Sie müssen sich online bewegen, um Ihren Job nicht zu riskieren, richtig?«

»Kommt drauf an«, sage ich und bereue es sofort.

Was mache ich da eigentlich? Ich bringe mich selbst in eine Situation, von der ich nicht weiß, ob ich sie bewältigen kann. Aber ich will nicht mehr so weitermachen. Ich verletze Personen, die ich gernhab. Ich denke an Josie, und es meldet sich mein schlechtes Gewissen. Wenn ich so weitermache, habe ich bald keine sozialen Kontakte mehr und versinke immer weiter in der digitalen Welt. Ich muss mein Verhalten ein für alle Mal ändern, bevor es zu spät ist. Auch wenn es hart wird.

»Meinen Podcast kann ich nicht pausieren. Die Zuhörerinnen und Zuhörer würden einfach zu einem anderen der Tausenden True-Crime-Podcaster wechseln und nicht mehr wiederkommen. Damit würde ich mich auf jeden Fall selbst sabotieren.« Nun blicke ich doch auf und schaue Mrs White in die Augen.

»Was ich aber mal eine Woche oder zwei sein lassen könnte, wäre der ganze Rest. Ich kann einen Post-Plan veröffentlichen, mit dem ich meine Fans darüber informiere, wann welche Folge erscheint – und dann eine Zeit lang offline gehen. Dann stoßen zwar keine neuen Follower auf mich, aber ich verliere auch nicht das bestehende Publikum.«

»Das klingt doch vernünftig«, antwortet sie. Ihr Lächeln ist so zuversichtlich, dass es mir beinahe wehtut, sie enttäuschen zu müssen.

»In der Theorie klingt das ja schön, aber wie soll ich denn schaffen, das durchzuziehen, wenn ich es nicht mal auf die Reihe kriege, mein Handy zehn Minuten lang wegzulegen?«

»Es gibt Momente, in denen Sie das schaffen. Das haben Sie selbst gesagt.«

Ich versuche, mich an unsere letzten Gespräche zu erinnern. »Hm. Nur, wenn ich was richtig Wichtiges zu tun hab.«

»Richtig.« Sie sieht mich mit diesem Blick an, der mir zu verstehen gibt, dass ich selbst auf die Lösung kommen kann, die sie schon im Kopf hat.

Ich lege den Stift aus der Hand und denke nach. Auf den Moment, in dem die Glühbirne in meinem Kopf aufleuchtet, warte ich aber vergeblich.

»Helfen Sie mir auf die Sprünge?«, frage ich.

»Ich denke, es könnte Ihnen helfen, Momente zu schaffen, in denen Sie abgelenkt sind. Sie haben erzählt, dass Ihr Alltag recht eintönig ist und hauptsächlich aus Arbeit besteht.« Ich nicke. »Da ist es kein Wunder, dass Ihr Körper sich nach Belohnung und Glück sehnt, oder nicht? Ihr Gehirn nutzt nur die Gelegenheit, sich das zu holen, was es am meisten begehrt. Wenn Sie ihm die Möglichkeit nehmen, sich über den Social-Media-Konsum am

Dopamin zu bedienen und ihm stattdessen eine andere Möglichkeit geben, sich belohnt zu fühlen, kann das funktionieren.«

»Macht absolut Sinn.« Ich zücke meinen Stift und notiere es in Stichpunkten in meinem Notizbuch.

»Fällt Ihnen spontan etwas ein, das Ihnen ein gutes Gefühl gibt, außer Social Media?«

»Josie.« Ich reiße den Kopf hoch. Habe ich das gerade wirklich laut ausgesprochen? Ernsthaft? Das ist das Erste, was mir eingefallen ist, und ich schaffe es nicht mal, das für mich zu behalten?

Selbst die sonst so neutrale Mrs White hat ein Schmunzeln auf den Lippen. »Dann wäre doch die erste Idee, Josie um ein Date zu bitten.« Sie zwinkert mir zu.

Mein Herz flattert in meiner Brust. War das ein Scherz? Oder will sie mir damit vielleicht sogar etwas sagen? Immerhin ist Josie auch bei ihr in Beratung. Aber Mrs White ist immer so professionell. Sie würde es niemals wagen, solche Andeutungen zu machen. Oder etwa doch?

»Allerdings sollten wir uns lieber noch etwas anderes überlegen, das etwas öfter und spontaner umzusetzen ist. Am besten etwas, das Sie immer dann tun können, wenn Ihr Bedürfnis zu stark wird herumzuscrollen.«

»Schokolade. Aber dann hätte ich nach ein paar Tagen vermutlich einen tödlich hohen Blutzuckerspiegel.«

Wir lachen beide, und es tut gut, mit Mrs White gemeinsam zu lachen. »Ab und zu kann man das durchaus mal zu diesem Zweck nutzen. Es sollte auf Dauer aber nichts sein, das gleich wieder zu einem ähnlichen Verhalten verlockt. Alkohol und Videospiele sind zum Beispiel ebenfalls keine guten Alternativen.«

Leuchtet ein. Allerdings ist es gar nicht so einfach, irgendwas zu finden, das mich wirklich gut ablenken könnte. »Keine Ahnung. Mein Handy hat in den letzten ein, zwei Jahren so viel Platz eingenommen. Ich hab das Gefühl, ich weiß gar nicht mehr so genau, wer ich eigentlich bin und was mir Spaß macht.« Gedankenverloren kritzle ich neben den Stichpunkten im Notizbuch herum.

»Sie haben mir aber schon einiges genannt. Sie hören selbst gern True-Crime-Podcasts. Sie mögen es, Freunde einzuladen und mit Ihnen zu kochen. Und Sie gehen gern zu Poetry-Slams. Die gibt es zum Beispiel auch niedergeschrieben in Buchform, ganz analog. Denken Sie, da wäre etwas dabei, das Sie nutzen könnten, um sich ein wenig abzulenken?«

Sie hat gut aufgepasst. Sie hat nicht mal in ihren Notizen nachlesen müssen, um das zu wissen.

»Klingt alles gut. Vor allem, wenn man es abwechselt. Ein bisschen Disziplin werde ich aber trotzdem brauchen. Nach dem Handy zu greifen, ist viel schneller und einfacher …«

»Deswegen kann es ja auch abhängig machen. Weil es so unkompliziert und immer verfügbar ist.«

Damit hat sie wie immer recht.

»Gerade diese Art, wie Sie Instagram nutzen, kann übrigens viel mit Ihren unverarbeiteten Emotionen zu tun haben. Sie nutzen die Plattform vielleicht, um sich mitzuteilen. Wenn auch etwas verdeckt und nicht so offensichtlich, aber Sie teilen täglich gewisse Elemente Ihres Lebens – und suchen gleichzeitig nach interessanten Beiträgen, der zu Ihrem emotionalen Zustand passt und Ihnen Validierung bieten kann.«

Ich staune jedes Mal wieder über ihre schlauen Sätze. Sie kombiniert besser als ich, was in meinem Kopf vorgeht, obwohl ich die Hälfte nicht mal ausspreche.

Eilig kritzle ich Fetzen ihrer Gedanken in das Notizbuch, bevor ich alles wieder vergesse. »Kann sein. Und was macht man dagegen?«

»Das ist an sich ja nicht schlimm. Vor allem nicht, wenn Sie aufpassen, was Sie preisgeben und nicht das komplette Privatleben im Internet ausbreiten. Aber wenn diese Möglichkeit wegfällt, weil Sie Social Media eine Zeit lang pausieren und keine Alternative finden, wird es schwer dranzubleiben.« Sie deutet auf mein Notizbuch. »Ich hatte dafür neulich schon eine Idee. Haben Sie schon mal darüber nachgedacht, selbst Poetry-Slams oder Gedichte zu schreiben?«

Ein Energieschub fährt durch meinen Körper. Ich klicke die Mine meines Kulis abwechselnd rein und raus. »Klar, nachgedacht schon, aber nicht ausprobiert. Ich glaube nicht, dass ich das kann.«

»Warum denn nicht? Sie schreiben in Ihrem Berufsalltag doch auch viel. Sowohl in der Redaktion als auch für ihre eigenen Kanäle. Video- und Podcast-Drehbücher und Posts zum Beispiel.«

»Unter meinen Videos steht meist nur wenig Text, manchmal nur ein paar Hashtags. Außerdem ist das nicht das Gleiche. Sachtexte kriegt jeder hin.«

»Auch so gut, dass Hunderttausende Menschen sich diese Texte jeden Monat anhören wollen?«

Hitze steigt mir in den Kopf. Wenn sie das so sagt, klingt es echt krass. »Touché.«

»Warum versuchen Sie es nicht einfach mal? Was dabei rauskommt, müssen Sie ja niemandem zeigen. Ich denke nur, Sie könnten Spaß daran haben und vielleicht auch wieder etwas näher zu sich selbst finden und Ihre Wünsche und Bedürfnisse kennenlernen.«

Ich zögere. »Aber wo fängt man da an?«

Mrs White beugt sich vor und lächelt. »Wenn Sie mit ihren Gedanken nicht allein sein wollen und sich unsicher sind, könnten Sie doch auch Josie um Hilfe bitten.«

Zehn Minuten später ziehe ich die Tür zu Mrs Whites Büro hinter mir zu. In meinem Kopf wirbeln die Gedanken durcheinander. Schreiben. Josie um Hilfe bitten. Pausieren. Mitten in meine Gedanken platzt die durchdringende Stimme von Mrs Dawson.

»Ryan, kommst du mal bitte?« Sie steht in der Tür einer der Meetingräume und winkt mich zu sich. Sie sieht angespannt aus.

Ich blicke mich um, aber der Flur ist leer, niemand nähert sich. Es scheint also keines dieser Meetings in großer Runde zu sein. Ich klemme mein Notizbuch unter den Arm und eile auf sie zu. Mrs Dawson hält mir die Tür auf und schließt sie dann hinter mir. Der Raum ist angenehm kühl. Auf dem Tisch stehen Getränke und am Kopfende des langen Tisches sitzt Josie. Sie sieht blass aus und irgendwie klein, liegt vielleicht auch an diesem großen Raum. Ich steuere auf sie zu und nehme neben ihr Platz.

Auch Mrs Dawson tritt zu uns an den Tisch, setzt sich jedoch nicht, sondern läuft auf und ab. Erst jetzt bemerke ich den Brief, der vor Josie liegt. Die oberen Ränder sind fransig, er ist bereits geöffnet worden. Ein plötzlicher Adrenalinstoß schießt durch meinen Körper. Sind das die neuen Laborergebnisse?

»Ihr könnt euch wahrscheinlich denken, warum ihr hier seid. Die aktuellen Laborergebnisse waren heute in der Post.« Ich halte die Luft an. »Und sie sind positiv.« Ich atme die Luft mit einem Stoß wieder aus. »Positiv auf Milchprodukte?«, hake ich vorsichtshalber nach.

Mrs Dawson nickt. Sie nimmt den Brief hoch und holt die eng beschriebenen Bögen mit Zahlen und Linien hervor. Mit starrem

Gesichtsausdruck liest sie: »In den eingereichten Proben wurden sowohl Spuren von Milchprodukten als auch Rückstände von Ei festgestellt … und so weiter. Die Zahlen sind sogar noch aussagekräftiger als bei unserer ersten Probe.«

»Aber wie kann das sein?«, fragt Josie.

»Genau das ist die Frage. Wie kann das sein?« Mrs Dawson sieht uns beide an. »Ihr hattet genau den richtigen Riecher. Jetzt geht es nicht mehr nur um Milchprodukte in veganen Lebensmitteln, sondern auch um Betrug. Die Laborergebnisse von *Pure Plates* können nicht valide sein. Unser Labor, das die ersten Ergebnisse zurückgezogen hat, und die anderen Labore, in denen wir haben testen lassen, sind vermutlich bestochen worden. Das ist ein Skandal von viel größerem Ausmaß!«

Josie und ich schauen uns an. Aufregung macht sich in mir breit. Ich bin erleichtert und froh, dass sich unser Verdacht bestätigt hat. Dass unser Einsatz sich gelohnt und *London Lens* eine Chance hat, seinen Ruf reinzuwaschen. Das ist ein richtig großer Fall. Eine exklusive Geschichte, ein echter True-Crime-Fall von viel größerem Ausmaß als bisher gedacht. Ich könnte davon sogar im Podcast erzählen. Ein Fall, an dem ich selbst mitgearbeitet habe.

»Wie sollen wir weiter vorgehen?«, frage ich mit einer Nervosität in der Stimme, die den anderen beiden anscheinend nicht verborgen bleibt.

Josie sieht mich überrascht an, Mrs Dawson hingegen mustert mich fast schon interessiert. Als ob sie mich zum ersten Mal so richtig wahrnehmen würde. »Ryan, du hast doch über den Chesterfield Case berichtet, oder?«

»Sie hören meinen Podcast?« Ich kann mein Erstaunen nicht verbergen. Aber das ist wahrscheinlich nicht die wichtige Information an dieser Stelle. »Aber ja, den Fall habe ich recherchiert.«

»Könntest du dir vorstellen unser Team auch ein wenig mit deinem True-Crime-Background zu unterstützen? Immerhin habt ihr mich dazu gebracht, noch einmal Proben zu verschicken. Ohne euch würde ich jetzt weiter Schadensbegrenzung betreiben, obwohl wir augenscheinlich gar keinen Schaden angerichtet haben, sondern die ganze Zeit im Recht waren.«

»Was heißt das denn jetzt?«, fragt Josie.

»Wir werden weitere Proben in noch ein unabhängiges Labor schicken lassen, von noch mehr Produkten, um wirklich auf der sicheren Seite zu sein. Wir werden das Team losschicken und Quellen recherchieren und finden, die uns mehr zu den Vorgängen bei *Pure Plates* sagen können. Wer weiß Bescheid, wo wird produziert? Können wir jemanden in die Produktion einschleusen? Wie kann es zu der Verunreinigung kommen? Unser Investigativteam ist für genau solche Fälle zusammengestellt worden und …«

»Wir würden das Ganze gern begleiten.« Die Idee kam so spontan in meinen Kopf, dass ich selbst davon überrascht bin. »Für unsere Social-Media-Kanäle.«

Josie sieht mich mit großen Augen an.

Unbeirrt fahre ich fort: »Wir begleiten die Redakteure, schauen ihnen über die Schulter, sind mit dabei, wie dieser Fall ganz neu aufgerollt wird. Das würde das Vertrauen in die Marke *London Lens* unheimlich stärken, wenn man miterleben könnte, wie eine solche Investigativrecherche funktioniert.«

Mrs Dawson atmet tief ein. Ich sehe schon vor mir, wie sie gleich abwehrend die Hände hebt.

Ich muss sie unbedingt überzeugen. »Wir würden das Ganze erst zeigen, wenn der Artikel draußen ist. Praktisch als Behind the Scenes.«

Sie nickt langsam. »Das klingt tatsächlich nach einem guten Plan. Traut ihr euch das denn zu?«

Josie schaut verunsichert zwischen uns hin und her. Auch wenn sie unsicher ist, weiß ich, dass es für uns beide eine Megachance ist. Die Chance, mehr zu sein als das Social-Media-Team. Die Recherche mit voranzutreiben. Ich will nicht für immer nur Influencer bleiben, sondern ernst genommen werden. Und Josies Traum für dieses Volontariat war es auch nicht, nur den Social-Media-Feed zu befüllen.

Ich sehe sie an und versuche, ihr mit meinem Blick Sicherheit zu vermitteln. Vertrau mir.

Auf Josies Lippen stiehlt sich ein sanftes Lächeln, und sie nickt mir leicht zu. Dann wendet sie sich Mrs Dawson zu. »Wenn Ryan dabei ist, könnte das eine richtig gute Geschichte werden. Er kennt sich ja aus, wie man Fälle für den Podcast aufbereitet und auf Social Media verbreitet.« Sie holt Luft und ergänzt dann: »Wir könnten die Story auch für seinen Podcast aufbereiten. Exklusive Medienpartnerschaft. Wir haben bei *London Lens* keinen Podcast und damit kein Audiomedium. Er hat fast eine Million Follower, das könnte die Geschichte noch mal ganz anders transportieren. Und es wäre klar, dass es eine London-Lens- Geschichte ist. Er würde sie wie einen seiner anderen Fälle aufbereiten.« Schnell senkt Josie den Blick und verschränkt ihre Finger. Ich sehe ihr an, wie viel Überwindung es sie gekostet hat, ihre Idee zu teilen. Aber sie ist gut!

»Das wäre der absolute Wahnsinn«, rufe ich.

Mrs Dawson lächelt, auch sie scheint von der Idee angetan zu sein. »Wir hatten so viele Kosten mit der Recherche und den Labortests. Das Ganze jetzt so groß wie möglich aufzubauen, macht für mich total Sinn. Und wenn du uns deine Reichweite zur Verfügung stellen würdest, Ryan, wäre das ein unheimlicher Gewinn. Wir können wahrscheinlich nicht die Preise zahlen, die du sonst für so eine Medienpartnerschaft aufrufen würdest, aber ich könnte dir anbieten, dass wir den Podcast in unserem Magazin bewerben und uns als Co-Autoren für diese Folge anbieten. Du bekommst in den nächsten vier Ausgaben Werbeflächen, und wir schreiben einen ausführlichen Bericht über deinen Podcast.«

»Das würde mir genügen«, sage ich schnell. Für mich wäre die exklusive Zusammenarbeit und die Werbung viel mehr wert als der Betrag auf dem Konto. Es würde meinen Ruf stärken, es würde mich hoffentlich wieder dahin zurückbringen, wo ich vor dem Shitstorm und dem ganzen anderen Mist war.

»Dann machen wir das so. Ryan und Josie, willkommen im Investigativteam. Ich berufe gleich ein großes Meeting ein, und dann könnt ihr loslegen!«

Als Mrs Dawson den Raum verlassen hat, springe ich auf und bin mit ein paar Schritten bei Josie, die sich auch gerade von ihrem Stuhl erhebt. Einem Impuls folgend, ziehe ich sie in meine Arme und drücke sie an mich. Der zimtige Duft ihrer Haare sorgt für ein Kribbeln in meinem Bauch. Ich würde am liebsten mein Gesicht hineinpressen. Sie riecht so gut! Einfach nach Josie, und plötzlich wird mir klar, dass ich sie schon ganz schön lange umklammert habe. Ich trete verlegen einen Schritt zurück. »Ich … äh, sorry, das war vielleicht etwas überschwänglich.«

Als wir uns trennen, ist ihr Gesicht kurz ganz nahe an meinem, eine Haarsträhne fällt ihr über die Augen und mich überkommt der intensive Wunsch, Josie zu berühren. Ich kann mich nicht dagegen wehren. Vorsichtig streiche ich ihr die Strähne aus dem Gesicht und berühre dabei ganz leicht ihre Wange. Das Kribbeln verstärkt sich, mein Herz schlägt einen Takt schneller, und ich kann an nichts anderes denken als daran, wie es sich anfühlen würde, sie zu küssen. Sie zu berühren.

Josie räuspert sich verlegen, und ich bin wieder zurück in der Realität. In dem kalten Meetingraum, an dem langen Tisch. Mit einem kratzenden Geräusch schiebt Josie die Stühle wieder an den Tisch. »Wir sollten wahrscheinlich wieder …«, sagt sie und deutet auf die offene Tür des Meetingraums.

»Klar, sicher. Wir haben jetzt einiges zu tun«, sage ich und wünsche mir, dass dieser kleine Moment zwischen uns noch ein wenig länger angedauert hätte. Ob sie das auch gespürt hat? Ich habe sonst keine Probleme damit, Frauen anzusprechen, oder zu verstehen, aber Josie ist für mich ein Buch mit sieben Siegeln. Im einen Moment denke ich, sie mag mich, im nächsten Moment ist sie so verschlossen, dass ich fast das Gefühl habe, ich nerve sie.

»Kommst du?«, fragt sie, und ich nicke.

Zwei Stunden später sitzen wir wieder in dem Meetingraum.

Mrs Dawson schiebt ein paar Unterlagen vor sich auf dem Tisch zusammen und blickt in die Runde. »Unsere jungen Kollegen aus der Social-Media-Redaktion haben ganze Arbeit geleistet. Sie haben eine Quelle aufgetan, sie ernst genommen, und wir haben neue Laborergebnisse! Danke, Josie und Ryan.« Mrs Dawson lässt einen kurzen Moment verstreichen und tatsächlich klatschen die Kollegen. Sie klatschen für Josie und mich! Josie neben mir wird knallrot und versinkt in ihrem Stuhl.

Ich lege unter dem Tisch kurz meine Hand auf ihre. Sie ist eiskalt, und ich kann spüren, wie aufgeregt sie ist. Ich will ihr nur zeigen, dass sie nicht allein ist. Wir sind ein Team.

Josie schaut überrascht auf. Ihre braunen Augen wirken so groß, so tief, und einen kurzen Moment lang verschwimmt alles andere um uns herum.

Ich sehe nur sie. Ihre braunen Augen. Ihre dunklen Haare, die ihr wie immer ein wenig ins Gesicht fallen, wie ein Vorhang, hinter dem sie sich bei Bedarf verstecken kann. Dabei gibt es keinen Grund für sie, sich zu verstecken. Sie ist die cleverste und schönste Frau, die ich je getroffen habe.

»Und darum werden Ryan und Josie in den nächsten Tagen intensiv mit euch an der Recherche arbeiten. Sie werden kleine Behind-the-Scenes-Clips drehen, euch über die Schulter schauen und die ein oder andere Frage stellen. *Pure Plates* wird sich umgucken, mit der *London Lens* legt man sich besser nicht an!« Wieder brandet Jubel auf. Mrs Dawson schafft es unglaublich gut, ihr Team zu motivieren. Auch Josie und ich springen auf und machen uns auf den Weg in unser Büro. Das wird ein langer Abend. Kribbelige Vorfreude macht sich in mir breit.

30. KAPITEL

Josie

Mir zittern noch immer die Knie. Was ist da gerade passiert? Ryans Hand auf meiner, der Applaus der Kollegen, die angestachelte Stimmung. Ich bin total aufgekratzt.

Als wir unser Studio betreten, sind Ryan und ich das erste Mal wieder so richtig allein. Seit unserer Präsentation ist meistens einer von uns hereingeschneit und dann wieder schnell zu irgendeiner Besprechung gehetzt, oder es waren andere Leute mit uns im Studio.

Seine Entschuldigung in der Teeküche war nicht nur aufrichtig, sie hat mich auch völlig aus dem Konzept gebracht. Dieser ganze Tag fühlt sich an, als ob jemand uns in einen Schnellkochtopf geworfen hätte und heute erst mal der Druck entweichen muss. Erst seine Hände auf meinen Schultern, seine Entschuldigung, der lange Blick … Es kribbelt schon wieder in meinem Bauch, wenn ich nur daran denke. Und dann war da dieser Moment nach dem Gespräch mit Mrs Dawson, als wir uns so nahe waren, als er mir die Strähne hinters Ohr gestrichen hat. Ich hätte ganz kurz das Gefühl, er wolle mich küssen. Aber vielleicht war das auch nur Wunschdenken. Denn ich hätte mir nichts Schöneres vorstellen können, als seine Lippen auf meinen …«

»Was meinst du, wo sollen wir am besten anfangen, brauchen wir einen Contentplan, damit wir wissen, was wir wann produzieren und veröffentlichen wollen?« Ryan steht an seinem aufgeklappten Laptop und schaut mich an.

Ich sehe, wie sich seine Lippen bewegen, aber ich war mit meinen Gedanken gerade an einem völlig anderen Ort. »Sorry, was?«, frage ich und mein Gesicht glüht auf. Ich kann richtig spüren, wie mir die Röte von den Haarspitzen und den Wangen ins ganze Gesicht schießt.

»Wo warst du denn gerade mit deinen Gedanken?«, fragt Ryan und grinst. Wenn Ryan grinst, blitzen seine Augen auf diese unwiderstehliche Art und Weise auf. Und ich würde am liebsten mit meinem Finger über seine Lippen fahren und …

»Ach, ich war nur kurz abgelenkt«, sage ich und versuche, meine Gedanken wieder auf unsere neue Aufgabe zu richten. »Kann ich verstehen, das war ja auch der Wahnsinn, was da gerade abging. Wir sind Teil des Teams. Schluss mit Aufbereitung bestehender Artikel, wir sind mittendrin im Geschehen. Das ist doch das, warum du dich für ein Volontariat hier entschieden hast, oder?«

Ich nicke.

»Und wie du meinen Podcast ins Spiel gebracht hast … Mann, das war der Hammer. Ich weiß gar nicht, wie ich dir danken soll!« Er geht um seinen Tisch herum auf mich zu.

Ich stehe noch immer neben der Tür an die Wand gelehnt, wo ich gerade den Schock über das Meeting verdauen wollte. Als Ryan auf mich zu läuft, stoße ich mich von der Wand ab. Dabei gerate ich ins Straucheln, weil ich eines der Kamerakabel auf dem Boden übersehen habe. Ich schließe die Augen in Erwartung eines harten Aufpralls auf dem Studioboden. Doch dann spüre ich zwei Arme, die mich festhalten. Als ich die Augen wieder öffne, ist Ryans Gesicht ganz nahe an meinem.

»Alles okay?«, fragt er. Er hat mich schon wieder aufgefangen. Wie peinlich. Langsam muss er denken, dass ich nicht mal richtig laufen kann.

Diesmal grinst er nicht. Ich rieche den Duft seines Waschmittels, das aus seinem Shirt aufsteigt, sein Parfüm, und in meinem Magen startet eine Achterbahn.

»Danke«, flüstere ich. Er ist so verdammt nahe. Keiner von uns unterbricht den Blickkontakt. Sein Gesicht kommt noch näher. Ich spüre seine Arme um meine Taille und wage kaum zu atmen. Mein Herz klopft, und ich fahre automatisch mit meiner Zunge über meine Lippen. Ryans Blick zuckt kurz zu meinem Mund. Passiert das hier gerade wirklich? Mein Herz droht meinen Brustkorb zu sprengen.

Er beugt sich noch ein Stück weiter vor … und plötzlich fliegt mit einem lauten Quietschen die Tür auf. Wie ertappt fahren wir auseinander.

»Na, ihr Investigativgenies!« Peter, ausgerechnet. »Störe ich?«, fragt er mit einem süffisanten Lächeln.

»Nein, alles okay, ich bin nur gestolpert«, sage ich schnell.

»Aha«, sagt er, und ich kann hören, dass er kein Wort glaubt. »Ihr wisst schon, was ihr tut. Ich wollte euch nur schnell die Zugänge zu unserem Redaktionssystem einrichten. Da könnt ihr dann sehen, was wir bisher haben, was an neuen Erkenntnissen hinzukommt und wer wann auf einem Interview oder Dreh ist. Wir tragen das alles hier in dem gemeinsamen Redaktionsboard auf Trello ein. Da könnt ihr euch dann einfach an die einzelnen Karten dranhängen, wenn ihr dabei sein wollt, dann wissen wir Bescheid und können uns vor dem Videodreh noch mal die Haare bürsten.« Er lacht dröhnend. Dann schiebt er sich an meinen Laptop: »Darf ich mal?«

Ich gebe mein Passwort ein und bin zum ersten Mal froh, dass Peter so viel redet. Ich würde gerade keinen Ton herausbekommen. In meinem Kopf spielt sich die Szene von eben in Dauerschleife ab. War das gerade ein Fast-Kuss?

Ryan tritt neben mich an meinen Laptop, um Peter über die Schulter zu schauen. Dabei berühren sich unsere Schultern ganz leicht, und es ist, als ob ein Stromstoß durch meinen Körper jagt. »Also, hier sind die Freigaben, ihr bekommt gleich jeder einen Code auf euer Handy geschickt, den dann bitte hier einmal eingeben und los geht die wilde Fahrt!« Er schickt zunächst einen Code auf mein Handy.

Ich klicke ihn an und gebe die Zahlenreihe in das System auf dem Laptop ein. Eine kleine animierte Rakete fliegt hoch, und auf dem Bildschirm erscheint »Willkommen Josie!«

Peter nickt. »Das klappt doch super. Den Rest kriegt ihr allein hin? Dann mache ich jetzt mal weiter!«

Wir nicken beide. Keiner von uns hat etwas gesagt, seitdem Peter hereingeplatzt ist. Als dieser die Tür hinter sich schließt, herrscht weiter Stille. Pling.

Ryan räuspert sich. »Das wird mein Code sein. Er entsperrt das Handy und stutzt. «Nur eine Erinnerung für den Poetry-Slam morgen. Da wollte ich eigentlich hin. Aber wenn hier jetzt so viel zu tun ist…«

»Nimmst du mich mal mit?«, die Frage war so schnell draußen, dass ich gar nicht darüber nachdenken konnte. Ich erschrecke vor mir selbst. Wo kam das denn her? Wo ist mein innerer Kritiker, der jeden Satz zehnmal prüfen muss, bevor er ihn für meinen Mund freigibt?

Überrascht sieht Ryan mich an. Dann breitet sich ein Lächeln auf seinem Gesicht aus. »Ich dachte du fragst nie! Super gern. Ich glaube, das würde dir richtig gut gefallen. Komm doch gleich morgen mit. Vielleicht tut uns so eine Pause auch gut. Wenn du nicht schon was anderes für deinen Freitagabend geplant hattest?«

»Nein. Also ja! Also, ich habe nichts geplant und komme gern mit!«

Ein erneutes Pling auf Ryans Handy kündigt den Code für das System an. Ryan gibt ihn ein. »Dann treffen wir uns um 20 Uhr da. Die Adresse schicke ich dir noch, ja?«, fragt er. Und erst als ich nicke, fängt er grinsend an, den Zahlencode einzutippen.

31. KAPITEL

Josie

Es tutet. Komm schon Dad, geh ran.

»Barnes.«

»Trägt man zu einem Date ein Kleid oder eine Hose?«

»Entschuldigung, wer ist da bitte?«

»Dad! Ich habe jetzt keine Zeit für deine blöden Witze. Das ist eine ernste Angelegenheit.«

Ich höre ein glucksendes Geräusch aus dem Hörer, dann ein Räuspern.

»Lachst du etwa?«

»Nein, nein. Natürlich sehe ich die Ernsthaftigkeit in der Frage nach Kleid oder Hose und finde das in keinster Weise lustig oder niedlich, dass du dafür deinen alten Herrn anrufst und ihn um Rat fragst.«

»Wen soll ich denn sonst fragen? Laura hat eine völlig andere

Zeitzone, die erreiche ich jetzt nicht, und du bist neben Laura eben die Person, der ich am meisten vertraue.«

»Ach Josie, das ehrt mich«, seine Stimme klingt leicht brüchig. Er schluckt und sagt dann wieder mit fester Stimme: »Aber in Sachen Klamotten bin ich wirklich nicht der richtige Ansprechpartner.«

»Es geht doch nicht nur um die Hose, Dad. Ich habe keine Ahnung, wie man sich bei so einem Date verhalten soll. Ryan ist so viel cooler als ich, der macht das bestimmt ständig, und ich war das letzte Mal auf einem Date, ja wann eigentlich? In der Schule? Oh nein, wie das klingt. Am besten sage ich ab. Ich fühl mich auch gar nicht gut, vielleicht brüte ich was aus. Eine Erkältung oder so.« Ich atme schnell ein und aus und merke selbst, dass ich völlig überreagiere.

»Josie, Liebling, atme mal bitte kurz tief durch. Alles ganz in Ruhe. Es ist nur ein Junge, es ist nur ein Date, und du kannst gar nichts falsch machen. Du warst so mutig und hast ihn gefragt, ob du nicht Mal zu einem dieser Potty-Slams mitkommen kannst, da wirst du doch jetzt nicht an so einer ollen Hose verzweifeln.«

»Poetry-Slam, Dad! POETRY wie Gedicht.« Aber ich lache. Und ich weiß, er hat es nur gesagt, um mich zum Lachen zu bringen. Und obwohl ich das weiß, funktioniert es. Ich merke, wie sich meine Muskeln entspannen. Mit dem Telefon in der Hand gehe ich zum Schrank. »Meinst du mein dunkelblaues Hemdblusenkleid ist gut? Das mag ich echt gern, und ich finde, es passt zu meinen Augen.«

»Dann ist es genau das Richtige. Nimm das, in dem du dich wohlfühlst. Dann siehst du immer am schönsten aus. Und ich mag es gern, wenn du deine Haare offen trägst.«

»Danke, Dad.«

»Für meinen großartigen modischen Ratschlag?«

»Dafür, dass du da bist.«

»Gern, Josie. Immer gern. Und jetzt sieh zu, dass du zu deinem Date kommst.«

Mit einem Lächeln im Gesicht lege ich auf. Irgendwie schafft es Dad immer, dass ich mich ein bisschen besser fühle. Ich will gerade Laura ein Bild von meinem Outfit schicken, als eine Nachricht auf meinem Handy aufploppt.

Hier ein Link mit dem Standort des *Golden Rose*. Um 20 Uhr geht es los, wir könnten uns um halb acht treffen und uns in Ruhe einen Platz suchen. Passt das? Ich freu mich auf dich!

Ich freu mich auf dich. Mein Herz klopft bei jedem Wort, das ich lese. Ich. Padong. Freu. Padong. Mich. Padong. Auf. Padong. Dich. Padong. Mit einem breiten Lächeln im Gesicht ziehe ich das Kleid über, schminke mich und lasse meine Haare offen über meine Schultern fallen. Dann packe ich Handy, Schlüssel, Geld und mein kleines Notizbuch sowie einen Stift ein. Wer weiß, vielleicht lasse ich mich ja von den anderen inspirieren.

Als ich beim *Golden Rose* ankomme, ist es bereits dunkel Ich habe extra noch kurz an der U-Bahn-Station getrödelt, weil ich nicht zu früh da sein und blöd herumstehen wollte. Vor dem Club ist niemand. Ich bin also doch zu früh. Ich lehne mich an die Wand neben den Stufen, die nach unten führen. Meine Hände verflechten sich ineinander, ich trete von einem Bein auf das andere. Wo bleibt er denn? Ich ziehe mein Handy aus der Manteltasche. Es ist kurz nach halb acht. In dem Moment höre ich unterhalb der Treppe eine Tür klappen, kurz dringt Stimmengewirr zu mir herauf.

Als ich nach unten blicke, kommt Ryan die Treppe hoch. »Hey Josie, hier gehts rein! Komm, ich zeig dir alles.« Er bleibt ein paar Stufen unter mir stehen und hält mir seine Hand hin.

Soll ich die nehmen? Und dann? Wie begrüßen wir uns? Darüber habe ich noch gar nicht nachgedacht. Im Büro reicht ein einfaches Hallo. Aber hier? Umarmen wir uns? Gibt es Wangenküsschen? Das ist schließlich ein Date. Ich strecke meine Hand aus, die ganz leicht zittert und trete die zwei Stufen zu ihm hinunter. Ryan legt sie elegant auf seinen Unterarm und hakt mich ein. »Darf ich bitten, my Lady, hier geht es lang, in das Land der Poesie, wo Cider und Pints voller feinstem Lager fließen.«

Ich lache, und das Eis ist gebrochen. Das ist Ryan mit dem ich hier bin. Mein Ryan. Mein Ryan? Habe ich das gerade wirklich gedacht? Meine Wangen brennen und leuchten bestimmt schon wieder. Zum Glück sieht man das in dem schummrigen Licht nicht.

»Hey, Lily, da bin ich wieder. Lässt du uns durch?«

Die junge Frau mustert mich neugierig und lässt uns dann vorbei. »Schön, Ryan mal in Begleitung zu sehen. Macht es euch schön, ihr zwei!«

Jetzt könnte ich schwören, dass Ryans Wangen sich rötlich verfärbt haben. Obwohl Lily neben einem Schild, das auf den Eintritt von zehn Pfund hinweist, steht, gehen wir einfach so an ihr vorbei.

»Müssen wir nichts bezahlen?«, frage ich überrascht. »Schon erledigt«, sagt Ryan und zwinkert mir zu. Und in meinem Bauch kribbelt es. Das ist ein echtes Date.

Wir holen uns an der Bar jeder einen Drink und setzen uns

auf die gemütlichen Stühle, die in mehreren Reihen in Richtung einer kleinen Bühne positioniert sind.

Ich atme tief durch und erinnere mich an das Gespräch mit Mrs White. Sich einfach mal etwas trauen. Ich blicke ihn an und nehme unser Gespräch wieder auf. »Du bist also öfter hier?«

»Früher fast jedes Wochenende, inzwischen nicht mehr ganz so regelmäßig. Aber ich mag die Mischung in den Slams. Es sind ernsthafte Dichter, witzige Slammer und politische Denker dabei, und so wird es nie langweilig.« Er nimmt einen Schluck von seinem Cider und ich wage es, ihn zu mustern. Er sieht wie immer umwerfend aus und mein Blick bleibt ganz kurz an seinen Lippen hängen. Wie es sich wohl anfühlen würde, wenn er mich mit diesen Lippen küssen würde?

Plötzlich sieht er mich durchdringend an. Er hat was gesagt, und ich habe nicht zugehört.

»Was meinst du?« Ich habe keine Ahnung, wovon er gerade gesprochen hat.

»Ob wir noch ein paar Snacks brauchen, bevor es losgeht?« Er lächelt mich an, und das Kribbeln in meinem Bauch wird stärker. »Ein paar Chips wären schön«, sage ich und Ryan erhebt sich direkt.

»Ich kann auch …«, setze ich an.

»Kommt nicht infrage!«

Ich sehe ihm hinterher, während er zur Bar zurückschlendert und sich lässig gegen den Tresen lehnt. Schmetterlinge fliegen durch meinen ganzen Körper. Ich kann es kaum glauben. Habe ich gerade wirklich mit diesem Kerl ein Date?

Kurze Zeit später kehrt er mit einer Tüte Chips zurück und reißt sie auf. Ich greife direkt in die Tüte. Doch statt der Chips ertaste ich plötzlich seine Finger, die er wohl gleichzeitig hineingesteckt hat. Es durchfährt mich wie ein Stromschlag. Schnell ziehe ich die Hand zurück. Als wäre das nicht schon aufwühlend genug, fangen wir auch noch zeitgleich an zu reden.

»Sorry, mach du«, sagt er.

»Du zuerst«, rufe ich.

Er fesselt mich mit seinem Blick. Ich kann nicht wegsehen. Seine Augen sind in dem diffusen Licht dunkler. Tiefer. Er beugt sich ganz leicht vor, und ich könnte schwören, dass mir mein Herz gleich aus der Brust springt. In dem Moment wird das Licht gedimmt und ein Mann betritt die Bühne, wie ich aus den Augenwinkeln wahrnehme. Ryan und ich bringen wieder etwas mehr Luft zwischen uns, und ich wende den Kopf nach vorn. Auf der Bühne steht bereits ein Ständer mit Mikrofon.

»Liebe Poetry-Fans, ich freue mich auf einen aufregenden Abend mit spannenden Gästen …« Er spricht weiter, aber ich bin zu sehr beschäftigt, meinen Herzschlag unter Kontrolle zu bringen. Ich sehe auch nur aus den Augenwinkeln, wie Ryan sein Handy aus der Tasche nestelt. Er wird doch jetzt nicht … Doch er stellt es nur in den Flugmodus und steckt es zurück in die Tasche. Eigentlich eine gute Idee. Ich tue es ihm gleich und warte dann gespannt auf den ersten Poetry-Slammer.

Eine junge Frau betritt die Bühne. Sie ist ungefähr so alt wie ich. Sie räuspert sich. Dann legt sie los:

Coffee to go.
U-Bahn voll.
Gesichter leer.
Instagram durchscrollen.
Storys anschauen.
Lebensentwürfe vergleichen.

Meeting um neun.
PowerPoint, Small Talk.
Kopfschmerzen.
Im Kopf die To-do-Liste, endlos.
Lunch break, Salat to go.
Selfies machen, Filter drauf.

Zu Hause, endlich.
Netflix, chill.
Doch das Handy ruft.
Benachrichtigungen ohne Ende.
Bin ich echt? Oder nur online?

Self Care.
Kerzen, Badewanne.
Aber auch da: Handy in der Hand.
Entspannung oder nur Illusion?
Ich frage mich: Wann bin ich ich?

Offline oder online?
Echt oder nur Profilbild?

In London leben.
Stadt, die nie schläft.
Aber ich, müde.
Ausgebrannt.
Überfordert.

Realität oder Fiktion?
Likes oder echte Zuneigung?

Will mehr als nur einen Filter.
Will Leben.
Echt sein.
Offline sein.
Bei mir sein.

Schalte das Handy aus.
Atme tief ein.
Fühle mich. Echt.
Für einen Moment.
Das reicht.

Ich spüre, wie Ryan sich neben mir versteift. Er sieht die junge Frau an, und ich kann regelrecht spüren, was ihm durch den Kopf geht: Das ist mein Leben, was sie da beschreibt. Ohne darüber nachzudenken, drücke ich seine Hand. Sie ist warm und weich.

Als ich merke, was ich da tue, will ich die Hand wieder zurückziehen, aber er lässt mich nicht. Hält meine Hand fest. Er verflicht die Finger mit meinen und löst sie erst wieder, als wir wie alle anderen lautstark applaudieren. Ich pfeife auf meinen Fingern, und Ryan sieht mich überrascht und amüsiert zugleich an. Danke, Dad, denke ich, und kurz blitzt eine Erinnerung in meinem Kopf auf. Wie wir gemeinsam am Strand stehen und pfeifen üben. Immer wieder. Bis plötzlich ein Ton entsteht.

Als der nächste Poetry-Slammer die Bühne betritt, nimmt Ryan wie selbstverständlich wieder meine Hand. Ich traue mich kaum zu atmen und habe keine Ahnung, worum es in dem Beitrag geht. Alles, was ich höre, ist das Rauschen des Blutes in meinen Ohren und das Klopfen meines Herzens.

Nach dem nächsten Applaus steht Ryan auf und holt uns noch einen Cider von der Bar. Als ich mich nach ihm umdrehe, sehe ich ihn an der Bar mit Lily plaudern. Sie lachen, wirken vertraut, und meine Unsicherheit ist mit einem Schlag wieder da. Lily ist so viel cooler als ich. Lässiger, entspannter. Sie findet bestimmt immer die richtigen Worte.

Als kurz darauf die Pause vorbei ist und Ryan wieder neben mir Platz nimmt, drückt er mir das Pint in die Hand, und wir stoßen an.

»Wie gefällt es dir bisher?«, fragt er.

Ich versuche, meine Gedanken auf unser Gespräch zu fokussieren. »Gut, das erste Mädchen war toll! Hat mich total abgeholt.«

»Ich hatte eine Gänsehaut«, gesteht er. »Sie hat geredet, als hätte sie in meine Seele geblickt, das war richtig unheimlich. Ich wünschte, ich könnte meine Gedanken auch mal in so schöne Sätze verpackt auf Papier bringen.«

»Hast du es denn schon einmal versucht?«, frage ich. »Nicht wirklich, aber ich hatte gehofft, dass du mir vielleicht … Na, du weißt schon, ob du mir vielleicht mal zeigen kannst, wie du das bei deinen Gedichten so machst?«

Überrascht sehe ich ihn an. »Glaubst du denn, dass ich das kann? So was zeigen und erklären?«, frage ich.

»Das fragst du noch? Deine Texte bei der Arbeit sind so präzise und scharf und deine Gedichte so voller Poesie. Natürlich kannst du das.«

Ich hatte keine Ahnung, dass er so von mir denkt. Wärme breitet sich in meinem Bauch aus. So was zu hören, erst recht aus seinem Mund, fühlt sich wundervoll an. Ungewohnt, aber gut. »Danke, und ich helfe dir gern, wenn du möchtest.« Wieder so ein langer Blick. Und wieder unterbricht ihn der nächste Beitrag. Ein junger Typ, der über den Klimawandel spricht. Diesmal bleibt meine Hand leer. Den Platz hat sein Ciderglas eingenommen und meine Hand fühlt sich seltsam an, als würde etwas fehlen.

Nach dem letzten Auftritt schieben wir uns durch die Menschen nach draußen. Es war stickig in dem Club, und ich bin froh über die frische Luft. Aber etwas in mir wünscht sich, dass der Abend noch nicht vorbei ist. Ich will das Gefühl noch nicht loslassen.

»Wollen wir noch ein Stück zusammen gehen? Es ist so ein milder Herbstabend«, sagt Ryan, als wir etwas abseits vor dem Gebäude stehen. Am Himmel funkeln die Sterne, und in seinen Augen liegt ein Glitzern, das mein Herz einen Takt schneller schlagen lässt.

Ich nicke nur, obwohl ich am liebsten laut »Ja«, geschrien hätte. Und hoffe ein bisschen darauf, dass er noch einmal meine Hand nimmt ... und vielleicht nicht nur das. Ich lächle, und als wir uns in Bewegung setzen, verspüre ich den Drang, nach seiner Hand zu greifen, ich zögere jedoch. Darf ich das wirklich?

32. KAPITEL

Josie

Ryan geht neben mit mir die Straße entlang. Zunächst dachte ich, er bringt mich nur zu der nächstgelegenen U-Bahn-Station, doch er hat den entgegengesetzten Weg Richtung Themse eingeschlagen. Der Fluss fließt durch die pulsierende Stadt, vorbei an den großen Wahrzeichen Londons. Vor uns ragt das London Eye in den Himmel, das beleuchtete Riesenrad mitten in der Stadt, hinter uns erstrecken sich die altehrwürdigen Gebäude von Westminster Abbey und Big Ben. Dieser Teil von London sieht genau so aus, wie die Ansichten auf den Postkarten an den zahlreichen Souvenirständen.

Unter unseren Füßen wechselt sich Asphalt mit schwerem Kopfsteinpflaster ab, und ich bin plötzlich froh, mich gegen High Heels entschieden zu haben. So kann ich einfach neben ihm hergehen, ohne auf Schlaglöcher oder hervorstehende

Steine zu achten. Wir schweigen, aber es ist ein angenehmes Schweigen. Eines, bei dem man nicht krampfhaft nach dem nächsten Thema sucht, sondern gemeinsam die Stille der Stadt genießen kann. Schritt, Schritt, Schritt, nebeneinander her. Im Gleichklang, ohne uns zu berühren – und doch fühlt er sich so nahe an. Seine Finger streichen wie zufällig an meinen vorbei, und sofort breitet sich auf meinem ganzen Körper eine Gänsehaut aus.

Wir kommen an einer Brücke vorbei. Ryan biegt ab, bleibt stehen und stützt die Hände auf die Mauer. Ich stelle mich neben ihn und tue es ihm gleich. Er lässt den Blick andächtig über die Themse schweifen … und sieht dann zu mir.

Während die Stadt um uns herum zu schlafen scheint und nur das sanfte Leuchten der Straßenlaternen sein Gesicht erhellt, erlaube ich mir zu träumen. Hoffentlich verbirgt die Dunkelheit meine Gedanken ebenso gut wie meinen Blick, der unweigerlich hinauf zu seinen Lippen gleitet.

Wie es sich wohl anfühlen würde, ihn zu küssen? Vielleicht wäre er sanft, ebenso zögerlich wie ich. Vielleicht würden uns aber auch die Flammen verschlingen, die jedes Mal in mir auflodern, wenn er mich so anlächelt wie in diesem Moment.

Nein, eigentlich weiß ich genau, was passieren würde. Ein Kuss würde uns noch stärker verbinden, als es unsere Blicke ohnehin schon tun. Als würden unsere Lippen eine Sprache sprechen, die nur wir verstehen können.

Doch jedes Mal, wenn ich den Mut zu fassen scheine, ihm näherzukommen, hält mich etwas zurück. Und mit einem Mal wird es mir bewusst. Genau das ist es, wovor ich mich am meisten fürchte. Dass mein Körper ihm mehr über mich und meine Gefühle verraten könnte, als mir lieb ist.

Plötzlich muss ich lachen. Denn in diesem Moment ist das, wovor ich Angst habe, genau das, was ich mir am dringendsten wünsche. Ihm endlich zu zeigen, was in mir vorgeht, wenn er mir gegenübersteht. Ihn endlich wissen zu lassen, wie viel er mir mittlerweile bedeutet. Egal, ob er meine Gefühle erwidert oder nicht.

Ich will sie nicht länger für mich behalten und mir den Kopf darüber zerbrechen, was eines Tages sein könnte, wenn ich nur auf magische Art und Weise über Nacht eine mutigere und stärkere Version meiner selbst werden könnte.

Ryan zieht irritiert eine Braue nach oben. Natürlich kann er nicht wissen, worüber ich lache. Für ihn muss ich aussehen wie eine Psychopathin.

»Worüber lachst du?«

Vielleicht ist es die Dunkelheit um uns herum, die mir das Gefühl gibt, in diesem Moment sicher und unbeobachtet zu sein. Vielleicht die Worte von Mrs White, die in den letzten Tagen in meinem Hinterkopf gearbeitet haben. Vielleicht, und das hoffe ich am meisten, bin es aber auch nur ich selbst. Irgendetwas in mir sagt mir, dass der richtige Zeitpunkt gekommen ist.

»Ich habe darüber nachgedacht, wie dämlich es ist, dass ich immer wieder den Mut verliere, dir zu sagen, was ich wirklich fühle«, sage ich leise, meine Stimme kaum mehr als ein Flüstern.

Seine Augen weiten sich ein wenig, und er tritt einen Schritt näher zu mir. Mein Körper reagiert sofort und schickt einen Schwarm Schmetterlinge los.

Ryan hebt die Hand, als wolle er mein Gesicht berühren, aber dann hält er inne. »Josie,« sagt er sanft, »du kannst mir alles sagen. Wirklich alles. Hab ich dir das mittlerweile nicht oft genug erklärt?«

Ich sehe in seine dunklen Augen, die im schwachen Licht der Laternen glänzen. Eine Welle von Zuneigung und Zuversicht schwappt durch meinen Körper.

Jetzt oder nie.

»Ryan …«, beginne ich und zögere kurz, bevor ich fortfahre, »… ich glaube, ich habe mich ein bisschen in dich verliebt.«

Die Stille zwischen uns dehnt sich aus, nur unterbrochen vom entfernten Rauschen der Themse. Mein armes Herz kämpft gegen meine immer stärker werdenden Emotionen an.

Mit einem Mal kann ich überhaupt nicht mehr einschätzen, wie er reagieren wird. Trotzdem bereue ich nicht, es ausgesprochen zu haben.

Endlich tritt Ryan näher, seine Hand findet endlich den Weg zu meiner Wange. Er lächelt, dieses warme Lächeln, das immer wieder meine Knie weich werden lässt.

»Ach du«, sagt er, und in seiner Stimme liegt eine Zärtlichkeit, die mir beinahe die Tränen in die Augen treibt, »Du weißt es doch schon längst, oder? Dass es mir genauso geht. Schon eine ganze Weile.«

Bevor ich etwas sagen kann, beugt er sich vor. Sein Atem streift meine Lippen, und er hält kurz inne, bittet mich stumm um Erlaubnis. Ich nicke kaum merklich. Und spüre plötzlich seine Lippen auf meinen.

Er küsst mich, sanft und zögerlich, genauso wie ich es mir vorgestellt habe. Nein, noch besser. Denn in meiner Vorstellung war es nie so intensiv, dass alles in mir zu beben beginnt. In diesem Kuss liegen all die Zuneigung und das unausgesprochene Verlangen, das wir beide so lange zurückgehalten und tief in uns vergraben haben.

Er zieht mich noch fester an sich, alles in mir, alles um mich herum wird erst warm, dann brennend heiß.

Zum ersten Mal lasse ich los.

In diesem Moment habe ich vor nichts mehr Angst.

Weil ich endlich weiß, dass er es versteht. Mich versteht. Alles versteht.

Denn unsere Lippen sprechen tatsächlich eine ganz neue Sprache, die nur wir verstehen können.

Als unserer Zungen sich finden, wird aus einem zarten Aufflattern, ein wild gewordener Schwarm Schmetterlinge. Endlich freigelassen.

Ein lautes Tuten durchbricht die Stille der Londoner Nacht, und wir fahren erschrocken auseinander. Eines der Themseschiffe, die nachts Touristen durch die Stadt fahren, kündigt seine Einfahrt an. Ich sehe zuerst das Schiff an und dann Ryan.

Ein Lachen bahnt sich meinen Hals hinauf. Erst gluckse ich nur, dann bricht ein Lachanfall aus mir heraus.

Ryan tut empört. Er stemmt die Hände in die Hüften und ruft: »Was ist denn daran bitte so witzig? Wir küssen uns zum ersten Mal, und du lachst?« Mit seinem Fuß wirbelt er einige Blätter in meine Richtung. Dann beugt er sich hinunter und greift mit beiden Händen in den Blätterhaufen, den fleißige Mitarbeiter der Stadtreinigung am Rand des Weges zu einem beachtlichen Haufen aufgetürmt haben. »Na warte, ich werde dir zeigen, wer hier zuletzt lacht …« Und schon landet eine Ladung Blätter auf meinem Kopf.

»Na, hör mal! Geht man denn so mit einer Lady um?«, rufe ich und greife mit beiden Händen in den Laubhaufen. Die nächste Ladung landet auf Ryan. Auch er wehrt sich mit einer neuen Ladung, und so wirbeln bald Hunderte bunte Blätter um uns herum.

»Wenn es meine Lady ist, kann ich ja wohl erwarten, dass sie nach einem Kuss nicht in schallendes Gelächter ausbricht!«

Seine Lady … Mein Inneres ist so warm und erfüllt, dass ich vor Glück zu platzen drohe. »Ich habe doch nur wegen des Schiffs gelacht, wegen der Situation … und weil das alles so absurd ist.«

»Was ist absurd?« Ryan lässt die Hände mit den Blättern sinken und sieht mich plötzlich ernst an. Mit zwei schnellen Schritten ist er bei mir und zieht mich erneut in seine Arme. »Nichts daran, dich zu küssen, fühlt sich absurd an.«

»Worauf wartest du dann noch?«, flüstere ich und beuge mich ihm entgegen.

Als Ryans Lippen diesmal auf meine treffen, ist der Kuss forsch, seine Zungenspitze teilt meine Lippen, spielt mit meiner und erobert meinen Mund. Ich lasse mich ganz in den Kuss fallen. Erst als ich seine Hände spüre, die sich langsam unter meine Jacke schieben, halte ich ihn zurück.

»Zu schnell?«, fragt Ryan außer Atem. »Sorry.«

Ich nicke und schiebe ihn ein Stück von mir weg. »Es ist nicht, dass ich das, also du weißt schon, nicht will. Nur nicht hier und jetzt und so. Aber ich will …«

»Schhh«, unterbricht er mich. »Ich habe das ernst gemeint, was ich vorhin gesagt habe. Ich habe mich in dich verliebt, und wir gehen dein Tempo. Ich bin gerade einfach nur glücklich!«

Als ich den Schmetterlingen grünes Licht geben möchte, zückt Ryan plötzlich sein Handy. Er richtet es auf unsere Füße, die in dem bunten Berg aus Herbstlaub stehen und macht ein Foto. Ich denke mir nichts weiter dabei. Er hatte es so lange nicht mehr in der Hand, dass das halb so schlimm ist. Stattdessen genieße ich einfach nur seine Nähe, während wir unseren Spaziergang fortsetzen. Und diesmal zögere ich keine Sekunde mehr, nach seiner Hand zu greifen.

Später am Abend scrolle ich im Bett durch meinen Feed und sehe das Foto unserer Füße im Herbstlaub in seiner Instagram-Story. Sofort macht sich ein flaues Gefühl in meinem Magen breit. Das war ein so privater, intimer Moment. Warum teilt er den mit fast einer Million Menschen im Internet? Warum darf so ein Augenblick nicht nur uns allein gehören? Die Story ist gepostet, und ich will nicht kleinlich wirken, also verkneife ich es mir, ihm deswegen zu schreiben. Ein komisches Gefühl bleibt trotzdem. Wie kann man sich einem Menschen nur gleichzeitig so nahe und meilenweit entfernt fühlen?

»Schlaf gut Josie. Träum was Schönes …«

So nahe und doch so fern. Schnell ziehe ich mir die Decke über den Kopf und schlafe mit den Gedanken an unseren Kuss ein.

Das Wochenende fliegt nur so an mir vorbei, Ryan und ich schreiben uns in jeder freien Minute, und ich bin kribbelig nervös, wie es sein wird, wenn wir uns am Montag im Büro wiedersehen. Wie sollen wir uns begrüßen, uns verhalten? Wird jemand merken, was da zwischen uns läuft. Und was läuft da eigentlich zwischen uns? Wir haben es noch nicht benannt. Ist Ryan jetzt mein Date? Oder mein Boyfriend?

Montagmorgen nehme ich mir ungewöhnlich viel Zeit, um mich für das Büro fertig zu machen. Dreimal ziehe ich mich um, bevor ich aus dem Haus gehe. In der U-Bahn treffe ich Ryan nicht, da er mit dem Fahrrad fährt, wie er mir geschrieben hat. Doch vor dem Bürogebäude kommt er mir mit einem breiten Lächeln entgegen. Mein Herz beginnt zu flattern.

Ryan sieht aus wie immer. Umwerfend gut, lässig und erholt. Gemeinsam steigen wir in den Aufzug, der uns in das London-

Lens-Büro bringt. Ausnahmsweise sind wir mal die Einzigen um diese Uhrzeit in dem Aufzug.

Als die Tür sich schließt, dreht sich Ryan zu mir, zieht mich an sich und flüstert. »Ich habe dich vermisst.« Dann sind seine Lippen auf meinen, und bevor ich weiß, wie mir geschieht, versinken wir in einem dieser gehirnumnebelnden, lebensverändernden Küsse.

»Warte«, keuche ich völlig außer Puste. »Wir sollten im Büro professionell bleiben. Mit dem ganzen Skandal und der Recherche, ich will dich küssen, wirklich, aber lieber außerhalb des Büros.«

Er rückt ein Stück von mir ab.

Ich habe ihn verletzt, das spüre ich genau. »Ich will zu uns stehen, ich will nur erst mal …« Ja was eigentlich? Ich will keine Show vor den anderen abziehen, das ist es, was ich eigentlich sagen will. Der Gedanke, dass alle über uns reden könnten, behagt mir nicht. Aber ich traue mich nicht. Wieder einmal. »Ich würde es im Büro gern etwas langsamer angehen lassen.«

»Klar, sicher, das macht bestimmt Sinn«, sagt Ryan und seine Stimme klingt locker, aber ich höre auch eine Verletzlichkeit heraus, die mir neu ist. In dem Moment geht die Fahrstuhltür auf. Vor uns steht Alice. Und blickt von einem zum anderen. »Da seid ihr ja endlich«, sagt sie schließlich und deutet auf den Redaktionsraum. »Wir haben neue Erkenntnisse, kommt mit, dann können wir direkt besprechen, wie ihr das aufbereiten wollt.« Sie lässt Ryan ein Stück vorgehen und zieht mich dann am Ärmel zu sich herüber. »Ihr habt doch gerade geknutscht! Ich sehe das, Josie. Sein Dreitagebart hat rote Spuren in deinem Gesicht hinterlassen!«

Ich spüre, wie mir Blut ins Gesicht schießt.

»Also stimmt es wirklich«, quietscht Alice leise.

»Schhh«, sage ich und deute auf Ryan, der vor uns die Redaktion betritt.

»Ich fasse es nicht! Seid ihr jetzt zusammen?!«

»Ich verspreche dir, du erfährst alles, aber bitte, sag niemandem was, es ist noch alles ganz frisch«, flüstere ich eindringlich.

Alice imitiert das Schließen eines Reißverschlusses vor ihrem Mund und zwinkert mir verschwörerisch zu.

Das Redaktionsteam sitzt um einen der Rechner, auf dem die Ergebnisse der neuen Labortests zu sehen sind, wie auch eine Liste mit ersten Quellen, die das Team angefragt hat.

Ryan zückt sein Handy, und zunächst denke ich, er will Material für unseren Beitrag filmen, doch er starrt auf den Screen und klickt wie wild darauf herum.

»Hey, psst«, ich stupse ihn mit meinem Ellbogen an. »Das ist echt wichtig, pack jetzt mal das verdammte Handy weg. Es muss nicht alles eine Story werden, weißt du?«

Ryan ist offensichtlich überrascht von meinem scharfen Ton, lässt aber das Handy sinken und hört aufmerksam zu, was die Redakteure berichten. Wir beide filmen kleine Snippets, die wir dann hoffentlich später für unseren Beitrag verwenden können.

Nach dem Meeting zieht Alice mich zur Seite. »Ich will alles wissen!«

Doch ich vertröste sie. »Sorry, Alice, ich muss jetzt erst mal zu …«

»Ryan, schon klar. Flieg los, du kleiner verknallter Schmetterling!« Sie lacht und drückt mich.

Im Studio wartet Ryan auf mich, als wir uns gemeinsam über die Video-Snippets beugen, fragt er leise: »Was meintest du eigentlich vorhin mit *Es muss nicht alles in eine Story*?«

Meine Wangen beginnen zu glühen. »Ich finde einfach, dass du sehr viel über dein Leben preisgibst. Und ich … Ich möchte kein Teil deiner öffentlichen Ryan-der-Podcaster-Geschichte sein. Ich möchte den echten Ryan, für mich allein. Ohne dass alles, was wir essen, erleben oder fühlen direkt mit deinen Followern geteilt wird.«

»Du meinst die Story nach unserem Kuss? Es waren nur Schuhe in Blättern.«

»Die, und dass du in so einem wichtigen Meeting nicht zuhörst, sondern auf dein Handy starrst.«

Ryan atmet tief durch. »Ich weiß. Das hat Mrs White auch gesagt. Ich merke ja selbst, dass ich einen Ausgleich zu diesem dämlichen Plastikteil brauche. Ich muss daran arbeiten!«

»Was hat sie dir denn geraten?«, frage ich jetzt doch nach. Ich kann meine Neugierde nicht zügeln. »Also nur, wenn du mir das erzählen willst, natürlich.«

»Ich soll mir etwas anderes suchen, das mir Erfolgs- und Glücksgefühle vermitteln kann. Oder etwas zum Verarbeiten der Emotionen. Schreiben zum Beispiel, aber ich weiß nicht, wie und wo, und sie hat vorgeschlagen, ich könnte dich um Hilfe bitten. Würdest du mir vielleicht mal zeigen, wie du an so eine Schreibübung für deine Gedichte rangehst?«

»Wir machen einen Deal. Wenn du diese Woche den Fokus im Büro voll auf unseren Fall statt auf dein Handy legst, gehe ich am Mittwoch mit dir in mein Lieblingscafé und zeige dir, wie ich schreibe. «Deal?«

Ich halte ihm meine offene Hand hin.

»Deal«, sagt er und schlägt ein. Statt sie direkt wieder loszulassen, hält er sie jedoch ein paar Sekunden länger fest und sieht mir tief in die Augen.

»Es ist trotzdem kaum auszuhalten für mich, die Distanz hier im Büro zu wahren.«

Ich fühle ebenso. Weil niemand in der Nähe ist, ziehe ich seinen Kopf zu mir runter und gebe ihm einen kurzen Kuss auf den Mund. Die Berührung hinterlässt ein warmes Kribbeln auf meinen Lippen.

33. KAPITEL

Ryan

Der Geruch in diesem Café ist ziemlich gewöhnungsbedürftig. Der Duft nach Kaffee und Zimtschnecken mischt sich mit dem Gestank nach Desinfektionsmittel und Katzenfutter. Das schadet meiner guten Laune jedoch nicht. Im Gegenteil. Die schnurrende Katze, die in Achterform um Josies und meine Beine streicht, ist es wert, die Nase zusammenzukneifen und das auszublenden.

Ich beuge mich nach unten. Die Katze stößt den Kopf gegen meine Hand und reibt sich noch fester an meinem Bein.

»Siehst du? Das ist die ultimative Ablenkung … von der Ablenkung …« Josie zieht die Brauen nach oben und scheint zu überlegen. »… von der Ablenkung.«

Ich brauche einen Moment, um ihren Gedankengang nachvollziehen zu können. »Ja, funktioniert. Zumindest würde es mir gerade wehtun, dieses süße Flauschknäuel zu ignorieren, nur um auf Insta zu scrollen.«

»Na also. Aber jetzt trotzdem zur anderen Ablenkung. Chasity ist auch später noch da.«

Josie klingt wie eine strenge Lehrerin – eine Seite, die ich ihr nie zugetraut hätte. Amüsiert mustere ich sie und ihren ernsten Gesichtsausdruck und muss grinsen. »Wird das hier jetzt eine Art Gedicht-Drill-Camp? Ich kriege Kaffee, Katzen und Notizbücher von dir reingestopft und muss daraus guten Stoff produzieren?«

»Nur so und nicht anders kann man schreiben«, erwidert sie, ihr Ausdruck ist ernst, doch ihre Mundwinkel verraten sie. Sie kann sich wohl nur schwer unter Kontrolle halten.

Am liebsten würde ich mich über den Tisch beugen und sie küssen, bis aus dem verkniffenen Lachen ein richtiges Strahlen wird. Aber ich halte mich zurück. Wir sind hier in der Öffentlichkeit, ich möchte sie nicht bedrängen.

»Also, wo hakt es?«, fragt sie.

»Wenn ich das wüsste …«

Ich lasse den Blick über den Tisch schweifen. Unsere Notizbücher liegen Stirnseite an Stirnseite, beide gleich und doch so unterschiedlich. Meins ist bis auf ein paar Notizen bei Mrs White beinahe unberührt.

Ihres dagegen hat einige Gebrauchsspuren, obwohl ich mittlerweile weiß, dass sie darauf aufpasst wie auf ein Baby. Vor allem aber ist es dicker als meins, weil es vor winzigen Zetteln und Post-its fast überquillt. Ob es in ihrem Kopf genauso aussieht?

»Wie hast du denn bisher losgelegt, wenn du es probiert hast?«, fragt sie.

»Ich hab mir ein Thema überlegt. Irgendwas, das mich beschäftigt. Das hab ich gerade noch so hingekriegt.«

»Das ist gar nicht so selbstverständlich. Also ist doch schon mal ein großer Schritt.« Sie lächelt. »Und dann?«

Ich schäme mich ein bisschen, das ihr gegenüber zuzugeben, aber ich weiß, dass ich es aussprechen muss, wenn ich ihr andersrum die ganze Zeit predige, offen und ehrlich mit ihr zu sein.

»Dann ist meistens mein Handy neben mir, und es ist einfacher zu scrollen, als sich irgendwelche Worte zu überlegen. Ich überlege eine Minute, vielleicht zwei, und dann verliere ich die Geduld.«

In ihrem Blick liegt kein Vorwurf. Sie akzeptiert einfach, was ich gesagt habe. Das tut so gut. »Auch das ist eigentlich noch kein Problem. Dann musst du nur noch das Handy weglegen und es in kleinere Schritte aufteilen.«

Sie beugt sich nach vorn und legt die Hände auf dem Tisch ab. Kurz bleibt mein Blick an ihnen hängen. Eine Erinnerung blitzt in meinem Kopf auf. Unsere Finger, die sich in der Chipstüte treffen, eine Berührung, die wie ein Stromschlag durch meinen Körper jagt. Das Kribbeln, das sich ausgebreitet hat. Dann heftet sich mein Blick an ihre Lippen, die so unglaublich weich sind …

»Sag mir doch mal ein Thema.«

»Sorry, ich hab noch keins.«

Sie lächelt mich an, und ich kann nicht anders. Ich lege meine Hand auf ihre und unsere Finger verhaken sich.

»Hast du wirklich gar keine Idee?«

Josie ist das erste Thema, das mein Kopf ausspuckt. Aber das wäre zu kitschig. Das kann ich nicht bringen.

»Äh, können wir als Beispiel einfach mal Katzen nehmen?«

Sie lacht. Und sie wird ein kleines bisschen rot, als ihr Blick auf unsere verschlungenen Finger fällt. »Klingt ein bisschen nach Vorschule, aber man kann aus allem etwas machen, also warum nicht. Was verbindest du denn mit dem Katzen?«

»Dich«, rutscht es mir heraus.

»Mich?«, fragt sie mit großen Augen und einem Schmunzeln auf dem Gesicht.

»Na, dieses Café, dieser Moment. Das wird jetzt wohl für immer mit Katzen verbunden sein.« Das Rot ihrer Wangen wird noch ein bisschen intensiver.

»Das ist süß«, sagt sie.

»Ansonsten wäre da noch … Katze, Tatze, Glatze, Fratze und Matratze«, sage ich und versuche so, die Situation wieder auf ein Terrain zu lenken, wo ich mich auskenne. Leichtigkeit und Schlagfertigkeit.

Die Kellnerin bringt unsere Getränke und schiebt Kaffeetassen auf den Tisch. Unsere Finger verlieren sich, als wir Platz machen.

»Sehr witzig«, sagt Josie und knufft mich leicht in die Seite. »Aber jetzt mal im Ernst, bei Gedichten geht es ja nicht nur darum, reimende Worte zu finden, sondern Assoziationen zu deinen Ideen zu finden. Wir können gleich gern mit dem Thema Katzen ein wenig spielen, aber wichtig ist, dass du in Zukunft Themen findest, die dich berühren, zum Lachen bringen, zum Nachdenken oder auch zum Weinen. Schau mal, ich habe hier vorn eine Liste, die ich immer weiter ergänze.« Sie klappt ihr Notizbuch auf, und ich fühle mich irgendwie nervös. Als ob sie mir etwas ganz Intimes zeige.

Der Blick in ihr Notizbuch fühlt sich an, als würde sie mich in ihr Innerstes einladen. Ein Blick in ihre Nachttischschublade. Etwas, das sie nicht mit jedem teilt. Aber sie teilt es mit mir.

In ihrer sorgfältigen Handschrift hat sie Stichpunkte notiert. Es gibt eine Liste mit Oberthemen.

- *Einsamkeit*
- *Angst*
- *Freiheit*
- *Familie*

»Das sind die großen Themen, die mich umtreiben, über die ich oft schreibe«, sagt sie.

»Familie?«, frage ich überrascht. Wir haben noch nicht oft über Josie Familie gesprochen. Aber da scheint etwas zu sein, das sie beschäftigt.

»Meine Eltern haben sich getrennt, meine Mum ist ausgezogen und lebt jetzt ein neues Leben. In dem nicht mal Platz für eine Pflanze ist, geschweige denn für mich«, sagt sie und klingt für einen Moment bitter.

Sofort kommt mir die Pflanze, die sie im *Royal Oaks* dabeihatte, in den Sinn. »Hattest du deswegen damals den kleinen Baum mit in dem Pub?«

»Kein Baum, eine Pachira«, sagt sie mit einem traurigen Lächeln und senkt den Kopf. »Eine Glückskastanie. Sie sollte ein Geschenk sein. Aber meine Mom hat sie gar nicht bemerkt oder die Bedeutung dahinter nicht verstanden. Und ich bin dann einfach von ihrer Party abgehauen. Sie hat sich noch nicht mal gemerkt, dass ich jetzt die Stelle bei *London Lens* habe. Ich bin ihr einfach egal.«

»Hey«, sage ich und lege meine Hand unter ihr Kinn. »Sag so

was nicht. Ich bin mir ganz sicher, du bist deiner Mutter nicht egal.«

Sie hebt den Blick und sieht mir direkt in die Augen. Diese großen braunen Augen, die gerade so traurig aussehen. Ich möchte etwas sagen, das sie aufheitert, etwas tun, das diese Traurigkeit vertreibt. Ich streiche vorsichtig über ihr Gesicht, berühre ihre Lippen. Sie öffnet sie leicht – und dann beuge ich mich einem Impuls folgend zu ihr hinüber und küsse sie.

Ein Kribbeln breitet sich über meinen ganzen Körper aus. Der Kuss ist leicht, sanft, nur unsere Lippen berühren sich. Aber ich versuche, all meine ungesagten Worte in diesen Kuss zu legen. Mir bist du nicht egal, du bist mir sogar sehr wichtig …

Als wir uns wieder trennen und ich die Augen öffne, umspielt ein kleines Lächeln ihre Lippen. »Wenn du mich ablenken wolltest, ist dir das gelungen«, sagt sie.

Ich lächle zurück. »Vielleicht …«

Sie drückt mir meinen Stift in die Hand. »Und jetzt schauen wir mal, was wir aus deinen Katzen mit Glatzen auf Matratzen so zaubern können.« Sie lacht. Ich liebe es, wenn Josie lacht.

Eine Viertelstunde später starre ich auf die immer noch leere Seite in meinem Notizbuch. Josies Stift gleitet über die Seiten, und ich habe keine Ahnung, wo ich anfangen soll.

»Vielleicht sind Katzen doch keine so gute Idee«, sage ich und zeige ihr meine leere Seite.

Sie schiebt die Kappe auf ihren Füller. »Kann sein. Vielleicht brauchst du doch etwas, zu dem du selbst einen Bezug hast.«

Sie blättert in ihrem Notizbuch und zeigt mir eine neue Seite mit Stichpunkten. Hier notiere ich mir Situationen aus dem Alltag. Dinge, die mir aufgefallen sind, über die ich vielleicht irgendwann schreiben möchte.

- Mrs Dawsons gestapelte Cappuccinotassen
- Verstecken vor Peter
- Frau mit dem Hund an der Leine im Großstadtdschungel
- Einsame Pachira
- Glückskeks
- Volle U-Bahn-Station
- Inhaberin schmökert im Buch ihrer eigenen Buchhandlung
- Die Kaffeemaschine im Büro
- Laut singende Frau beim Swift-Konzert

Den letzten Punkt verdeckt sie mit ihrer Hand.

»Hey, das ist Schummeln! Ich will alles sehen.«

»Nein, das geht nicht«, sagt sie, aber da habe ich ihre Hand schon mit sanftem Druck zur Seite geschoben.

Ryans Augen, ist der letzte Punkt. Darüber wollte sie schreiben? Mein Herz macht einen Satz.

Wieder treffen sich unsere Blicke.

Wieder ein langer Moment. Doch diesmal unterbricht ein lautes Pling ihn. Sofort wandert meine Hand zu meiner Jackentasche, und ich taste nach dem Handy. Doch das Handy ist stumm. Die Nachricht war nicht für mich. Seit der Shitstorm ein wenig abgeklungen ist, bekomme ich sowieso deutlich weniger Benachrichtigungen als vorher. Und auch mein Bedürfnis, sie ständig zu checken, ist dadurch nicht mehr so übermächtig.

Als ich wieder aufsehe, sieht Josie mich erwartungsvoll an. Sie sagt nichts, trotzdem weiß ich genau, was ihr durch den Kopf geht. Ich will sie auf keinen Fall enttäuschen. Also lasse ich das Handy, ohne noch einmal draufzusehen, wieder in die Tasche zurückgleiten.

»Hast du schon etwas zu Mrs Dawsons Tassen geschrieben? Zeigst du es mir?«, frage ich und halte ihrem Blick stand.

»Ich … ja. Okay. Aber du darfst nicht lachen, es ist nicht besonders gut.« Sie dreht das Notizbuch zu sich und blättert darin.

»Ich bin mir sicher, es ist besser als du behauptest.«

»Nein, wirklich. Ich hatte dir ja schon mal erzählt, dass ich, na ja, also ich hatte ja schon mal überlegt, meine Gedichte an einen Verlag zu schicken und zu sehen, ob jemand sie veröffentlichen würde.«

»Ja, und?«, frage ich gespannt. »Was haben sie gesagt?«

»Ich habe nichts losgeschickt. Keines der Gedichte schien mir gut genug. Aber lustig, dass wir gerade über dieses hier sprechen, denn wenn doch, dann würde ich vielleicht das einsenden.«

Josie schlägt eine Seite auf. Sie atmet noch einmal durch und dreht das Buch zu mir herum. »Ich vertraue dir«, sagt sie.

Neue Themen, neue Trends
Immer dranbleiben,
Sonst verliert sie Anschluss – vollends

Türme aus Tassen,
leere Zeugen ihrer Tage,
Immer schneller, immer weiter
Feierabend, sie erinnert sich – vage

Im Schweigen der Einsamkeit
Findet sie Frieden,
Ein Hauch Freiheit ist geblieben
In der Dunkelheit, doch sie steht stets – bereit

Ticktack, ticktack, ticktack.
Zwischen zwei Meetings,
zwischen zwei Themen
So schnell kann es gehen
Schachmatt.

Sie trifft den Punkt so gut, das hat so viel Tiefe in so wenig Worten. Ich habe keine Ahnung, wie sie das macht, aber ich bin mir plötzlich sicher, dass ich so etwas nicht kann.

»Das ist richtig gut! Du solltest deine Sachen anderen Leuten zeigen. So etwas gehört nicht in ein Notizbuch, das gehört in die Welt da draußen. Auf eine Bühne. Zu einem Poetry-Slam-Abend.« Während ich mich in meiner Begeisterung richtig in Rage rede, wird Josie auf ihrem Stuhl immer kleiner. Mir ist bewusst, dass sie nicht gern vor anderen redet – aber vielleicht kann ich sie mit meiner Freude anstecken. »Ich kenne Lily gut. Wenn du willst, frag ich gleich nächsten Freitag, ob sie mal einen Spot für dich frei halten können. Dann hast du eine direkte Reaktion auf deinen Text. Ich bin total begeistert, das werden die anderen sicher aus sein.« Erwartungsvoll sehe ich sie an.

Aber da ist keine Begeisterung. In ihrem Blick liegt etwas Dunkles. War das zu viel? Hat sie etwa … Angst?

»Ryan, ich würde mir eher ein Bein abhacken, als vor so vielen Leuten meine Gedichte vorzulesen. Mein Traum ist es nicht, vor Menschen zu stehen. Ich möchte meine Gedichte vielleicht mal in einem Buch sehen, aber das mit dem Poetry-Slam bist du, nicht ich!« Mit einem quietschenden Geräusch schiebt sie ihren Stuhl über den Steinboden. »Entschuldige, ich muss mal eben zur Toilette«, sagt sie und wendet sich schnell ab.

Ich könnte schwören, sie wischt sich auf dem Weg dorthin eine Träne von den Wangen. Meine Brust zieht sich zusammen. Verdammt! Was habe ich getan? Ist sie sauer?

Das, was sie schreibt, ist so gut. Wenn ich nur halb so viel Talent hätte, würde ich mich sofort auf jede Bühne stellen.

Auch wenn es schade ist, kann und will ich sie nicht dazu überreden. Je mehr ich darüber nachdenke, desto unrealistischer kommt es mir vor. Vor einem Publikum stehen und reden, das ist einfach nicht Josie. Das wäre falsch.

Vielleicht kann ich ihr stattdessen aber helfen, ihren Traum zu erfüllen.

Kurz zögere ich, dann nehme ich mein Handy aus der Tasche und fotografiere das Gedicht ab. Ich halte inne. Oder lieber doch nicht? Ist das auch zu viel? Aber im Gegensatz zum Poetry-Slam ist das nichts, womit sie sich unwohl fühlt. Sie will ja, das hat sie gerade selbst gesagt. Sie traut sich nur nicht. Also sollte ich ihr damit helfen können. Kurz entschlossen erstelle ich einen Post auf Instagram.

> Wer gerade mal eine Pause von True Crime braucht, für den kommt hier mal was richtig Deepes. @Josie_writes_poems ist eine echte Künstlerin. Ist dieser Text nicht der Wahnsinn? Wenn irgendjemand von euch bei einem Verlag arbeitet: This is your chance! Ihr könnt diese Wahnsinnsautorin noch unter Vertrag nehmen.

Schon nach einer Minute trudeln die ersten Reaktionen ein. Jemand schreibt, wie sehr er Gedichte liebt. Eine andere schickt mehrere Herzen.

Als Josie von der Toilette zurückkehrt, ist sämtliche Farbe aus ihrem Gesicht gewichen. Sie ist blass, und ihre Augen sind zu schmalen Schlitzen zusammengekniffen.

»Das hast du nicht wirklich getan?«, sagt sie mit leiser Stimme und hält mir ihr Handy entgegen. Darauf ist der Post zu sehen. Ein Bild ihres Notizbuches und ihr Text.

»Josie, das könnte deine Chance sein. Ich habe fast eine Million Follower, da ist ganz sicher auch jemand aus der Verlagswelt dabei. Und schau doch mal, die ersten Kommentare klingen total begeistert.« Ich halte ihr das Handy hin, doch sie sieht nicht mal in die Richtung.

Mit einem Mal beginnt ihre Unterlippe zu beben. Sie beißt sich darauf, doch ich kann es trotzdem noch erkennen.

»Dazu hattest du kein Recht, Ryan. Ich habe dir das Gedicht im Vertrauen gezeigt, und du stellst es auf diese dämliche Plattform, verlinkst mich darauf und stellst mich bloß. Lad doch das nächste Mal gleich mein Tagebuch auf YouTube hoch.« Tränen rinnen ihr die Wangen herab, während sie mit hängenden Schultern vor dem Tisch steht. Am liebsten würde ich mich selbst ohrfeigen. Warum habe ich nicht eine Sekunde länger darüber nachgedacht?

»Nein, so hab ich das nicht gemeint. Das war wirklich bescheuert von mir. Ich wollte dir eigentlich nur helfen. Dich ein kleines bisschen pushen. Ich wollte dich nicht bloßstellen. Soll ich es wieder löschen?«

In dem Moment vibriert ihr Handy. Wie aus einem Reflex schaut sie darauf und wird noch blasser. Ich hätte nicht gedacht, dass das überhaupt noch möglich ist. Aufgeregt drückt sie auf dem Display herum, und dann wandelt sich ihre Gesichtsfarbe von Weiß zu Rot. Oh Gott. Bekommt sie jetzt auch noch Hass dafür?

»Josie! Es tut mir so leid. Ich nehme den Post runter. Das war eine dumme Idee.« Ich öffne die Optionen zum Beitrag.

Wollen sie den Beitrag wirklich löschen?

»Ryan.«

»Ich weiß, ich hätte dich erst fragen …«

»Ryan!«, unterbricht sie mich laut.

Erschrocken blicke ich von meinem Handy auf. »Die Nachricht ist von dem Poems & More Verlag. Die Lektorin hat deinen

Post gesehen und fragt, ob ich ihr mal ein paar meiner Gedichte schicken möchte, sie mag es und sieht darin Potenzial.«

Erst starre ich sie nur an. Das sind gute Nachrichten. Oder ist ihr auch das zu viel? Doch ihr rinnen keine Tränen mehr die Wangen hinab. Stattdessen kehrt ein aufgeregtes Schimmern in ihre Augen zurück. Also springe ich auf und schließe sie in die Arme. »Das sind ja unglaubliche News! Ich hab doch gesagt, dass deine Sachen gut sind.«

Sie schlägt mir lachend mit der Hand gegen den Oberarm. Und ich kann gar nicht glauben, wie gut das tut. Sie ist nicht mehr so sauer, nicht mehr so enttäuscht. Ich habe nicht alles kaputt gemacht, obwohl ich echt ein Idiot war.

»Wenn das was werden sollte, verzeih ich dir vielleicht. Aber den Post nimmst du trotzdem runter und musst mir versprechen, so was nie wieder zu tun.« Sie schaut mich ernst an. »Und Ryan? Jetzt schuldest du mit auch einen Blick in deine Nachttischschublade.«

Das Versprechen fällt mir nicht schwer. Ich nicke, erleichtert, dass sie nicht mehr sauer ist. Und lösche den Post mit einem Klick.

Abends im Bett gehen mir ihre Worte nicht mehr aus dem Kopf. Ich wälze mich herum, ohne Schlaf zu finden. Wie konnte ich nur auf die Idee kommen, einfach etwas so Persönliches von ihr zu posten? Das kann ich mit meinem eigenen Leben machen – aber nicht mit ihrem. Sie hatte jedes Recht, sauer auf mich zu sein. Ich muss mich nicht nur zusammenreißen, wie viel ich mein Handy benutze, sondern auch wofür.

Ein Ruck geht durch meinen Körper, und ich fahre hoch. Plötzlich weiß ich, worüber ich schreiben möchte. Ich stehe auf, nehme das Notizbuch, das Josie mir gegeben hat, einen Stift und setze mich im Halbdunkel an meinen Schreibtisch. Nur das Licht der Straßenlaterne erhellt das Zimmer, während ich die ersten Zeilen schreibe.

In einer kleinen Wohnung stand ein alter Nachttisch aus dunklem Holz, der seit Jahren treu an der Seite des Bettes seinen Platz hatte. Seine Schublade barg mehr als nur übliche Nachttischgegenstände. In der Nachttischschublade fand sich ein Mikrokosmos ihrer Gefühle, ihrer Erinnerungen und geheimsten Gedanken. Unter einem Stapel alter Briefe versteckten sich Tagebücher, deren Seiten mit einer femininen Handschrift gefüllt waren. Sie erzählten von ihren Träumen, ihren Sorgen und den Momenten des Glücks, die sie erlebt hatte.

Daneben lagen kleine Souvenirs aus vergangenen Reisen: ein verblasstes Konzertticket, eine Schneekugel, ein Stein vom Strand einer Insel, auf der sie einmal gewesen war. Jedes Objekt hatte seine eigene Geschichte, jedes erinnerte an besondere Augenblicke ihres Lebens.

Darunter verborgen waren Fotos, manche vergilbt, andere frisch ausgedruckt. Sie zeigten Freunde, die sie seit Jahren nicht mehr gesehen hatte, und Familienmitglieder, die längst nicht mehr an ihrem Leben teilnahmen.

Wenn sie daneben einschlief, flüsterten die Erinnerungen ihr leise zu. Ihre Freunde lachten, das Meer rauschte, die Songs ihrer Lieblingssängerin klangen in ihren Ohren, untermalt vom Applaus der Fans – und folgten ihr bis in ihre Träume.

Die Nachttischschublade war wie ein stiller Begleiter, der sie an die Höhen und Tiefen ihres Lebens erinnerte und ihr half, ihre Wurzeln nicht zu vergessen.

Für andere befand sich in der Nachttischschublade nur eine Ansammlung sinnloser Gegenstände. Doch nur für diejenigen, die nicht genau hinsahen. Sie war ein Spiegel ihres Lebens. Sie war ein Stück ihrer selbst.

Als ich den Text noch einmal lese, wird mir immer mehr klar, wie entblößt Josie sich gefühlt haben muss, als ich ihr Gedicht gepostet habe. Allein der Gedanke, irgendjemand könnte das hier lesen, macht mich fertig.

Ich greife zu meinem Handy und will ihr eine Nachricht schicken. Doch dann lasse ich es sinken und blicke auf das Blatt Papier vor mir. Durchgestrichene Worte, kleine Kleckse, wo ich den Kugelschreiber zu fest aufgesetzt habe. Meine erste Poetry-Kurzgeschichte. Vorsichtig trenne ich die Seite aus dem Buch, rolle sie ein und binde ein Stück Schnur darum. Die Geschichte gehört Josie.

34. KAPITEL

Ryan

Wir stehen in dem großen Meetingraum, was allein für die geringe Anzahl der Menschen gar nicht notwendig gewesen wäre. Neben mir steht Josie, vorn am Beamer Kyle, ein Kollege aus dem Investigativteam, und daneben eine besorgt dreinschauende Mrs Dawson. Ich blicke von ihr zu Kyle und warte. Eine merkwürdige Spannung liegt in der Luft.

Eigentlich wollten Josie und ich heute das finale Video mit unseren Statements zu dem Fall aufnehmen. Im Studio ist schon alles aufgebaut, und ich werde langsam unruhig. Ich will so viel Tageslicht wie möglich nutzen und danach zu Hause noch mein Podcast-Video drehen. Warum also dieses Meeting?

Mrs Dawson verschränkt die Finger ineinander und räuspert sich. »Es gibt neue Erkenntnisse in dem Betrugsfall *Pure Plates.*«

Das habe ich mir schon gedacht, aber warum dieses Meeting

mit Josie und mir? Verstohlen blicke ich zu Josie hinüber. Auch sie sieht angespannt aus. Wir haben über neue Erkenntnisse sonst immer in einer großen Runde gesprochen. Wie gern würde ich jetzt ihre Hand nehmen, sie kurz drücken, um Josie zu versichern, dass alles gut wird und sie nicht allein ist. Aber das geht nicht. Sie hat ja mehr als deutlich gemacht, wie unwohl sie sich fühlen würde, wenn jemand mitbekommt, was zwischen uns läuft.

»Und diese Erkenntnisse betreffen zu einem großen Teil Ryan und sicher auch dich, Josie«, fährt Mrs Dawson fort.

Mein Herz stockt kurz. Dann rast es wie bei einem Sprint los.

»Mich?«, frage ich. Meine Stimme klingt merkwürdig rau.

Ich habe mich nichts zuschulden kommen lassen. Da bin ich mir sicher.

»Wir wissen aus verschiedenen Quellen, dass *Pure Plates* gezielt Influencer aufgehetzt hat, um den Shitstorm gegen uns, aber vor allem auch gegen dich anzuheizen. *Pure Plates* hat hohe Summen gezahlt, damit der Skandal noch größer aufgebauscht wird und vor allem du als neues Gesicht unseres Kanals als völlig unglaubwürdig dastehst.«

Ich mache den Mund auf und wieder zu. Mein Kopf rast. Das ergibt alles einen Sinn. Influencer, die sich nie zu solchen Fällen äußern, sind auf den Zug aufgesprungen, haben eigene Storys und Stiches gemacht und mich immer wieder auf allem verlinkt. Sogar Leute, die ich für meine Freunde – oder zumindest loyale Kollegen – gehalten habe, haben plötzlich angefangen, mich zu zerfleischen.

Ich kann nicht fassen, dass mich Leute, die ich schon lange aus dem Business kenne, mich so den Löwen zum Fraß vorgeworfen haben. Nicht aus einer Überzeugung, was ich noch irgendwie verstanden hätte, sondern für Geld und fünf Minuten

Aufmerksamkeit. Mir ist mit einem Mal übel. »Die Anrufe auf dem Business-Handy, das war ein Mitarbeiter von *Pure Plates*. Wir konnten die Nummer zurückverfolgen. Zum Glück seid ihr nicht drangegangen. Wer weiß, was da noch auf euch niedergeprasselt wäre.«

»Er hat auf meiner privaten Handynummer angerufen«, sagt Josie neben mir. Doch ich höre ihre Stimme nur gedämpft, als hätte ich Watte in den Ohren. »Er hat mich beschimpft und versucht, mich einzuschüchtern.«

Jetzt ist es Mrs Dawson, die sie völlig entsetzt anstarrt. »Josie, warum hast du nichts gesagt? Wir schützen unsere Mitarbeiter, wir hätten dir doch Hilfe zur Seite gestellt!« Mit wenigen langen Schritten kommt sie um den Tisch herum und legt Josie die Hände auf die Schultern. »Du musst so etwas nicht allein tragen. Wir sind hier ein Team, eine Familie. Bitte komm mit so etwas das nächste Mal zu mir. Versprichst du mir das?«

Josie nickt. »Ryan hat mir geholfen«, sagt sie leise und lächelt.

Mrs Dawson lächelt mir zu. »Das ist schön zu hören. Trotzdem bitte ich dich, bei solchen ernsten Angelegenheiten zu mir zu kommen. Wir könnten den Kerl anzeigen.«

»Nein!«, sagt Josie laut. »Nein, das möchte ich nicht. Es ist nicht wieder vorgekommen, und wenn wir jetzt wissen, wer es ist, hat der Spuk ja hoffentlich ein Ende.«

»Das hoffe ich auch. Trotzdem werden wir als Verlag rechtliche Schritte gegen *Pure Plates* anstreben. Das ist kein Kavaliersdelikt. Wir haben hier für euch sämtliche Influencer und ihre Kampagnen zusammengestellt, die höchst-wahrscheinlich von *Pure Plates* bezahlt wurden.« Mrs Dawson blickt auffordernd zu Kyle.

Dieser ist sichtlich froh, etwas zu tun zu haben und klickt durch die verschiedenen Profile und die jeweiligen Posts, die daneben auftauchen. Der Bildschirm seines Laptops wird auf den Beamer übertragen.

> **James Cordon, Fitness Influencer, 100 K Reichweite**
> Bisher war ich Fan von Ryan und seinem Podcast, aber wer sich in eine so schwach recherchierte Geschichte reinziehen lässt, bei dem frage ich mich schon, wie gut er seine sonstigen Storys so recherchiert? #justsaying

Ich kenne James, wir waren im Sommer zusammen bei dem Brunch einer großen Jeansmarke. Damals habe ich ihn in meinen Storys gefeatured und sicherlich gehen fünftausend seiner Fans auf mein Konto. Ein Schlag in die Magengrube. Ich lache bitter.

> **Tessa Sterling, Beauty Influencerin, 250 K Reichweite**
> Ich bin schon seit Tag 1 Ambassador für *Pure Plates* und ihr wisst, mir kommt kein Tier auf den Teller. Ich prüfe meine Kooperationspartner ganz genau. Anders als *London Lens* und Ryan Morley ihre Quellen. Shame on you, guys!

Und so geht es über mehrere Seiten weiter. Die meisten Posts beziehen sich auf *London Lens,* etwa die Hälfte erwähnt auch mich und zwanzig Prozent haben sich nur auf mich eingeschossen.

»Und die sind alle bezahlt worden?«, frage ich nach.

»Wie es aussieht schon«, antwortet Mrs Dawson.

»Ich kann das alles gar nicht fassen. Einige von diesen Leuten kenne ich schon seit Jahren. Und jetzt so was«, sage ich und beiße mir auf die Lippe.

»Wir würden diesen Teil der Recherche gern in die Social-Media-Kampagne und den Artikel einbinden, wollten aber zunächst mit euch beiden, speziell mit dir, Ryan, sprechen«, sagt Mrs Dawson.

»Auf jeden Fall. Diese Arschlöcher sollen wissen, dass sie ertappt wurden, und jeder soll davon erfahren!« Ich balle die Fäuste. Meine Fingernägel graben sich in die Innenfläche meiner Hand und mein ganzer Körper ist angespannt. Ich bin wütend. Und zwar so richtig, richtig wütend. Ich wusste, dass diese Branche ein Haifischbecken ist. Aber dass alle dermaßen bestechlich und charakterlos sind? Das hätte selbst ich mir nicht träumen lassen.

Während Mrs Dawson und Kyle weiter durch die Präsentation führen, spüre ich eine Hand auf meiner Schulter. Josie.

»Hey, alles okay?«, flüstert sie leise. »Fühlt sich sicher richtig blöd an, so hintergangen worden zu sein. Aber wir stellen das alles klar«, sagt sie und streicht ganz leicht über meinen Arm.

Die sanfte Berührung lässt mein Herz sofort ruhiger schlagen und hilft mir, mich wieder auf die Fakten zu konzentrieren.

Kurze Zeit später stehen Josie und ich im Studio. Kaum habe ich die Tür hinter uns geschlossen, ziehe ich Josie in meine Arme. Wir sind allein. Und sie lässt es zu, dass ich sie umarme. Drückt mich fest. Ich atme den Duft ihres Shampoos ein und drücke meine Nase auf ihren Haaransatz. Mit jedem Atemzug fühle ich mich wieder ein wenig leichter.

»Wir machen das beste Enthüllungsvideo, das es gibt«, sagt sie, und ich nicke in ihre Haare. »Und dann werden wir ja sehen, wer hier seine Hausaufgaben nicht richtig gemacht hat!« Sie macht sich von mir los und zeigt auf ihren Schreibtisch. »Los geht's, wir schreiben jetzt dein Skript.«

»Josie?«, ich sehe sie mit festem Blick an. »Das hier ist *unsere* Arbeit. Lass uns das Video für *London Lens* zusammen aufnehmen. Du hast die Credits dafür genauso verdient wie ich. Das ist unsere Story, und ich finde, du solltest zumindest kurz mit vor die Kamera.«

Vehement schüttelt Josie den Kopf. »Ich bin das nicht, Ryan. Ich will nicht vor der Kamera stehen. Ich möchte recherchieren, schreiben, Dinge aufdecken und mehr aus mir herauskommen. Aber ich möchte nicht auf einem Video zu sehen sein. Mir ist das nicht wichtig. Durch diesen Anruf ist mir das noch mal mehr bewusst geworden. Für dieses Leben bin ich nicht gemacht. Wenn du das gern tust, ist das voll okay. Ich möchte aber nur Josie sein, und die voll und ganz und zu jeder Zeit. Ich kann mir nicht vorstellen, mich in einen Kamera-Charakter und einen echten Charakter zu teilen.« Sie holt tief Luft, als hätten diese Sätze sie viel Kraft gekostet.

»Findest du ich habe zwei verschiedene Charaktere?«, frage ich überrascht.

»Findest du das nicht?«, fragt sie mindestens ebenso überrascht zurück. »Bist du vor der Kamera vor deinen Fans der gleiche Ryan wie der, der gestern mit mir beim Poetry-Slam war?«

Kurz blitzen Bilder vor meinem inneren Auge auf. Unsere Lippen, die sich treffen. Ihre Augen, die mich so liebevoll angesehen haben. Mein Herz, das so völlig aus dem Takt geraten ist. »Nein. Du hast recht. Ich habe wahrscheinlich eine Kamera-Persönlichkeit. Aber weißt du was? Die beschützt mich auch ein Stück weit. Sobald das Licht angeht, verwandele ich mich in den professionellen Ryan. Dann bin ich fokussiert, vergesse mein Handy, Klickzahlen und Streams. Ich bin dann ganz bei mir. Voll auf meinen Text konzentriert.«

»Bei mir ist es genau umgedreht, sobald sich Blicke auf mich richten oder auch nur eine Kameralinse, ist mein Kopf wie leer gefegt. Es ist, als ob ich dann nicht mehr ich selbst bin.«

»Vielleicht ist das ja genau die Lösung. Vielleicht brauchst du eine Präsentations-Josie. Wie wärst du denn gern, wenn du vor anderen sprichst?«

»So wie du?«, fragt sie und lächelt. »Locker, nie um einen Scherz verlegen. Du kannst den Leuten in die Augen sehen, mit ihnen interagieren. Ich halte mich an meinen Karteikarten fest und komme völlig aus dem Rhythmus, wenn ich nur ein Mal versehentlich den Blick hebe und jemandem in die Augen schaue. Ich fühl mich so verletzlich.«

»Und wann fühlst du dich sicher?«, frage ich sie.

»Wenn ich einen Stift in der Hand halte, sobald ich meine Gedanken sortieren, notieren und sie hin und her schieben kann.«

»Das ist bei mir genau andersherum. Sobald ich etwas schreibe, bin ich total unsicher. Verunsichert. Weil ich keine Resonanz habe, kein Publikum. Keine direkte Reaktion auf das, was ich sagen möchte. Da sind nur das Blatt und der Stift.« Ich atme tief durch und gehe zu meinem Rucksack, der am Bein des Schreibtisches lehnt. »Apropos schreiben. Ich habe gestern eine Kurzgeschichte geschrieben und würde sie dir gern schenken.« Ich nestle an dem Rucksack, um Josie dabei nicht ansehen zu müssen. Mein Herz pocht so stark. Dann halte ich ihr die Papierrolle mit der Geschichte hin.

Josie sieht mich überrascht an, nimmt dann die Rolle entgegen und liest. Und ich kann nicht leugnen, dass sich meine Schultermuskeln dabei anspannen. Während sie liest, beobachte ich ihr Gesicht ganz genau. Die Gesichtszüge werden weicher, sie sieht berührt aus.

Als sie aufblickt, meine ich, eine Träne in ihrem Auge glänzen zu sehen. »Das ist wirklich gut«, sagt sie. »Du solltest wirklich darüber nachdenken, mit einem Text zu einem Poetry-Slam zu gehen.«

Bevor sie weiterreden kann, unterbricht das Geräusch einer eingehenden E-Mail unser Gespräch. Ich werfe einen Blick auf den Rechner und lese den Betreff.

URGENT: Präsentation eures Videos um 17 Uhr

Ich lehne mich über den Schreibtisch und klicke auf die E-Mail.

Liebe Josie, lieber Ryan, bitte präsentiert euer Social-Media-Video dem Team heute um 17 Uhr im Meetingraum. Dann sind alle auf einem Stand, und wenn morgen die Printausgabe rauskommt, könnt ihr das Video auf dem London-Lens-Kanal und deinem, Ryan, veröffentlichen.

Shit!

»Was ist?«, fragt Josie.

»Wir sollen unser Video vor dem ganzen Team präsentieren.«

»Was?!«

»Und ich brauche die Zeit noch für das Video auf meinem Kanal, das muss auch morgen raus, und ich muss noch die Beiträge schneiden.«

»Ich kann das nicht, Ryan. Nicht noch mal. Das lief letztes Mal so furchtbar schief.« Sie sieht mich mit großen Augen an.

»Letztes Mal habe ich dich sitzen gelassen, und du hattest dich auf eine ganz andere Situation eingestellt. Diesmal ist es anders. Du kannst das. Du weißt alles über den Fall, über die Beiträge, über unsere Arbeit. Wenn du nicht mit vor eine Kamera willst, verstehe ich das, aber hol dir deine Lorbeeren. Du hast sie dir verdient. Jeder im Team soll wissen, was du hier geleistet hast. Stell dir vor, wie sehr dich das weiterbringen würde. Vielleicht würde die *London Lens* dich dann sogar nächstes Jahr übernehmen.« Ich sehe sie an, stehe auf und bin mit ein paar Schritten bei ihr.

Sie steht noch immer wie erstarrt da. Aber sie hat nicht Nein gesagt.

»Wir machen einen Deal. Jeder von uns springt ins kalte Wasser, jeder in seins.« Ich atme noch einmal tief durch, ich kann nicht glauben, dass ich das, was ich jetzt sagen werde, wirklich sage. »Wenn du dich heute deiner Präsentationsangst stellst, gehe ich mit meinem Text zu einem Poetry-Slam. Und glaub mir, davor habe ich noch viel mehr Angst als du vor unseren Kollegen. Die Menschen werden mich zerfetzen für das, was ich geschrieben habe. Wahrscheinlich werde ich von der Bühne gebuht. Dir kann doch gar nichts passieren. Die Menschen hier mögen dich, und sie wollen dir zuhören. Mir will da keiner zuhören.« Was habe ich da nur gerade angeboten? Mir wird schon schlecht, wenn ich nur daran denke.

Als ich es gerade zurückziehen will, kommt von Josie plötzlich ein leises: »Okay.«

»Okay? Im Sinne von: Okay, du machst es, die Präsentation?«, frage ich sicherheitshalber noch einmal nach.

»Wenn du mit genau dieser Kurzgeschichte nächste Woche zum Poetry-Slam im *Golden Rose* gehst«, sagt sie und sieht mich mit festem Blick an. »Deal?« Sie hält mir die offene Hand hin.

»Deal«, sage ich, nehme ihre Hand und ziehe sie zu einem schnellen Kuss zu mir heran.

35. KAPITEL

Josie

Tosender Applaus brandet auf. Ich stehe neben dem Beamer und halte einen Laserpointer in der Hand. »Benutz ihn einfach wie einen Stift«, hat Ryan mir geraten.

Ich habe gerade unser Video präsentiert. Wie wir den Aufbau gestaltet haben, die Backstorys, einfach alles. Und ich habe mich erstaunlich sicher und gut gefühlt. Während Ryan noch seinen Podcast schneidet, habe ich uns in diesem Meeting ganz allein vertreten.

»Sieh Alice an. Du vertraust Alice doch, oder?«, hat er mich gefragt. »Erzähl Alice von unseren Recherchen, von dem Video und was wir wie geplant haben. Blende die anderen einfach aus. Du hast den Stift in der Hand und sprichst mit deiner Freundin über unser Video. Nur du, Alice und der Beamer.«

Und es hat funktioniert. Ich habe Alice gebeten, sich einen

Platz in der Mitte zu suchen und habe die ganze Präsentation über immer wieder ihren Blick gesucht. Sie hat mir zugenickt, an den richtigen Stellen entsetzt geguckt oder gelacht. Und ich habe sogar einen Scherz gemacht. Einen kleinen. Aber meine Karten sind in der Tasche geblieben. Ich habe frei gesprochen und bin so unfassbar stolz auf mich.

Als ich alles abgebaut habe und zu Ryan ins Studio stürme, legt er gerade den Kopfhörer ab. Ohne nachzudenken, stürme ich auf ihn zu. »Es war der absolute Wahnsinn! Es hat alles geklappt, die anderen sind super beeindruckt, und ich habe nicht mal gestottert. Nur am Anfang ganz kurz.« Völlig außer Atem bleibe ich neben ihm stehen.

Er steht auf und zieht mich in seine Arme. »Wusste ich doch! Du kannst so viel mehr als du denkst, Josie. Du musst dich nur trauen und dir selbst vertrauen!«

»Sehr weise.« Ich lache und stupse ihn in die Rippen. »Bist du fertig geworden?«

»Bin ich. Wir können morgen alles posten. Wenn wir das Go vom Team haben – und das scheint nach deiner erfolgreichen Präsentation ja der Fall zu sein –, können wir alles hochladen. Das wird ein krasser Tag!« Er lächelt. »Ich wollte gerade zusammenpacken und nach Hause fahren, um was zu essen. Ich bin schon völlig ausgehungert.«

Eine kleine Welle der Enttäuschung macht sich in mir breit. Irgendwie hatte ich gehofft, wir würden heute noch ein bisschen gemeinsam hierbleiben. Ich genieße seine Nähe so und kann mir gar nicht vorstellen, jetzt in meine kleine Wohnung zurückzufahren.

»Hast du vielleicht auch Hunger?«, fragt Ryan vorsichtig.

Mein Herz klopft schneller. »Bärenhunger«, sage ich.

»Mrs White hat mir geraten, doch mal Menschen zu mir einzuladen. Ich hab zwar nichts vorbereitet, aber willst du vielleicht mit zu mir kommen, und wir kochen zusammen? Als eine Art *Versuchskaninchen*?« Er lächelt und zwinkert mir zu.

»Das klingt toll. Und wenn es Mrs White empfohlen hat, wie könnte ich da im Weg stehen?«

Er packt die restlichen Sachen in seinen Rucksack und steht auf.

Ich schnappe mir meine Tasche, nehme die gerollte Geschichte vom Tisch und wedele damit vor seiner Nase rum. »Und glaub nicht, dass dein Teil des Deals vom Tisch ist. Wann ist denn eigentlich der nächste Poetry-Slam?« Ich schaue ihn herausfordernd an.

»Donnerstag«, sagt er leise und mehr zu seinem Rucksack als zu mir.

»Toll, da habe ich nichts vor.« Diesmal zwinkere ich ihm zu. »Kann ich diesmal dein Mental Support sein?«

Er seufzt ergeben. »Wollen wir dann? Ich habe aber nur Spaghetti zu Hause …«, sagt er entschuldigend, »… war ja nicht auf Besuch eingestellt.« Er zuckt mit den Schultern und ich sehe Unsicherheit in seinen Augen aufblitzen, die neu ist, die ihn menschlich macht. Und die ich irgendwie mag.

»Ich liebe Spaghetti«, sage ich, und dann sage ich nichts mehr, weil mir plötzlich klar wird, dass ich jetzt mit Ryan nach Hause fahre, in seine Wohnung. Ein kribbeliges Gefühl macht sich in meinem Bauch breit.

Kochen, wir wollen nur zusammen kochen. Aber ein kleiner Teil von mir wünscht sich, dass wir uns vielleicht noch auf andere Weise näherkommen.

Auf dem Weg zu Ryan nach Hause sind wir merkwürdig schweigsam. Ich hänge meinen Gedanken nach. Gerade war ich noch aufgeputscht durch die Endorphine und das Adrenalin der Präsentation. Jetzt merke ich, wie mich Müdigkeit überkommt, gepaart mit der kribbeligen Vorfreude, gleich Ryans Wohnung zu sehen. Ich bin so sehr in meinem Kopf, dass ich kein Wort rausbekomme. Aber auch Ryan ist schweigsamer als sonst.

Wir steigen gemeinsam in die U-Bahn.

»Please mind the gap«, ertönt die blecherne Stimme aus den Lautsprechern, und die Türen schließen sich. Die U-Bahn ist so voll, dass wir nicht nebeneinanderstehen können. Jeder hält sich an seinem Haltegriff fest. Als ich zu Ryan sehe, verhaken sich unsere Blicke ineinander. Und sofort flattern die Schmetterlinge auf.

Wir verlassen die U-Bahn nach vier Stationen. Auf dem Weg nach oben weht uns der typische Londoner U-Bahn-Luftzug entgegen.

»Mist. Es regnet«, sagt Ryan.

Ich schaue an mir hinunter. Ich trage meinen beigen Trenchcoat, der exakt gar keinen Regen abhält, Ryan seine Fred-Perry-Bomberjacke.

»Ist es weit bis zu dir?«, frage ich.

Er schüttelt den Kopf.

»Vielleicht zehn Minuten. Wenn wir rennen, etwa sieben.« Er sieht mich fragend an.

»Ich folge dir«, sage ich und bin froh, heute meine flachen Lederstiefeletten angezogen zu haben. Mit denen kann ich zumindest schnell laufen.

»Auf die Plätze, fertig, los«, ruft Ryan, und wir stürmen los. Dicke Tropfen prasseln vom Himmel. Schon nach wenigen Schritten saugt sich meine Jacke voll und klebt schwer an meinem Körper. Wir eilen nebeneinander die Straße hoch. Ich bin schon nach kurzer Zeit außer Atem.

Ryan merkt, wie ich langsamer werde.

»Komm, es ist nicht mehr weit«, ruft er und nimmt meine Hand.

Hand in Hand rennen wir durch den prasselnden Regen. Und plötzlich könnte ich ewig so weiterlaufen.

Nach einem letzten Sprint und zwei weiteren Straßenecken stehen wir vor einem hohen weißen Wohngebäude. Ryan steckt den Schlüssel ins Schloss, und wir betreten den Hausflur des modernen Hauses.

Seine Hand ist nass vom Regen, wie alles an uns, aber er lässt mich nicht los. Auch nicht, als wir in den Aufzug steigen. Ryan drückt den obersten Knopf. Hinter ihm ist ein Spiegel. Als er zur Seite tritt, gibt er den Blick frei, und ich schaue auf zwei tropfnasse Gestalten. Meine Haare hängen wie nasse Wollfäden an mir herab. Aus Ryans Frisur tropft es auf seine durchnässte Jacke. Ein erbärmlicher Anblick. Unsere Blicke treffen sich im Spiegel, und wie auf Kommando prusten wir los.

Eine blecherne Ansage ertönt. »Achter Stock.« Die Tür öffnet sich. Ryan schließt die Tür am Ende des Flurs auf und lässt mich zuerst eintreten.

Ich weiß nicht, was ich erwartet habe, aber das ganz sicher nicht. Die ganze Wohnung ist groß und luftig. Die Wohnküche ist modern und top ausgestattet, gegenüber der Küchenzeile geben bodentiefe Fenster den Blick auf die glitzernden Lichter der Stadt frei. Ich muss mich beherrschen, um nicht mit offenem Mund dazustehen.

»Ich kann nicht glauben, dass das deine Wohnung ist«, platzt es aus mir heraus. »Das ist ja der Wahnsinn.«

Ryan sieht sich um und tropft dabei auf seinen sicherlich sehr teuren Boden. »Ich zeige dir gleich alles. Aber zuerst müssen wir uns was Trocknes anziehen.«

Ich blicke an mir hinunter. Ich bin klitschnass. »Ich habe nichts anderes.«

»Du kannst was von mir haben«, sagt Ryan und wirft die nassen Sachen auf den Boden vor einer Türschwelle, hinter der ich das Badezimmer vermute. »Kommt alles nachher in die Waschmaschine. Magst du lieber Rot oder Blau?«

»Ich … ähm … Blau?«, sage ich.

Er verschwindet hinter der nächsten Tür. Durch den Türspalt sehe ich ein Stück von einem sehr großen Bett. Ryans Bett. Ein Kribbeln macht sich auf meiner Haut breit.

Als er aus dem Zimmer heraustritt, hat er sich eine Jogginghose angezogen und ist gerade dabei, sich ein T-Shirt über den Kopf zu ziehen. Dabei habe ich freien Blick auf seinen durchtrainierten Oberkörper.

Ich wusste, dass Ryan auf sich und sein Äußeres achtet, aber der definierte Bauch und die muskulösen Arme sorgen dafür, dass die kleinen Härchen auf meinen Armen sich nicht wieder beruhigen.

Ryan wirft mir mit einer schnellen Bewegung ein T-Shirt zu. »Wenn du magst, kannst du das anziehen, bis deine Kleidung auf der Heizung getrocknet ist. Du kannst hier alles über die Heizkörper hängen.« Er deutet auf die Tür, hinter der ich das Badezimmer erahne.

Im Bad ziehe ich vorsichtig Jacke und Bluse aus. Als ich an mir hinuntersehe, bemerke ich, dass meine Hose deutlich mehr abbekommen hat, als vorher vermutet. Sie ist klitschnass. Zögernd ziehe ich auch die Hose aus und hänge sie über die Heizkörper. Ich ziehe sein T-Shirt über. Es duftet nach Ryan. Nach seinem

Waschmittel und nach ihm. Ich schließe die Augen und schnüffle daran. Es reicht mir bis zur Hälfte meiner Oberschenkel. Kurz geht mein Blick zu meiner Hose, aber keine Chance, die ist nass. Ob ich so zu ihm gehen kann? Ich werfe einen Blick in den Spiegel über dem Waschbecken, kann jedoch nicht so weit nach unten sehen. Ich ziehe den Saum des Shirts noch ein wenig nach unten. Dann betrete ich erneut die Wohnküche.

Ryan hat sich bereits an den Töpfen zu schaffen gemacht. Aus einem großen steigt Dampf auf. Vor Ryan liegt ein Brett mit Zwiebeln, Knoblauch und frischem Basilikum. Daneben stehen zwei Flaschen passierte Tomaten.

Schon der Duft des Basilikums sorgt dafür, dass mein Magen knurrt. »Kann ich irgendwas helfen?«, frage ich und trete neben ihn.

Er mustert mich, und seine Augen weiten sich. »So gut hat dieses Shirt noch nie ausgesehen«, sagt er und schenkt mir ein Lächeln, das meine Knie weich werden lässt. »Du kannst Basilikum zupfen, wenn du magst.« Er schneidet die Zwiebel in feine Würfel und presst den Knoblauch. Dann gibt er etwas Olivenöl in eine Pfanne. Das Brutzeln der Zwiebeln ist das einzige Geräusch, das die Stille durchbricht.

»Wollen wir vielleicht ein bisschen Musik hören?«, frage ich, um nur irgendetwas zu sagen. Und damit diese Stille, die seltsam aufgeladen scheint, mich nicht erdrückt.

Ryan nickt und verbindet sein Handy mit der Musikbox, die auf der Anrichte steht.

Kurz danach tönt sanfter Jazz durch den Raum. Während ich Basilikum zupfe, lasse ich meinen Blick weiter durch das Wohnzimmer schweifen. Es ist sehr spartanisch eingerichtet. Man sieht, dass Ryan noch nicht lange hier lebt. An der gegenüberliegenden Wand hängt ein goldgerahmtes Gedicht. Zumindest sieht es aufgrund der Typografie so aus, auch wenn ich die Worte auf die Entfernung nicht lesen kann. Ein Bruch in der sonst so cleanen Einrichtung.

Ryan löscht die Zwiebeln und den Knoblauch mit den passierten Tomaten ab, gibt Salz und Pfeffer hinzu.

»Was hat es denn mit dem Gedicht auf sich?«, frage ich. Er gibt die Spaghetti in das kochende Wasser und hält mir den Holzlöffel mit ein wenig Tomatensoße darauf hin. »Probier mal, fehlt noch was?«

Ich lecke etwas Soße von dem Löffel. »Mmmhh, lecker.«

Er nickt zufrieden und legt den Löffel beiseite.

»Das Gedicht ist von meiner Mutter. Sie hat es mir oft vorgelesen, als ich noch klein war. Und ich hänge irgendwie daran«, sagt er mit dem Blick in den Soßentopf. Er gibt das gezupfte Basilikum hinzu und sieht mich an. Dann lächelt er. »Du hast da noch Soße«, sagt er und kommt einen Schritt auf mich zu.

Als ich gerade mit der Hand durch mein Gesicht wischen will, hält er mich zurück. »Lass mich«, sagt er mit tiefer Stimme und küsst mich auf die Wange. Ein wohliger Schauer durchfährt mich. Dann wandert Ryan mit seinen Küssen weiter hinunter zu meinem Hals, ganz zart. »Du riechst so gut, Josie.«

Eine Gänsehaut überzieht meinen Körper. »Habe ich so viel Soße verteilt?«, frage ich und schließe die Augen.

»Überall, du solltest dich mal sehen«, flüstert Ryan und küsst meinen Hals wieder hinauf, bis seine Lippen meine berühren und wir in einem leidenschaftlichen Kuss versinken. Als unsere Zungen sich treffen, schiebt er seine Hand unter mein Shirt, berührt meinen Bauch. Ryan hält kurz inne. »Ich liebe das Shirt an dir, aber hättest du was dagegen, es mir genau jetzt zurückzugeben?«

Er lächelt mich an.

Ich schüttle den Kopf. Zu mehr bin ich gerade nicht in der Lage. Wenn er nur wüsste, was er in mir auslöst.

Er zieht mir vorsichtig das Shirt über den Kopf, und dann küssen wir uns wieder. Seine Hände wandern über meinen Bauch hinauf zu meinen Brüsten, umfassen sie, streicheln mich zärtlich durch den BH. Alles an mir beginnt zu kribbeln. Ich vergrabe die Hände in seinem Haar, ziehe ihn noch näher an mich. In diesem Moment kann ich ihm gar nicht nahe genug sein. Ich will ihn riechen, berühren, spüren. Haut auf Haut.

Schließlich greife ich nach den Enden seines Shirts, schiebe es nach oben, bis es auf dem Boden landet.

Als Ryan meinen BH mit einem schnellen Griff öffnet und bei dem Anblick meiner Brüste aufstöhnt, schließe ich die Augen und genieße seine Berührungen auf meiner nackten Haut. Ein Zischen unterbricht uns.

»Ryan, die Nudeln«, murmele ich mit geschlossenen Augen.

»Scheiß auf die Nudeln«, flüstert Ryan zurück, stellt mit einer Hand die beiden Herdplatten aus und schiebt mich mit der anderen mit leichtem Druck in Richtung seines Sofas.

Von hier aus hat man einen wahnsinnigen Blick über die ganze Stadt. London blinkt und glitzert, und in meinem Bauch dreht sich dazu passend eine Discokugel wie verrückt im Kreis.

Wir versinken in endlosen Küssen, elektrisierenden Berührungen und feuchtem Atem auf warmer Haut. Ich koste jede Sekunde aus, auch wenn mein Herz gleich aus meiner Brust zu springen droht.

Mit einem Blick holt sich Ryan mein Einverständnis ein, dann zieht er mir mit einer langsamen Bewegung den Slip aus. Nackt liege ich auf dem Sofa und sehe dabei zu, wie auch er seine Jeans auszieht. Seinen Boxershorts kann ich ansehen, wie sehr ihn die Situation erregt. Warum sieht er so wahnsinnig gut aus?

Er küsst erneut meinen Hals, ich vergrabe meine Hände in seinen Haaren, suche nach Halt, obwohl ich ihn am liebsten überall gleichzeitig berühren würde.

Ich halte die Luft an, als er von meinen Brüsten über meinen Bauch nach unten wandert. Mir entfährt ein leises Stöhnen, als er mich berührt.

Ich zögere einen Moment. Aber ich weiß, dass ich bei ihm sicher bin, mich fallen und von meinen Gefühlen treiben lassen kann. Also schiebe ich meine Hand unter den Bund seiner Boxershorts. Als ich ihn umfasse, stöhnt Ryan meinen Namen, und ich will nichts mehr, als endlich ganz mit ihm verbunden zu sein.

Ryan zieht ein Kondom aus seiner Jeanstasche, öffnet es und zieht sich mit einer schnellen Bewegung die Shorts aus und das Kondom über. »Willst du das auch wirklich?«, fragt er mich.

Ich nicke. Ich habe selten in meinem Leben etwas so sehr gewollt, wie ihn in diesem Moment zu spüren.

Einige Minuten später liegen wir beide schwer atmend auf der Couch. Er hält mich im Arm, und ich liege mit meinem Kopf in seiner Armbeuge. Wir haben eine Decke über unsere nackten Körper gezogen und schauen auf die Schönheit der Stadt, die sich vor der großen Glasfront ausbreitet. Ich kann kaum einen klaren Gedanken fassen. Mein Körper und meine Gedanken sind erfüllt von Glücksgefühlen, Euphorie und einer Zuneigung, die tiefer geht als alles, was ich jemals zuvor gespürt habe. Dieser Moment ist perfekt. Wenn ich könnte, würde ich ihn für immer festhalten. Und wahrscheinlich werde ich das auch. Zumindest in Form eines Gedichts.

Nach und nach, während ich nur Ryans Atem lausche, überkommt mich jedoch noch ein anderes Gefühl.

»Ob man die Spaghetti noch essen kann?«, frage ich, während mein Magen laut knurrt.

Ryan lacht. »Schön zu wissen, dass das der erste Gedanke nach dem Sex mit mir ist. Spaghetti. Aber lass mich mal schauen, ob man noch etwas retten kann.«

Er zieht sich seine Boxershorts über und geht in die Küche zurück. Ich bleibe genau an dieser Stelle liegen, lasse die Stadt auf mich wirken und höre meinem eigenen Herzen beim Schlagen zu.

36. KAPITEL

Josie

»Begrüßt mit mir einen echten Special Guest. Anfang der Woche haben er und seine Kollegen von *London Lens* einen der größten Betrugsskandale der letzten Jahre aufgedeckt. Sein Podcast ist innerhalb kürzester Zeit an die Spitze der Spotify Charts geschossen und heute ist er hier bei uns mit seiner ersten Kurzgeschichte: Ryaaaaan Morley!« Lily klatscht in die Hände, und im Saal brandet Jubel auf.

Ich spüre, wie sich Ryan neben mir versteift. In den Händen hält er seine Geschichte. Das Blatt zittert. »Ich glaub, ich kann das nicht«, flüstert er.

»Sieh einfach zu mir. Ich bin deine Kamera, es ist wie bei deinem Podcast. Stell dir einfach vor, du trägst einen deiner Texte vor. Du hast gesagt, die Kamera gibt dir Sicherheit. Sieh einfach auf das rote Licht.« Dann gebe ich ihm einen kleinen Schubs.

Er stolpert Richtung Bühne und steigt die kleine Stufe zu dem Mikrofon hinauf.

Ich zücke mein Handy und drücke auf Aufnahme. Obwohl wir Stühle in der ersten Reihe zugewiesen bekommen haben, haben wir uns an die Seite gestellt. Ryan war einfach zu aufgeregt, um sich hinzusetzen.

Ryans Blick wandert suchend umher. Dann findet er mich. Er atmet ein und tritt ans Mikrofon. Niemand im Publikum gibt auch nur einen Mucks von sich. Das *Golden Rose* ist erfüllt von erwartungsvoller Stille.

Ryan strafft die Schultern, und ein leichtes Lächeln umspielt seine Lippen. Endlich beginnt er, mit fester Stimme zu lesen. Wenn ich es nicht besser wüsste, hätte ich nie vermutet, dass er aufgeregt war oder ist. Er trägt seinen Text so sicher, so souverän und gleichzeitig mit so viel Charme vor, dass mir warm ums Herz wird. Und ich gehöre zu ihm. Stolz erfüllt mich, und ich kann nicht mehr aufhören zu grinsen.

Als seine letzten Worte verklingen, ist es kurz still im Raum.

Dann brandet Applaus auf. Ich halte mit der Handykamera weiter auf Ryan, fange ein, wie sein Gesichtsausdruck wechselt.

Endlich breitet sich das typische Ryan-Grinsen auf seinem Gesicht aus. Ein Grinsen, mit dem er den ganzen Raum erleuchten könnte.

Er tritt erneut ans Mikrofon. »Ich weiß, eigentlich liest man hier seinen Text vor, und dann gibt man das Mikrofon weiter. Aber ich möchte die Möglichkeit nutzen, einer ganz besonderen Frau zu danken. Du weißt, wer du bist«, sagt er und blickt genau in meine Richtung.

Meine Hand mit der Kamera zittert plötzlich, und ich weiß nicht, ob ich auf das Display oder daran vorbeischauen soll.

»Ohne dich hätte ich diesen Text nie geschrieben. Ohne dich wäre diese Recherche mit *London Lens* nie möglich gewesen, und ohne dich möchte ich keinen Tag mehr sein. Ich liebe dich, Josie. Danke dir. Für alles.«

Mein Herz droht vor Aufregung und Glück zu zerspringen. Hat er das gerade wirklich gesagt? Vor all den Menschen? Doch mit einem Mal ist es mir egal, was die anderen über uns denken.

Ryan springt mit einem großen Satz von der Bühne und schiebt sich durch die Menge bis zu mir. Dann nimmt er mein Gesicht in beide Hände und küsst mich. Ich lasse mich in seine Arme sinken, als würde niemand uns zusehen. Koste jede Sekunde unseres Kusses aus. *Ich liebe dich, Josie.*

Die Stimmen im Hintergrund dringen nur gedämpft zu mir hindurch.

»Awww, wie süß!«

»Get a room, guys!«

»Ohhh, ich schmelze dahin!«

Als der nächste Slammer die Bühne betritt, setzen wir uns. Ich kuschele ich mich an Ryans Schulter und stecke mein Handy in die vordere Tasche meiner dunklen Jeans. Doch während ich es hineinschiebe, knistert etwas darin. Erstaunt taste ich danach. Eigentlich sollten die Taschen leer sein. Ich hatte die Hose seit Wochen nicht mehr an.

So leise wie möglich ziehe ich einen kleinen, länglichen Zettel daraus hervor. Und erstarre. Natürlich, der Glückskeks! Den hatte ich schon wieder völlig vergessen.

Ungläubig starre ich auf den Spruch.

Durch einen mutigen Schritt werden Sie Herzen berühren und neue Welten entdecken.

Vorsichtig stupse ich Ryan an und halte ihm unauffällig den Zettel hin. Er kneift die Augen zusammen, um ihn im schummrigen Licht zu lesen. Dann sieht er zu mir. Er schüttelt den Kopf, aber grinst dabei.

»Zufall? Oder hast du dich am Glückskeks orientiert?«

»Schicksal«, flüstere ich zurück und kann mir ein leises Lachen nicht verkneifen. Eigentlich glaube ich weder an Schicksal noch an Glückskekse. Aber das hier ist zu passend, um zu leugnen, dass er unsere Zukunft vorausgesagt hat.

Ich stecke den Zettel vorsichtig ein, damit ich ihn nicht verliere, und kuschle mich wieder an Ryan, um den restlichen Slam zu genießen.

»Am Ende des Videos sind nur noch Füße, da hast du mich überrumpelt«, sage ich zu ihm, als wir nach dem Slam an der Bar unsere Gläser zurückbringen. »Aber der Rest ist echt gut geworden. Soll ich es dir gleich schicken? Wenn du den letzten Teil, der übrigens unglaublich süß war, weglässt, kannst du es vielleicht gleich posten.«

Sofort fährt Ryans Hand zu seiner hinteren Hosentasche, wo immer sein Handy steckt. Zuerst wird sein Blick panisch. Dann lacht er auf. »Weißt du was? Ich habe mein Handy vor lauter Aufregung zu Hause auf dem Küchentisch liegen gelassen.«

»Ryan Morley geht ohne sein Handy aus dem Haus? Dass ich das noch erlebe.«

»Und das Video? Das ist unsere Erinnerung. Nicht die meiner Fans. Ich möchte es mir mit dir anschauen, bis wir es mitsprechen können, aber es ist nicht für alle Augen bestimmt. Was meinst du?«

Noch nie habe ich seine Augen so strahlen sehen. In seinem Blick liegt nichts außer pures Glück, Stolz und eine ganze Menge

Zuneigung. Ich mustere jeden Zentimeter seines Gesichts, das im orangeroten Licht des *Golden Rose* noch perfekter aussieht als sonst, und versuche, mir alles genau einzuprägen. Sein Gesicht, seinen Duft, seine Nähe. Das wilde Klopfen meines Herzens. Die Wärme in meiner Brust. Und die Gewissheit, ihn nie wieder gehen lassen zu wollen.

Statt einer Antwort stelle ich mich auf die Zehenspitzen und küsse ihn. Dann strecke ich mich, bis ich sein Ohr erreiche und flüstere: »Ich liebe dich auch, Ryan«.

Epilog

Daily News

Londoner gewinnt Podcast-Auszeichnung

Bei der Vergabe des diesjährigen Podcast-Preises holte wenig überraschend und mehr als verdient Ryan Morley für seine Pure-Plates-Investigativreportage in Zusammenarbeit mit London Lens den ersten Platz in der Kategorie True Crime. *Secrets in the Silence* hält sich seit diesem Beitrag unter den Top-10-Podcasts des UK. Morley wurde im Herbst diesen Jahres durch von Pure Plates gekaufte Influencer einer nachlässigen Recherche und fahrlässiger Berichterstattung beschuldigt. Genau das Gegenteil war der Fall, wie die preisgekrönte Recherche am Ende bewies. Morley setzt sich seitdem für eine strengere Überprüfung von Influencer-Verträgen ein und hat die Hashtag-Kampagne #ForMoreLovestorms gestartet, in der er sich gegen Hass im Netz starkmacht und Influencer aufruft, nachhaltige Brands kostenlos vorzustellen, um so ihren Teil zu einer besseren Welt im Internet beizutragen.

Daily News

ANZEIGE

Not a Crime

Eine Sammlung
poetischer Gedanken von
Investigativ-Reporterin
Josie Barnes

Ab jetzt übcrall, wo es Bücher gibt.

SENSIBLE THEMEN

(Enthält Spoiler für die gesamte Geschichte)

Liebe Leserinnen, liebe Leser,

ich möchte euch darauf aufmerksam machen, dass *Stronger than ever* sich mit folgenden Themen beschäftigt, die euch belasten könnten. Diese Themen sind: Hass auf Social Media, soziale Befangenheit und ein gesteigertes Social-Media-Nutzungsverhalten.

HILFSANGEBOTE

Liebe Leserinnen, liebe Leser,

in *Stronger than ever* stellen sich Josie und Ryan ihren persönlichen Problemen und kümmern sich um ihr psychisches Wohlbefinden. Wenn es euch ähnlich geht wie ihnen und ihr euch nun ermutigt fühlt, ebenfalls an etwas arbeiten zu wollen, habe ich hier ein paar Hilfsangebote für euch zusammengestellt.

Hier könnt ihr nach Beratungs- und Therapieplätzen in eurer Nähe suchen und euch umfassend informieren: www.therapie.de

Solltet ihr dringend jemanden zum Reden benötigen, ist die Telefonseelsorge für euch Tag und Nacht erreichbar und kann euch auch helfen, den richtigen nächsten Schritt für euch zu finden. Ihr erreicht sie unter 0800/1110111 oder 0800/1110222, mehr Infos unter www.telefonseelsorge.de

Bei www.minddoc.com findet ihr außerdem die Möglichkeit für eine Onlinetherapie, die von den meisten gesetzlichen Krankenkassen übernommen wird.

Solltest du dich wie Ryan für den Ansatz interessieren, Probleme mithilfe des Schreibens besser bewältigen zu lernen, kann ich dir das Buch *Warum Schreiben hilft* von Silke Heimes ans Herz legen – dieses wird zum Thema Schreibtherapie sogar vom deutschen Ärzteblatt empfohlen.

Falls du wie Josie mehr über den Umgang mit eigenen Ängsten und Angstüberwindung erfahren möchtest, gibt es von Klara Hanstein, die Therapeutin und zeitgleich selbst Betroffene ist, den einfühlsamen und wirksamen Ratgeber für den alltäglichen Umgang mit der Angst: *Liebe Angst, halt doch mal die Klappe*.

DANKSAGUNG

Liebe Leserinnen, liebe Leser,

wie immer möchte ich mich zuerst bei euch bedanken, dass ihr der Geschichte von Josie und Ryan eure Zeit und Aufmerksamkeit geschenkt habt. Ich hoffe, sie hat euch nicht nur unterhalten, sondern konnte euch auch etwas mit auf den Weg geben, vor allem, wenn ihr euch in einer der beiden Figuren wiedergefunden habt. Denkt immer daran: Auch wenn es sich manchmal so anfühlt, ihr seid nicht alleine mit euren Gedanken und Gefühlen!

Beim Schreiben der Geschichte war für mich der Titel des Buches gleichzeitig auch mein persönliches Motto. Dieser Roman hat mich vor so einige Herausforderungen gestellt, die ich alleine niemals bewältigt hätte.

Deshalb gibt es ein paar Personen, bei denen ich mich ganz besonders bedanken möchte.

Zunächst einmal bei meiner lieben Kollegin Katharina Katz. Was sie für dieses Buch getan hat, ist gar nicht in Worte zu fassen. Liebe Katharina, danke für deinen Einsatz, deine Ideen und deine Unterstützung. Ohne dich wäre die Geschichte von Josie und Ryan nicht die, die sie heute ist!

Genauso großartig geholfen hat mir das gesamte New-Adult-Team des GU-Verlags. Danke, dass ihr immer an die Geschichte geglaubt habt, so viel Geduld mit mir hattet und alles möglich gemacht habt, damit sie rechtzeitig erscheint. Besonderen Dank für euren Einsatz an Viola Schmid, Anja Schmidt, Eva Dotterweich und all die anderen im Verlag.

Danke an meine tolle Lektorin Bettina Lausen, für deinen erfrischenden und gleichzeitig kritischen Blick auf die Geschichte, trotz Zeitdruck.

Ebenso gilt ein großer Dank Pia Kabitzsch, die alle psychologischen Aspekte des Buches geprüft und mit mir daran gefeilt hat. Liebe Pia, du hast dieses Buch erst zu etwas Besonderem gemacht!

Wie immer darf natürlich auch mein großartiger Agent Klaus Gröner (und Micha natürlich) nicht fehlen. Danke, Klaus, dass du sofort an mich gedacht und dieses Projekt ermöglicht hast!

Diesmal auch noch einen besonderen Dank an meinen Mann – fürs Spülmaschine ausräumen, Meerschweinchen füttern, Nervenzusammenbrüche aushalten und Döner mitbringen. Ohne dich könnte ich das alles überhaupt nicht.

Abgesehen davon danke ich wie immer meinen Eltern, ohne die ich (logischerweise) weder auf der Welt wäre, noch meine Leidenschaft für das Schreiben entdeckt hätte, sowie all meinen Freunden und sonstigen Wegbegleitern. Weil das alles ohne euch nichts wert wäre.

Bleibt mir nur noch zu sagen: See you in London!

Alles Liebe
eure Larissa

Emilie

»HALT!« Eine Hand umschließt meinen Arm und zieht mich mit einem Ruck zurück. Im letzten Moment packe ich noch mein Handy, das mir bei dem plötzlichen Stopp fast aus der Hand gefallen wäre, und dann rast auch schon eine rote Wand an mir vorbei. Schwer atmend starre ich dem Doppeldeckerbus hinterher, der mich ganz sicher erwischt hätte, wäre ich auch nur einen Schritt weitergegangen. Mein Herz klopft wie wild, während ich dem hupenden Bus hinterherblicke. Die fremde Hand liegt noch immer schwer auf meinem Arm. Als ich mich umdrehe, steht vor mir ein dunkelhaariger Typ mit den grünsten Augen, die ich je gesehen habe. Kurz treffen sich unsere Blicke. Er hebt die Augenbraue, was ihm einen überraschten Ausdruck verleiht. Mit einer schnellen Bewegung nimmt er die Hand von meinem Arm und steckt sie in die Tasche seiner Lederjacke. Obwohl der Bus längst weitergefahren ist, klopft mein Herz noch immer viel zu schnell. Ich sollte etwas sagen. Los, Emilie, sag was. Irgendwas.

»Danke.« Wow, nicht gleich alle Worte auf einmal verbrauchen, was? Mein Blick wandert auf den Boden. Ich spüre, wie mir die Röte die Wangen hinaufklettert. Vor mir an dem Übergang der Straße sind große weiße Buchstaben auf den Boden gepinselt. Der Blick des Typen folgt meinem.

»›Look left‹!, steht doch sogar da, damit ihr Touristen euch nicht umbringt«, sagt er mit tiefer Stimme. Ein amüsiertes Lächeln breitet sich auf seinem Gesicht aus und bringt seine Augen zum Leuchten. Schnell sehe ich woanders hin.

»Stimmt«, stottere ich. »Ich bin noch ganz neu in der Stadt und ich äh, ich habe gerade etwas auf meinem Handy gesucht und dabei wohl auf nichts anderes mehr geachtet.«

»Das habe ich gemerkt. Du hast genau einmal hochgeschaut. Und dann auch noch in die falsche Richtung. So schwer ist das mit dem Linksverkehr ja nun wirklich nicht.« Wieder dieses amüsierte Lächeln.

»Ja, danke«, murmele ich abgelenkt und starre auf mein Handy, das hier anscheinend auch nicht wirklich klarkommt. Ich werfe erneut einen Blick auf den kleinen blauen Punkt auf meiner Google-Karte, der hektisch hin und her hüpft. Statt mir die richtige Richtung anzuzeigen, dreht er sich sekündlich im Kreis und macht mich total kirre. So komme ich nie ans Ziel. Ob der Typ wohl die Chocolaterie kennt? Ich ziehe unschlüssig eine meiner Locken lang und wickele sie um meinen Finger.

Aber da hat er sich auch schon umgedreht und ist im Begriff zu gehen. Noch ein Blick auf den hektisch blinkenden Pfeil und ich werfe meinen letzten Rest Würde über Bord.

»Warte doch mal!«

»Was denn noch?« Er wendet sich etwas widerwillig in meine Richtung und schaut dabei auf seine Armbanduhr.

»Kennst du die Chocolaterie *Bittersweet*?«

»Vielleicht.« Er zieht eine Augenbraue hoch. »Brauchst du auf den Schock erstmal was Süßes?«

Ich ignoriere seinen Einwand. »Könntest du mir eventuell zeigen, wo ich langmuss?« Ich schlucke, es kostet mich Überwindung, ihn danach zu fragen, aber ich irre hier schon seit einer halben Ewigkeit herum.

»Also gut, du gehst einmal hier gerade aus in die Queens Gardens, dann zweimal links und einmal rechts und dann bist du schon da.« Ich lächele ihn dankbar an. »Schaffst du es allein über die Straße, Curly?«, setzt er noch hinterher und grinst.

»Danke, das sollte ich hinbekommen«, sage ich und werde rot. »Ich heiße übrigens Emilie«, füge ich noch hinzu. Er tippt sich an die Cap und überquert vor mir mit einem demonstrativen Blick nach links die große West Street.

Linksverkehr und leichte Orientierungslosigkeit … Das fängt ja alles schon so richtig gut an. Aber es nützt ja nichts. Mit einem Schulterzucken setze ich mich in die Richtung in Bewegung, die mir der Typ gezeigt hat. Wenige Minuten später laufe ich durch das Gewirr aus schmalen Gassen. Die meisten sind gerade mal so breit, dass zwei erwachsene Menschen sich aneinander vorbeischieben können. Jede Gasse sieht aus, als wäre sie direkt aus einem *Sherlock-Holmes*-Buch gefallen, fast schon erwarte ich Gehstöcke, Lupen und Pfeifen im Schaufenster, und tatsächlich gibt es hier zahlreiche Herrenausstatter mit Seidenschals, Cord- und Tweedjacketts in der Auslage, Juweliere, Süßigkeitenläden, Souvenirgeschäfte, kleine Handarbeitsshops und irgendwo eben auch die berühmte Chocolaterie *Bittersweet.* Ich betrete die die Queens Gardens und biege an der nächsten Ecke links ab. Noch einmal links und tatsächlich sehe ich schon von Weitem das Schild *Bittersweet.* Erleichterung macht sich in mir breit. Ich komme nicht zu spät. Und ich habe sogar noch genug Zeit für einen Kaffee und ein Croissant, bevor ich meinen ersten Arbeitstag beginne. Schräg gegenüber ist ein Café. *North Laine Café* steht in dunklen schwarzen Buchstaben darüber und im Schaufenster türmen sich Brote, Croissants und kleine Plunderteilchen. Mir läuft das Wasser im Mund zusammen und ich strecke die Hand aus, um die Klinke herunterzudrücken.

Das Klingeln einer Glocke ertönt, als ich die Tür aufdrücke und das Café betrete. Der Raum vor mir ist klein und sehr gemütlich eingerichtet. Genau mein Ding. Wackelige Holztische stehen im Raum verteilt, an denen die ersten Frühstücksgäste Baked Beans und Toast genießen, auf ihren Tischen thronen bauchige Teekannen und kleine Kännchen mit Milch. Typisch englisch eben. Das sieht alles so lecker aus, dass sich sofort mein Magen bemerkbar macht. Schnell trete ich an die Theke und schenke der jungen Frau dahinter ein Lächeln. »Hi, ich hätte gern einen Café Latte und ein Croissant.«

Ping!, macht das kleine Glöckchen erneut, das an einer dünnen Schnur über der Tür befestigt ist. Und dann höre ich eine spöttische Stimme, die mir vage bekannt vorkommt. »Verfolgst du mich etwa, Curly?« Erschrocken ziehe ich die Luft ein und drehe mich mit einer schnellen Bewegung um. Und wirklich, es ist tatsächlich der Typ, der mich gerade eben noch vor dem Doppeldeckerbus gerettet hat. Der Mann mit den grünsten Augen, die ich je gesehen habe. Und mit genau diesen Augen zwinkert er mir gerade zu und lehnt sich provokant langsam neben mich an den Tresen. Er schaut mich an und zieht schon wieder die Augenbraue auf eine Weise hoch, die ich irritierend sexy finde und die mich gleichzeitig wahnsinnig macht.

»Ich heiße Emilie«, sage ich und werde zu meinem eigenen Ärger rot. »Und ich war vor dir hier.« Ich hasse es, rot zu werden. Das sieht immer wie ein Schuldeingeständnis aus. Als ob ich Zeit hätte, ausgerechnet heute Morgen irgendwelchen Kerlen hinterherzulaufen. Trotzdem denkt er das. Und ich könnte im Boden versinken.

Ohne auf meine Worte einzugehen, wendet er sich an die Barista, lehnt sich über den Tresen und begrüßt sie mit einem Küsschen auf die Wange. »Hello Love, machst du mir das gleiche wie immer?«

»Sorry Jake, das letzte Croissant habe ich gerade verkauft.« Sie zeigt bedauernd auf mich. Spätestens jetzt kann ich mich von einer halbwegs normalen Gesichtsfarbe verabschieden, ich glühe inzwischen so sehr, ich könnte den Laden damit beleuchten. Mann Emilie, nun reiß dich aber mal zusammen!

Er dreht sich zu mir und sieht mich mit seinem durchdringenden Blick an. »Du willst mir das Croissant nicht zufällig als Dank für meine Rettung überlassen und dafür eines dieser herrlichen Plunderteilchen probieren?«, fragt er und grinst mich an.

»Nein, danke. Du wirst bestimmt etwas anderes finden. Mal was anderes probieren, von Routinen abweichen, soll ja gut sein«, sage ich und hoffe inständig, dass sich meine Gesichtsfarbe inzwischen wieder in einem normalen Spektrum bewegt. Flirte ich etwa gerade mit diesem, zugegeben sehr attraktiven, Kerl? Mein Blick fällt auf die große runde Uhr hinter dem Tresen. Mist. Ich muss jetzt wirklich los. Wie lange dauert der Kaffee denn noch?

Doch die Barista hat mich scheinbar direkt nach dem Auftauchen von diesem Typen vergessen. Jedenfalls steht die Tasse mit meinem fertigen Kaffee noch immer unter der Kaffeemaschine.

Stattdessen macht sie sich eifrig daran, seinen Cappuccino zuzubereiten. Ich räuspere mich, um die Aufmerksamkeit auf mich zu lenken. »Sorry, ich muss gleich weiter, machst du mir meinen Kaffee doch zum Mitnehmen?« Jetzt sieht sie mich genervt an und schüttet den Kaffee aus der Tasse in einen Pappbecher. Ich hatte eigentlich auf einen frischen gehofft, aber das traue ich mich nicht mehr zu sagen. Während ich umständlich versuche, den Plastikdeckel auf meinem To-go-Becher zu befestigen, fragt der Kerl gegen das laute Zischen des nun wieder einsetzenden Milchschäumers:

»Habe ich dich verärgert, Curly? Oder hast du den Weg noch immer nicht herausgefunden?«

»Wie schon gesagt, ich heiße Emilie«, murmele ich. »Und danke der Nachfrage, ich weiß genau, wo ich jetzt hinmuss.«

»Dachte ich es mir doch, bist ein cleveres Mädchen«, sagt er und nickt mir schmunzelnd zu. In dem Moment reicht ihm die Frau seinen Kaffee über den Tresen. Er nimmt ihn mit einem lässigen »Thanks Love« entgegen und schnappt sich mit einer schnellen Bewegung mein Croissant. »Wir sehen uns morgen!«, verabschiedet er sich von der Barista, blickt mir noch einmal kurz in die Augen, beugt sich etwas vor zu mir und sagt leise: »Danke für das Croissant, Curly! In der Chocolaterie bekommst du sicher noch etwas Gutes zum Frühstück.«

Ich öffne den Mund, um etwas zu erwidern, doch ich bin so überrumpelt, dass mir nichts Passendes einfällt.

Die Barista grinst breit. »Mach dir nichts draus, so ist er eben. Jake Albright bekommt immer, was er will.« Dann dreht sie sich um und ich verlasse mit knurrendem Magen und einem lauwarmen Kaffee den Laden.

Fünf Minuten später stehe ich vor der Chocolaterie *Bittersweet* und streiche mir zum siebten Mal meine dunkelbraunen Locken im Schaufenster glatt. Noch ist alles dunkel. Ist hier keiner? Und ich habe mich so beeilt. Ich nehme den letzten Schluck Kaffee.

Ist es wirklich erst drei Tage her, dass ich in London Gatwick gelandet und in den Zug nach Brighton gestiegen bin? Dreißig

Minuten dauerte die Fahrt in mein neues Leben. Währenddessen klebte ich mit der Nase an der Scheibe, um auch ja nichts von dem zu verpassen, was da draußen vor sich geht. Ein Jahr würde England mein Zuhause sein. Ich konnte es noch immer nicht fassen. Vor fast genau drei Monaten hatte ein Brief alles verändert. Als ich den grauen Umschlag im Briefkasten entdeckte, war mir gleich klar: Hier kommen keine guten News. Gute Neuigkeiten kommen nicht in grauen Umschlägen. Dieser war von der zentralen BAföG-Stelle, die mir höflich mitteilte, dass ich für eine Unterstützung durch Auslands-BAföG leider nicht infrage kommen würde. Das Leben ist einfach nicht fair. Meine Mutter hat kein Geld oder Möglichkeiten, um mir das Auslandspraktikum zu finanzieren, das ich brauche, um an der Baker Academy angenommen zu werden – und meinen Vater wollte ich nach all den Jahren, in denen es ihm egal war, was aus mir wird, bestimmt nicht um Geld bitten. Es musste eine andere Möglichkeit geben. Ich weiß noch genau, wie ich verzweifelt »Alternative Auslands-BAföG« in die Suchleiste meines Handybrowsers eingetippt habe. Und dann diese eine Anzeige erschien.

Die Stadt Bremen vergibt erstmals ein Stipendium für ausgelernte Fachkräfte, die ihre Kenntnisse in einem Auslandsaufenthalt vertiefen möchten, um sich so beruflich und persönlich weiterzuentwickeln.

Mein Herz klopfte wie wild, als ich auf den Link klickte. Schnell flog ich über den Text:

ein Jahr in einem Praktikumsbetrieb
der eigenen Wahl im englischsprachigen Ausland.
Teilnahmevoraussetzungen:
Unter 25 Jahre alt – CHECK!
Ausgelernte Fachkraft – CHECK!
Keine weitere Förderung
z. B. durch Auslands-BAföG – DOPPELCHECK!

Auf freiwilliger Basis gab es die Möglichkeit, sich während dieser Zeit durch ein Online-Coaching begleiten zu lassen. *»Um sein bestmögliches Potenzial zu entwickeln«* stand da. Ich hatte länger überlegt, ob ich diesen Haken setzen sollte oder nicht, habe es dann aber gemacht. Vielleicht will die Organisation diese Bereitwilligkeit sehen, dachte ich.

Anmeldefrist: Endet heute!

Das war es, mein Zeichen! Eigentlich bin ich nicht so der spontane Typ, habe immer Angst, eine falsche Entscheidung zu treffen, aber da war auch mir klar: Jetzt oder nie! Vier Wochen später lag wieder Post in meinem Briefkasten. Ein weißer, dicker Brief. Diesmal öffnete ich ihn mit meiner besten Freundin zusammen. Juli und ich sind seit dem Kindergarten unzertrennlich. Wir haben uns als Teenager die Haare in unmöglichen Farben getönt, haben uns die Hand beim ersten Liebeskummer und die Haare beim ersten Rausch gehalten. Und auch im Job haben wir einen gemeinsamen Weg eingeschlagen: Während sie die Menschen als Köchin mit gutem Essen verwöhnt, backe ich süße Köstlichkeiten, die Herzen zum Schmelzen bringen. So hat es zumindest Juli einmal ausgedrückt.

Wir hatten einen Plan! Sie würde nach der Meisterschule auf eine Culinary School hier in Bremen gehen, um sich auf die vegane Küche zu spezialisieren, und ich mein Glück in England versuchen, um danach einen Platz an der Baker Academy zu ergattern.

Juli hielt meine Hand, die vor Aufregung so sehr zitterte, dass ich fast den Umschlag nicht aufbekommen habe. »Girl, ich drücke dir fest die Daumen, und wenn das klappt, komme ich dich ganz oft besuchen und wir mischen die Engländer mal so richtig auf!« Sie strahlte mich zuversichtlich aus ihren blauen Augen an.

Ich konnte nur nicken, mein Hals war wie zugeschnürt.

»Wir freuen uns, Ihnen mitteilen zu können ...«

Julis Kreischen ließ mich zusammenfahren. »Emmi, du hast es wirklich geschafft!«

Ich las den Satz noch dreimal und stieg dann in ihr Freudengeheul ein.

Drei Wochen später fuhr mein Zug in Brighton ein. Wahnsinn, es sah genau so aus, wie ich es mir vorgestellt hatte! Die Leute schoben mich den Bahnsteig entlang und ich konnte den Blick nicht von dem wunderschönen alten Bahnhof wenden. Ein Dach aus Stahlstreben und Bögen, überall waren kleine Stände, an denen man heißen Kaffee und butteriges Blätterteiggebäck kaufen konnte. Ich zog meinen schweren Koffer weiter durch die kleine Eingangshalle, hinaus auf den Bahnhofsvorplatz und quietschte vor Freude auf, während mein Herz verrückt spielte. Vor mir fuhren bestimmt zehn rote Doppeldeckerbusse ab. Das war ja wie im Film! Ein schnelles Selfie für Juli und ich reihte mich in die Schlange für die Taxis ein. Ich sog alles auf, was um mich herum geschah: Ich war tatsächlich in England. Bisher war ich mit meiner Mutter ein paar Mal in Pauschalreisebunkern in Spanien gewesen, aber das hatte sich nie so angefühlt wie dieser Moment am Bahnhof. Alle um mich herum sprachen Englisch, mit diesem herrlichen britischen Singsang.

»Wohin darf es gehen, Miss?«, unterbrach mich in dem Moment der Taxifahrer.

»Ich … ähm … St. James Street 14«, antwortete ich und hielt ihm mein Handy mit der Adresse hin. Der Taxifahrer schnaubte und lud grimmig meine Gepäckstücke in den Kofferraum. Was hatte ich denn nun falsch gemacht? War ich unfreundlich gewesen oder warum hatte sich seine Laune direkt so verschlechtert? Ich setzte mich auf die Rückbank und konnte mich gerade noch anschnallen, bevor er ruppig anfuhr. Wie irre es aussieht, auf der falschen Seite Auto zu fahren. Linksverkehr. Sagt einem vorher jeder, fühlt sich aber mit jeder Pore meines Körpers falsch an. Ich klammerte mich an den Griff, während der Fahrer einen kleinen Berg hinunterholperte. Ich entdeckte gleich drei Pubs nebeneinander. Alle holzvertäfelt, mit üppigen Blumenampeln, die sich vor dem Namensschild im Wind leicht hin und herbewegten. Es folgten ein Handyshop, zwei indische Restaurants, und als der Fahrer an einem Kreisel mit einem großen Uhrenturm in der Mitte abbog, sah ich es: Das Meer! Da unten befand sich tatsächlich das Meer! Der Fahrer hielt ruckartig am Straßenrand vor einer kleinen Bar an. Ich blickte mich um. Keine Ampel.

»Wir sind da«, knurrte er.

Und plötzlich wusste ich, warum er so schlecht gelaunt war. Das war eine Fahrt von nicht einmal fünf Minuten. Mir wurde heiß.

»Sorry, ich wusste nicht, dass es so eine kurze Strecke ist«, entschuldigte ich mich und entschied, es mit einem großzügigen Trinkgeld wiedergutzumachen.

Das laute Ping! der Türglocke holt mich zurück in die Gegenwart. Vor mir betritt eine Frau die Chocolaterie, in der ich das nächste Jahr arbeiten werde. Ob das Carol ist? Drinnen gehen die Lichter an. Ich versuche durch das Schaufenster einen Blick ins Innere zu erhaschen. Er bleibt an der üppigen Auslage hängen. Der Wahnsinn! Hier präsentieren sich mehrstöckige Torten neben Schokoladenfiguren, Macarons und Pralinen, die perfekt glänzen. Die Torten, die Figuren, einfach alles ist so überbordend, so lebendig, so kreativ. Mein Herzschlag erhöht sich sofort und ich spüre, wie meine Hände schwitzig werden. »Ich bin nicht so gut«, schallt es in meinem Kopf, so etwas haben wir auf der Konditorenschule nicht gelernt. Ping!, unterbricht die Türglocke meine Gedanken.

»Bist du Emilie?«, fragt die Frau und steckt ihren Kopf wieder zur Tür heraus. Sie ist vielleicht Anfang vierzig, hat kurze schwarze Haare, trägt eine Brille und ist komplett in Schwarz gekleidet.

»Jajaaa!«, stottere ich und bin mit ein paar schnellen Schritten an der Eingangstür. »Hi!«, strahle ich sie an.

»Hallo. Na komm schon rein!«, antwortet die Frau und verschwindet wieder im Inneren.

Ich erwische die Tür noch gerade so, bevor sie zufällt. Der ganze Verkaufsbereich ist dunkelgrün gestrichen, an den Wänden hängen Bilder von Blumen oder Pflanzen in schweren goldenen Brokatrahmen. Feine Lichterketten sorgen dafür, die wahnsinnigen Schokoladenkreationen, die Motivtorten und die Skulpturen ins rechte Licht zu rücken. Diese stehen in krassem Gegensatz zu dem düsteren Dekor. Sie sind bunt, glänzend und haben fast alle ein Motto. Mexikanische Totenmasken, zarte chinesische Kirschbaumblüten, Figuren aus Filmen, mir leuchtet das Gold eines riesigen *Schnatz* mit Flügeln entgegen, daneben liegt *Fuchur*, der Drache aus *Die unendliche Geschichte*, und ich entdecke drei kleine Tische mit jeweils zwei Stühlen und niedlichen Spitzendeckchen zwischen all den Torten. Dort können die Gäste bestimmt die Kreationen probieren, bevor sie eine eigene Torte in Auftrag geben. Das hatte ich auf der Website gelesen.

»Kommst du?«, fragt eine Stimme aus dem Raum hinter dem Verkaufstresen.

Ich beeile mich, schlängele mich an den Schokokreationen und Torten vorbei, peinlich darauf bedacht, bloß nichts umzustoßen, und betrete die Backstube.

Hier ist es im krassen Gegensatz zu dem dunklen Verkaufsraum hell, fast schon steril. In der Mitte des Raumes entdecke ich eine große stählerne Kücheninsel, umlaufend befindet sich eine Küchenzeile mit einem großen Gasherd mit sechs Flammen, zwei großen Öfen und mehreren Rührmaschinen. Alles wirkt, als wäre es in einem Top-Zustand und blitzblank geputzt. Nur die Frau vor mir fällt in ihrer komplett schwarzen Aufmachung ein bisschen aus dem Rahmen. Ich beeile mich, meine Jacke auszuziehen, und hole meine Schürze aus der Tasche, die ich mir sicherheitshalber eingepackt hatte. Ich streiche sie verlegen glatt, da sie durch den Transport ganz verknittert ist.

»Ihr habt es wohl nicht so mit Hygienestandards in Deutschland, was?«, knurrt die Frau, die sich mir immer noch nicht vorgestellt hat, von der ich aber ziemlich sicher bin, dass sie die Inhaberin Carol Bings ist. Ich traue mich aber nicht zu fragen.

»Ich, äh, wie bitte?«, antworte ich nicht sehr eloquent.

»Die Personalumkleide ist da.« Sie zeigt auf eine kleine Tür, die neben den Öfen von der Backstube abgeht. »Straßenkleidung wird dort ausgezogen.« Sie deutet auf meine Jacke und geht voraus in die kleine dunkle Umkleide. »Hier kannst du deine Jacke und deinen Rucksack aufhängen und dort findest du saubere Schürzen in einer Hygieneverpackung. Hier nimmst du dir bitte jeden Morgen ein frisches Exemplar und lässt dieses …« Sie nimmt meine weiße, saubere Schürze, die ich extra noch gebügelt hatte, mit spitzen Fingern hoch. »… Ding bitte in Zukunft zu Hause.« Sie atmet hörbar ein und wieder aus, was ihren Unmut nur unterstreicht. »Mein Name ist Carol und wir werden in den nächsten Wochen hauptsächlich zusammenarbeiten. Ich bitte um pünktliches Erscheinen, ich entscheide, welche Musik läuft, ich dulde keine Handys in der Backstube, und da ich gehört habe, dass du bereits in Deutschland als Konditorin gearbeitet hast, erwarte ich viel von dir und deiner Leistung. Wir haben immer mehr Aufträge als Stunden Zeit, um sie abzuarbeiten. Also, machen wir uns ans Werk. Fragen?«

Etwa eine Million. Aber das sage ich nicht. Ich ziehe mir lieber meine neue Schürze über. Mein Herz klopft wie wild. Ich hatte gehofft, ich könnte heute zunächst einmal alles kennenlernen, einen entspannten ersten Tag haben.

»Hrmhrm«, Carol räuspert sich und deutet auf meine Haare. »Bitte mach dir einen Knoten, ich möchte keine Haare in der Schokolade haben. Ansonsten müsstest du dir ein Haarnetz besorgen. Dort ist die Toilette.« Sie zeigt auf eine weitere Tür, die von dem kleinen Raum abgeht.

Ich werde rot. Ich bin erst fünf Minuten hier und fühle mich wieder wie in meinem ersten Lehrjahr. Mit zittrigen Händen drehe ich meine Locken zu einem engen Knoten, gehe danach mit weichen Knien zum Waschbecken, um mir gründlich die Hände zu reinigen, und trete dann erneut neben Carol in die Backstube.

»Wir beginnen immer mit unseren Backwaren, die vorne in den Verkauf gehen. Danach machen wir uns an die Torten und die Schokoladenkreationen. Aber ich möchte erst einmal sehen, wie dein Kenntnisstand wirklich ist. Du findest alles im Schrank.«

Wortlos legt sie mir ein Rezept hin.

Ich überfliege die Zutatenliste und werde blass.

Dripping Chocolate Scones

YIELD: 8 LARGE SCONES

- 1 and 2/3 cups all-purpose flour
- 1/3 cup unsweetened cocoa powder

Schon jetzt habe ich keine Ahnung, worum es geht. Was ist all-purpose flour und wie messe ich noch mal in cups? Was für cups? Teetassen? Kaffeetassen? Suppentassen? Hilfe!

- 1/2 cup granulated sugar
- 2 and 1/2 teaspoons baking powder
- 1/2 teaspoon salt
- 1/2 cup unsalted butter, frozen
- 1/2 cup + 1 tablespoon heavy cream

Heavy cream. Was ist heavy cream? Cream ist Sahne, heftige Sahne macht keinen Sinn. Meine eigentlich ganz guten Englischkenntnisse scheinen sich in Puderzucker aufgelöst zu haben. Ich hätte jetzt wirklich gern mein Handy, um kurz zu googeln. Meine Hände werden schwitzig und ich merke, wie diese Unruhe immer weiter in mir aufsteigt. Das ist immer so, wenn ich überfordert bin, nicht weiß, was ich jetzt tun soll. Am liebsten würde ich mich dann in einer Höhle verkriechen und abwarten. Aber hier ist keine. Immer schneller fliegen meine Augen über das Rezept. Auch die Anleitung hilft mir kein bisschen weiter.

INSTRUCTIONS

Whisk flour, cocoa powder, sugar, baking powder, and salt in a large bowl. Grate the frozen butter with a box grater. Add it to the flour mixture and mix it with your fingers until it comes together in small crumbs.

Was ist ein box grater? Und warum ist die Butter gefroren? Frozen heißt doch gefroren oder gekühlt? Mir bricht der Schweiß aus. Ich habe wirklich keine Ahnung, was die hier von mir wollen. Ich spüre Carols Blick auf mir. Ich scanne die Zutaten und die Zubereitung und merke, wie erneut die Panik in mir hochkriecht. Ich verstehe nur die Hälfte des Rezeptes. Einige Zutaten kenne ich gar nicht und diese Mengenangaben helfen auch nicht weiter. Ich hole tief Luft. »Carol? Ich habe da doch noch eine Frage.«

»Hm?« Sie hebt nicht einmal den Kopf, sondern knetet weiter einen großen Hefeteig, den sie soeben aus einer Schüssel geholt hat.

»Was ist heavy cream? Und was ist granulated sugar? Wie groß sind eure cups?«

Sie seufzt und holt mir die gewünschten Zutaten aus Schrank und Kühlschrank. Ich bin erleichtert, heavy cream ist Schlagsahne und der granulated sugar ist ganz einfacher Zucker. Okay. Ich gehe mit meinem Rezept durch die Küche und suche mir die anderen Zutaten zusammen. Dann baue ich mir meinen Platz auf, finde eine Waage und sogar einen Messbecher – auf dem Gott sei Dank auch cups als Maßeinheit vermerkt sind.

Irgendwie kriege ich das Rezept zusammen und schaffe es sogar, die Scones zu backen. Sie sind vielleicht noch nicht perfekt, aber sie sind fluffig und saftig und die Schokolade tropft herrlich daran herunter. Carol hat in der Zwischenzeit wunderbar duftende Chocolate Swirls gebacken und dekoriert gerade eine Torte, die übersät ist mit kleinen Monstern.

»Bist du fertig?«, fragt sie ungehalten.

Ich nicke. Es müsste doch schon Mittagszeit sein, mein Magen knurrt auf jeden Fall inzwischen vernehmlich.

»Gut, dann mach bitte den Laden vorne auf, gleich kommen die ersten Kunden für eine Tortenprobe.« Ich nicke wieder. Traue mich nicht, nach einer Pause zu fragen. Stattdessen gehe ich in den Verkaufsraum und habe nicht die geringste Idee, wo ich anfangen soll …